VÄGEN TILL AMDORIA

DÖDENS SKVADRON

MORGAN HÖGBERG

DEL 1

VÄGEN TILL AMDORIA

©2017 Morgan Högberg, https://morganhogberg.jimdo.com
Förlag: BoD – Book on Demand, Stockholm, Sverige
Tryck: BoD – Book on Demand, Norderstedt, Tyskland
ISBN: 978-91-7569-505-1

Prolog

Sarek Darik torkade svetten från pannan med sin fria hand. Hans andra hand höll fast i den lilla ojämnheten i berget. Hans båda fötter vilade mot en mindre spricka i berget strax under. Han hade inte hört sina förföljare på ett bra tag nu. Kanske hade dem gett upp jakten på honom.

Han var oskyldig till hertigens död. Han hade bara varit på fel plats vid fel tillfälle. Han hade varit på värdshuset med den döde hertigen när vakterna hittade honom, men han hade inte dödat hans nåd. Han var död redan när Sarek kommit in i rummet.

Han drog ett djupt andetag och fortsatte att klättra uppför bergväggen. Det fanns en grotta högt upp på berget som han kunde gömma sig i tills allt blivit lugnare och den riktige mördaren blivit gripen. Sedan kunde han återvända till sin familj på gården igen.

Snart var han framme vid en klipphylla som fanns utanför grottan. Han kämpade sig upp och lade sig på rygg. Flämtande stirrade han upp på dem mörka molnen som drog förbi på himmelen. Än hade han klarat sig från regnet, trots att klättringen nästan tagit honom två timmar.

Efter en halvtimma rullade Sarek över på mage och ålade sig till kanten av klipphyllan. Försiktigt stack han ut huvudet så att han kunde se ner till bergets fot. Långt där nere såg han soldater och palatsvakterna marschera fram och tillbaka. Ingen verkade ha kommit på tanken att titta upp mot grottans öppning för att se honom.

Han drog sig tillbaka från kanten och reste sig upp. Han borstade bort lite grus från kläderna och vände sig mot grottans öppning. Så här på nära håll var den ganska skrämmande. Han hade aldrig varit här uppe tidigare. Hans farfar hade varit här uppe en gång och han hade berättat att grottan hade varit prydlig och fylld med mat. Nästan som om någon bodde i grottan. Det hade verkat befängt i Sareks öron, vem skulle vilja bo i en grotta? Nu verkade det lite mer vettigt, när han var på flykt.

Han svalde sin rädsla och steg försiktigt in i grottan. Efter en kort stund försvann det lilla ljus som eftermiddagssolen gav i grottan och han såg inget i mörkret och han trevade sakta framåt med ena handen mot grottans vägg. Han överraskades över att känna hur slät och len väggen var. Snart kände han hur grott väggen verkade kröka sig. Han hade en känsla av att han nu befann sig i grottans hjärta. Plötsligt stötte han till något med foten och snubblade över det med ett förvånat utrop.

Han hörde ett grymtande och blev genast medveten om han inte var ensam i grottan. Det fanns något där inne med honom. Skräckslaget kröp han ihop i ett hörn och stirrade runt omkring sig i mörkret. Det var en sträv röst som verkade fråga något på ett underligt språk. Den verkade komma från överallt på en gång. Han kände något som rörde sig bredvid honom. Ett eldklot flög förbi hans ansikte. Han stirrade på platsen klotet kommit ifrån. Klotet hade kommit genom ett par stora käftar med vassa tänder.

"Drake", viskade han skrämt.

Han hade hört talas om dem här monstren. Men han trodde enbart att dem existerade i sagornas värld. Inte i verkligheten.

Monstret måste ha hört hans viskning för genast kände han en svag bris, som om någon nosade på honom. Han knep ihop ögonen och bad en tyst bön att han skulle överleva det här och slippa bli drakens måltid. Strax försvann vad han trodde var drakens nos. I nästa stund kom en lång eldpelare som lyste upp käftarna än en gång. Eldpelaren for iväg och träffade en stor eldstad lite längre in i grottan. En brasa tändes genast och strax blev det ljusare i grottan.

Sarek stirrade förskräckt på brasan. Draken skulle grilla honom och sedan äta upp honom. Han kunde inte sluta skaka av skräck. Han såg bort mot monstret som lutade sig över honom. Det var fortfarande för mörkt för att kunna se dess färg och hur den verkligen såg ut. Men eldens sken speglade sig i dess ögon. Dess stora ögon som verkade glittra blått som en stilla sjö i solsken.

"Är det för mörkt för dig?"

Sarek ryckte till.

"Vad?"

Monstret skrockade åt hans förvånande ansiktsuttryck. Genast tändes flera facklor som hängde på grottans väggar. Sarek skyddade ögonen för det plötsliga ljuset, men sänkte snart handen igen och stirrade på draken framför honom.

Den såg på honom med ett stort intresse och lutade sitt huvud åt först det ena hållet och sedan det andra. Dock verkade den en aning avvaktande. Nästan som om den var rädd för honom. Den var mörkblå i sitt skinn och huvudet var spetsigt och fyra vita spetsiga tänder stack fram ur dess käft. Kroppen var formad som en ödlas och dem stora vingarna låg klistrade mot kroppen.

"Är det bättre så?"

Han stirrade in i drakens blå ögon.

"Du kan tala", viskade han.

"Givetvis", fnös draken. "Jag har kunnat tala i nästan hela mitt liv. Dock är jag ganska ny på ditt språk."

Drakens röst var ganska sträv, men den verkade vara ljusare än vad Sarek hade trott från början. En drake skulle inte tala utan vråla med ett kraftigt och grovt ljud. Detta lät nästan som om en kvinna talade, fast kanske med en lite grövre ton.

"Det var länge sedan jag såg någon av din sort", sa draken försiktigt. "Senast jag gjorde det så var jag på marknaden. Men det var för många år sedan."

"Marknaden?" sa Sarek förvånat. "Men hur är det möjligt? Jag har aldrig hört talas om någon drake på en marknad i byn."

Draken skrockade och skakade på sitt stora huvud. Den reste sig upp och backade undan från Sarek en aning. Sedan lade den sig ner med svansen om sin kropp och lade huvudet att vila på den.

"Inte som mig själv förstås", sa den. "Jag *kan* faktiskt ändra min skepnad. Jag har alltid gått till marknaden som en av din sort. Som en hona av din sort."

"Som en kvinna?"

"Givetvis. Jag är ju en hona så varför skulle jag förvandla mig som något annat?"

Sarek nickade sakta. Det var en drakhona.

"Är du ensam?" frågade han försiktigt.

Draken suckade sorgset och slöt sina ögon.

"Jag är den sista av min sort", sa hon sorgset. "För över trehundra tusen år sedan hände en stor katastrof. Världen härskades av oss drakar och jag var fortfarande mycket ung. Bara femton eller sexton år gammal. Dem vuxna drakarna blev galna en efter en och anföll varandra. Det var blodigt och fruktansvärt. Det fanns tre unga drakar som försökte att lugna ner alla. Dem var flera år äldre än mig men ändå inte så gamla. Den äldste av dem var fyrtio år och dem två yngre var båda tjugo. Dem tre insåg nog tillslut att dem inte kunde få dem äldre att lyssna på dem. De gav order till oss unga som inte hade drabbats att genast söka skydd och gömma oss. Jag är den enda av dem som gömde sig i den här grottan som överlevde."

Hon såg sig sorgset omkring i grottan. Speciellt på en extra slät vägg tyckte Sarek. Hon strök med en av sina kraftiga klor över väggen.

"Detta har varit mitt hem i alla dessa år"; sa hon. "Jag har sökt mig om efter fler överlevande, men inga funnit. Jag har flugit under nattetid för att ni inte ska upptäcka mig."

"Jag förstår", sa Sarek dröjande. "Folk skulle fly undan dig och kanske jaga ifatt dig för att döda dig. Folk här i Fakari inte vana med underliga saker. Vi skulle mycket väl kunna göra så. Du kanske skulle bege dig till landet Amdoria."

"Amdoria?" sa draken och lyfte sitt huvud. "Varför då? Var ligger detta Amdoria?"

"Det sägs att det finns stora krigare där som kallas för drakriddare", sa Sarek upphetsat. "Dem skulle säkert ta emot en riktig drake. Du skulle säkerligen bli emot tagen med glädje där uppe."

Sarek såg framför sig dessa legendomspunna krigare. Dem hade funnits i flera tusen år. Utom under en kort period då dem blivit ersatta av något som kallats demonjägare. Ingen utanför Amdorias gränser kände till orsaken till drakriddarnas plötsliga försvinnande den gången. Men historierna om hur Mantera steg upp ur det som kallades Labyrinten var fortfarande efter tusen år en av dem största sagorna i Fakari.

"Jag tror inte det", sa draken osäkert. "Dem skulle troligtvis bara jaga mig."

Sarek sjönk ihop igen och såg fundersamt på draken.

"Du skulle få vara med mig och min familj", sa han försiktigt. "Men det skulle se konstigt ut med en drake på gården."

"Men du glömmer dig, min vän", sa draken och såg uppmärksamt på honom. "Jag kan förvandla mig. Ingen skulle veta att jag är en drake."

"Det skulle bli en underbar vänskap", sa Sarek med ett leende.

"Oh ja", sa draken. "Jag har inte haft några vänner på många, många år. Ingen familj hos mig."

"Fast jag kan inte ta mig här ifrån ännu", sa Sarek sorgset. "Det finns soldater nedanför berget som jagar mig."

"Varför detta?"

"Dem tror att jag har dödat vår härskare, hertig Malar Loras. Men jag är oskyldig."

Draken synade Sarek med smalnade ögon. Sarek lutade sig skrämt närmare väggen bakom sig. Han kände hur något verkade röra sig inom hans huvud. Sedan sjönk drakens huvud ner mot svansen igen och ett litet leende speglade över dess ansikte.

"Jag vet att du är oskyldig", sa hon. "Jag har sänt en tanke för att leta reda på den skyldige. När den har funnit honom kommer soldaterna där nere att veta vem det är och du kan tryggt återvända till din familj igen."

"Är det sant?"

Draken nickade. Den tecknade åt Sarek att vänta där. Sedan rörde hon sig ut ur grottan. Hon var borta ett tag, sedan kom hon tillbaka igen. Ett triumferande leende lyste upp hela hennes ansikte.

"Soldaterna har lämnat bergets fot och är efter den skyldige i detta nu", sa hon. "Du kan nu återvända hem."

Sarek reste sig och gick ut ur grottan. När han kom ut på klipphyllan utanför öppningen, kikade han försiktigt ner. Soldaterna var borta. Han vände sig mot grottans öppning igen. Draken stod där och såg på honom.

"Kommer du med mig?" frågade han.

"Inte nu", sa hon och skakade på huvudet. "Återvänd hem och tala med din familj. När dem känner till mig ta dem med hit och presentera dem för mig."

"Dem kommer aldrig att tro på mig när jag säger att jag träffat en drake."

"Säg att du hittat en vän som vill lära känna din familj. Dem kommer att vilja träffa mig. Det finns en trygg väg ner för berget på andra sidan. Följ bara den stigen där borta. Farväl, lille vän. Vi ses snart igen."

Sedan drog hon sig tillbaka in i grottan igen. Sarek såg åt vänster och såg stigen som ledde runt berget. Han vände sig mot grottans öppning igen.

"Vad heter du?" ropade han efter draken.

"Snart skall du få veta", svarade draken från grottans mörker. "När du kommer tillbaka."

"Jag hoppas att du vet vad du gör, Sarek", sa Jalina bestämt.

"Självklart, Jalina", sa Sarek vänligt. "Hon ville bestämt träffa er alla."

Jalina lyfte på ena ögonbrynet och synade hennes makes ansikte. Sarek ansträngde sig för att inte röra en min. Det hade inte varit svårt att övertala hans båda döttrar att följa med till dem berget. Dem båda hade hört Sareks farfars berättelser om sin resa till det. Fast farfar hade aldrig berättat om någon drake. Sarek hade heller inte gjort det, men sagt att en vän ville möta upp dem andra där. Jalina hade tillslut gett med sig när flickorna hade bönat och bett henne att följa med.

Sarek såg sig om på sina döttrar. Miram var snart tretton år och började bli en ung kvinna. Salina var åtta och höll en stadig hand i sin systers. Hon följde nästan alltid i Mirams fotspår. Han log mot dem. Dem två var hans ögonstenar och han gjorde allt för att få dem lyckliga.

Han vände blicken framåt igen och såg hur berget reste sig över trädtopparna. Han undrade hur dem andra skulle reagera på att få träffa draken. Snart glesnade träden och bergets fot dök upp. Han rynkade fundersamt på pannan och såg på gestalten som väntade på dem.

Dess former talade om att det var en lång kvinna som gömde sig i den mörka manteln. När han studerade manteln närmare såg han att den var mörkblå. Nästan samma blåa färg som drakens skinn hade. Dem stannade strax framför kvinnan och såg på henne. Hon verkade en aning ängslig först.

"Ah", sa hon lättat och bugade lätt. "Vi möts än en gång."

Sarek log lättat. Rösten hade ändrats en aning, men det var fortfarande drakens röst. Det skrovliga och sträva i rösten hade bytts ut och var nu klar och nästan sjungande.

"Så som jag lovade", sa han och åter gällde bugningen.

"Och detta är din familj", sa hon, satte ihop handflatorna mot varandra och förde dem till munnen. "Dem är så vackra. Du har belönats med två ljuvliga döttrar, min vän."

Jalina rätade stolt på ryggen.

"Våra döttrar är allt i vår värld", sa hon.

Sarek kunde höra stoltheten i hennes röst. Han log svagt åt henne.

"Självklart", sa kvinnan. "Barn är ju allt här i världen. Man vill dem alltid väl."

Jalina nickade och vände sig mot sin make.

"Vi borde inte låta henne stanna här ute, Sarek", sa hon. "Det finns vilda djur här ute."

"Ja, käraste", sa Sarek lugnt.

"Åh, inte behöver ni oroa er för mig", sa kvinnan och skrattade ett klingande skratt. "Djuren här ute gör mig inget illa."

"Får man veta ditt namn nu?" frågade Sarek.

"Givetvis", sa kvinnan. "Du kan ju inte gå runt och kalla mig för drake ju, min vän."

Jalina och flickorna ryckte till.

"Drake?" flämtade Jalina.

"Jag lovar er, Jalina Darik", sa kvinnan och höjde händerna till huvan. "Jag skall aldrig skada er eller er familj. Jag svär på att för evigt skydda er familj tills den dag då jag slutar andas."

Hennes händer grep tag i huvans kanter och den fälldes tillbaka. Ett långt mörkblått hår sveptes nerför halva hennes rygg. Hennes ansikte var mycket vackert och ett vänligt leende vilade på hennes läppar. Hon såg på dem med klara blå ögon som glittrade i månskenet.

"Mitt namn är Diriska", sa hon, log varmt mot dem och bugade lätt. "Jag känner mig hedrad över att ni vill ha mig i er familj."

"Det var nära ögat", muttrade Kalar där han gick bredvid Drashin. "Trodde aldrig att Narkia var så kaotiskt."

Drashin grymtade bara och blängde bistert genom byns enda gata. Han funderade varför dem varit tvungna att ge sig söderut. Spåret efter Marish som lett söderut hade försvunnit redan innan dem kommit till Loma. Varför hade Ma'sharos'tian velat att han begav sig ner hit? Flera av byborna makade osäkert på sig när dem två drakriddarna passerade.

"Vad hette den här byn igen?" muttrade han.

"Balden, general."

"Gå tillbaka till värdshuset, Major", sa Drashin och gjorde en irriterad grimas. "Samla ihop dem andra. Vi ger oss av så snart Norek och Krashak kommit ikapp oss. Vi återvänder till Amdoria."

Kalar slog handen mot bröstet och skyndade iväg. Drashin såg efter honom helt kort innan han åter vände uppmärksamheten på gatan. Han sträckte en aning på sig. Det verkade finnas en marknadsplats där framme. Han försökte göra sin min mildare och vandrade ditåt. Han behövde inte vandra långt förrän en bekant röst ropade på honom.

"General!"

Han vände sig mot mannen och rynkade förbryllat på pannan. Mannen bugade hövligt mot honom med korsade armar över bröstet. När han rätade på sig kände Drashin igen honom.

"Kirom", sa han kort. "Jag visst inte att du utförde handel här nere."

"Jag är från Fakari, general", sa mannen och flinade stort. "Balden är min hemby. Vad för er ner hit, general Drashin?"

"Villospår, handelsman", muttrade Drashin till svar. "Vi hade ett spår efter Marish som ledde oss ner till Narkia. Men det var allt. Jag misstänker att han är kvar i Amdoria."

"Han härjar fortfarande fritt?" undrade Kirom försiktigt.

"Han har inte längre lika stora framgångar på slagfältet", berättade Drashin och plockade upp en karamell. "Vi har pressat tillbaka honom på flera fronter. Nu måste vi bara hitta honom."

"Jag har tyvärr inga uppgifter att ge er, general. Men givetvis kommer jag att skicka bud om jag hör något."

"Stanna i Balden, Kirom. Jag tror knappast att Marish kommer att komma ner hit. Det finns inget som intresserar honom här. Och skulle han komma ner, så kommer jag att vara tätt efter honom."

Han kastade en silvermarker till handelsmannen för karamellen och stoppade den i munnen. Han grymtade nöjt. Alverna var duktiga på att göra karameller.

Han strosade vidare genom marknaden. Folk som hade sett honom prata med Kirom verkade slappna av en aning. Även om en del fortfarande såg osäkert på honom. Han visste att han såg bister ut. Han brydde sig inte om det. Han var i krig, han hade inte tid att vara munter just nu.

Byns borgmästare dök upp bredvid honom när han stod och studerade en försäljare som sålde lokalt öl. Drashin sneglade på mannen bredvid honom. Räckte över några mynt och tog ett krus. Han kunde lika gärna passa på och prova. Det var långt till Amdoria och striderna.

"Tänker ni stanna länge i byn, min herre?" frågade borgmästaren försiktigt.

"Vi ger oss av snart", svarade Drashin och tog en klunk. "Det finns inget av intresse för oss här nere. Så jag samlar resten av drakriddarna. Vi kommer att invänta två till innan vi ger oss av. Tror bara det kommer ta tre, kanske fyra dagar."

Borgmästaren nickade lättat.

"Vi får hoppas att ni får en behaglig resa tillbaka till Amdoria", sa han hövligt.

"Det får vi hoppas", svarade Drashin med en grymtning. "Och jag hoppas att vårt krig inte kommer ner till erat fridfulla rike. Jag ska göra allt i min makt att få slut på det så fort som möjligt."

Borgmästaren ryckte till vid ordet krig, men bugade mot honom. Han mumlade ytterligare en önskan om behaglig resa och lycka i deras kamp mot ondskan. Drashin såg efter honom när han skyndade iväg. Han vände blicken mot sin hand och kruset i den. Han lyfte den till munnen och svepte ölen. Han grymtade uppskattat och räckte tillbaka det till mannen som sålde ölet. Sedan gick han vidare.

Han stannade till vid en man som sålde hattar. Han lyfte upp en i blått och vred på den. Först undrade han varför han lyft upp just den. Sedan undrade han förstrött om Marin skulle uppskatta en hatt. Det hade varit en varm sommar och prinsessan hade klagat på att inte ha något passande på huvudet. Han skakade på huvudet och lade tillbaka den. Han var inte här för att handla hattar.

Han vände sig om och gick rakt in i en äldre man. Drashin lyckades hålla sig på fötter genom att ta ett steg tillbaka, men mannen hade inte samma tur. Han satte sig tungt ner på den hårda marken. Drashin såg ner på honom. Håret var nästan helt vitt och det rynkiga ansiktet grimaserade en aning när han gned sig om höften. Dem bruna ögonen såg vaksamt upp på drakriddaren. Det verkade vara en bonde från trakten.

Drashin insåg att han höll handen på skaftet till den långa dolken. Svärden låg kvar på värdshuset. Han släppte dolken och räckte fram handen åt gamle mannen.

"Ni får ursäkta mig", sa Drashin och hjälpte honom upp på fötter. "Jag borde sett mig om."

"Åh, ingen fara, unge man", sa mannen med ett kort skratt. "Felet är lika mycket mitt. Jag borde varit mer uppmärksam på min omgivning."

Innan Drashin hann protestera hördes en kvinnoröst över marknaden.

"Horak!"

Förvirrat såg sig Drashin om. Det var en klingade röst. Även om den nästan lät orolig och rädd. Den var... lockande på något sätt. Han vände ryggen till mannen och såg mot ståndet han varit vid. Men ingen fanns där som ägnade dem någon större uppmärksamhet. Han vände sig om igen och fick syn på en kvinna i medelåldern stå bredvid den äldre mannen. Hon såg oroligt på den gamle med sina blå ögon. Drashin blinkade till. Det var dem första blå ögonen bland lokalbefolkningen han sett sedan han kom dit. Håret hölls tillbaka i nacken av en band i rött. Han blinkade till igen och stirrade intensivt på hennes hår. Det mörka håret hade en nyans av blått. Det stod en *blåhårig* kvinna framför honom.

Han hörde inte vad mannen sa till kvinnan. Allt runt honom var som bortglömt, det enda han såg var kvinnan framför sig. Hon vände sina blå ögon mot honom. Ett strängt drag fanns i hennes ansikte och ögon, men när dem föll på honom verkade dem genast försvinna och hon bara stirrade på honom.

Det var en vacker kvinna, kanske strax över fyrtio. Men dem blå ögonen verkade bära större kunskap än vad någon i den åldern kunde ha. Men det kändes inte viktigt. Han försökte säga något till henne, men fick inte fram några ord. Hon verkade också vilja säga något, men hon bara stirrade tyst på honom. Hennes blåa ögon var allt.

Plötsligt dök Tirasine upp vid hans sida och ryckte honom i armen. Han slet blicken från kvinnan framför sig och stirrade oförstående på henne.

"Vi är samlade, general", sa hon och bugade kort med näven mot bröstet. "Vi väntar på dina order."

Han blinkade förvånat och undrade vad hon menade. Sedan kom han ihåg vad han sagt till Kalar tidigare. Han tecknade åt Tirasine att följa med honom. Han såg en sista gång mot kvinnan bredvid den gamle mannen. Mannen talade till kvinnan, men hon nickade bara frånvarande medan hon stirrade mot Drashin. Han tvekade kort innan han gjorde en kort bugning och gick i väg med Tirasine jämte sig.

"Hände något på marknaden, general?" frågade majoren oskyldigt.

"Inget hände", muttrade Drashin. "Något nytt från Krashak och Norek?"

"Inget ännu. Men om dem håller tiden borde dem komma från Kalat inom två dagar."

Drashin grymtade gillande. Det skulle vara tidigare än han hade hoppats på först. Då borde dem komma från byn och påbörja resan mot Amdoria om tre dagar. Han hoppades att Marish inte hade lyckats göra något motangrepp medans han varit borta.

Medan dem två vandrade tillbaka mot värdshuset vände han sig om och spanade längsmed gatan. Han kunde inte släppa kvinnan från sitt medvetande. Han kunde inte glömma dem blå ögonen som stirrat in i hans. Under dem tjugotre åren han levt hade han aldrig varit med om en sådan känsla innan. Kvinnan måste varit en bit över fyrtio. Men varför hade hennes ögon nästan skrikit mot honom? Skrikit att hon funnit något. Vem var hon?

Diriska satt ensam i sitt rum på kvällen framför spegeln. Hon kammade varsamt sitt blåa hår och stirrade frånvarande in i spegel. Vem hade mannen på marknaden varit? Var han en av drakriddarna som kommit till byn? Kvinnan som dykt upp vid hans sida hade kallat honom general. Men han var inte mycket äldre än tjugo, *högst* tjugofem år!

När hon först sett Horak på marken och en man framför honom med handen på sin dolk hade hon blivit förskräckt. När mannen hade vänt sig om hade hon rusat fram till sin skyddsling för att se att han var oskadd. När hon sedan hade vänt sig mot mannen för att argt säga honom vad hon tyckte hade allt bara försvunnit för henne.

Han hade bara tittat på henne med sina gröna ögon. Han hade inte sagt något bara låtit sin blick vila på henne. Hon hade inte kunnat få fram ett ljud när hon såg på honom. Diriska hade inte hört vad Horak sagt till henne och mannen själv verkade förbluffad över att se henne. Nästan som om han hade sökt efter henne.

När han vandrat iväg med kvinnan hade hon nästan lyft sin hand för att hindra honom. Men dem hade gått med så snabba steg att tygen som hängt ner för deras högra ben fladdrat kraftigt.

Diriska tog ett djupt andetag och stirrade på spegeln. Kvinnan som tittade tillbaka på henne var dryga fyrtiofem, men inga gråa hår fanns i hennes hår. Däremot hade hon lagt till lite rynkor runt sina ögon, så att ingen skulle bli för misstänksam mot henne.

Men han var så ung. Men dem gröna ögonen… Hon morrade och kastade borsten på det lilla bordet framför sig. Varför kunde hon inte få honom ur sitt huvud? Hon drog efter andan för att lugna sig. Han var ingen viktig, bara en man som passerade byn. På väg någon annanstans.

Med en suck tog hon upp borsten igen och fortsatte med håret. Försökte förlora sig i dragen, men hela tiden dök han upp i hennes sinne. Varför kändes det som om hon hade funnit något? Varför kändes det som om hon funnit honom? Hon hade inte sökt någon. Hon trivdes där hon var. På gården, med familjen Darik, hennes familj.

Hon lade ner borsten igen, försiktigt denna gång, och reste sig. Hon tog några steg tillbaka så hon kunde se hela sig i spegeln. Hon såg kritiskt på sig. Hon hade burit denna skepnad i kanske tvåhundra år nu. Hon hade aldrig tänkt på hur hon såg ut. Men så hade hon träffat honom.

Diriska samlade sin magi och började sakta förändra sin kropp. Hon gjorde ansikte yngre och tog bort alla rynkorna. Hon gjorde det även en aning magrare än innan, men inte för magert. Längden kunde hon inte göra så mycket åt, men brösten blev aningen fastare, magen lite plattare. Hon kände hur hennes lår blev fastare. Hon kortade ner håret en aning, istället för att gå hela vägen ner till midjan, slutade det nu strax under skuldrorna. Den matta färgen i håret blev glansigare och det blåa syntes ännu tydligare än innan.

När hon var färdig stirrade hon kritiskt sin nya spegelbild. Hon strök försiktigt händerna över den mörkblå klänningen. Snurrade långsamt runt för att se baksidan av klänningen. Den hängde lite löst på henne. Med ett skratt framkallade hon en ny ljusare röd som passade henne bättre. Den följde hennes former på ett helt nytt sätt än hon var van vid och hon rodnade en aning när hon såg sin spegelbild.

Hon förde handen mot kinden. Hon hade aldrig rodnat förr. Hon undrade varför hon rodnade. Då kom hon att tänka på mannen från marknaden igen. Hon undrade om han skulle tycka om hur hon såg ut nu. Hon hade tagit bort över tjugo år från sin skepnad. Nu såg hon ut att vara strax under tjugofem, gissade hon. Med ett nytt skratt snurrade hon runt framför spegeln så kjolen yrde.

Diriska funderade på om hon skulle våga gå tillbaka in till byn imorgon. Hon hade aldrig gått ensam in till byn då det skrämde henne en aning att vara runt människor hon inte kände väl. Men hon kände en så stark lust att gå tillbaka. En förhoppning att få se honom igen. Kanske till och med våga säga något till honom.

Förbryllad satte hon sig tungt på sängen. Vad tänkte hon på? Han skulle knappast känna igen henne i den här skepnaden. Men hon ville så... Vad ville hon egentligen? Hon lade sig ner och stirrade upp i taket. Varför kände hon sig så här? Hon hade aldrig känt så här innan. Inte på trehundra tusen år. Han var bara en liten pojke för henne. Som inte betydde något, eller hur? Men varför kändes det som om hon funnit något?

"Vem är du?" viskade hon upp i taket. "Varför kom du hit till Balden? Var det för... mig?"

1

Diriska satt i den gamla gungstolen och stickade på en tröja. I sängen som stod bredvid henne låg gamle Horak. Hans sjukdom gick inte att lindra längre och helerskan i byn hade gett upp hoppet för honom för flera veckor sedan. Trots det så kämpade ändå Horak Darik för att få leva ett tag till.

Diriska nynnade på en gammal melodi som hon sjungit för Sarek när han legat på sin dödsbädd. Det var samma melodi som hon sjöng för alla i familjen när dem snart skulle lämna detta livet. Horaks hustru hade dött för några år sedan, och även då hade Diriska suttit i gungstolen och nynnat.

Horak stönade till i sömnen. Diriska vred på huvudet och tittade på sin skyddsling. Tickandet från stickorna upphörde inte. Den gamle mannen slog upp ögonen och stirrade blint upp i taket. Synen hade han förlorat för bara någon vecka sedan.

"Diriska", viskade han svagt.

"Jag är här, vännen."

Hon reste sig och lade ner stickningen på gungstolen. Hon gick fram till sängen och satte sig på sängkanten. Hon tog hans hand i sin.

"Vill du hålla ett öga på lilla Liana, Diriska?" viskade han. "Hon är väldigt för äventyr, minns du ju."

"Självklart, vännen", sa hon och log. "Jag ska vara vid hennes sida."

Horak log och slöt ögonen.

"Jag älskar dig, drake Diriska."

Draken hade sin mänskliga skepnad. Den hade hon nästan aldrig lämnat sedan hon lärde känna Sarek och Jalina. För snart tusen år sedan. Hon hade bara ändrat på den då och då. Nu var det tre år sedan hon ändrade på den senast. Enbart vid få tillfällen hade hon ändrat till sin riktiga skepnad. Hon log ömt mot den gamle, en tår föll från hennes blåa ögon.

"Jag älskar dig också, Horak Darik", viskade hon och kysste den dödes panna. "Lika mycket som jag har älskat alla i din familj. Ni har alla en plats i mitt hjärta, lille vän."

Med en suck reste hon sig från sängen. Omsorgsfullt rättade hon till täcket om den döde och snyggade till hans hår. När hon var nöjd lämnade hon rummet. Försiktigt stängde hon dörren och gick för att meddela dem andra att Horak äntligen slapp lida mera.

Liana Darik satt på en gren i hennes favorit träd på gården och tittade bort mot byn. Balden var en så tråkig plats. Det hände aldrig något i den här lilla bortglömda byn. Hela landet Fakari var tråkigt. En gång hade hon följt med farfar Horak, och Diriska till Kalat, huvudstaden. Hon hade förundrats över stadens storlek. I hennes ögon var den enorm. Det var så många människor som levde i staden, att hon inte förstod hur alla kunde få plats. Men snart hade hon tröttnat på den.

Kalat var lika tråkig som allt annat i Fakari. Hon hade inte fått gå i närheten av hertigens palats. Det såg vakterna till. Hennes enda försök hade nästan lett till att farfar hade blivit fängslad. Bara hans eviga bugande och krälande i stoftet för vakternas kapten hade räddat dem från något värre än en skarp tillsägning. Diriska hade stått med ena handen på Lianas axel och tittat bistert på vakterna.

Liana hade inte förstått varför inte hon hade förintat dem alla med en gång. Diriska var ju en drake. Hon kunde besegra dem alla bara genom att ta sin rätta skepnad och blåst sin eldpelare på dem. Diriska såg bara bistert på henne när hon hade sagt det till draken.

”Jag skadar inte människor”, hade hon svarat. ”Jag skyddar din familj från orättvisor. Hade dem behandlat dig eller din farfar orätt hade jag agerat. Men nu behövdes inte det. Så låt detta falla i glömska nu, vännen.”

Det var enda gången som Diriska visat någon form av ilska mot Liana. Horak hade berättat att hans far en gång råkat ut för banditer när han varit på väg till Jarika, en stad i östra hertigdömet. Då hade Diriska blivit mycket arg. Hon hade bytt skepnad och jagat efter banditerna och dödat dem.

Bortsett från det hade Liana bara hört om en spännande sak som hänt i Fakari. För tre år sedan hade det kommit drakriddare till Balden. En general och sju andra krigare hade stannat till i byn. Liana och hennes syskon hade förbjudits att lämna gården tills dem försvunnit igen. Hennes far Darek, Horak och Diriska hade begett sig ner i byn för att få reda på varför drakriddarna kommit hit. Balden låg långt från Amdoria där drakriddarna vanligtvis höll till. Man fick aldrig reda på orsaken till drakriddarnas besök. Dem höll sig för sig själva och redan efter några få dagar lämnade dem byn.

”Åh, är det här du håller hus, hjärtat.”

Liana såg ner från sin trädgren och mötte en klarblå blick. Diriskas blå ögon var dem enda av hennes slag i den här delen av Fakari. Alla andra i Balden och byarna runt omkring hade bruna ögon. Hennes svallande, mörka hår var också speciellt. Det fanns en nyans av blått i det. Hon log vänligt upp mot Liana.

"Var är det alltid som jag håller hus, Diriska", sa Liana med en suck.

"Inte vara näsvis nu, hjärtat", sa Diriska. "Din mor skickade mig för att hämta in dig. Det är mat."

Liana satt kvar och blickade bort mot byn igen. Det var nu tre veckor sedan dem begravde farfar. Livet hade blivit ganska tomt utan honom på gården.

"Jag saknar farfar, Diriska", viskade hon.

"Jag vet, hjärtat. Jag saknar honom också."

Liana började klättra ner för trädet. När hon var nere på marken igen lade hon armarna om Diriska och gömde ansiktet mot hennes bröst. Draken slog armarna om henne och lade kinden mot flickans bruna hår. Sakta började hon nynna och det fick Liana att börja gråta. Det var samma melodi som Diriska hade nynnat på vid farfars begravning.

"Kom nu, vännen", sa hon lågt till flickan. "Nu går vi till mor och får lite mat. Det får dig snart på bättre humör."

"Ja, Diriska", sa Liana och torkade bort tårarna.

"Det är bättre", sa kvinnan och log mot henne. "Daro borde ha kommit tillbaka från byn också nu. Det kanske har hänt något intressant idag."

Dem vände sig mot det stora boningshuset på gården och började gå mot köket. Hennes äldre bror hade begett sig in till byn för att sälja några säckar mjöl på marknaden i byn. Han brukade alltid försöka så med sig några nyheter med sig hem. Även om det kunde vara mycket gamla nyheter ibland.

"Det händer aldrig något här omkring", sa Liana buttert.

Diriska skrattade sitt klingande skratt. Diriska brukade aldrig bry sig om stora nyheter. Hon ville att allt skulle vara lugnt och stilla.

"Man vet aldrig om man inte lyssnar efter nyheter, Liana", sa hon vänligt. "Kom ihåg det."

Daro kom strax efter alla satt sig till bords. Mor lade upp mat på en tallrik och gav den till honom. Han tog emot den med ett tacksamt leende och satte sig bredvid sin far.

"Nå, min son", sa Darek. "Var det några nyheter i byn?"

"Det verkar vara något på gång i Amdoria", sa Daro mellan tuggorna. "Drakriddarna verkar ha fått händerna fulla. Inte för vad jag vet vad dem egentligen gör."

"Drakriddarna är Amdorias elitsoldater", sa Liana upphetsat. "Alla vet att dem gör alla kungens special uppdrag."

"Kanske", sa Darek fundersamt. "Men dem lämnar sällan Amdorias gränser. Drakriddarna håller sig mestadels inom landets gränser. Enda gången jag känner till att drakriddarna lämnade Amdoria var när den där gruppen kom hit till Balden."

”Vi borde inte bry oss om dessa drakriddare”, sa Diriska ogillande. ”Dem verkar mest bara ställa till med problem låter det som.”

Liana ville säga emot, men en snabb ogillande blick från hennes mor fick henne att hålla tyst. Dock slätade Diriska frånvarande till sin mörkblå klänning en smula och fick en frånvarande glimt i ögonen.

”Var det något mer?” frågade Darek.

”Det är en främling i byn, far”, svarade Daro.

”En främling?” undrade Diriska och såg upp från sin tallrik.

”Ja. Jag fick syn på honom när han gick förbi mig på marknaden. En mycket underlig person.”

Liana spetsade öronen och såg stint på Daro. En främling i Balden. Det var det största sedan drakriddarna. Vad kunde det vara för en person? Underlig?

”Vad menar du?” frågade hennes mor.

”Han var insvept i en svart mantel”, berättade Daro. ”Huvan var nerfälld så jag såg ansiktet. Han såg ut som en man i kanske trettio års ålder, men det var svårt att säga säkert. Han påminde en aning om Diriska.”

Det skramlade när Diriska tappade sin gaffel mot tallriken. Liana såg hur hennes ögon var uppspärrade till bristningsgränsen. Alla vid bordet vred på huvudena och såg på familjens äldsta medlem.

”Hur påminde han… om mig?” frågade Diriska tyst.

”Det var svårt att bestämma någon ålder på honom”, sa Daro. ”Som om han hade levt mycket länge men inte åldrades på samma sätt som oss.”

”Hade han blå ögon och mörkt hår?”

”Nej, Diriska. Hans ögon var gyllene gula och håret var gyllene blont. Han pratade med handlare Kirom som om han kände honom. Kirom kallade honom för Lindramas.”

Diriska rynkade fundersamt ögonbrynen. Liana kunde inte tro sina öron. En man med gyllene ögon. Det var någon som hon verkligen ville se.

”Nej”, sa Diriska. ”Någon sådan man har jag aldrig träffat på. Jag kanske skulle ta mig in till byn i morgon för att ta mig en titt på honom. Kanske kommer jag att känna igen honom då.”

”Får jag följa med?” undrade Liana bedjande.

”Om Kira godkänner det”, sa Diriska sakta och nickade, ”så ska det nog gå bra.”

Liana såg bedjande på sin mor.

”Snälla mor kan jag få följa med Diriska till byn i morgon?”

”Det ska gå bra”, sa Kira. ”Efter att morgonsysslorna är gjorda.”

"Jag följer också med", sa Darek fundersamt. "Den här mannen kan kanske ställa till det. Byrådet kommer säkerligen att sammankallas om han stör ordningen i byn."

Liana undrade om mannen verkligen kunde ställa till med problem i byn. Hur skulle en ensam man kunna göra något mot en hel by? Dessutom fanns ju Diriska om det verkligen skulle gå illa. Även om resten av byn inte visste att Diriska var en drake så skulle nog hon beskydda även byn om något hände den.

"Är det verkligen så bra att du går ner till byn, Diriska?" frågade Kira. "Folk kanske fortfarande kommer ihåg att du gick ner dit med Darek när han var liten."

"Det är nog ingen fara, Kira vännen", sa Diriska frånvarande och klappade henne på handen. "Jag kommer att vara försiktig."

Resten av dagen tog nästan en evighet för Liana. Men tillslut kom kvällen och det var dags att lägga sig. Hon kysste mor och far god natt och gick upp till sitt rum. När hon hade lagt sig kom Diriska in i hennes rum.

Draken kysste hennes panna och gick sedan fram till fönstret. Hon öppnade det lite på glänt och en sval skön bris kom in i rummet. Hon blev ståendes i fönstret och stirrade frånvarande bort mot byn. Liana satte sig upp och tittade på henne.

"Vad tänker du på, Diriska?" frågade hon.

Kvinnan vid fönstret svarade inte utan fortsatte att titta ut genom det. Liana steg upp ur sängen och gick fram till fönstret. Ljusen från byns fönster syntes svagt i fjärran.

"En man med gula ögon", sa Diriska fundersamt.

"Vad är det?"

Kvinnan tittade ner på henne och log trött.

"Åh, mitt barn", sa hon mjukt. "Jag bara funderar högt."

Liana log mot henne. Sedan tittade dem båda ut genom fönstret igen. Ett efter ett slocknade ljusen borta vid byn. Liana gäspade ljudligt och Diriska skrattade till. Liana log trött. Hon älskade drakens klingande skratt.

"Dags att sova, vännen", sa Diriska.

"Jag älskar dig, Diriska", sa Liana och lade sig i sängen igen.

"Jag älskar dig också, Liana."

Liana drog upp täcket till hakan. Strax somnade hon till Diriskas nynnande.

Diriska gick tillbaka till fönstret så snart Liana hade somnat. En man med gyllene ögon. Det var något nytt för henne. Hon hade hört via ryktesvägen att det kunde finnas några män med mycket udda ögon, men ingen i Balden tog dem ryktena på allvar. Men kanske låg det någon sanning i ryktena ändå. Hennes ögon var dem enda blå i den här trakten men dem var på inget sätt unika. Ibland hade det kommit handelsmän med blå ögon och någon annan resande som bara stannade för en natt eller två i byns värdshus.

Men en man med gula ögon kunde betyda flera olika saker. Han kunde vara sjuk i någon underlig sjukdom. En sjukdom som gör hans ögon gyllene. Kanske var han en galning som var här för att skövla och förstöra. I så fall skulle hon sätta stopp för honom.

Men det fick vänta tills imorgon. Nu skulle hon vila. Det var dags att sova. Hon vände sig om och gick bort till dörren. Innan hon stängde den såg hon mot Liana som sov i sin säng. Hon log mot barnet. Familjen var hennes allt. Hon kunde fortfarande känna glädjen från den dagen som Sarek och Jalina tog in henne i familjen. Familjen var en helig sak i hennes liv och hon älskade den mer än något annat. Hon stängde nynnande dörren efter sig och gick till sitt egna rum för att sova.

Utanför fönstret lyste månen upp natthimlen tillsammans med stjärnorna. Diriska somnade snart, men hade hon lyckats hålla sig vaken en liten stund till, hade hon sett den enorma ormliknande varelsen som slingrade sig genom luften förbi månens blanka skiva.

2

Liana avslutade mjölkningen och bar den fulla mjölkhinken mot köket. Mor skulle baka och kärna smör idag. Daro och Nala, Lianas lillasyster, skulle hjälpa till vid gården när dem andra var ner till byn.

Darek satt på huggkubben och rotade igenom sin packning han skulle ha med sig. Han hade sin pipa i munnen och röken steg sakta mot himmelen. Diriska stod och tittade ogillande på honom.

"Du vet vad jag tycker om rökning, Darek" sa hon.

"Ja, Diriska", sa han lugnt och spände remmarna på packningen. "Du säger det ofta till mig."

Diriska fnös och vände sig mot Liana.

"Lämna mjölken till din mor, hjärtat", sa hon. "Vi är klara att ge oss av till byn."

"Ja, Diriska", sa Liana och skyndade in i köket med hinken.

När hon kom ut igen stod Darek och Diriska borta vid vägen och småpratade medan dem väntade på henne. Diriska log mot henne när hon kom fram till dem. Hennes far suckade och knackade ur pipan mot klacken av sina kraftiga kängor. Han sneglade snabbt på Diriska och gömde sedan pipan innanför rocken. Han blinkade mot Liana. Hennes far och draken hade alltid grälat om hans pipa, men hittills hade inte Diriska lyckats att ta den ifrån honom.

Det tog inte lång tid innan dem nådde byn. Just innan dem passerade dem första husen till byn vände sig Diriska mot Liana och hennes far.

"Kommer ni ihåg vad ni ska kalla mig nu när vi är i byn?" frågade hon skarpt.

"Ja, kära kusin", sa Darek med ett skevt leende. "Du är min kusin Dira."

"Ja, tant Dira", sa Liana och nickade upphetsat.

Diriska nickade njöt och promenerade vidare in i byn. Hela tiden gled hennes blick fram och tillbaka. Hon sökte redan efter främlingen. Hon gick ändå försiktigt och hade ett visst avstånd till dem andra människorna. Diriska var inte så förtjust i att komma till byn. Det var därför hon gjorde det så sällan.

"Hon var din farfars kusin också ibland ska du veta, Liana", sa Darek lågt. "Och min farfars syster var det en gång."

Liana fnittrade till och såg på Diriskas rygg. Strax började hon spana efter främlingen med dem gula ögonen. Diriska ledde dem till marknadsplatsen i byn. Där vände hon sig om mot dem andra, gav Liana några mynt för lite godsaker och bannade Darek för att ens tänka på att tända den där pipan han hade. Sedan försvann hon in bland marknadsstånden. Hela tiden spanade hon genom folkmassan. Så snart Diriska försvunnit plockade Darek fram sin pipa och började stoppa den. Han log mot Liana.

"Hon älskar mig för mycket för att vara arg på mig en längre tid", sa han och tände pipan. "Se dig omkring lite, Liana. Jag ska se om jag kan hitta borgmästaren och höra vad han vet om främlingen."

Så försvann han iväg mot värdshuset. Liana stod ensam kvar i kanten av marknaden. Hon såg snabbt ner på sin slutna hand där silverkronorna från Diriska låg. Sedan såg hon upp mot alla stånden med ett leende. Det kanske fanns något hon kunde köpa där. Förväntansfullt smet hon in mellan stånden för att leta efter något intressant.

Hon stötte på några yngre barn och slog följe med dem. Alla talade uppmärksamt om den underlige mannen som kommit till byn dagen innan. Liana kände hur upphetsningen steg inom henne. Tänk om hon skulle stöta på honom här före Diriska. Sedan blev hon lite orolig. Tänk om mannen var farlig? Men ju mer hon lyssnade på människorna runt henne, fick hon en känsla av att han var en god man. Ingen som skulle kunna skada andra människor.

En kvinna passerade henne och Liana såg nyfiket på hennes kläder. Hon bar ett par svarta, pösiga byxor, det var den första kvinnan Liana någonsin sett som bar byxor, och svarta kortskaftade stövlar. En skjorta i mörk grönt och ett konstigt tygstycke som gick från midjan nerför höger ben till stövlarnas skaft. Det var olika färger på det, och något mönster, men Liana kunde bara se färgerna rött, blått och gult. Vid kvinnans bälte satt en lång dolk.

Liana glömde strax bort kvinnan och gick vidare. Snart var hon framme vid den bod som Kirom Lakar använde till sina varor. Mannen själv stod och pratade med en gammal kvinna som skulle handla lite sötsaker till ett barnbarn.

"Mor Jara", sa Kirom med ett stillsamt leende. "Jag skulle aldrig drömma om att sälja något som inte höll absolut högsta klass till er."

"Så det här är vad barn i Terabelle äter, säger du?" sa mor Jara fundersamt.

"Oh ja, det verkar vara det mest populära sötsakerna i Amdoria just nu, frun."

Efter att ytterligare studerat dem hårda karamellerna och även fått provsmaka en så köpte mor Jara till slut en lite påse av dem. Grymtande för sig själv vaggade hon sedan iväg.

"Vad är det för karameller, mäster Lakar?" frågade Liana och pekade på samma som gumman köpt.

"Men se god dag, Liana Darik", sa Kirom och log mot henne. "Dem kommer från Terabelle, Amdorias huvudstad. Jag tror att det är någon sorts kola fast hård. Alverna i staden har någon tillverkning av dem där. Mycket goda. Smaka på en så ska du få se."

Liana tog en liten bit och stoppade den i munnen. Den smakade nästan som en vanlig kola. Den var så hård att hon inte kunde tugga sönder den. Hon tog upp en silverkrona ur sin ficka och visade den för Kirom.

"Hur mycket får jag för den här?"

Kirom tog myntet och granskade den. Sedan tog han fram en liten påse och lade ner tre karameller i den. Sedan räckte han över den till henne. Liana öppnade påsen och tittade besviket ner i den. Hon hade hoppats på att myntet skulle ha gett mer än bara tre stycken.

"Var inte en sådan snåljåp, Kirom Lakar", hördes en mansröst bakom hennes rygg. "Nog kan flickan få några fler för myntet, eller har du blivit sniken på gamla dagar?"

Liana vände sig om och stirrade på mannen som stod bakom henne. Han var längre än någon annan man som hon någonsin träffat på tidigare. Han var klädd i mörka byxor och en vit skjorta. Över axlarna vilade en svart mantel. Han log vänligt mot henne. Liana stirrade in i hans ögon. Dem var gyllengula. Håret var blond och var mycket kort.

"Ett sådant sött barn", sa han muntert och klappade henne på kinden.

"Karamellerna är ganska dyra för mig att köpa in, Lindramas", sa Kirom. "Därför kan jag inte ge henne mer för en silverkrona."

"Så det säger du?" sa mannen. "Jag brukar inte behöva betala så mycket för karamellerna när jag vill ha några. Men jag betalar ändå samma pris som du gör när du köper in dem till ditt lager, Kirom. Och på en silverkrona gör du en ganska bra förtjänst för tre karameller."

"Knappast, Lindramas", sa Kirom bistert. "Jag måste lägga ut för arbetare och för transporter hit. Försök inte tala om för mig hur jag ska sköta mina affärer."

Leendet på Lindramas läppar försvann.

"Har du glömt hur man uppför sig, människa?" morrade han.

Liana ryggade till vid ljudet av hans röst. Hon backade undan från honom när han vände sig helt mot Kirom. Folk lämnade snabbt en liten cirkel runt dem båda männen. Liana kände hur en hand lade sig lätt på hennes axel. När hon såg upp såg hon Diriskas sammanbitna ansikte. Diriska släppte inte mannen med dem gula ögonen med blicken.

"Förlåt mig, vise Lindramas", sa Kirom försiktigt och bugade djupt för mannen. "Det var inte min mening att förolämpa er, vise."

"Så det säger du", fnös Lindramas. "Kom ihåg att du är skyldig mig en gentjänst."

"Givetvis, vise."

"Om du lägger ner några fler karameller i barnets lilla påse så kan vi nog säga att det är kvitt mellan oss."

Kirom sträckte sig genast efter Lianas påse och fyllde på med flera extra karameller. Efter en nick från Lindramas gav han tillbaka påsen till Liana. Leendet kom tillbaka i Lindramas ansikte och han vände sig mot Liana igen.

"Så ska du nog klara dig ett litet tag i alla fall, lilla flicka", sa han vänligt. "Säg vad heter du, lilla vän?"

"Liana."

Lindramas skrattade till.

"Liana, säger du", sa han. "Är du döpt efter prinsessan Liana av Amdoria? Hon som gick ner till demonerna tillsammans med Mantera och blev den första kvinnliga drakriddaren?"

"Hennes mor är mycket förtjust i just den sagan", sa Diriska spänt.

Lindramas studerade henne nyfiket.

"Sagan?" sa han. "Åh det är ingen saga. Prinsessan fanns på riktigt. För över tvåtusen år sedan blev hon inskriven som en av åttahundra demonjägare att gå ner i Labyrinten och kämpa mot demonerna. Hennes far, Sakram Kastom, kungen av Amdoria, var emot att hon skulle gå ner, men Ma'sharos'tian var mycket bestämd på den punkten. Liana behövdes för att drakriddarna åter skulle vandra bland oss."

"Hur vet du så mycket om det här?" undrade Liana nyfiket.

Hon kände hur Diriska ogillande kramade om hennes axel, men hon ignorerade henne. Lindramas röst hade nästan förtrollat henne. Mannen blinkade till som om han tog sig tillbaka från ett minne. Han tvekade kort men hämtade sig så snabbt att Liana trodde att hon sett fel.

"Jag är en sagoberättare", sa Lindramas och bugade lätt åt henne.

"Du ser inte ut som en sagoberättare", sa Diriska misstänksamt.

"Kanske inte, unga fröken", sa Lindramas och log lugnt. "Men jag är en mycket speciell sagoberättare. En annan gång kanske jag kunde visa er."

Liana kastade en snabb blick på Diriska. Den gamla draken rodnade lätt. Ingen hade någonsin kallat henne för unga fröken tidigare. Ingen hade någonsin kunnat säga någon ålder på henne för den delen. Men den här mannen hade helt enkelt konstaterat att hon var en ung fröken.

"Givetvis, min herre", sa Diriska osäkert.

"Kalla mig Lindramas", sa mannen. "Det gör dem flesta andra." Hans min mörknade en aning. "Vissa kallar mig andra saker också."

Han ruskade på sig och leendet var tillbaka igen. Han lade huvudet på sned och betraktade Diriska en stund.

"Jag har en känsla av att jag sett er någonstans tidigare, fröken", sa han fundersamt.

"Tyvärr", svarade Diriska. "Jag skulle ha kommit ihåg sådana ögon om jag träffat er tidigare. Mitt namn är Dira, Liana är min kusins dotter."

Lindramas nickade fundersamt sedan vände han sig om.

"Om du säger så, Dira", sa han och började gå där ifrån. "Om ni någonsin kommer till Terabelle, så fråga efter mig. Man vet var jag finns."

Han försvann bland människorna igen. Liana stirrade efter honom. Hon hade aldrig träffat någon som honom förut.

Just som hon skulle vända sig om mot Diriska fick hon syn på en man som betraktade henne. Han såg på henne med rynkade ögonbryn och ett skevt leende. Hans bruna hår var kortklippt och det glimmade roat i hans gröna ögon. Han var klädd i svarta byxor och vit skjorta, över det högra byxbenet löpte ett tygstycke från midjan ner till stövelskaftet. Det var brett vid midjan och smalnade av ju längre ner mot foten det kom. Ett mönster fanns på det i röd bakgrund, men hon kunde inte se det tydligt. Runt hans huvud fanns en svart rem med en liten guldplatta. Vid hans bälte satt en lång dolk. När han såg att hon tittade på honom försvann leendet och han vände sig mot Kirom.

"Du borde inte lyssna för mycket på vad den där gyllenögda ormen säger, Kirom" sa mannen barskt. "Han släpade hit oss andra för någon nyck."

"Är det vist att säga så om honom, general?" undrade Kirom försiktigt.

"Han skulle aldrig göra något mot mig", fnös mannen. "Jag skrämmer honom mer än han skrämmer mig. Har du det jag bad om?"

Kirom nickade kort och plockade fram en liten ask och räckte den till mannen.

"Vem är det som är den lyckliga?" frågade handelsmannen och flinade.

Mannen såg irriterat på honom. Han öppnade asken och såg ner i den. Han grymtade nöjt och stängde den igen.

"En viss prinsessa i Terabelle fyller år", sa han kort och gav Kirom en liten börs. "Denna gång lyckades hon i alla fall inte lura mig till några dumma löften. Förra gången var ett rent helvete för mig."

Kirom flinade stort och bugade för honom. Mannen gav honom en misstänksam blick innan han vände sig om. I förbi farten tog han upp en karamell. När Kirom öppnade munnen för att protestera kastade han över en silvermarker. Mannens blick föll på Liana igen, han stoppade karamellen i munnen och rynkade fundersamt på pannan. Han höjde blicken en aning och blinkade till. Liana hörde Diriska flämta till. Innan Liana hann reagera vände mannen på klacken och gick iväg efter Lindramas. Vid ett tillfälle var han på väg att vrida huvudet mot dem igen, men fortsatte sedan med raska steg där ifrån.

Liana vände sig mot Diriska. Hennes vän stirrade fundersamt efter Lindramas och mannen. Hon muttrade något på sitt egendomliga och urgamla språk.

"Har du sett honom innan, Diriska?" viskade Liana. "Lindramas?"

Diriska gav henne en sträng blick som fick henne att slå ner blicken.

"Nej", svarade draken sakta. "Jag skulle aldrig glömma en man med gula ögon. Jag skulle tro att det inte finns någon som han i hela världen. En mycket intressant man."

"Han kallade dig för unga fröken", sa Liana och fnittrade. "Tänk om han hade vetat hur gammal du verkligen är."

Diriska skakade på huvudet och fnös.

"Det kommer han aldrig att få veta, Liana", sa hon rappt. "Därför att vi aldrig kommer att träffa honom igen."

"Men han bjöd ju oss till Terabelle", sa Liana.

"Han sa att om vi någonsin var i Terabelle, vännen. Nå, glöm det där nu. Vi går till värdshuset och letar reda på din far nu. Det är dags att gå hem."

Dem fann Darek ingripen i en diskussion med dem övriga i byrådet. Liana hörde inte riktigt vad dem diskuterade, men det verkade handla om främlingarna. Diriska ledde henne till ett bord vid brasan för att vänta in Darek.

Liana sneglade försiktigt på Diriska hela tiden. Draken stirrade ner i bordet och verkade vara djupt försjunken i sina tankar. Hon mumlade för sig själv. Liana försökte lyssna, men det enda hon lyckades höra var något om att inte känna igen henne.

Dörren till värdshuset öppnades och Liana såg hur mannen hon sett vid marknadsplatsen steg in. Nu var han tillsammans med en annan man som var klädd på samma vis som honom. Liana blinkade till när hon såg hans spetsiga öron. Han var en alv. Den förste såg vresigt mot trappan när han gick genom skänkrummet.

"Jag vill veta omedelbart när dem båda kommer tillbaka, Sareas", sa mannen irriterat.

Liana såg hur Diriska genast såg upp från bordet och stirrade på mannen. Liana trodde knappt att draken andades medan hon såg på honom.

"Jag ska hålla ett öga efter dem, general", svarade den andre mannen. "Har ni någon aning om varför Lindramas skickade iväg dem?"

"Nej, men jag ska ha mina svar innan vi lämnar byn. Den där gyllenögda ormen tar sig för stora friheter. Jag vill veta varför vi är här."

"Det var du som föreslog Balden, Drashin, när Lindramas sa att vi skulle fara ner till Fakari", sa Sareas.

Drashin stannade mitt i steget framför trappan och stirrade oseende på den. Sareas bugade kort mot honom och vände om igen. Han lämnade snabbt värdshuset. När dörren stängdes bakom hans rygg vreds sig Drashin om och såg på den. Liana sneglade mot Diriska. Drakens ögon lämnade aldrig mannen vid trappan.

"Varför föreslog jag Balden?" undrade Drashin högt. "Och varför reagerade jag så vid...? Dem ögonen, kan det verkligen varit...?"

Han ruskade på sig och försvann snabbt uppför trappan. Liana vände sig mot Diriska igen. Draken lutade sig en aning som om hon försökte följa mannens väg uppför trappan med blicken. Sedan ruskade hon också på sig och sänkte blicken mot bordet igen.

Diriska började mumla för sig själv igen medan hon studerade bordsskivan. Liana uppfattade bara några enstaka ord här och där. Det verkade som om hon pratade om mannen som just försvann uppför trappan.

Efter en stund reste sig samtliga medlemmar i rådet. Dem fattade varandras händer och skildes sedan åt. Darek kom fram till Diriska och Liana. Liana bestämde sig för att inte säga något om mannen, generalen.

"Ingen vet något om mannen med dem gula ögonen", sa hennes far. "Det enda som dem vet är att han kommer från Amdoria. Det verkar bara vara Kirom i byn som känner honom. Men så känner ju handlaren människor runt om i världen. Dock är dem fem som följde med mannen drakriddare."

"Kirom kallade honom för Lindramas och vise", sa Diriska sakta. "En väldigt underlig man."

"Han kallade Dira för unga fröken", fnittrade Liana.

Darek blinkade till och skrattade sedan.

"Det var första gången någon gjort det", sa han roat.

"Det är dags att gå hem nu", fnös Diriska irriterat. "Och jag vill inte höra något om den där mannen. Förstått?"

Darek och Liana nickade lydigt. Lianas far blinkade åt henne.

Vägen hem var händelsefattig. Liana var uttråkad. Hon funderade på mannen med dem gula ögonen. Hon ville resa till Terabelle och höra hans historier. Det var säkert mycket äventyr i dem. Diriska kunde många sagor, men det var mest för småbarn. Liana ville höra sagor om hjältar och äventyr.

Just som dem skulle svänga av mot gården vid en korsning möttes dem av ett mycket udda par. En människa och en dvärg kom promenerandes på den stora vägen mot byn. Liana rynkade ögonbrynen när hon såg deras klädsel. Båda var klädda i svarta byxor och vita skjortor, över deras axlar hände svarta mantlar. Men det som verkligen fick Liana att stirra var det tygstycke som hängde ner för deras högra ben. Det var breda vid midjan, verkade börja vid ryggslutet och sluta vid bältets fästen. Ju längre ner för benet det gick ju smalare blev det. Styckena slutade precis nedanför skaften på deras kortskaftade stövlar. Tygstyckena var i tre olika färger, båda hade röd bakgrund, men sedan var mönstren olika för dem i blått och gult. Dem såg precis ut som männen från värdshuset. Men innan Liana hann se deras mönster ordentligt passerade dem båda männen dem och fortsatte mot byn. Dem nickade hövligt mot Liana och dem andra.

"Jag kan fortfarande inte förstå varför Lindramas sade åt oss att undersöka skogen runt byn", sa människan.

"Han vill väl bara vara försiktig", svarade dvärgen.

"Men är inte problemen i söder?" fortsatte mannen. "Nära Narkia?"

"Kanske. Jag har inte förstått vad problemen är ännu eller varför vi skulle vara inblandade i det. Lindramas får sköta det, jag vill bara hem igen så fort som möjligt."

"När Drashin får reda på det här meningslösa uppdraget kommer han att bli riktigt arg. Tror du draken har kommit fram med något som är av värde för oss?"

Liana stannade tvärt och såg sig om efter männen. Men nu var dem för långt borta för att hon inte skulle höra dem längre.

"Skynda dig nu, Liana", sa Diriska över axeln. "Vi kommer försent till middagen."

Liana skyndade ifatt Diriska och hennes far. Ingen av dem verkade ha hört vad dem båda männen sagt. Liana funderade om hon hade hört fel. Dem kunde väl ändå inte sagt något om en drake.

3

Middagen var färdig när dem tre kom hem. Resten av familjen satt runt bordet och även ett nytt ansikte för Liana. En ung kvinna satt bredvid Daro. Kira strålade som en sol.

"Vem är detta då?" frågade Darek och ställde ner sin packning innanför dörren.

"Det här är Vicera", sa Kira och log stort. "Daro och Vicera har träffats under en tid och han bjöd in henne till middag idag."

Vicera reste sig upp och neg artigt mot Darek.

"God dag, mäster Darik", sa hon.

Diriska gick fram och lutade sig över Daro.

"Känner hon till mig?" frågade hon honom vasst.

"Inte ännu, Diriska", svarade han lågt. "Jag ville vänta med det."

Hon nickade nöjt och studerade sedan Vicera. Hon log vänligt mot den unga kvinnan.

"Nåja", sa hon. "Det ska nog bli bra det här. Nu äter vi, små vänner."

Liana såg nyfiket på Vicera under middagen. Diriska småpratade med Darek och skojade med Nala. Kira och Daro samtalade med Vicera. Liana petade på resterna på tallriken. Hon hade svårt att sluta tänka på Lindramas. Han hade varit vänlig mot henne och sett till att hon fick fler karameller.

"Vad tänker du på, vännen?"

Liana ryckte till och stirrade oförstående på Diriska.

"Vad?"

"Jag undrade vad du tänker på, lilla vän", sa familjens äldsta medlem.

"Jo", sa Liana, "ah… tänker på mannen med dem gula ögonen."

"Jag trodde att jag sa att vi skulle glömma honom, Liana", sa Diriska strängt.

"Så ni träffade på honom, Diriska", sa Kira.

"Ja, det gjorde vi", svarade hon svalt. "Han verkar inte vara någon större fara för byn och oss. Han var nog bara en resande som stannade till i byn några dagar för att vila upp sig."

"Han är en sagoberättare", sa Liana snabbt. "Han kände till sagan om prinsessan Liana och Mantera. Det var nästan som om han hade känt dem personligen när han började prata om dem."

"Omöjligt", sa Kira och skrattade. "I så fall skulle han vara över tvåtusen år gammal."

"Ingen kan bli så gammal", sa Vicera med ett skratt.

Familjen Darik såg menande på varandra. Diriska log mot henne.

"Om du bara visste", mumlade Liana lågt.

"Det stämmer, hjärtat", sa Diriska. "Men Liana har ändå rätt. Hans blick blev väldigt frånvarande och det fanns en viss saknad i rösten hos honom när han började prata om dem. Det verkade nästan som om han hade känt dem."

"Vad tror du om det, Diriska?" frågade Darek försiktigt.

"Jag håller med Kira. Han kan omöjligt vara så gammal."

Liana tog fram sin karamellpåse och stoppade en i munnen. Diriska såg menande på henne och hon räckte över den till draken. Diriska tog emot den med ett litet leende och räckte fram en till Nala. Flickan stoppade snabbt in den i munnen. Sedan tog Diriska fram en till och studerade den.

"Gjorda av alver", sa hon fundersamt och stoppade karamellen i munnen. "Det har inte funnits alver i den här delen av världen i femtonhundra år. Det smakar gott."

"Det var några alver som reste förbi området för inte så länge sedan", sa Vicera. "Dem passerade min fars gård och köpte lite proviant innan dem fortsatte norrut."

"Norrut?" undrade Diriska.

"Ja, dem pratade om att leta reda på drakriddare, dem tre vise från Draktand och någon dem kallade Ma'sharos'tian."

"Lindramas nämnde Ma'sharos'tian", sa Liana upphetsat. "Eller hur Diriska?"

"Ja, det gjorde han. Dessutom kallade Kirom honom för vise. Men var eller vad är detta Draktand för något?"

"Far frågade alverna det och dem sa att det var ett berg. Inte långt från staden Terabelle. Dem var inte säkra på var berget låg, bara att det var i närheten av staden."

Diriska knackade fundersamt på bordet med fingrarna.

"Terabelle och den där Lindramas verkar höra ihop på något sätt", sa hon. "Du sa tre vise?"

Vicera nickade.

"Vilka är då dem andra två? Och hur kan alver söderifrån känna till dem? Det är två månaders resa till Terabelle om man inte tar några längre raster någonstans. Och då reser man från Balden."

"Om alverna söker efter drakriddare så måste det vara någon sorts problem i södern", sa Darek fundersamt. "Drakriddarna tar sig bara an några speciella fall. Undra om det är därför denne Lindramas och drakriddarna är här."

"Hoppas inte att deras problem kommer hit till Fakari", sa Kira oroligt.

"Ingen fara, vännen", sa Diriska. "Jag kommer att skydda er vad som än händer."

Liana såg undrande på Diriska. Vad fanns det som skulle kunna vara för fara för dem? En fara som krävde drakriddarnas hjälp? Men det som kanske var mest skrämmande av allt. Tänk om Diriska inte kunde skydda dem om alvernas problem kom till Balden.

Några dagar gick och Lindramas lämnade byn. Han försvann lika plötsligt som han hade dykt upp i den. Liana kunde inte låta bli att försöka komma på hur mannen försvunnit utan ett spår. Diriska verkade också mycket fundersam över det. Han hade dykt upp en gång vid gården tillsammans med generalen. Liana hade bara sett dem två från köksdörren, där Diriska strängt sagt åt henne att stanna. Darek och Daro hade mött upp männen vid grinden, där dem fyra stått en längre stund och talats vid. Diriska hade hela tiden stått vid köksdörren med Liana och betraktat männen misstänksamt.

Liana hade sett att draken nästan stod och vaggade på hälarna. Nästan som om hon ville gå ner till grinden. Mumlandes hade hon betraktat dem båda på andra sidan grinden. Liana försökte höra vad hon sa, men det enda hon lyckades höra var något om att våga prata med, vem han är och varför han var här. Lindramas hade enbart haft ögon för dem två männen framför sig, men den andre mannen hade gång på gång vridit huvudet mot huvudbyggnaden där Liana och Diriska stod.

Diriska hade senare frågat ut Lianas far och bror om vad männen velat. Liana hade lyssnat mycket intresserat. Lindramas hade frågat om det hade hänt något utöver det vanliga i området. Om det fanns eller funnits några mystiska varelser som dem kände till. Båda hade sagt att allt varit lugnt. Vid frågan om mystiska varelser hade dem nätt och jämnt lyckats undvika att vända blicken mot Diriska.

Förutom det så var det några händelselösa dagar tyckte Liana. Diriska var mycket nöjd över att Lindramas hade försvunnit från byn. Där emot verkade hon väldigt fundersam över hans följeslagare. Ofta mumlade hon om gröna ögon. Nu satt hon på en stol i solen och sprättade ärtor. Liana låg i gräset och tittade på. Som vanligt bar Diriska en mörkblå klänning.

"Vad funderar du på, hjärtat?" frågade Diriska utan att släppa ärtorna med blicken.

"Vad som skulle kunna vara för mystiska varelser som skulle kunna finnas här", svarade flickan.

"Du har ju mig, vännen", sa Diriska och skrattade. "Jag är ju trots allt inte en människa."

”Men du är ju ingen mystisk varelse, Diriska”, fnittrade Liana. ”Du har aldrig varit en mystisk varelse för mig.”

”Men för andra skulle jag vara det, vännen. Om jag visade mig i min rätta skepnad skulle människorna fly och leta reda på vapen för att försöka döda mig.”

”Varför det? Varför skulle någon vilja skada dig, Diriska?”

”En drake är ju en ond varelse i sagorna. Den äter och dödar människor, alver och dvärgar för nöjes skull.”

”Men det skulle aldrig du göra.”

”Givetvis inte, vännen”, skrockade Diriska.

Hon tittade ner i sin hink med ärtor och reste sig upp. Hon lyfte upp hinken och vände sig mot köket. Liana reste sig upp och borstade bort lite smuts från sin röda klänning. Sedan följde hon efter Diriska in i köket.

”Men i sagan om Mantera och prinsessan Liana”, sa Liana och tänkte tillbaka på boken om Mantera och Liana som hon hade plockat fram efter mötet med Lindramas, ”så fanns det goda drakar. Som inte skadade eller åt människor.”

”Ja, vännen”, svarade Diriska. ”Men både du och jag vet att det bara är jag kvar av drakarna. Så har det varit i många tusen år. Ända sedan den stora katastrofen som dödade alla drakar.”

”Men hur kunde du överleva den?” undrade Liana. ”Jag trodde att alla drakar blev galna.”

Diriska suckade. Hon ställde ifrån sig hinken med ärtorna och satte sig vid köksbordet. Liana satte sig bredvid henne.

”Alla drakar blev inte galna, Liana”, berättade hon sorgset. ”En mycket lite grupp av oss yngre drakar drabbades inte av galenskapen. Många av oss blev dödade av dem andra. Dem tre äldsta av oss yngre var tre bröder, jag minns inte deras namn. Jag var mycket ung då. Dem tre tog upp kampen för vår överlevnad. Men snart stod det klart för dem att dem inte skulle klara av det. Då vände dem tre sig mot dem sista överlevande av oss och beordrade oss att gömma oss, så några kunde överleva.”

Diriska torkade bort några tårar som föll nerför hennes kind.

”Vi var tre överlevande som slutligen gömde oss i den grotta som Sarek Darik fann mig i. Vi var alla skadade och mina två vänner lyckades inte återhämta sig från sina skador. Inom tre dagar hade den ene dött av skadorna. Och den andra dog av någon mystisk sjukdom många år senare. Dem är båda begravda inne i grottan bakom en slät vägg. Hundratusen år efter att jag gömt mig i grottan vågade jag mig ut för första gången när solen var uppe. Världen var helt förändrad. Landskapet var inte det samma längre.

Det berget jag gömt mig i hade en gång tillhört en enorm bergskedja, men nu är det bara några få berg kvar av den. Under tusentals år flög jag runt om i världen för att leta efter överlevande drakar, men ingenstans fann jag dem. Jag var ensam kvar.

När din förfader fann mig hade jag bara sett dem mänskliga raserna i ungefär trehundra år. Men jag hade redan börjat lära mig en massa om er. Genom att besöka marknaden i Balden lite då och då. Naturligtvis inte som drake. Först hade jag fått lära mig hur jag bytte skepnad. Nu är jag här, bosatt på er gård sedan tusen år tillbaka."

Liana lyssnade uppmärksamt på Diriskas berättelse. Hon hade aldrig förr hört hur drakarna dött ut. Diriska hade aldrig talat om det förr.

"Men dem tre äldre drakarna då?" undrade Liana nyfiket.

"Jag tror att dem dog när dem försökte rädda några av våra mindre kusiner. Dem ville rädda så många som möjligt. Jag har visserligen hört talas om ett folk som använder varelser som tydligen skall påminna om drakar. Men jag har aldrig lyckats lista ut var dem finns någonstans."

Diriska reste sig upp och tog hinken med ärtorna.

"Jag tror att din mor behöver lite hjälp i ladan, vännen", sa hon sorgset och vände sig om. "Jag... vill vara ensam en stund."

Liana nickade snabbt och reste sig. Hon insåg att det hade smärtat Diriska att tala om drakarnas fall. Hon skyndade sig ut till sin mor i ladan som höll på att se efter getterna.

Diriska ställde undan hinken med en tung suck. Det var alltid sorgset att minnas tiden vid katastrofen. Hon drömde ofta om det när hon sov. Men under dagtid hade hon inte tänkt på det på över tusen år. Inte förrän den där mystiske Lindramas dök upp. Hans gula ögon påminde henne om en av dem tre bröderna som sett till att hon överlevde katastrofen.

Hon hade aldrig hört talas om dem tre vise förrän Vicera talat om dem vid matbordet för några dagar sedan. Kirom hade ju kallat Lindramas för vise, när denne blivit arg. Var han en av dem tre vise? Och vilka var dem två andra?

Hon gick och började ta hand om den rena disken som stått på tork. Hon började tänka på ett par gula ögon igen. Hon stannade upp och höll frånvarande i en tallrik. Det hade varit något speciellt med dem där ögonen. Dem hade verkat så uråldriga. Som om han verkligen var äldre än Diriska själv.

Hon ruskade på sig och lade tallriken på sin plats i skåpet. Det var befängt. Han kunde inte vara äldre än vad hon var. Hon var den äldsta varelsen som existerade i världen. Han kunde bara inte vara äldre. Men om det var så, var han då en av dem tre bröderna som räddade henne för så många år sedan? Lyckades dem ta sig i säkerhet? Men var hade dem varit i alla dessa år? Varför hade dem inte kommit för att leta reda på henne? Tänk om det fanns fler överlevande drakar någonstans.

Hon suckade och drömde sig tillbaka i tiden. Två av bröderna hade sett ut som henne fast den ene hade rött skinn medan den andre hade brunt. Den tredje hade haft en lång smal kropp, nästan som en orm. Huvudet hade sett ut som en vargs och bakom dem spetsiga öronen hade han haft en gyllene man. Hela han hade varit täckt av kort päls istället för det ödleliknande skinn som dem andra hade.

Hon ställde undan resten av disken och gick bort till köksdörren. Hon stirrade ut i solskenet med armarna om sig. Ibland var det jobbigt att behöva gömma sig för människorna. Hon önskade att hon kunde leva mitt ibland dem. Så som drakarna i sagan om Mantera och Liana gjorde.

Hon lutade sig mot dörrkarmen och såg upp mot himmelen. Hon kom på sig själv att tänka på en man med gröna ögon. Samma man som hon sett i Balden för en vecka sedan. Samma man som hon sett för tre år sedan. Varför kändes han så viktig? För tre år sedan hade hon inte hört honom prata. Hon hade ändrat på sig, tagit den skepnad som hon hade nu. Men hon hade inte vågat gå ner till byn igen. Hon hade velat se honom igen den gången, höra honom prata, prata med honom. Men när hon väl vågade gå ner till byn igen, hade han gett sig av igen. Hon fick aldrig veta vart han tog vägen. Besvikelsen av att han gett sig gjorde att hon låst in sig i sitt rum i tre dagar.

Så hade han dykt upp igen, tre år senare. Hon hade fått höra honom prata, om än inte till henne. Hon hade velat gå ner till grinden till Darek och Daro, men det var den andre mannen, Lindramas, som hade gjort att hon stannade kvar vid köksdörren. Hon litade inte på den mannen. Men det var den unge mannen som fanns i hennes tankar, general Drashin. Ibland fanns han till och med i hennes drömmar. Det hade han gjort i nästan tre år nu. Nu var han borta igen. Hon suckade. Lämnat henne bakom sig för att återvända till Terabelle. Återvända till en prinsessa.

Efter en stund rynkade hon fundersamt på pannan. Det var något där uppe i skyn. Det verkade cirkulera runt strax ovanför gården. Sedan fick hon syn på en till. Dem båda verkade stanna upp intill varandra en kort stund sedan började dem cirkulera igen.

Hon studerade den som försvann norrut en stund. När hon åter vände uppmärksamheten till en andra så verkade den nu komma närmre. Som om den tänkte landa på gården. När den kom närmare spärrade hon upp ögonen och stirrade förbluffat på varelsen.

Den landade smidigt på marken och dess läderartade vingar lades tillrätta mot dess kropp. Dess kropp var stor som en häst och skinnet var grått. Huvudet var spetsigt med ett par korta spetsiga öron. Ögonen var bruna och såg sig hela tiden nyfiket omkring. Diriska gnuggade sig i ögonen och stirrade på varelsen. Det var en drake. En av hennes mindre kusiner från tiden före katastrofen. Hon tog några steg mot den med ena handen utsträckt mot den.

"Var försiktig", sa en ihålig mansröst från dess rygg. "Varsk är lite misstänksam mot främlingar. Han kan få för sig att bita av dig handen om du inte är försiktig."

Diriska vände blicken mot drakens rygg och stirrade på mannen. Han gled ledigt ur sadeln som var fast spänd framför vingarna. Han var klädd i ett par bruna, säckiga byxor och en löst sittande brun skjorta. På huvudet bar han en underlig hjälm som var formad som drakens huvud. Den täckte hela hans ansikte. Han lyfte händerna till hjälmen och lossade på några dolda spännen. Sedan lyfte han den av huvudet. Håret var axellångt och ljust brunt, ögonen var gröna och såg vänligt på henne. Han var i medelåldern och ganska stilig. Han hade två ärr löpandes över högra kinden.

"Varsk kan vara lite nyckfull ibland, frun", sa han och klappade tillgivet draken på halsen.

Varsk sänkte huvudet och såg glatt på mannen.

"Det är en drake", sa Diriska tyst.

"En dvärgdrake", rättade mannen henne. "Han är inte på långa vägar lika stor som jättarna. Men han är alldeles lagom stor för oss."

Draken skrattade sitt tjattrande skratt och tog några lekfulla skutt bort från mannen. Han skrattade åt den och vände sig mot Diriska igen.

"Ni får förlåta mig", sa han och bugade, högra handen mot hjärtat och vänstra mot henne. "Mitt namn är Jarom Stram från byn Olasi. Jag är en drakryttare."

"Hur har ni fått tag i en drake, mäster Stram?" frågade Diriska. "Jag trodde att dem var utdöda."

"Varsks förfäder vandrade in i vår by för snart tretusen år sedan", berättade Jarom. "Vi har aldrig fångat några. Drakarna valde själva att komma till oss."

"Jag förstår", sa Diriska och höjde handen mot Varsk.

Draken såg fundersamt på hennes hand. Försiktigt sträckte den fram nosen mot den och luktade på den. Den ryckte undan kvickt och stirrade på den. Sedan sträckte den fram nosen igen. En plötslig duns bredvid dem fick draken att rygga undan igen. Den stirrade skrämt på nykomlingen.

Diriska vände blicken mot den andra draken som landat inte långt från dem. Det var nästan en exakt kopia av Varsk, men mycket större. Ett långt, vitt ärr gick från höger mungipa upp till strax under högra ögat. Det såg nästan ut som om den log ondskefullt mot dem andra. Det fanns ingen nyfikenhet i den här drakens ögon, bara en glimt om en fruktansvärd våldsamhet som bara väntade på att få släppas lös. Den här draken bar ingen sadel och ingen ryttare med sig. Den gick mot dem på alla fyra.

Varsk såg sig om på Jarom, som förvånat såg på nykomlingen. Sedan vände draken blicken mot Diriska igen. Så vände den sig mot den andre draken och reste sig på bakbenen. Den väste hotfullt mot draken.

Den andre drakens ögon smalnade något och i en smidig rörelse, utan att stanna, reste den sig upp på bakbenen och spände musklerna i sina armar. Varsk kröp ihop något osäkert vid den andres reaktion.

"Samare", ropade Jarom. "Vad gör du?"

Diriska gjorde sig redo att ryta till på drakarnas språk. Men den andre draken, Samare, stannade till, sjönk ner på alla fyra och vände sig mot Jarom. Den såg på honom en kort stund.

"Du skall komma tillbaka hem", sa draken med en sträv stämma på drakarnas språk. "Mira och Kadar har kallat samman byrådet. Du behövs i byn."

Jarom såg fundersamt på draken.

"Mira och Kadar säger du?" sa Jarom. "Det kan bara betyda att jag måste återvända hem."

Samare fnös och såg på Varsk. Den andre draken kröp ihop lite till. Den store draken vände blicken mot Diriska och vädrade i luften efter henne. Hon såg uppmärksamt på honom.

"Du doftar av... honom", mumlade han fundersamt. " Så mycket... Hur är det möjligt?"

Han vände sig åter mot den mindre draken. Med en morrning, som fick Varsk att kasta sig till marken, slog Samare ut sina vingar och lyfte från marken.

"Vad var det där om?" undrade Diriska och följde draken med blicken. Hon menade både varför han betedde sig som han gjorde mot Varsk och vad han hade sagt.

"Samare är född som en vild drake", sa Jarom. "Han promenerade in i vår by utan någon förklaring när han var ungefär tjugo år. Sedan dess har han stannat där. Det är snart hundratjugo år sedan."

Jarom vände sig om mot Varsk och klappade honom uppmuntrande på huvudet. Sedan tog han på sig sin hjälm igen.

"Orsaken till att jag landade var för att fråga om ni sett något utöver det vanliga, frun", sa han.

"Inget förutom det där", svarade Diriska som fortfarande spanade efter Samare.

"Då skall jag inte störa er mer. Jag önskar er en trevlig dag, frun."

Han klättrade upp i sadeln igen och med ett kort kommando fick han upp draken i luften igen.

Diriska stod där och stirrade efter drakarna länge. En tår föll från hennes kind. Ett darrande leende lyste upp hennes ansikte. Hon var inte ensam. Om dvärgdrakarna hade överlevt katastrofen kanske det fanns fler av dem stora drakarna vid livet. Hon bestämde sig för att hon skulle bege sig ut och söka efter dem. Någonstans måste dem finnas.

Diriska gav sina familjemedlemmar sitt beslut om att resa iväg vid middagen kvällen därpå. Liana trodde inte sina öron.

"Vart skall du resa Diriska?" undrade Darek.

"Vet inte ännu", svarade draken. "Dvärgdrakarna verkar vara utspridda norrut. Drakryttaren som jag träffade sa att dem inte kom i närheten av jättedrakarnas storlek. Han verkade veta att det fanns sådana som jag. Drakryttarna kanske vet var mina fränder finns någonstans."

Liana stirrade ner på sin tomma tallrik.

"Men vad händer om problemen söderut kommer till oss, Diriska?" frågade hon dystert.

Diriska svarade inte utan såg tyst ner i bordet.

"Liana har rätt", sa Kira oroligt. "Vem skall skydda oss om söderns problem drabbar Fakari?"

"Jag tror inte att alvernas problem kommer att nå oss", sa Diriska efter att funderat en stund. "Jag kommer inte att vara borta länge. Jag lovar."

Diriska reste sig upp och bar bort sin tallrik. Hon gick ut genom köksdörren. Liana skyndade sig från bordet och rusade ut efter henne. Hon hann ifatt draken och slog armarna om henne.

"Snälla Diriska", snyftade hon. "Stanna kvar här. Det är här du hör hemma."

Diriska smekte henne över håret.

"Vännen, jag lovar att jag kommer hem snart igen", sa hon och lade kinden mot Lianas hår. "Detta är en sak jag måste göra."

"Får jag följa med?"

"Nej, hjärtat. Detta är en resa jag måste göra ensam."

Draken lossade försiktigt Lianas armar och log mot flickans tårade ansikte. Hon torkade bort hennes tårar och tog några steg bort från flickan. Hon höjde blicken och log mot resten av familjen som stod i köksdörren.

Diriska slöt ögonen och höjde sina händer. En svag dimma skapades och omgärdade kvinnan framför Liana. Flickan backade undan från dimman och stirrade förundrat på den. Hon hade aldrig sett Diriska förvandla sig innan. Efter en liten stund skingrades dimman och Diriskas riktigt skepnad visade sig.

Liana stirrade på det stora framben som befann sig alldeles framför henne. Hennes blick sökte sig uppåt tills hon mötte drakens blick. De blå ögonen glittrade mot henne. Drakens muskler darrade under det mörkblå skinnet. Hon var enorm tyckte Liana.

"I den skepnad som jag kommer att färdas i kan jag inte ha med dig, hjärtat", sa Diriska sorgset och rörde Lianas panna med nosen.

Hennes röst hade blivit mörkare och skrovligare. Men det gick att urskilja rösten som hon hade när hon hade en mänsklig skepnad. Hon vecklade ut sina läderaktiga vingar och flaxade med dem några gånger.

"Det var länge sedan jag använde dem här senast", sa hon och skrockade.

Sedan gjorde hon några snabba flaxande med vingarna och lyfte från marken.

"Jag är hemma om några dagar, några veckor högst", sa hon. "Allt kommer att gå bra. Söderns problem kommer att stanna i södern, mina barn. Ta väl hand om varandra nu."

Sedan försvann hon upp i himlen och bort mot horisonten. Liana och resten av hennes familj stirrade efter draken. Kira fick fram till sin dotter som gråtande kastade sig i hennes famn.

"Det kommer att bli bra, Liana", sa Kira tröstande. "Hon kommer snart hem igen. När hon väl hittat vad hon söker, så kommer hon hem igen."

Kira hjälpte in henne i huset igen och bäddade ner henne i sin säng. Sedan satte hon sig vid sängkanten och började sjunga en gammal sång som Diriska hade lärt alla kvinnor i familjen under tusen år. Daro och Nala kom strax in i Lianas rum och lyssnade på sången. Kvar nere vid köksdörren stod Darek och såg upp i skyn efter Diriska. Nerför kinderna rann tårarna när han spanade efter sin äldsta vän. Efter familjens äldsta medlem.

4

Tre dagar senare kom det några alver till Balden. En medlem av byrådet hade skyndat till gården och hämtat Darek för ett möte i byn. Liana och hennes syskon hade strängt blivit tillsagda att stanna på gården. Ingen fick lämna den innan Darek hade kommit tillbaka.

Liana gick rastlöst omkring på gården. Hon undrade vad alverna hade kommit med för nyheter. Det hade säkert inte varit några goda med tanke på krismötet som byrådet hade just nu. Daro stod och mockade efter korna och lade nytt halm på golvet. Nala hjälpte mor i huset. Liana skulle också ha hjälpt mor, men hon hade snart smitit ut och stirrat bort mot byn för att se om far snart var på väg hem snart. Mitt på dagen kom Darek tillbaka från byn. Han hade ett bistert drag över ansiktet när han steg in i huset.

"Alverna var svårt skadade när dem kom till byn", berättade han. "Vad dem än hade råkat utför så har det drabbat hela deras land och det sprider sig nu norrut."

"Vet dem inte vad som drabbat dem?" undrade Kira.

"Något från Helvetet svamlade deras ledare om. En delegation har begett sig till Kalat för att varna hertigen. Vi tror att det bara kommer att ta några dagar innan det som har angripit alverna kommer hit till Fakari."

"Men Diriska sa ju att problemen aldrig skulle komma hit", sa Liana skrämt.

"Hon hade fel", sa hennes far bistert. "Jag önskar att hon var tillbaka nu."

"Jag önskar att hon aldrig gett sig av", sa Liana buttert.

"Det gör vi alla, hjärtat", sa Kira och kramade om henne. "Men hon trodde sig behöva den här resan. Vi måste unna henne detta."

Liana suckade och såg ner i bordet. Dem hade inte hört ett ord från Diriska sedan hon gav sig av. Liana hoppades att hon hade det bra och snart hittade det hon sökte.

Diriska flög lugnt högt upp i skyn. Om någon skulle få för sig att titta skulle man tro att det var en stor fågel som passerade. Den sträcka som hon gjorde på en dag i luften skulle ta fyra eller fem dagar på marken. Med häst.

Det var länge sedan hon förvandlat sig till sin riktiga skepnad. Som drake svävade hon högt över marken. Hon njöt av varje minut. Redan första dagen hade hon passerat gränsen mellan Fakari och Loma, och hela Loma. Envist flög hon norrut, mot landet Amdoria och dess legender. Hon hoppades finna sina svar där.

På tredje dagen passerade hon gränsen mellan Bura och Mosker. Det stora landet som fanns söder om Amdoria. Här började hon bli mer försiktig i sitt resande. Sent en kväll, när det nästan var mörkt, landade hon i en liten dunge. Hon förvandlade sig till människa och strök händerna över klänningens kjol. Dess ljus röda färg verkade spegla av sig på hennes sinne. Hon hade tänkt att ha en blå klänning, men av någon anledning blev den röd.

Hon undrade varför. Så kom hon på att hon tänkt på mannen från marknaden. Tänk om hon skulle träffa honom när hon kom till Amdoria. Var fanns han nu? Hon tog ett djupt andetag för att lugna ner sig. Det var inte för honom som hon hade rest norrut. Eller var det...? Med ett stön satte hon sig ner på en omkullvält trädstam. Varför var allt så komplicerat sedan hon träffat på honom? Irriterad framkallade hon fram ett par filtar och lade sig ner för att sova.

Morgonen efter var hon på dåligt humör. Dock förvandlade hon sig inte till drake igen. Hon gick i sin mänskliga skepnad genom dungen. Det kändes skönt att få sträcka på benet lite efter all denna flygning.

När hon hörde röster stelnade hon till. Det fanns några personer inte långt från henne. Försiktigt smög hon mot dem. När hon fann källan till rösterna, en man och en kvinna, stannade hon bakom buskarna och iakttog dem vaksamt.

Hon blinkade till när hon kände igen kvinnan. Det var samma kvinna som hon sett i Balden för tre år sedan. Hon som hade hämtat generalen från marknaden. Hon var vänd mot mannen som satt på huk med ryggen mot Diriska. Hennes bruna ögon var fixerade vid mannen, hennes bruna hår låg i en fläta över ena axeln. Hon stod med händerna i sidorna.

"Är det så vist att låta dem båda gå hela vägen från Fakari till Amdoria?" frågade hon trött. "Ranin och Meeko kan hitta på vad som helst på vägen tillbaka."

"Dem är våra ögon och öron där nere just nu, Tirasine."

Diriska drog efter andan. Mannen var Drashin, hon kände igen hans röst. Han ritade planlöst med en pinne i marken. Han lyfte upp blicken och såg på kvinnan.

"Jag tycker inte om det heller, majorkapten", grymtade han. "Jag ville inte lämna Balden när vi gjorde det, men Lindramas envisades. *Han* sa att allt var lugnt."

"Du måste ha mer förtroende för dem vise, general", suckade Tirasine och skakade på huvudet. "Dem vet vad som måste göras."

"Den gulögde dåren", fnös Drashin och spottade på marken. "Så länge han får berätta sina förbannade historier från svunna tider och bli bjuden på vin och öl, så är han nöjd. Krig intresserar honom inte nämnvärt. Inte dem andra två heller. Låt någon annan sköta krigandet, det är deras syn på saken."

Kvinnan framför honom suckade, satte sig på marken och slog armarna om knäna. Diriska sträckte på sig för att kunna se bättre. Tirasine hade lagt huvudet på sned på knäna och betraktade mannen framför sig.

"Krigen mot Marish", sa hon sakta, "då ställde dem upp för dig."

"Det första för att Ama mördades av Marish", morrade mannen. "Det andra först efter att jag hotat med att flå dem tre levande om dem inte tog sina feta arslen ut ur sina förbannade grottor. Våra magiker var inte tillräckligt mot Marishs."

Tirasine suckade igen och såg ner i marken framför sina fötter. Muttrandes reste sig Drashin upp, kastade undan pinnen och stirrade mot himlen. Han vände sig om och Diriska stirrade på hans ansikte. Hon kände så oerhört starkt för att gå fram till honom. Han såg bistert mot dem få molnen som sakta gled över honom.

"Tror du vi får problem att vi bryter mot order, general?" frågade kvinnan utan att se upp.

"Problem är mitt andra namn, Tirasine", skrattade Drashin. "Dem kommer gnälla, dem kommer att skälla. Men till slut kommer dem att se att jag hade rätt, som vanligt.

Var är den där draken någonstans nu då?"

Diriska blinkade till. Han väntade på en drake? Hon var nära på att resa sig för att avslöja att hon var där, när något landade med en duns strax bredvid dem två. Dvärgdraken sträckte lojt på sig och såg mot dem båda. Diriska såg bara svansen och ryggen på den, men hon hade en känsla av att hon sett den tidigare.

"Mira kommer inte bli glad över det här, Drashin", knorrade den på drakarnas språk.

"När man talar om trollen", skrattade generalen och vände sig mot draken. "Så, Tirasine, vad säger du? Skall vi bryta mot några order nu då?"

Kvinnan reste sig och borstade av byxorna med ett kort skratt.

"Du brukar ju ändå aldrig följa dem vises order, general", sa hon. "Dessutom *är* det ganska underhållande att följa dig." Hon bugade sig mot draken. "Samare, accepterar du att jag rider på dig?"

Draken nickade kort och sjönk ner mot marken. Dem båda människorna klättrade upp på hans rygg och han tog till luften. Diriska klev fram från sitt gömställe och såg efter dem. Draken flög en kort sväng mot norr innan den vände tvärt och for iväg söderut. Hon undrade vart dem skulle. Dem hade pratat om att bryta mot order. Drashin hade inte verkat som den man som följde order utan gav dem.

Hon funderade bara kort vad hon skulle göra. Sedan förvandlade hon sig till en hök och flög vidare norrut. En dag senare kom hon till staden Garatur.

Diriska hade tagit mänsklig skepnad och promenerade långsamt genom Garatur, Moskers huvudstad. Staden var större än någon annan hon någonsin sett tidigare. Hon såg sig vaksamt omkring på alla människor. Det fanns en del amdorianer på gatorna och det kastades en hel del hätska blickar mellan dessa och moskierna. Diriska hade bara varit i staden en dag och hon hade redan fått reda på att Amdoria och Mosker alltid ogillat varandra. Även om det inte var krig just nu, så hade dem båda länderna utkämpat många krig under dem tusentals år som länderna existerat.

Diriska var trött efter den långa flygningen från Fakari. Hon hade flugit nästan utan stopp från Balden till Garatur. Hon hade inte sett några tecken på att det skulle finnas några drakar på vägen. Bortsett från Samare som landat i den där dungen hon sett Drashin i.

Hon stannade till vid ett fruktstånd och tittade på dem olika frukterna.

"Hittar ni något som faller er i smaken, frun?" frågade handlaren.

Han pratade lite långsamt precis som alla andra här i dem norra länderna. Diriska nickade och plockade upp ett äpple.

"Vad kostar det här?" frågade hon.

"Fyra kopparstycken, frun."

Diriska plockade fram några mynt och gav dem till handlaren. Han synade dem snabbt innan han stoppade undan dem.

"Ni är inte här ifrån, frun" sa han och såg lite misstänksamt på henne.

"Jag kommer söder ifrån", svarade Diriska. "Från landet Fakari."

"Det är långt söderut, frun", sa mannen och slappnade av en aning.

Diriska nickade tyst och gick därifrån. Mannen hade trott att hon var från Amdoria. Han hade inte slappnat av förrän hon talat om att hon kom söderifrån. Inte från det stora landet norr om Mosker. Hon hade aldrig varit med om så mycket misstänksamhet på ett och samma ställe innan. Det var nästan som om hon undrade om nästa krig mellan Mosker och Amdoria skulle börja just i detta nu.

Hon tuggade frånvarande på äpplet när tre män gick förbi henne. Hon såg undrande på deras klädsel. Dem bar löst sittande, svarta byxor och ljusa skjortor. Längs med högra benet hängde ett tygstycke. Vid höften var det brett och det smalnade ju längre ner för benet det gick. Strax nedan för stövelskaften slutade tyget. Varje man hade ett eget mönster på sitt tyg. Allas bakgrund var svart, men sedan var deras mönster olika i gult och vitt. Diriska följde efter männen på tillräckligt avstånd för att kunna höra vad dem pratade om.

"Har vi blivit hemkallade ännu?" frågade den längste av dem. Han var blond och håret var uppsatt i en hästsvans.

"Inte ett ljud från Terabelle", svarade den andre. Håret var kort och mörkt. Han var den kraftigaste av dem.

"Ni får ta det lite lugnt", sa den tredje, även han mörkhårig och med håret fritt hängande till axlarna. "Asama kommer att kalla på oss när han vet säkert."

"Kanske det, Dorak", sa den förste. "Lindramas borde ha kommit hem igen vid det här laget. Han stannade till här bara för att tala med överste Do'shank och Sultan. Sedan for han vidare."

"Det var för två dagar sedan, Malke", sa Dorak. "Klart att Lindramas är tillbaka i Terabelle nu. Han går säkert igenom allt han fått reda på när han var i dem södra länderna, tillsammans med Asama och dem andra generalerna i riddarhuset."

"Är Drashin i Terabelle också?" frågade den förste.

"Han är här i Garatur, tror jag", muttrade Dorak. "Vet inte varför han stannade kvar, men det verkar ha något med att resten av hans skvadron är här."

Diriska spetsade öron. Om dem pratade om riddarhuset så måste dem vara drakriddare. Dessutom nämnde dem Drashin, och han var här i Garatur. Hon svepte förbi dem och gick fundersamt vidare. Hon undrade om hon skulle stöta på honom här. Hon kände ett visst hopp om det.

"Glöm det, Sarek", hörde hon Doraks röst bakom sig. "Om Krashak får reda på att du jagar kjoltyg igen kommer han att klå upp dig."

"Han kommer inte att få reda på något", sa den andre mannen självsäkert.

Diriska ryckte till när hon hörde hans namn. Hon mindes den godhjärtade Sarek som fann henne för tusen år sedan. Hon suckade och trängde undan sorgen efter sin förste vän.

"Vad kommer han inte att få reda på?" hördes en sträv röst bakom henne.

Hon vände sig om och såg rakt på ett stort klipptroll. Hon hade inte sett ett klipptroll på nästan tusen år. Han var huvudet och axlarna längre än den längste av drakriddarna och han tittade strängt på dem tre. Diriska såg på hans kläder. Skjortan var svart och den satt åt över hans breda bringa. Istället för byxor hade han en svart kilt som räckte honom strax nedanför knäna. Hans tygstycke hade röd bakgrund och mönstret var ett enormt tjurhuvud i blått med stora gula horn. Ögonen var mörka, nästan svarta och huvudet var rakat bortsett från en kortklippt hårkam av svart hår, som gick över hans huvud och ner för nacken. Runt pannan hade han ett svart band med en liten guldbricka. Det var en drake avbildad på brickan. Diriska svalde och försökte göra sig osynlig för honom.

"Ah... Inget, överste", svarade Sarek snabbt. "Det var inget som du skulle behöva ta reda på, överste."

Klipptrollet grymtade till svar. Han såg på Diriska, en undrande glimt fanns i dem mörka ögonen, och bugade hövligt mot henne.

"Väl mött, frun", sa han artigt. "Hoppas ni får en bra dag."

Hon besvarade hans bugning. När hon rätade på sig hade han vänt sig mot dem tre andra drakriddarna igen med sina händer knutna vid höfterna.

"Vi ska återvända hem", sa han. "Gå tillbaka till värdshuset och packa ihop era saker. Har någon av er sett Sultan och Drashin?"

"Senast vi såg den vise var han på väg till Högsta Rådet, överste", sa Dorak. "Han skulle diskutera något med dem. Generalen har vi inte sett. Han kanske är i palatset och träffar drottningen?"

"Sultan kommer där borta", sa Malke och pekade neråt gatan.

Drashin träffade drottningen. Så klart att han inte skulle bry sig om en kvinna från en liten avlägsen by. Diriska såg sig om och såg fyra män som kom gående. Ett svagt hopp om att Drashin skulle vara en av dem tändes.

Hon såg direkt vem av dem som måste vara Sultan. Alla män hade svarta mantlar om sig, men bara tre av dem hade huvan uppfälld. Den fjärde gick med rak rygg och hade huvudet bart. Ansiktet var alldagligt, han hade bruna ögon och axellångt brunt hår. Han var dessutom huvudet längre än dem andra. Han påminde henne mycket om Lindramas, den enda gång som hon träffade mannen med dem gula ögonen.

"Krashak", sa han med mörk röst. "Något nytt från Terabelle?"

"Vi är återkallade, vise Sultan", svarade klipptrollet kort. "Löjtnanterna här var precis på väg tillbaka till värdshuset för att packa."

"Bra, bra", sa mannen och vände sig till sina följeslagare. "Jag kan inte vara till mer hjälp för er, mina herrar. Vi vet lika lite som ni om hotet från södern. Jag måste nu återvända till Terabelle och den amdorianske kungen. Jag är en av hans närmaste rådgivare och han behöver mig just nu."

"Men..." började en av männen men hejdades av Sultan som lyfte ena handen.

"Vi kommer givetvis att kontakta drottning Famala och Högsta Rådet så snart vi vet något mer", sa han lugnande. "Drakriddarnas främste krigare håller just nu på att undersöka saken."

Männen grymtade buttert över hans svar, men bugade hövligt åt honom och vände sedan på klacken. Sultan tittade ogillande efter dem. Sedan vände han blicken mot Diriska. Han bugade artigt mot henne.

"God dag, fröken", sa han. "En strålande dag inte sant."

"Absolut, min herre", sa hon artigt och böjde huvudet.

"Jag sa åt er att återvända!" röt plötsligt Krashak och Diriska hoppade till.

"Genast, överste!" ropade dem tre drakriddarna och rusade iväg.

Diriska stirrade på honom. Hon hade som erfarenhet av klipptroll att dem kunde vara mycket våldsamma av sig. Hon tog ett försiktigt steg bort från honom.

"Krashak! Sultan!"

En femte drakriddare kom rusande genom folkmassan. Han var klädd i samma svarta byxor som dem tre första, men hans skjorta var ljust grön. Men det som fångade Diriskas uppmärksamhet var hans spetsiga öron. Det var en alv. Hans bruna, axellånga hår fladdrade bakom honom när han sprang.

"Majorkapten Dobai", sa Sultan. "Vad är det med dig?"

Alven stannade och flämtade efter språngmarschen.

"Det kom alldeles nyss", pustade han. "Drashin sa åt mig att genast meddela dig."

Diriska drog sig undan en aning och försökte se ut som om hon inte lyssnade. Drashin verkade vara någon som stod högt i det här sällskapet. Hon förde handen till huvudet. Vem var Drashin egentligen? Varför hade hon valt att stanna i Garatur istället för att fortsätta mot Terabelle?

"Narkierna har lämnat Gatrer. Dem vandrar norrut. Hertigdömet Fakari har blivit invaderat."

Diriska stirrade förfärat på honom.

"Vad är det du säger, alv?" utbrast hon.

Han stirrade förvånat på henne.

"Fakari har blivit invaderat, frun", sa han vänligt, sedan vände han sig mot Sultan och Krashak igen. "Drashin och Tirasine for med Samare dit ner för att observera och kanske sabotera deras frammarsch. Dem borde vara där inom någon dag. Jag har aldrig sett Samare flyga så snabbt innan."

Diriska lyssnade inte mer på vad som sades utan sprang nerför gatan mot sitt värdshus. Hon rusade upp till sitt rum och samlade snabbt ihop de få ägodelar hon hade med sig. Sedan kastade hon sig nerför trappan igen och gav värdshusvärden mer pengar än vad rummet egentligen hade kostat henne och rusade ut på gatan. Hon skyndade sig ut ur staden och tog sin till en dunge. Hon bad att han skulle komma fram i tid.

Hon förvandlade sig snabbt, kastade sig upp i luften och gav sig av söderut mot Fakari och byn Balden. Det fanns några i Garatur som hade kunnat svära på att dem sett något stort och blått flyga upp ur en dunge utanför staden och begett sig i hög fart söderut.

5

Liana bar hinken med mjölk från ladan. Hon hade en mycket hemsk känsla om att något inte stod rätt till. Hon kände på sig att något hemsk skulle hända idag. Det hade gått lite mer en vecka sedan Diriska for.

Hennes far och bror hade begett sig in till byn tidigt på morgonen. Darek hade muttrat något om ondska i luften och letat reda på en massiv påk som han tagit med sig. Daro hade med sig sin pilbåge. Ingen hade burit vapen i Balden på över hundra år. Nu gick alla män över femton år med någon sort av vapen. Det var oroligt i hela Fakari.

"Var korna lika oroliga idag, Liana?" frågade hennes mor när hon kom in i köket.

"Ja, mor", svarade Liana. "Dem har varit det i två dagar nu. Har far berättat vad som händer i byn?"

Hennes mor skakade på huvudet med en suck. Hon fortsatte att knåda degen för brödet som hon bakade. Bortsett från det första mötet för två dagar sedan hade hennes far inte sagt någonting om hur det stod till i byn. Ändå var han där varje dag och stannade tills det blev sent. Liana visste att något var på gång.

Nala satt vid bordet och åt på några kakor. Hon log stort och räckte en halväten kaka till Liana. Liana skakade på huvudet. Hon ville inte ha någon kaka. Hon såg ut genom fönstret som visade byn. En tjock, mörk rökpelare steg från den.

"Mor", sa Liana förskräckt, "jag tror att det brinner i byn."

Hennes mor lämnade degen och skyndade fram till fönstret.

"Det kommer någon på vägen", sa hon och skyndade ut.

Liana och Nala följde efter henne ut på gården. Dem ställde sig vid grinden ut mot vägen. Det var Daro som kom springande från byn. Han höll sig om vänster armen medan han sprang.

"Dem har anfallit byn!" ropade han. "Dem har skickat en patrull hitåt! Göm er!"

En pil träffade honom i ryggen och han föll. Kira gav till ett skrik och rusade ut mot honom. Liana och Nala skrek också. Liana grep tag i sin mindre syster och sprang mot huset. När hon vred på huvudet såg hon hur en andra pil kom flygande och träffade hennes mor i huvudet. Gråtande gömde sig dem båda flickorna i det stora skafferiet i köket.

Efter en kort stund hördes fotsteg utanför och män som pratade med varandra på ett främmande språk. Liana försökte få sin syster att vara tyst, men hon snyftade och viskade efter deras mor hela tiden. Snart slets dörren upp och ett par händer slet fram Nala. Nala skrek av skräck när hon stirrade in i den hemska, svarta hjälmen. Den täckte nästan hela ansiktet på mannen. Hans toviga skägg stack fram där öppningen för munnen var. Liana såg upp mot hålen som var för ögonen. Två mörka, ondskefulla ögon stirrade ut ur dem.

"Snälla skada oss inte", snyftade Liana.

Mannen stirrade ner på henne. Sedan flinade han ondskefullt mot henne. Han drog sin kniv och skar sedan halsen av Nala mitt framför ögonen på Liana.

"Din tur nu", sa han med skrovlig stämma och sträckte sig efter henne.

"Sar Ma'sharos'tian ki niorta! Ki niorta!"

Ropet kom utifrån huset och fick mannen att skrämt vända blicken mot den öppna dörren. En andra man kom in rusande genom dörren.

"Drakriddare!" vrålade han. "Drakriddare kommer!"

Mannen som dödat Nala grep tag Liana och slet upp henne från golvet.

"Vi tar med henne", sa han. "Hon kan bli vår lejd här ifrån tillbaka till lägret."

"Bra idé, Gorat", flinade den andre. "Dem skulle aldrig gå till angrepp när vi har en gisslan."

Liana skrek och försökte vrida sig loss från mannens stenhårda grepp. Hon måttade en spark och träffade honom på smalbenet. Han gav till ett irriterat rop och slog henne över ansiktet. Slaget var tillräckligt hårt för att få henne att förlora medvetandet.

När Liana vaknade till igen fann hon att hennes händer och fötter var bundna och hon låg på marken i skogen. Hon hörde männen prata på ett egendomligt språk. Hon tyckte att det lät hemskt. Hon vred huvudet åt vänster och såg åtta män stå runt en eld. Hon kände sig öm i ansiktet efter slaget hon fått av den store mannen. Hon vred på huvudet igen och såg till höger om sig.

Där låg en ung kvinna, även hon med händer och fötter bundna. Inte långt från henne låg två svärd och en lång dolk på marken. Liana tyckte sig känna igen kvinnan, men kunde inte placera henne. Hon kom absolut inte från byn. Hon hade på sig ett par svarta, löst sittande byxor och en vit skjorta. Vid höften hängde ett rött tygstycke som nu låg mestadels under henne. Liana kunde bara nätt och jämnt urskilja att det var något blått på det också.

Kvinnan rörde en aning på sig, men hon vaknade inte upp. Liana studerade kvinnan lite till. Hennes hår var mörkt, nästan svart och var uppsatt i en fläta som verkade räcka henne till skuldrorna. Hennes ansikte var mycket fridfullt nu när hon låg stilla, men hon verkade vara en person som hade ett strängt uttryck när hon var vaken.

En av männen dök upp vid kvinnan. Han ruskade omilt liv i henne. Hon öppnade sina ögon och stirrade bistert rakt på mannen.

"Vi ska fortsätta", morrade mannen. "Din vän är i närheten."

"Blir du nervös", sa kvinnan och hånlog mot honom.

Han gav henne en hård örfil. Sedan kastade han upp henne över axeln och bar iväg henne. Liana hann inte se efter vart mannen bar iväg henne, för i nästa ögonblick lyfte någon upp henne och bar i väg med henne. Hon blev uppslängd på en häst. Den som burit henne kontrollerade hennes bundna händer och fötter. Snart rörde sig hela lägret på sig.

"Ni kommer inte undan", hörde Liana kvinnan ropa. "Han hittar er var ni än gömmer er. Generalen är mycket envis när han blir arg."

"Tyst, kvinna!" röt någon. "Din general kommer att dödas så snart han försöker att frita dig. Han har inte någon chans."

"General Drashin är ingen man viftar bort som en liten fluga", ropade kvinnan med hög röst. "Han är mäktigare än dem tre från Draktand."

Ett nervöst viskande började gå genom leden av män. Det blev snabbt ned tystat av ett rytande från deras ledare. Han röt åt dem på det främmande språket. Liana försökte att höra vad han sa, men det var omöjligt.

"Det förbjudna språket", hörde hon kvinnan muttra. "Dem talar det förbjudna språket."

Liana rörde huvudet för att försöka få syn på kvinnan, men allt hon kunde se var marken som rörde sig under hästen.

"Hallå?" frågade hon osäkert.

"Tyst", sa kvinnan tyst. "Vi kan prata senare när dem slagit läger. Försök vila så gott du kan."

Liana rynkade pannan. Skulle hon vila på en häst som rörde sig? Hon trodde inte att hon skulle kunna få någon form av vila på djuret under tiden dem rörde sig framåt. Men efter några timmar föll hon in i någon from av dvala. Enda gångerna hon vaknade till var när någon kom springandes för att meddela att några hade hittats döda. Någon som rörde sig runt dem dödade alla deras spejare. Männens ledare vrålade ut sin vrede och beordrade dubbel vaksamhet och att alla människor som dem stötte på skulle dödas.

Liana undrade slött om det var Diriska som hade återvänt. Men hon trodde att om draken hade kommit tillbaka så hade hon dundrat rakt in i lägret och dödat allt i sin väg för att rädda henne och att hämnas på familjen. Hon undrade också om Drashin var samme man som hon sett på marknadsplatsen och värdshuset i Balden.

Liana kvicknade till när dem stannade för kvällen. Ytterligare tjugo man hade försvunnit eller hittats dödade under deras färd. Spaningsgrupperna var nu nästan trettio man starka. Men det som oroade männen verkade vara att det inte var spaningsgrupperna som blev angripna längre. Det var själva huvud truppen. En man kunde bara försvinna så snart man vände ryggen till honom. Liana kunde känna rädslan som hängde över armén.

En man lyfte ner henne från hästen och satte henne mot ett träd. Kvinnan hamnade snart bredvid henne. Liana såg upp mot hennes ansikte. Ett tillfredställande flin lyste upp hennes ansikte. Vapnen som legat bredvid henne tidigare kastades på marken en bit bort från dem.

Kvinnan sneglade på vapnen och skakade på huvudet. Hon grimaserade och knep ihop ögonen. Sedan vände hon på huvudet och såg Liana rakt i ögonen.

"Jag är förvånad över att dem tog dig som gisslan, flicka", sa hon och sneglade mot de två männen som stod och bevakade dem. "Jag trodde att vi kom försent för att någon vid gården skulle vara vid liv. Jag är Tirasine Nariba, majorkapten hos drakriddarna."

"Jag heter Liana Darik. Kommer från byn Balden."

"Ah Liana, som prinsessan som blev drakriddare", sa Tirasine och log. "Du vet att hon var den första och enda kvinnliga drakriddaren tills jag blev upphöjd."

Liana funderade över hur Tirasine kunde ta deras fångenskap så lätt. Hon själv var fruktansvärt rädd för alla dem grova männen runt omkring. Dem hade dödat hela hennes familj. Hon tänkte på hur Diriska skulle reagera när hon fick reda på vad som hänt. Hela hennes familj från tusen år tillbaka hade blivit utplånad på bara några ögonblick. Och Liana gick inte att finna då hon var fången. Hon önskade att hon visste vad männen skulle göra med henne. Hon snyftade till.

"Ta det bara lugnt, Liana Darik", sa Tirasine uppmuntrande. "Vi kommer inte att stanna här länge till."

"Hur vet du det?" undrade Liana.

"General Drashin visade sig just för mig. Dessutom så försvann just tre män till."

Liana såg sig omkring. Hon såg varken någon ny person i lägret eller att några saknades.

"När kommer vi här ifrån?" viskade hon.

”I natt”, sa Tirasine. ”Försök att sova lite. Spar på krafterna, du kommer att behöva dem när vi flyr från lägret.”

Drakriddaren lydde sitt egna förslag och slöt ögonen. Liana försökte slappna av som drakriddaren gjorde, men hon var för upphetsad. Hon skulle bli fri igen. Och hon skulle ut på äventyr med drakriddare.

Tirasine öppnade bara ögonen en gång när deras fångvaktare kom med mat åt dem. Hon åt lydigt och glupskt upp alltihop. Liana åt också upp sin mat. Men det mest för att hon tänkte på att hon skulle behöva energin som hon skulle få av den. Efter maten lutade sig Tirasine mot trädstammen igen och slöt ögonen. Liana såg på sin medfånge och gjorde sedan samma sak. Efter en liten stund dåsade hon till.

När det blivit mörkt vaknade Liana med ett ryck. Någon hade knuffat till henne. Hon såg sig yrvaket omkring. Hon fick syn på Tirasine från eldens sken. Kvinnan stirrade på henne.

”Du är vaken”, viskade hon. ”Tyst nu. Det är dags.”

Liana nickade lydigt och såg sig om. Vakterna satt och hängde på sina poster. Resten av lägret låg och sov. Plötsligt gav något upp ett högt vrål. Hela lägret vaknade till liv och soldaterna började springa omkring. Ett stort eldklot kom flygande och träffade tre man i ryggen. Liana skrek till och stirrade på varelsen som dök upp i lägereldarnas sken. Den såg nästan ut som Diriska fast mycket mindre och med grått skin. Den hade tagit sig upp på bakbenen och använde sina väldiga klor som vapen när den slog sig fram. Män föll omkring den, medans andra försökte komma undan dess vrede.

Deras fångvaktare stod bistert kvar på sin plats med blicken riktad mot varelsen. Plötsligt for någon förbi Lianas högra sida. Det glimmade till av metall och det hördes ett dämpat flämtande från dem båda männen. Sedan sjönk dem livlösa ner mot marken. Liana stirrade på mannen som stod framför henne och Tirasine. Han snodde snabbt runt och lossade drakriddarens händer och fötter. Han räckte över de två svärden och dolken till Tirasine.

”Jag tror att du skulle vilja ha dem här, majorkapten”, sa han tyst.

”Tack, general”, sa Tirasine och hängde remmarna till svärdsskidorna över axlarna.

Mannen grymtade till och skar snabbt av repen som band Liana. Liana såg bort mot monstret som angripit lägret. Den hade försvunnit igen.

”Kom fort”, sa generalen rappt. ”Samare kan inte få dem att jaga honom länge till.”

Dem tre skyndade ut ur lägret och in i den mörka skogen. Liana höll hårt i Tirasines hand. Den kvinnliga drakriddaren mumlade uppmuntrande till henne hela tiden. Generalen förde dem snabbt söderut från lägret, sedan vek han av en aning och ledde dem mot nordost. Han plockade fram något som glimmade av guld. Han förde föremålet till läpparna och blåste. En låg klar ton, knappt så att den hördes. Ett väldigt eldklot for upp mot himlen och landade sedan några hundra meter till höger om dem. Män skrek när elden spred sig snabbt i deras läger.

Dem två drakriddarna stannade inte upp utan fortsatte förbi lägret och dess tumult. Snart anslöt sig varelsen som anfallit lägret sig till dem. Den sprang smidigt på alla fyra och rundade träden vant. Dess långa svans följde kroppens rörelser.

"Bra gjort, Samare", sa mannen gillande. "Det borde hålla dem upptagna ett tag."

Monstret sade något på ett främmande språk och skyndade vidare förbi dem.

"Vad sa den?" undrade Liana flämtande.

"Jag tror att han ska se efter så att ingen av narkierna finns framför oss", svarade Tirasine lågt.

"Om det finns några framför oss så kommer Samare att ta hand om dem", sa generalen över axeln. "Draken är mycket effektiv att ha med sig ibland."

"Är det en drake?" utbrast Liana häpet. "Jag trodde att dem alla var enorma. Det är dem i sagorna i alla fall."

"Det är en dvärgdrake", förklarade Tirasine lågt. "Försök att vara tyst nu, Liana. Vi måste försöka ta oss förbi lägret oupptäckta."

Liana nickade lydigt och försökte ta sig fram så tyst hon kunde. Hon ryckte till vid varje gren som knastrade under hennes fot. Efter en stund såg generalen sig över axeln på henne. Hon såg inte hans ansikte i mörkret, men hon förstod att han måste ha sett ogillande på henne. Hon förstod inte hur drakriddarna kunde ta sig fram utan att göra något ljud av sig i mörkret. Dem båda hade ju dessutom sina vapen på sig.

Plötsligt stannade generalen och höjde handen. Tirasine stannade genast och lade sina händer på Lianas axlar. Försiktigt tryckte drakriddaren ner henne på knä. Generalen kastade en snabb blick bakåt på dem andra sedan försvann han snabbt in i mörkret.

"Stilla nu", viskade Tirasine i Lianas öra.

Liana lydde och stirrade ut i mörkret. Hon försökte se var generalen försvunnit, men allt var svart. Månljuset tog sin inte igenom trädens lövklädda grenar. Hon försökte koncentrera sig på att lyssna när röster hördes en bit bort. Det var på det underliga språket som soldaterna hade använt i lägret. Snart tystnade rösterna och allt blev tyst igen.

En gestalt kom in i det bleka ljus som ändå fanns hos dem.

"Dem kommer inte att leta hitåt nu", sa generalen lågt.

"Hur vet du det?" frågade Tirasine och drog med sig Liana upp.

"Jag sa att det inte fanns någon åt det här hållet."

"Är det så klokt att prata med dem, Drashin?"

"Kanske inte, men något måste man göra ibland. Men det som bekymrar mig är att dem talar det förbjudna språket."

Liana såg upp mot Tirasine.

"Vad är det förbjudna språket?" undrade hon.

Dem två drakriddarna såg ner på henne.

"Vi borde hitta ett säkert ställe att sova på", sa Drashin. "Hon kommer inte att kunna fortsätta mycket länge till."

"Ja, general", svarade Tirasine och tog Lianas hand igen. "Vi pratar mer imorgon, Liana."

"Följ mig. Jag vet en plats som borde vara säker."

Drashin ledde vägen till en liten grotta. Han tecknade åt dem andra att gömma sig medan han kontrollerade att det inte fanns något som väntade på dem. Under tiden som generalen var borta kom dvärgdraken tillbaka. Den kom flygande och landade tyst mycket nära Liana och Tirasine. Drakriddaren såg bara snabbt på honom innan hon åter vände uppmärksamheten mot grottan.

Liana stirrade på varelsen. Den var mycket stor tyckte hon. Hon hade sett en häst en enda gång, men hon var säker på att draken var minst lika stor. Han såg nästan ut som Diriska när hon hade förvandlat sig till sin riktiga skepnad. Huvudet var bara en aning trubbigare och hans stora ögon var svarta.

Hon ryggade undan en aning när den vred på huvudet mot henne. Drakens ögon smalnade en aning och den böjde fram huvudet en aning och luktade på henne. Hon höjde försiktigt handen och rörde vid dess nos. Skinnet var strävt och hon kände flera små piggar. Han fnös ljudligt och ryckte undan huvudet. Ögonen blev uppspärrade och stirrade stint på henne. Han muttrade något på sitt språk.

Drashin kom tillbaka och ledde dem in i grottan. Liana såg sig om. Det låg några filtar på marken runt en liten eld. Drashin gick före och lade på ytterligare några vedklampar. Han vände sig om och såg på dem. Han bar en vit skjorta och svarta, lite pösiga byxor. Han hade ljust, brunt hår och hans gröna ögon så stadigt på Liana. Hon sänkte blygt sin blick och såg på det tygstycke som hängde från hans midja. Det hade samma färger som Tirasines. Röd bakgrund, med två stora, gula horn och en sorts sten i blått. På hans rygg hängde två svärd och på hans underarmar satt någon underlig anordning av metall, det verkade stå något på dem. Sedan flämtade hon till. Det var samma man som hon träffat på i Balden. Så han *var* en drakriddare!

Tirasine gick förbi Liana och hukade sig vid en av packningarna på marken. Liana såg nu att hennes tygstycke hade ett blått träd som hade ett svärd och en yxa i gult under sig. Den var fransig och sönderriven på några ställen.

”Finns det en ny kishara åt mig, Drashin?” frågade drakriddaren och lossade svärden från sin rygg.

”Den andra packningen är din”, sa mannen och vände sig mot elden igen. ”Det kan finnas någon där i.”

Liana gick längre in i grottan och såg sig omkring ordentligt. Den var inte speciellt stor, men dem tre människorna och draken skulle utan problem få plats. Hon vände sig om och såg på draken som lugnt tog sig in genom öppningen.

Nu såg hon hur den verkligen såg ut. Dem piggarna hon tyckt sig känna när hon rörde vid dess nos, såg hon inte skymten av. Hans skinn var grått och hon såg musklerna rörde sig under det. Men det som verkligen fångade Lianas uppmärksamhet var drakens huvud. Det var lite trubbigare än Diriskas, med två korta spetsiga öron, men det var det långa ärret som Liana stirrade på. Det löpte från högra mungipan ända upp till strax under ögat. Det gjorde att det såg ut som om han ständigt log ondskefullt mot allt han tittade på. Draken gav henne en snabb blick innan han ignorerade henne helt.

”Samare fick det där ärret när han var ung”, sa Drashin bakom hennes rygg.

Liana vände sig om och såg upp i drakriddarens ansikte. Han såg fundersamt på henne med sina gröna ögon. Runt hans panna gick en läderrem med en medaljong på. Han påminde henne nästan om en mänsklig variant av draken. Han hade tagit av sig svärden och lagt dem vid sina filtar.

”Hur fick han det där?” undrade Liana.

Drashin såg bort mot draken som lade sig till rätta, inte långt från grottans öppning. Den rullade in svansen om kroppen och lade sitt stora huvud på den.

”Han hamnade i en strid mot en annan drake”, sa Drashin och såg på henne igen. ”Den dödade hans far och äldre bror. Samare gick till angrepp innan hans mor lyckades hindra honom. Den andre drakens första slag gav honom det såret. Samare gick bärsärk och slet sin motståndare mer eller mindre i stycken.”

Liana stirrade på draken som misstänksamt stirrade ut i mörkret från öppningen.

"Men dvärgdrakarna är ju fredliga varelser som låter drakryttarna rida på deras ryggar", viskade Liana.

Drashin såg på henne med ett höjt ögonbryn. Sedan vände han sig bort från henne och gick till sina filtar. Han tvekade en sekund innan han virade in sig i dem. Liana såg oförstående efter honom. Tirasine kom fram till henne och lade ena armen om hennes axlar. Liana såg upp på henne. Även hon hade remmen och medaljongen runt huvudet.

"Det är inte många som vet att det finns både tama och vilda dvärgdrakar", förklarade hon tyst. "Samare tillhör en av dem äldsta drakfamiljerna i världen."

"Är han en vild drake?" viskade Liana och stirrade med stora ögon på draken.

"Han är född vild. För ungefär hundratjugo år sedan vandrade han in i den lilla byn Olasi i Amdoria och bosatte sig hos drakryttarna där. Det finns inte en dvärgdrake som skulle gå till angrepp mot honom i en strid."

"Varför gick han in i byn om han var en vild drake?"

"Ingen vet orsaken. Inte ens dem tre vise från Draktand. Vissa påstår att Samare är galen. Jag har sett honom slita huvudet av en demon med bara händerna."

Liana stirrade på draken där han låg och spanade ut ur grottan. Han låg helt stilla, bara de bruna ögonen rörde sig. Hon tänkte vara mycket försiktig när hon var i Samares närhet. Tirasine ledde henne till filtarna och bäddade ner henne.

"Du har haft en jobbig dag, min vän", sa hon vänligt och log mot henne. "Du behöver sova. Det är en lång väg till Amdoria."

Liana skulle just fråga vad Tirasine menade, men stängde genast munnen när minnena från gården kom tillbaka igen. Hon började genast gråta. Tirasine tvekade innan hon sjönk ner på knä bredvid Liana och tog henne i sin famn. Drakriddaren mumlade tröstande till henne och gungade sakta. Liana grep tag i drakriddarens arm och grävde ner sitt ansikte i den. Hon grät länge innan utmattningen från nattens flykt kom ikapp henne och hon föll in i en orolig sömn. I sömnen kom drömmarna om hennes familj.

6

När Liana vaknade dagen efter var solen redan högt uppe. General Drashin låg inte längre i sina filtar och gick inte att finna i den lilla grottan. Den lilla elden hade slocknat och Tirasine höll på att sopa undan askan från den. Samare låg på rygg och snarkade ljudligt.

Liana blev rädd att ljuden från draken skulle locka narkierna igen, men Tirasine verkade inte bry sig om oljuden. Hon sopade ut den sista askan och synade kritiskt stenmarken. Hon skakade på huvudet och kastade undan riset hon använt. Sedan gick hon bort till sina filtar och rullade noggrant ihop dem och lade ner dem i sin packning. Hon hade sina svärd på ryggen och den långa dolken hängde vid hennes sida. Liana såg sig om och såg en lika prydlig packning vid grottans öppning.

"God morgon", sa Tirasine och log mot henne. "Hoppas att du är utvilad. Det kommer att bli en lång väg till Amdoria."

"Ska vi flyga på honom?" undrade Liana försiktigt och pekade på Samare.

"Samare skulle inte klara av oss alla tre", sa drakriddaren och skakade på huvudet. "Och även om han kunde skulle han nog vägra att göra det. Det är inte många som får lov att flyga med honom. Drashin och Mira är nästan dem enda som gör det."

"Så vi ska gå?"

"Bara tills vi får tag i hästar", sa Drashin och klev in i grottan.

Han räckte fram ett litet paket till Liana. Hon tog undrande mot det. Hon öppnade det försiktigt och såg ner på innehållet. Det var en liten bit torkat kött, lite ost och bröd.

"Det är inte mycket", sa Drashin. "Men det borde räcka tills vi kommer till en by där vi kan köpa mer."

"Tack", mumlade Liana.

Drashin nickade och vände sig mot Samare. Liana såg att även han bar sina svärd igen.

"Har inte den där slöfocken vaknat ännu?"

"Han har ju vaktat hela natten", sa Tirasine lugnt. "Han kan få sova en liten stund till."

"Han sov redan tre timmar efter att vi kommit hit. Och jag tror att han redan då hade sovit i någon timma."

Liana stirrade på den sovande draken. Hade deras vakt sovit under hela natten? Drashin såg hennes ansiktsuttryck och skrockade.

"Han hade vaknat så snart någon hade kommit hundra meter från grottans öppning", sa han. "Det var aldrig någon direkt fara ändå."

"Vad menar du?" undrade Tirasine misstänksamt.

"Narkierna gav sig av kanske två timmar efter att jag fritagit er", förklarade generalen och kliade sig på halsen. "Deras ledare verkade inte bry sig om att ni försvunnit. Han vrålade något om att dem måste vara i Amdoria inom en viss tid."

"Då måste vi skynda oss tillbaka till Terabelle", sa Tirasine.

Drashin nickade och gick bort mot draken. Han försökte ruska liv i monstret. När det inte fungerade så sparkade han på Samares tjocka svans. Draken rykte genast till och lyfte yrvaket på huvudet. Drashin började genast prata med honom med yviga gester.

"Vi hinner tyvärr inte återvända hem med dig, Liana", sa Tirasine och vek ihop flickans filtar. "Du blir tvungen att följa med oss till Amdoria."

Liana sken upp och åt upp det sista av brödet. Hon skulle ut på äventyr och det tillsammans med två drakriddare. Hon skulle få resa till Amdoria, legendernas och sagornas land.

Samare gav ifrån ett stön när han reste på sig. Han sa något på sitt underliga språk och lufsade ut ur grottan. Han stäckte en aning på sina läderaktiga vingar. Liana hörde hur han nös till och hur han började flaxa med vingarna. Snart var det tyst där ute igen. Drashin hade tagit upp sin packning och hängt den över ryggen. Tirasine gjorde samma sak med sin. Dem båda hade sina svärd på ryggen och varsin lång dolk hängde vid deras bälten.

"Samare beger sig till Amdoria för att varna kungen", sa Drashin. "Han skulle söka upp Asmaji direkt. Han vet vad som skall göras."

Tirasine nickade och såg på Liana.

"Skall vi börja gå?" frågade hon.

Liana hoppade genast upp på fötter och skyndade ut ur grottan efter dem båda drakriddarna. Solen värmde gott. Sommaren hade gett dem ett underbart väder. Liana hoppades att det skulle vara solsken under hela deras resa till Amdoria. Men det hördes ett mullrande från himmelen ovan för dem. Tirasine såg upp mot skyn.

"Åska?" undrade hon.

"Samare", sa Drashin med ett kort skratt. "Han måste ha ätit något konstigt."

"Tack och lov att han inte gjorde det inne i grottan", sa Tirasine och skrattade lättat.

"Du menar väl att det var tur att jag fick ut honom i tid, Tirasine", sa Drashin.

Tirasine suckade och muttrade på något underligt språk. Liana tyckte att det påminde mycket om det som narkierna använt. Det språk som Tirasine hade kallat för det förbjudna språket.

"Vad är det förbjudna språket för något?" undrade Liana.

"Det är ett språk som demonerna använder", sa Drashin kort. "Det är därför det är förbjudet. Endast drakriddarna har tillstånd att tala det."

"Men…" började Liana.

"Sluta nu", sa Tirasine vänligt. "Det är även förbjudit att prata om det förbjudna språket i vissa länder. Vi vet inte vad för lagar som gäller här i Fakari."

Liana teg och såg undrade på Drashin och Tirasine. Dem verkade inte bry sig vilka lagar som gällde i Fakari. Allt dem verkade tänka på var att snabbt ta sig till en by för att kunna få tag i hästar.

Dem gick i flera timmar innan dem fick syn på en by. Dem hade bara stannat en gång för att få lite att äta och att Liana skulle få vila lite. Hela tiden hade Drashin muttrat och vankat fram och tillbaka. Han verkade ha grälat med sig själv.

Väl i byn sa Drashin åt Tirasine att leta reda på ett värdshus och ordna mat. Själv skulle han ordna med hästar. Liana såg efter generalen när han försvann nerför gatan. Tirasine tog tag i hennes arm och tillsammans gick dem till värdshuset.

Liana såg sig om i skänkrummet när dem kom innanför dörren. Det var inte mycket folk där. Det var bara vid fyra bord som någon satt vid. Tre tjänsteflickor gick runt i rummet och betjänade gästerna. Värdshusvärden stod vid en bardisk och putsade några bägare. Han såg upp när dem steg in och rynkade pannan. Beväpnade kvinnor var något nytt för honom. Han lade undan bägaren och trasan och steg fram bakom disken. Han var ganska tjock och nästan helt skallig. Han gick fram till dem, med en ogillande min.

"Vad kan jag göra för er?" sa han med trött röst.

"Vi vill ha mat", sa Tirasine. "För tre personer, tack."

"Tre?" sa värden och höjde ena ögonbrynet. "Jag ser endast två. En kvinna och en flicka."

"Vi kan betala för oss", sa Tirasine tålmodigt. "Om ni nu inte tror att vi skulle kunna."

Värdshusvärden sneglade ner på Liana och synade hennes slitna klänning. Det syntes att hon var från landet. Han synade sedan Tirasines slitna kläder.

"Så det säger du?" sa han och fnös.

"Det säger hon", sa Drashin bistert och stegade förbi dem tre vid dörren.

Han hade tagit av sig svärden från ryggen och bar dem nu i handen. Även hans kläder såg ganska slitna ut efter flykten från narkiernas läger och den långa vandringen till byn.

"Vi vill ha mat."

Värdshusvärden vände sig ilsket mot honom. "Jag serverar inte trashankar här", fräste han. "Ge er genast av härifrån."

Tirasine grep tag i Lianas axel och tog ett steg bakåt med henne. Drashin stannade upp och såg sig över axeln. Medaljongen i hans panna glimmade till i ljuset och hans gröna ögon fick en farlig glimt i sig. Plötsligt hände allt mycket snabbt. Drashin snurrade runt och sprakade undan benen för värden. I samma rörelse släppte han sina svärd, grep tag i mannens krage och drog sin långa dolk.

Liana blinkade häpet till och drog sig närmare Tirasine. Drashin höll den tjocke mannen strax ovanför golvet med dolken mot mannens hals. Han höll sitt ansikte mycket nära den andre mannens.

"Vet du vem jag är?" morrade Drashin.

Värdshusvärden skakade hastigt på huvudet och svalde hårt. Tirasine släppte greppet om Lianas axel och plockade lugnt upp Drashins båda svärd från golvet.

"Jag är general Drashin av drakriddarna", sa generalen högt nog för att alla skulle höra. "Säger jag en sak så är det så. Det där är majorkapten Tirasine Nariba av drakriddarna."

"D-D-D-Drashin?" viskade värden. "Han som besegrade Shayola?"

"Shayola är inte död", fnös Drashin och släppte mannens krage. "Han blev bara lätt skadad."

Värden kravlade sig upp på fötter igen. Han bugade sig djupt och darrande för Drashin.

"Jag är ledsen, herre", viskade han. "Jag hade ingen aning vem ni var. Förlåt min vassa tunga."

Drashin fnös igen och tog emot sina svärd från Tirasine. Han vände sig åter i mot skänkrummet och satte sig vid ett ledigt bord. Liana såg hur flera av besökarna sakta rörde sig mot dörren. Dem tog alla en omväg runt Drashin för att slippa komma för nära honom. Tirasine knackade Liana på axeln och tecknade åt henne att följa med. Dem satte sig och snart kom en tjänsteflicka tvekande till bordet.

Dem beställde snabbt en stuvning och lite vatten att dricka. Värdshusvärden hjälpte personligen tjänsteflickan att servera dem och han bugade ständigt åt dem båda drakriddarna som fullständigt ignorerade honom. När dem ätit bad dem att få lite mat att köpa med sig. Värdshusvärden skyndade genast att se till att dem fick ett ordentligt paket med kött, ost och bröd.

Drashin granskade innehållet noga innan han nickade och lade några mynt på bordet när han reste sig. Han gav värden en snabb blick innan han vände mot dörren och gick. Liana och Tirasine följde efter honom. När dem kom ut såg Liana tre bruna hästar såg bundna framför värdshuset.

"Var dem dyra?" frågade Tirasine.

"Jag betalade antagligen för mycket för dem", sa Drashin med en axelryckning. "Folk här nere har ingen aning om hur drakriddare ser ut. Men så har jag inte tid att hålla på att pruta just nu heller."

Tirasine skakade på huvudet och gick fram till ett stiligt sto. Mitt i dess panna fanns en vit fläck. Hon klappade den vänligt och viskade några ord i dess öra. Liana stirrade på hästen i mitten. Den var aningen mindre än dem båda andra. Hon gick fram till den och lät den lukta på hennes hand. Det var ett ungt sto och den puffade med mulen mot hennes hand. Liana fnittrade till och klappade hästen. Tirasine log mot henne och hjälpte henne upp i sadeln. Drakriddaren satte fast hennes lilla packning ordentligt bakom sadeln. Sedan gjorde hon fast sin egna och satt ledigt upp i sadeln.

Drashin stod och stirrade på den tredje hästen. Liana såg på den väldige hingsten. Den var muskulös och musklerna darrade längs med benen. Hingsten stirrade tillbaka på Drashin med en beräknande blick. Liana tyckte att det verkade att dem båda försökte värdera varandra med blicken. Till slut gick Drashin fram till hästen. Han lutade sig fram mot den.

"Om du inte ställer till med problem", sa han lågt, "så lovar jag att du inte behöver bli drakföda när vi kommit fram till Terabelle."

Hästen frustade till svar och ryggade undan en aning från honom. Med en fnysning och mycket muttrande satt Drashin upp i sadeln. Liana såg att han inte var speciellt van vid att rida. Med en bister min vände han hästen och satte av i en lugn skritt ut ur byn. Liana och Tirasine följde efter honom. När dem kommit en bit lutade sig Liana försiktigt mot Tirasine.

"Menade han verkligen det där?" frågade hon.

"Nej", sa Tirasine sakta. "Han skulle aldrig ge hästen till en drake. Tror jag i alla fall."

"Jag trodde att alla drakriddare kunde rida bra", sa Liana. "Men han verkar mer ovan vid att sitta i en sadel än vad jag är."

"Drashin är inte från vår värld, Liana", förklarade Tirasine. "Han kommer från den värld som vi kallar för första världen. Dem använder andra medel att ta sig framåt på när dem ska resa långt. Jag vet inte vad dem kallar det, men det för en massa oväsen."

"Första världen?"

"Det finns åtta världar. Vår värld kallas för andra världen, det är i den
här världen som dvärgdrakarna lever i. Man har inte funnit några spår ef-
ter drakar i första världen. Första världen har hittat något som dem kallar
för dinosaurier. Dem benen är många miljoner år äldre än något drakben
som vi har funnit här."

"Finns det alver, dvärgar och klipptroll i första världen också?" und-
rade Liana och lutade sig upphetsat framåt i sadeln.

"Nej, ingen av dem stolta raserna existerar i första världen", sa Tira-
sine och skakade på huvudet. "Bara människor."

Liana sjönk fundersamt ner i sadeln igen. Sedan kom hon att tänka på
något som värdshusvärden sagt.

"Han visste vem generalen var", sa hon försiktigt.

"Värdshusvärden? Ja, många vet vilka general Drashin och hans
skvadron är. Vi gör allt möjligt på våra uppdrag. Drashin är förövrigt efter-
lyst i femton länder."

"Sjutton", sa Drashin över axeln. "Kom ihåg Bura och Narkia."

"Men det var mycket länge sedan nu, general", sa Tirasine. "Dem
måste ha rivit dem där efterlysningarna."

"Inte när jag och Kalar var där senast", sa Drashin och skrockade.
"Dem jagade oss i två veckor där nere. Det är bara... Få se... Tre måna-
der sedan nu skulle jag tro."

"Vad är du efterlyst för?" undrade Liana.

"Allt möjligt", sa Drashin vred sig mot dem andra två. "Mord på perso-
ner jag aldrig mött, kidnappning av andra. I Daranda är jag efterlyst för att
jag inte dök upp på mitt eget bröllop. Jag är efterlyst för mycket, men lik
väl måste alla makthavare bjuda in mig så fort jag besöker någon stad el-
ler land. Spelar ingen roll om jag är efterlyst eller inte."

Han vände sig om i sadeln igen.

"Han sa något om Shayola", sa Liana. "Men är inte han bara en saga."

"Shayola finns verkligen", sa Tirasine. "Han regerar med stenhård
hand i Helvetet. Han skickar ofta demoner in i Labyrinten för att hitta
vägar upp till markytan och människornas värld. Vi går ner och försöker
hindra honom så gott vi kan. Men ibland lyckas några komma förbi oss
och tar sig upp. Dessa jagas naturligtvis ifatt och dödas så fort som möj-
ligt."

"Men Harmsna då? Är han också verklig?"

"O ja. Han är lika verklig han. Jag har träffat honom två gånger.
Mycket egendomlig varelse. Ingen vet riktigt vad han är för något. Han
har aldrig samma ansikte när man träffar på honom. Han ser ut som en
människa, men jag tror inte att han är speciellt nära släkt med oss."

Liana funderade på det medan dem närmade sig skogen på andra si-
dan byn. Hur skulle Harmsna och Shayola alls kunna vara släkt med
mänskligheten? Dem hade levt för alltid.

"Shayola är ännu mindre lik oss", fortsatte Tirasine. "Han har två jätte
horn som sitter i hans panna, ögonen är helt gröna och ur mungiporna
sticker det ut två långa huggtänder. Han har bara en fot, medan den
andra har formen av en getklöv."

"Han är ganska ful", fyllde Drashin i. "Och inte blev han vackrare av
ärret han fick."

"Ärr?" undrade Liana.

"Det är lite komplicerat att förklara, Liana", sa Tirasine och sneglade
mot Drashin som red före. "Shayola fick ärret från Marish för några år se-
dan. Marish och Drashin var en och samma person en gång i tiden."

"Hur kommer det sig?"

"Inte ens Ma'sharos'tian vet det. Det enda vi vet är att dem två sjä-
larna splittrades i striden mot djävulen Nariff och fick varsin kropp. Marish
blev galen av händelsen och ville ta över dem åtta världarna. Drashin
svor att stoppa honom. Trots att dem var en person en gång i tiden ha-
tade dem varandra. Marish blev tillslut besegrad av Drashin och kroppen
är nu gömd i en dal som ingen annan än Drashin kan gå till och åter-
vända från."

Liana funderade en stund på det.

"Hur kommer det sig?" undrade hon.

"Ingen vet riktigt. Ma'sharos'tian tror att det har att göra med Drashins
själ. Men han är lite tveksam i det påpekandet. Den ende som verkligen
har svaret på den frågan är Drashin själv och han vägrar prata om det."

Liana satt tyst i sadeln och tänkte igenom allt som Tirasine hade sagt.
Dem red under tystnad större delen av dagen. Dem stannade endast för
en snabb lunch i en liten dunge. Liana frågade Drashin lite om första värl-
den och han berättade om hur dem tog sig fram med hjälp av något han
kallade för bilar. Det fanns inga drakar i första världen, så skulle man rik-
tigt långa sträckor så flög man med något som kallades flygplan. Liana
hade lite svårt att tro på allt. Det där med stora saker gjorda av stål och
järn skulle kunna flyga lät mycket otroligt. Och skeppen i hans värld var
inte alla byggda av trä. Dem som var riktigt stora och fraktade tunga sa-
ker var också dem byggda av stål.

"Men stål kan inte flyta", mumlade Liana där dem red fram i den tidiga
kvällen.

"Sant", sa Drashin och nickade. "Men människorna har under hundra
år i min värld byggt skepp i stål. Dem löste den gåtan för länge sedan.
Fråga mig inte hur, jag kan inget om båtar."

Dem kom fram till en liten by strax innan solen gick ner. Liana såg sig omkring. Folk verkade inte medvetna om att en stor armé marscherade, inte långt väster om den. Dem gick stilla runt på gatorna och samtalade med varandra. Drashin ledde dem mot byns enda värdshus. Han satt av och räckte tyglarna till en stallpojke som kom rusande när dem stannade. Tirasine hann kasta några silvermynt åt pojkarna innan Drashin hunnit sträcka ner handen mot sin börs. Han gav Tirasine en snabb blick innan han gick in genom värdshusets dörr. Tirasine blinkade mot Liana när dem följde efter generalen.

Värdshusvärden var en äldre kvinna som presenterade sig som Kira Garis. Liana tryckte undan några tårar när hon hörde kvinnans namn. Det var samma namn som hennes mor hade haft. Kvinnan var inte lika rund som värdshusvärden i den andra byn och hon bemötte dem med ett vänligt leende. Även om hon kastade en ogillande blick på deras ganska slitna kläder.

Tirasine beställde maten åt dem medan Drashin och Liana satte sig vid ett bord. Liana såg försiktigt mot Drashin. Han hade fortfarande ett något bistert uttryck i ansiktet och ögonen rörde sig misstänksamt över skänkrummet. Tirasine kom och satte sig. Strax efter kom en tjänsteflicka och serverade dem deras dricka. Drashin fick en mugg med öl, medan Tirasine och Liana fick varsin med cider. Tjänsteflickan var mycket söt och hon gjorde en snabb blinkning mot Drashin som ignorerade henne fullständigt.

"Någon aning om var vi är någonstans?" sa han när flickan gått.

"Husmor Garis sa att byn heter Harak", sa Tirasine. "Vi har ungefär en dagsritt till gränsen och Loma. Därifrån har vi tjugo dagar till Mosker."

"I Mosker får vi vara lite försiktigare", sa Drashin fundersamt och smuttade på sitt öl. "Amdoria och Mosker har det ju lite spänt just nu."

"Tror du att narkierna kommer att slåss i Mosker också?

"Tveksamt. I alla fall på vägen mot Amdoria kommer dem nog att undvika Moskers armé. Den är lika stark som Amdorias. Men vi ska nog få dem att springa rakt i famnen på moskierna när dem flyr från oss."

Liana såg på Drashin och Tirasine. Hon undrade hur dem skulle kunna stå i vägen för en hel armé. Dem fick sin mat serverad. Det var samma tjänsteflicka som kommit med deras dricka. Hon kastade fler blickar mot Drashin.

"Du ska bara se vad jag har planerat för dem", sa han bistert. "Dem kommer att önska att dem aldrig blivit födda, Tirasine. Sedan skall jag ta reda på vem deras ledare är och krossa honom."

Tjänsteflickan ryggade undan från hans blick och skyndade där ifrån. Hon kastade flera skrämda blickar över axeln mot deras bord. Drashin blinkade till och såg efter henne.

"Vad var det med henne?" undrade han.

"Ingen aning", sa Tirasine och rykte flinande på axlarna.

Hon skar upp köttet på sin tallrik och granskade det kritiskt innan hon stoppade det i munnen. Hon nickade uppskattande och började äta med glupsk aptit. Liana åt även hon med stor aptit. Drashin stirrade ner på sin tallrik och verkade fundera på något. Han tog några tuggor av maten och smuttade på sin öl. Liana sneglade på honom över sin egna mugg. Hon provsmakade sin cider och hon misstänkte att det var en aning utspätt. Tirasine drack av sin cider och såg frågande på Liana.

"Smakade det bra?" frågade hon.

"Ja, frun", svarade Liana automatiskt.

Drashin skrockade och Tirasine log mot henne. När dem ätit färdigt kom Kira fram till dem. Hon neg högtidligt för dem. Det fick dem båda riddarna att höja på ögonbrynen. Drashin lade upp sin arm på bordet. Liana sneglade på metall anordningen som satt på den. Det verkade stå något på den, men hon kände inte igen orden.

"Det var länge sedan vi hade några amdorianer i vår lilla by", sa hon. "Inte minst sagt några draakir. Jag är mycket hedrad att ha er här som gäster."

"Hur visste du att vi var drakriddare?" sa Drashin misstänksamt.

"Först när jag såg era kishara visste jag vilka ni var, ers nåd", förklarade värdinnan. "Jag var en gång en informatör för drakriddarna. Men på äldre dagar lämnade jag ett meddelande till Ander Nariba att jag ville dra mig tillbaka. Jag ville driva mitt värdshus i fred. Givetvis skulle jag genast anmäla om något ovanligt hände i trakterna här. Men jag har inte hört något från majoren på många år. Det sägs att drakriddaren själv måste lösgöra banden för en informator."

Drashin och Tirasine såg förbluffat på varandra. Sedan på kvinnan igen.

"Då borde du veta vem jag är", sa Drashin sakta.

"Givetvis, du är Drashin, den mest fruktade av alla drakriddare. Den som vi är förbjudna att kontakta förutom vid största nödfall."

Drashin kliade sig bakom örat och såg på Kira. Hennes lugna tonfall verkade göra honom osäker.

"Men varför kontaktar du mig?"

"Det var inte er jag ville tala med, ers nåd", sa Kira och vände sig mot Tirasine. "Det var henne. Ander Naribas dotter, om jag inte misstar mig."

"Det är jag", sa Tirasine och såg vaksamt på kvinnan. "Vad kan jag göra för er?"

"Jag vill bara bli befriad från mina sysslor från drakriddarna, ers nåd", sa Kria med ett litet leende. "Jag hoppades att ni kunde ta med ett meddelande till er far åt mig."

"Det går tyvärr inte, husmor Garis", sa Tirasine och skakade sorgset på huvudet. "Min far dog i det senaste kriget mot Marish."

"Hans lärling?"

"Ja, Marish dödade honom i en strid, mitt framför mina ögon."

Kiras axlar sjönk ihop och hennes ansikte blev alldeles tomt.

"Jag visste inte", viskade hon.

"Det är inte många utanför Amdoria som känner till den striden. Och drakriddarna vill helst inte höra talas om den. En lärling som vänder sig emot sin mästare och dödar honom, det svider i alla drakriddares hjärtan."

"Så jag kommer att förbli en informator åt drakriddarna?"

"Inte om ni inte vill, husmor Garis", sa Drashin och räckte fram sin hand. "Du förstår jag var också lärling till Ander Nariba, på ett lite annorlunda sätt så att säga. Det sägs att om en drakriddare dör tar lärlingen över alla hans informatörer."

Kira stirrade på hans utsträckta hand. Hon förde sin hand till en ficka i sitt vita förkläde. Hon plockade fram en sten med små färgade fläckar.

"Om ni önskar avsluta era tjänster hos drakriddarna", sa Drashin. "Behöver ni bara ge mig er sten. Ni kan dessutom ge den till någon annan om ni önskar föra vidare era tjänster till någon annan. Men endast om denna är medveten om vilka risker som finns och att han eller hon godtar dessa. Valet är ert, frun."

Hon höll upp stenen i sin hand och stirrade på den. Liana tyckte att den såg ut som en vanlig sten fast någon hade målat på den med olika färger. Kira smekte frånvarande på stenen, sedan tog hon ett djupt andetag och lade den i Drashins utsträckta hand.

"Jag har tjänat väl, ers nåd", sa hon och neg. "Men nu är det mitt eget liv jag måste tänka på. Mitt värdshus och min familj är det viktigaste för mig nu."

Drashin studerade kort stenen. Han slöt handen om den och stoppade ner den i en liten tygpåse. Han räckte påsen över till Tirasine som snabbt stoppade undan den. Drashin gav Liana en snabb blick innan han vände sig mot värdinnan igen.

"Även om du har avsagt dig rollen som en informator för drakriddarna, Kira Garis", sa han. "Kommer du alltid att vara en i drakriddarnas väldiga familj."

Kira neg djupt efter hans ord och ett stort leende lyste upp hela hennes ansikte. Tirasine reste sig upp och mumlade något om att en varm, skön säng skulle vara skönt. Hon bad att bli visad till rummet. Hon vinkade åt Liana att följa med. Dem lämnade generalen nedsjunken i sina funderingar och sin öl.

Värdshusvärdinnan visade dem personligen till deras rum. Hon neg en sista gång för Tirasine och beklagade för hennes fars bortgång. Tirasine nickade vänligt och tackade kvinnan för hennes gästfrihet. Hon stängde dörren efter sig och Liana.

Liana såg sig om i rummet. Det fanns två sängar vid varsin vägg. Dem var prydligt bäddade. Ett litet bord stod mellan dem båda sängarna och en liten lampa stod på bordet. Tirasine spände av sig sina svärd och hängde dem över en stol som stod vid ena sängkanten. Sin dolk drog hon ur dess slida och lade den på bordet. Liana klädde snabbt av sig och bäddade ner sig i den andra sängen. Tirasine klädde av sig i lugn takt.

Tirasine behöll sin skjorta på sig när hon kröp ner i sängen. Hon sträckte på sig under täcket och vände sig mot väggen.

"Dags att sova, Liana Darik", sa hon slött. "Vi ger oss av tidigt i morgon."

Liana stirrade på hennes rygg. Drakriddaren sov strax. Liana stirrade upp i det mörka taket och tänkte på Diriska. Hon undrade om draken hade kommit hem ännu och sett vad som hänt med byn och gården. Kanske trodde hon att Liana också var död som dem andra. Liana hoppades att hon snart skulle få möjlighet att få träffa sin äldsta vän igen. Hon snyftade till och slöt ögonen. Snart somnade hon och gled in i dem oroliga drömmar som väntade på henne.

Drashin knackade i bordet med sin lediga hand. Den andra höll han i muggen med öl. Det var något med flickan som gjorde honom olustig. Hon verkade hoppas på att någon eller något skulle hinna ifatt dem snart. Vad det än var så hoppades Drashin att det inte skulle hitta dem innan dem var i säkerhet innanför Amdorias gränser. Dock hade han en vag känsla att han faktiskt *ville* att det som följde dem skulle hinna ifatt dem. Men mest av allt ville han hem till sin egen värld igen. Där kunde han slappna av på ett helt annat sätt och bli den person som han verkligen ville vara. Markus Bergström, en helt vanlig ung man.

Han tog en rejäl klunk av sitt öl. Tirasine hade inte tyckt om att bli påmind av hennes döde far. Det drog upp minnen från Anders strid med Marish i den där borgen. Drashin hade inte hunnit fram i tid för att stoppa Marish den gången. Men tillslut hade dem mötts öga mot öga och då hade Drashin vunnit.

Drashin hade bränt kroppen efter sin fiende. Askan var utspridd i Dödens dal. Förhoppningsvis skulle han förbli död den här gången.

Drashin tog en klunk till. Han funderade på narkierna. Vem var deras ledare? Hur hade dem kunnat lära sig det förbjudna språket? Det kunde bara vara en demon eller en djävul som lyckats förvandla sig på något sätt och se ut som en människa. Han hade inte sagt något till Tirasine än, men det var oroande. Om det var en demon eller en djävul som styrde över narkinernas armé.

"Vi kan ha stora problem", sa han bistert och svepte sin öl. "Varför valde jag Balden?"

7

Diriska landade bakom det som fanns kvar av ladan, tre dagar efter hon lämnat Garatur, och bytte genast skepnad. Flera män och kvinnor grävde i resterna av huset. Det var människor från byn. Hon stannade en bit från huset och stirrade på det. Hon blev helt tom inombords. En av kvinnorna fick syn på henne och ropade åt någon att hämta några filtar. Fyra kvinnor kom mot henne.

"Ah, jag är så lättad att se någon vid liv", sa kvinnan som sett Diriska. "Det är så hemskt det som har hänt här."

Diriska stirrade tomt på henne och sedan sökte sig blicken mot tre filtar som låg över något mitt på gården. Någon lade en filt om hennes axlar och sa några tröstande ord som hon inte hörde. Hon grep tag om filtens kanter och drog den tätare om sig.

Kvinnan, Larika, följde hennes blick.

"Vi fann den lilla alldeles vid huset", viskade hon nedstämt.

Diriska hörde henne knappt utan började gå med staplande steg mot filtarna. Larika och dem andra kvinnorna försökte få henne att stanna, men hon skakade av sig deras händer. När hon kom fram till filtarna sjönk hon ner på knä vid dem. Hon smekte med handen över den minsta av dem och nynnade på den urgamla melodin som hon alltid sjöng för barnen och dem som väntade på att få somna in en sista gång.

Kvinnorna bakom henne slutade att dra i henne och lyssnade som förtrollade på henne. Männen slutade att gräva i husresterna och kom försiktigt närmare.

Diriska kände tårarna som rann nerför kinden, men hon slutade inte att nynna. Det kom fler män från byn och dem bar på något som också det hade en filt över sig. Dem lade försiktigt ner byltet bredvid dem tre andra. Diriska nynnade vidare och smekte med handen över den fjärde filten.

"Vi tänkte att han nog ville bli begravd här på gården", sa en av männen. Diriska kände igen rösten som tillhörde Kirom Lakar, handlaren.

Diriska gjorde ett svepande med båda händerna över samtliga filtar fortfarande nynnade hon på sin uråldriga visa. Människorna runt henne backade undan. Hon reste sig upp och lät rösten öka i styrka. Med ett sista ryck med ena armen for samtliga filtar iväg från kropparna som dem dolde. Människorna flämtade till när filtarna flög iväg utan att hon varit i närheten av dem med händerna.

Diriska tystnade tvärt med en stor klump i halsen. Hon stirrade ner på sin döda familj. Dareks skjorta var helt blodig och trasig där det stora svärdet hade skurit in i hans kropp. Kira stirrade tomt upp i skyn. Märket där pilen träffat i huvudet syntes klart och det stack som knivar i bröstet när hon såg det. Daros hals låg i en onormal vinkel. Angriparna hade inte bara nöjt sig med att skjuta pilar på honom utan hade knäckt nacken på honom också. Men det som fick Diriska att falla ner på knä till marken igen var åsynen av lilla Nala och det vidriga gap som en kniv hade lämnat i halsen.

Tårarna rann ner för hennes kinder. Hennes händer var lyfta mot dem döda som för att be dem om förlåtelse för att hon hade lämnat dem. En man lade sin hand på hennes axel. Hon gjorde ett rytande mot honom och handen försvann genast. Hon vände genast blicken mot familjen igen. Hon hörde hur folk bakom henne viskade sinsemellan, men hon lyssnade inte.

Diriska lyfte sitt ansikte mot himlen och vrålade ut sin sorg. Hon vrålade med all den kraft hon hade som drake. Det väldiga vrålet fick människorna runt henne att kasta sig undan henne. Nu dolde hon inte längre att hon inte var mänsklig. Vrålet hon hade gett ifrån sig jagade bort alla tvivel från det. Hon sänkte sin blick igen och såg på dem döda. Så gick det upp för henne. Liana fanns inte bland dem döda.

"Var är hon?" frågade hon vasst utan att vända sig om.

"Vi har inte lyckats hitta hennes kropp ännu", svarade Kirom försiktigt.

Han var den som hade hämtat sig först av dem på gården efter hennes vrål. Det verkade på honom som om han varit med om ett liknande vrål tidigare. Diriska vädrade i luften.

"Hon är inte död", sa hon med ett morrande.

"Det vet vi inte, frun", sa Kirom.

"Hon blev tillfångatagen. Hon är bortrövad!"

Diriska reste sig och vände sig mot handlaren och grep tag i hans skjortkrage. Hon lyfte upp honom i luften.

"Vet du kanske varför några mördare skulle vilja röva bort en sextonårig flicka?"

"Det kan ha berott på drakriddarna, frun", sa Kirom snabbt och svalde. "Dem kanske trodde att drakriddarna inte skulle angripa dem om dem visste att dem hade en gisslan."

"Det var bara två drakriddare, fick jag reda på, som kom hit", fräste Diriska.

"Bara två drakriddare?"

"Det var Tirasine och Drashin."

Det skar i hennes hjärta. Han hade begett sig ner, tillbaka till Balden. Men han hade kommit försent. Han kom försent för att rädda hennes familj.

"Majorkapten Tirasine Nariba och general Drashin!" utbrast Kirom. "Inte konstigt om dem tog gisslan. Inget illa menat, frun."

Diriska släppte ner handlaren till marken igen.

"Vad menar du?" frågade hon skarpt.

"Dem båda tillhör den minsta av skvadronerna bland drakriddarna", berättade Kirom. "Men det är också den mest skrämmande och farligaste av dem alla. Det är bara åtta medlemmar i den. General Drashin, överste Krashak Do'shank, majorkaptenerna Tirasine Nariba, Kalar Dobai, Sareas Dobai och Norek Jarale och dem båda majorerna Meeko Prash och Ranin Orakt."

"Hur kan det vara den farligaste skvadronen om dem bara är åtta stycken?"

"Det sägs att Ma'sharos'tian handplockade dem personligen. I början fanns inte Drashin utan en annan general styrde över gruppen. Det var Marish."

"Skräcken? Ledde en man som hette Skräcken gruppen?"

"Det är komplicerat", sa Kirom och slog ut med armarna. "Jag har bara träffat Marish en gång och Drashin fem gånger. Dem är exakta kopior av varandra, förutom att Marish hade mörka ögon och mörkt hår. Drashin har gröna ögon och ljusare hår. Det sägs att ögonen på Marish bytte färg beroende på vilket humör han var på. Mörka när han var arg och ljusa när han var på gott humör. Vissa påstår att Marish och Drashin var en och samma person en gång i tiden."

"Dem är säkert tvillingar", fnös Diriska ilsket. "Det är därför dem är så lika."

"Jag vet inget om det. För tre år sedan krigade Drashin och Marish mot varandra. När jag träffade Drashin här den gången, hade dem följt spåret efter Marish söderut, men det hade varit ett falskt spår. Drashin skall till slut ha besegrat Marish, men ingen vet var kroppen finns.

Drashin ensam skulle kunna få en armé på tiotusen man att välja en annan väg under deras marsch framåt. Ingen annan drakriddare är så fruktad som han. Han har hotat Harmsna, Himmelrikets härskare, och han har skadat Shayola, Helvetets herre, i en strid."

Diriska såg tvivlande på honom.

"Ingen människa kan göra så och komma undan med livet i behåll", sa hon sakta.

"Men han har gjort det. Jag tror att Drashin och Tirasine är narkierna säkerligen i hälarna för att frita flickan. Om dem vet att hon är med dem vill säga."

Diriska såg ner på Darek och dem andra. Man hade slutit Dareks ögon så han såg så fridfull ut där han låg. Hon böjde sig ner över honom och kysste hans panna.

"Jag ska hitta henne igen, min unge vän", sa hon ömt till honom. "Jag skall skydda henne på det vis som jag lovade Sarek en gång. Jag skall aldrig lämna hennes sida igen."

Kirom tog tag i hennes arm. Hon vred på huvudet och mötte hans oroliga bruna ögon med sina blåa ögon.

"Hur hade ni tänkt befria henne?" sa han nervöst. "Hur ska ni hitta henne? Hon kan vara var som helst mellan Balden och Amdoria. Om hon fortfarande lever. Ni skulle behöva en armé för att komma åt henne och ytterligare en för att ta dig ut ur deras läger igen."

Hon log bistert mot honom och klappade honom på handen.

"Jag har mitt sätt att hantera sådant där, människa", sa hon och backade undan från honom och dem andra människorna.

Människorna stirrade oroligt på henne. Alla utom Kirom, som betraktade henne nyfiket. Hon slöt ögonen och bredde ut sina händer. Hon samlade sina krafter och påbörjade sin förvandling. Hon kände dimslöjorna som virvlade runt henne. Avlägset hörde hon hur människorna flämtade och skrek när hennes kropp ändrades.

När dimman lättade reste hon sig upp på sina väldiga bakben och gav ifrån sig ett vrål mot himmelen. Hon landade igen med en hög duns med frambenen och vände sitt stora huvud mot människorna. Dem drog sig undan henne när hon stirrade på dem. Handlaren Kirom stod kvar med en förundrad min. Han backade inte undan henne.

"Otroligt", viskade han och ett leende bröt fram i hans härjade ansikte. "Jag har aldrig förr sett det här hända. Jag har aldrig sett hur en förvandling från människa till drake gått till förr."

"Har du sett drakar förr, lille man?" sa Diriska med sin grova röst.

"Bara dvärgdrakar, ers nåd", sa han högtidligt och bugade djupt för henne. "I Amdorias huvudstad. Jag mötte draken Samare, den vilde, där en gång och det är en jag inte skulle vilja stöta på en mörk natt. Det sägs att han är galen."

"Så det är i Amdoria drakarna finns", sa Diriska fundersamt.

"Oh ja, ers nåd. Det finns många tusen drakar i Amdoria och dem närmaste länderna runt om där uppe. Det finns till och med rykten som säger att det finns jättedrakar där uppe, ers nåd. Men ingen utomstående från Amdoria har någonsin sett någon och drakriddarna håller tyst om den saken."

Diriska nickade fundersamt och började vända på sin väldiga kropp. Sedan stannade hon upp och fäste blicken än en gång på Kirom.

”Du nämnde att Ma’sharos’tian hade valt ut Drashin och dem andra”, sa hon.

”Det sägs så, ers nåd”, svarade han.

”Kan denne Ma’sharos’tian vara en drake?”

”Osäkert. I en del av sagorna nämns Ma’sharos’tian som den som vägleder drakriddarna tillsammans med drakarna. Men det nämns ingenstans vad han är för något. Kanske kan dem tre vise från Draktand berätta mer för dig.”

”Dem tre vise?” muttrade Diriska fundersamt. ”Som dessa Lindramas och Sultan?”

”Ja, och deras broder Asmaji.”

”Lindramas, Sultan och Asmaji”, sa draken fundersamt för sig själv.

Sedan skakade hon på sitt väldiga huvud. Det sista namnet verkade bekant, men hon kunde inte komma på var hon hört det innan. Hon tog några steg bort från människorna som verkade hämtat sig en aning. Det hade gått upp för dem att hon inte skulle döda dem. Hon bredde ut sina vingar och lyfte från marken.

”Ge dem en hedervärd begravning”, ropade hon ner till dem. ”Jag kommer snart hem igen.”

Så begav hon sig iväg norrut för att leta efter Liana och för att söka hämnd för sin mördade familj. Det fanns en sak som var etsad i en drakes sinne när det gällde familjen. Familjen var helig!

Diriska sökte högt uppe i skyn efter spår från den armé som rövat bort Liana. Hon svor för sig själv på drakarnas språk. Hur kunde en armé låta bli att lämna några spår efter sig? Och om den hade gjort det så hittade hon inga genom att flyga runt här uppe i skyn. Hon hade letat i en hel dag nu.

Diriska letade reda på en liten glänta och landade i den. Hon slog ihop sina vingar och förvandlade sig till människa. När förvandlingen var över så slätade hon till den mörk blåa klänningen.

Diriska stäckte på sig och spanade omkring sig. Det fanns inga spår av dem här i gläntan. Hon räknade snabbt ut var Balden låg någonstans och gick västerut. Snart hamnade hon i rak nordlig riktning från byn. Hon synade marken grundligt. Fortfarande ingenting. Hon rätade irriterat på sig och såg sig omkring igen.

Diriska skulle just gå tillbaka till gläntan igen och göra en ny flygtur när hon fick syn på något. Hon skyndade fram till dem små buskarna. Hon lyfte försiktigt på några av dess grenar. Dem var förkolnade. Hon luktade lite på grenen som hon höll i. Det hade varit en drake här. Diriska luktade lite till. Det var bara fyra dagar sedan som draken hade varit här.

Diriska höjde huvudet och spanade. Då fick hon syn på det gamla lägret. Döda män låg spridda framför henne. Hon gick försiktigt fram mellan dem. Hon stirrade förskräckt på dem döda. Dem närmast henne hade fått halsar eller bröstkorgar uppslitna av stora klor. Liken en bit bort var förkolnade och brända. Det var en drake som hade gjort detta.

Hon gick vidare genom lägret. Tillslut kom hon fram till ett träd där något fångade henne uppmärksamhet. Hon sjönk ner på knä och lyfte upp det med händerna. Det var rep som blivit avskurna. Det låg två män inte långt från repen. Dem hade fyra små hål i deras bröstkorgar. Hon luktade på dem båda männen och sedan på repen. Hon kände doften av tre människor. Två kvinnor och en man. Mannens doft verkade dra henne till sig. En av kvinnorna var Liana. Hon suckade lättat, Liana levde. Någon hade räddat henne och sedan försvunnit med henne.

Diriska undersökte marken vid repen. Spåren var fyra dagar gamla, men med hennes känsliga luktsinne var det inga problem att följa det. Dem tre människorna hade tagit sig söderut från lägret. Hon följde spåret och blev mycket överraskad när det plötsligt vände österut och sedan norrut igen. Hon följde det och märkte snart att det gick jämsides med lägret en kortare bit. Hon stannade till och luktade i luften. Här hade mannen kort lämnat kvinnorna, men strax kommit tillbaka. Men något annat hade också slutit sig till dem tre. Hon sjönk ner på knä för att komma närmare marken. Doften påminde om den som var på dem nerbrända buskarna, det var draken. Den hade anslutit sig till dem tre människorna och följt dem. Hon fortsatte att följa spåret.

Diriska stannade igen lite längre bort. Hela gruppen hade stannat här. Endast mannen hade fortsatt. Hon höjde blicken och såg öppningen till en grotta. Hon spanade mot den för att kunna se om något rörde sig i den. När inget hände gick hon in och såg sig om. Utanför grottan hade hon sett resterna av en brasa som hade sopats ut. På marken i grottan såg hon spåren efter brasan. Annars fanns det inga spår att det någonsin funnits några i grottan.

Diriska sniffade i luften. Det luktade starkt av draken i grottans öppning. Draken doftade bekant, hon var säkert att hon träffat den tidigare. Men vad hon visste hade hon bara träffat två stycken. Det var Varsk och Samare. Plötsligt kom hon ihåg något som alven sagt i Garatur. Det var Drashin, Tirasine och Samare som hade begett sig till Fakari för att störa narkiernas framfart. Kunde varit att dem redan visste om invasionen när Diriska såg dem tre i den lilla dungen i Mosker? Dem pratade om att bryta order.

Diriska skakade på huvudet. Dem två drakriddarna och dvärgdraken hade tydligen misslyckats med att stoppa dem från att skövla Balden och

Fakari. Men dem hade räddat Liana från fienden och rörde sig nu norrut verkade det som.

Diriska steg ut ur grottan och såg upp mot himlen. Solen var på väg ner och hon trodde inte att hon skulle hinna upp dem tre människorna ikväll i vilket fall. Dem hade ändå fyra dagars försprång.

Hon beslöt sig för att sova i grottan. Diriska log för sig själv, det skulle bli som gamla tider innan hon träffade Sarek. Åter skulle hon sova i en grotta.

När hon fått fram filtar och virat in sig i dem stirrade hon upp i grottans tak. Hon hade känt på doften var Liana hade sovit någonstans, men...

"Varför ligger jag där han låg?" viskade hon för sig själv.

Morgonen efter vaknade hon tidigt. Hon låg på sidan och förde frånvarande handen över grottans stengolv. Han hade legat här. Varför hon lagt sig för att sova där förstod hon inte. Hon borde lagt sig där Liana legat, men sökt sig till platsen han varit på.

Med en suck reste hon sig och lät filtarna försvinna. Hon behövde inte bära dem med sig. Hon gick ut ur grottan och sträckte på sig. Hon undrade hur hon skulle resa nu. Draken hade gett sig iväg ensam, och lämnat dem tre människorna efter sig. Diriska undrade varför. Varför tog han inte med sig människorna när han flög iväg?

Människorna hade lämnat grottan på morgonen och gått norrut. Kvinnorna hade gått tillsammans medan mannen gick för sig själv. Han var en av sällskapet, men verkade ändå hålla sig för sig själv.

Hon bestämde sig för att gå, risken att tappa spåret vad för stort om hon förvandlade sig och flög. Hon kunde kanske passera dem utan att veta om det. Då skulle hon kanske aldrig finna Liana igen. Kanske skulle hon bege sig direkt till Amdoria. Det var ju ändå där som drakriddarna fanns. Men skulle dem ta sig till Amdoria? Kanske skulle dem stanna på vägen och lämna Liana i första bästa by. Kanske skulle dem dö innan dem lyckades ta sig till sitt mål.

"Så många kanske", muttrade Diriska surt. "Varför kan det inte bara vara enkelt som det en gång var? Snälla, håll henne säker. Håll er vid liv."

Hon började gå norrut, följde spåret efter dem tre. Ibland kunde själva spåret försvinna och då var hon tvungen att följa dem med hjälp av sitt luktsinne. Det var en besvärlig spårning för henne. Mannen i sällskapet rörde sig hela tiden fram och tillbaka. Ena stunden gick han före nästa gick han efter. När han gick efter sopade han undan alla spåren efter dem andra. Diriska visste inte om hon skulle gå åt ena hållet eller andra.

Till slut brydde hon sig inte om dem synliga spåren och gick helt efter sitt luktsinne.

Efter två eller tre timmar kom hon till en liten by. Den var mindre än Balden, men människorna här påminde henne mycket om hemmet. Hon gick försiktigt in i byn. Hon tyckte inte om för mycket främmande människor, men hon måste fortsätta om hon vill hitta Liana.

Hon stålsatte sig och började försiktigt fråga runt i byn. Dofterna från dem tre ledde till värdshuset, men hade lämnat det igen. Denna gång hade dem skaffat hästar. Folk kom ihåg trion som kommit invandrandes i byn. I slitna kläder, men ändå lugnt och självsäkert, hade dem promenerat in. Flickan i sällskapet hade sett sig nyfiket omkring, medan dem andra ignorerat allt.

"Han hotade Jaren, värdshusvärden", sa en kvinna lågt till Diriska. "Nog för att Jaren kan vara sniken och tvär, men hota med att skära halsen av honom. Det var väl att gå lite långt."

Diriska nickade instämmande innan hon skyndade vidare genom byn. Hon undrade vad för man det var som var med Liana. Hon kom ihåg första mötet med honom för tre år sedan. Han hade stött ihop med Horak, och när den äldre mannen suttit på marken hade han stått över honom med handen på sin långa dolk. Dock hade han släppt dolken och hjälpt Horak upp på fötter igen. När Diriska hade skyndat fram till dem hade deras blickar mötts och hon hade förlorat sig i hans gröna ögon.

Hon ruskade på sig. Det var inte tillfälle att tänka på det förflutna. Hon måste finna Liana. Hon följde spåret efter hästarna ut ur byn. Hon såg hur människor tittade efter henne där hon gick. Dem verkade undra varför hon inte red på en häst. Vad hade hon för nytta av en häst? Den skulle bara vara i vägen för henne och hon kunde ta sig fram snabbare.

Hon lämnade byn bakom sig och när hon var utom synhåll och ingen fanns i närheten förvandlade hon sig till ett lodjur. Från luften skulle det vara näst intill omöjligt att följa spåret. Hon skulle rent av kunna passera dem utan att inse det, eller inte upptäcka om dem vek av från sin nuvarande rutt. Men som lodjur kunde hon följa spåret snabbt med hjälp av deras dofter.

När skymningen kom stannade Diriska i en liten glänta och förvandlade sig tillbaka till människa igen. Hon tände en liten eld, satte sig framför den, drog upp knäna till hakan och lade armarna om dem. Med en sorgsen suck lade hon kinden mot knät och såg in i eldens sken. Dem höll fortfarandes avståndet till henne.

Diriska önskade att hon var ikapp dem så hon kunde få hålla om sin lilla skyddsling igen. Hon önskade också få träffa honom igen och få prata med honom. Hennes tankar gled helt över till honom.

Tänk om hon, för tre år sedan, hade vågat gå ner till Balden morgonen efter hon ändrade på sin mänskliga skepnad. Hon undrade hur han hade reagerat. Tänk om hon hade vågat prata med honom då. Hade allt blivit annorlunda då? Hade han stannat i Balden eller hade hon lämnat byn? Om hon vågat prata med honom när han hade dykt upp igen. Hade hon kunnat övertala honom att stanna kvar i Balden då? Hade han stannat och varit där när narkierna invaderade? Hade han kunnat rädda Darek, Kira och resten av hennes familj?

Hon framkallade sina filtar och lade sig ner framför elden. Hon hoppades få se Liana snart igen och få hålla om henne igen. Hon hoppades att hon skulle våga prata med honom då.

<u>8</u>

Liana såg ner på sina nya kläder. Dem var i samma snitt som Tirasines och Drashins. Men hennes byxor var mörkblå istället för svarta och hennes skjorta i en ljusare nyans blå. Hon såg upp på Tirasine som betalade skräddaren. Även drakriddarna hade ordnat lite nya kläder. Likadana som innan. När kläderna var betalda nickade Tirasine med ett litet leende mot Liana.

När dem kom ut såg sig Liana om efter Drashin. Generalen syntes ingenstans. Byn Jariska var mycket större än Harak och Balden. Byn hade tre värdshus och deras marknad var enorm, tyckte Liana. Hon hade aldrig varit så här långt hemifrån tidigare. Det hade nu gått åtta dagar sedan dem flytt från narkiernas läger.

Liana följde efter Tirasine tillbaka till deras värdshus. Det var skönt att få nya kläder och ett varmt bad. Den senaste gången hon fick ett bad var på morgonen i Harak. Mellan Harak och Jariska hade dem mest sovit utomhus och tvättat sig i några små sjöar eller floder på vägen. Liana hade många gånger önskat att deras resa snart skulle vara över och dem kommit fram till Terabelle. Hon längtade efter att få se den stora staden. Hon hade frågat ut Tirasine om allt om den. Drakriddaren hade skrattande berättat om staden och dess invånare.

"Men den du verkligen ska fråga om staden är Asmaji", hade Tirasine sagt. "Det var han som ritade staden en gång i tiden."

Det hade gjort Liana lite förbryllad. Vad hon visste så var staden över fyratusen år gammal. Om denne Asmaji hade ritat staden så måste han ju vara död sedan länge. När hon hade frågat hade båda drakriddarna fått en fundersam min och smidigt gått runt hennes fråga. Drashin hade mest muttrat något om gamla förvuxna ödlor, medan Tirasine smidigt hade styrt Liana till andra tankar.

Det enda dem hade berättat om Asmaji var att han var en av dem tre vise från Draktand. Dem övriga två hette Sultan och Lindramas. Liana hade inte sagt något, men hon undrade om Lindramas var samma person som hon träffat på marknaden i Balden.

Tirasine höll upp dörren till värdshuset för Liana. När hon kommit in såg hos sig om. Hon såg Drashin sitta för sig själv vid ett bord och åt en lätt måltid. Även han hade skaffat sig nya kläder. Likadana svarta byxor som innan, men nu hade han en mörkt blå skjorta istället. Han läste några papper medan han åt.

"Vad är det där?" frågade Tirasine när dem båda satte sig vid bordet.

78

”Rapporter om narkiernas framfart”, svarade Drashin fundersamt. ”Det verkar som om dem har stannat upp.”

”Vad menar du?” undrade Tirasine.

”Dem står still ungefär två dagsmarscher norr om oss”, sa han. ”Lomas armé kanske inte är så stor, men deras spioner är ganska duktiga. Tre byar är jämnade med marken i deras framfart i Loma. Inga överlevande. Deras ledare verkar ha försvunnit så narkierna börjar bli lite oroliga. Denne Asharak styr med järnhand och dem ser honom nästan som en gud.”

Liana lyssnade uppmärksamt. Hon ville veta så mycket som möjligt om dem som mördade hennes familj. Hon hade redan börjat fundera på att lära sig använda svärd och båge för att hämnas på dem.

”Tror du att det förbjudna språket hänger ihop med Asharak?” frågade Tirasine.

”Kanske”, sa Drashin och gned sig på hakan. ”Asharak har aldrig setts utan sin rustning. Jag undrar om Shayola har något att göra med det här.”

”Det låter oroande. Är det något annat?”

”Ja, det finns en rapport om hans närmaste man. Spionerna har inte fått fram hans namn, men en mycket bra beskrivning på honom finns.”

En tjänsteflicka kom med en ny kanna och två extra bägare. Tirasine hällde upp i en bägare och räckte den till Liana. Hon tog emot det och drack lite. Det var vanligt vatten, men det smakade riktigt gott i den värme som var just nu. Liana såg försiktigt mot Drashin över bägarens kant. Han hade fått en bister min och den blev mörkare när han räckte över rapporten till Tirasine. Den kvinnliga drakriddaren läste snabbt igenom pappret. Hon blinkade till och läste en gång till.

”Men det låter ju precis som...” sa hon och stirrade storögt på Drashin.

”Exakt”, sa han bittert. ”Trasher.”

”Men major Aram Trasher är ju död”, sa Tirasine. ”Du besegrade honom för sju år sedan.”

”*Marish* besegrade honom”, sa Drashin. ”Drashin hade inte sett dagens ljus ännu vid den tiden, kommer du ihåg.”

Liana stirrade fram och tillbaka på dem båda. Drashin såg stadigt på Tirasine med bister min. Tirasine stirrade tillbaka med öppen mun och ett tvivlande uttryck i ansiktet. Liana undrade vem denne Aram Trasher hade varit. Hon undrade också vem Marish var.

”Men...” började Tirasine.

”Tydligen dog han inte”, avbröt Drashin henne. ”Någon måste ha räddat honom i sista stund. Vad jag minns av striden så lämnade jag honom för att dö av sina skador. Jag gav honom aldrig ett dödande hugg. Något jag nu ångrar."

Liana blinkade till. Innan hade han pratat om Marish som en annan person. Marish som hade dödat denne Trasher. Men nu pratade han som om det var han själv som stred mot honom.

"Jag tyckte du sa att Marish dödade honom", sa hon försiktigt.

Dem två drakriddarna blinkade till och såg förvånat på henne. Hon rodnade över uppmärksamheten från dem. Drashin rynkade pannan fundersamt, som om han tänkte efter vad han hade sagt.

"Det är komplicerat, Liana", sa Tirasine sakta. "Det är så att..."

"Du kan få veta när vi väl kommit till Terabelle", sa Drashin snabbt och sneglade på Tirasine. "Det blir lättare att förklara då."

Liana rynkade på pannan. Drashin hade gått runt många av hennes frågor på samma sätt under dem senaste åtta dagarna. Antingen hade han svarat att hon skulle få reda på det senare eller bara helt ignorerat hennes fråga. Hon hade en känsla av att han inte tyckte speciellt mycket om henne.

Drashin sköt undan sin tomma talrik och tog tillbaka pappret från Tirasine. Han stirrade på det och hans min blev mörkare igen.

"Han ska få betala", muttrade han. "En förrädare som han kan inte få leva."

Drashin samlade ihop rapporterna och reste sig. Liana följde honom med blicken när han gick upp för trappan till deras rum. Flera ryggade undan när dem fick syn på hans ansikte. Liana såg på Tirasine. Majorkaptenen såg oroligt efter generalen. Sedan sänkte hon blicken och stirrade ner i bordet.

"Varför hatar han den här Trasher så mycket?" frågade Liana försiktigt.

Tirasine ryckte till och såg förvånat på henne. Liana rodnade lätt. Hon verkade ha glömt att Liana satt vi bordet.

"Det är för att Aram Trasher bär ansvaret för hans föräldrars död", sa Tirasine dystert. "Trasher släppte lös demonerna som dödade dem. Det tog några år innan vi visste vem som bar ansvaret för dådet. Marish dödade alla demonerna kort efter dådet, men Trasher fick han tag i först efter tre års intensivt letande. Då hade han funnits rakt framför honom hela tiden."

"Vad menar du?"

"Aram Trasher var en drakriddare."

Liana flämtade till.

"Det är illa nog när vanliga människor allierar sig med ondskan och Helvetets demoner. Men när en drakriddare gör det är det fruktansvärt.

Trasher är inte den första drakriddaren som allierade sig med Shayola, men han är den som har gjort mest skada. Innan Marish stoppade honom så hade minst hundratusen människor, alver och dvärgar dött för hans hand. Om det nu är Trasher som är med narkierna så har den siffran vuxit ofantligt nu."

"Ni pratar om Marish", sa Liana. "Att det var Marish som besegrade Trasher, men Drashin sa också att *han* inte hade utdelat något dödande slag. Jag förstår inte."

"Marish och Drashin var en gång i tiden en och samma person", sa Tirasine efter en viss tvekan. "Vi talar mycket sällan om det för vi förstår det inte riktigt heller. Men när djävulen Nariff slet sig fri från sitt tusenåriga fängelse så var det något som hände med Marish. Jag var någon annanstans på andra uppdrag, så jag har bara hört det ryktes vägen. Marish hade lämnat drakriddarna och begett sig hem till första världen igen. När Nariff blev fri sökte Lindramas och några andra, där ibland en kamrat till oss, Kalar Dobai, upp Marish och jakten efter djävulen började. Kalar berättade för oss andra i skvadronen att något hände med Marish under deras färd. Det var som om han hade två personligheter. En som ville krossa allt motstånd och härska över alla världarna, och en som ville ha allt som det var. Marish mötte Nariff i en slutlig strid i en gammal övergiven kyrka i första världen. Striden totalförstörde kyrkan och när vi kom dit var allt vi kunde finna det brända liket av Nariff. Marish var försvunnen."

Liana stirrade storögt på Tirasine. Hon vände blicken mot trappan upp där Drashin hade försvunnit.

"Vad hände med Marish?"

"Vi är inte helt säkra på det, Drashin vet, men har inte berättat för oss andra", berättade Tirasine. "En dag dök han plötsligt upp igen i byn Olasi. Där dödade han helerskan Ama Sikari, en mycket nära vän till honom. Han mördade henne helt kallt och flera andra som försökte stoppa honom.

Amas lärling, Mira, blev vittne till alltihop. Marish dödade män, kvinnor, barn och drakar. Ingen förstod någonting om varför han gjorde det. Mira sade efteråt att han hela tiden hade vrålat efter Drashin och att han skulle härska över allt och alla. Kalar, jag, Mira och Sareas, Kalars bror, begav oss till den första världen för att söka efter svar.

Vi blev mycket överraskade när vi fann, vad vi trodde då, Marish redan var på samma plats. Vi bevakade honom i det gömda först. Hans beteende skilde sig så från det Marish hade gjort i Olasi. Där strövade han lugnt runt i staden, han samtalade med människor, han brydde sig om andra människor.

Tillslut stod vi öga mot öga med honom i hans egna hem. Han var mycket överraskad att se oss. När vi frågade ut honom varför han anfallit Olasi och dödat Ama blev han alldeles tom i ansiktet. Han nekade till allt. Tillslut började Mira hysteriskt att skrika och slå på honom. Han stod bara där och tog emot varje slag tills hon kallade honom Marish.

Då fångade han upp hennes händer och förklarade att han stängt in Marish i Dödens dal efter striden med Nariff. Vi lyssnade förbluffade på hans berättelse. När han var färdig dök Asmaji upp och han tilltalade honom med Drashin."

Tirasine tystnade och hällde upp mer vatten åt sig.

"Drashin gick med på att komma tillbaka till drakriddarna och bekämpa Marish. Han lyckades lura Marish tillbaka till dalen där dem stred till döden. Drashin vann och han spetsade Marish med ett spjut. Han körde ner spjutet i marken och lät kroppen hänga på det. Han högg av huvudet och lade det på en sten utanför dalens ingång."

Liana rös till. Det måste ha varit en mäktig strid mellan Marish och Drashin. Det fanns inga berättelser om deras strid mot varandra i Fakari. Inga berättelser om Marish eller Drashin alls existerade i Fakari.

"Så han besegrade Marish och återvände till drakriddarna för alltid?" undrade Liana.

"Nej", sa Tirasine. "Han återvände till första världen igen och ville bli lämnad ifred. Vi lydde honom för det mesta. Han är trots allt den mäktigaste mannen i världen. Vi trodde att hotet från Marish var förbi, men vi hade fel.

En man lyckades lokalisera var dalen låg någonstans och han återuppväckte Marish. Hur är det ingen som vet. Åter skördade Marish liv runt om sig. Dem som vägrade att sluta upp bakom honom dödade han. Men nu styrdes han till viss del av mannen som gett honom livet åter.

Drashin kom tillbaka igen och än en gång besegrades Marish. Drashin dödade även mannen som återupplivat honom. Kroppen efter Marish brändes den här gången i dalen. Drashin valde nu att stanna ett tag för att se till att inget sådant här hände igen. Det senaste kriget mot Marish var för bara tre år sedan. Vi hoppas att det inte ska hända igen."

Liana stirrade ner i sin bägare. Hon hade lite svårt att förstå det hela, men det verkade som om Drashin hade haft mycket på sina axlar dem senaste åren. En tjänsteflicka kom fram till deras bord. Tirasine beställde in två portioner fiskgryta, en bägare vin och en kanna vatten till. Dem åt under tystnad och efter maten reste sig Liana från bordet.

"Ursäkta, men jag tror jag ska gå och lägga mig", sa hon och skyndade sig därifrån.

Hon vände sig om i trappan och såg ner mot Tirasine. Drakriddaren satt och snurrade sin bägare mellan fingrarna och stirrade dystert ner i bordet. Liana ångrade att hon drog upp det där med Marish. Det verkade ha smärtat Tirasine att prata om det.

Hon kom upp till den våning som deras rum låg på. Dörren in till Drashins rum var vidöppen. Liana tog mod till sig och kikade försiktigt in genom springan. Drashin satt på knä mitt i rummet med ryggen mot henne. Han hade tagit av sig sin skjorta. Över hans rygg ringlade en lång varelse. Svansen började vid ryggslutet och den ormliknande kroppen ringlade sig över ryggen. Varelsens huvud slutade vid hans vänstra skuldra. Det var ett varghuvud och bakom dem spetsiga öronen hade den en gyllene man. Dess stora ögon var gyllene gula. Resten av kroppen var gulbrun. Liana tog sig till minnes att Diriska hade talat om en varelse som sett ut på det där viset när hon var ung.

"Var det något du ville?" frågade Drashin utan att vända sig om.

Liana ryckte till och öppnade dörren ordentligt.

"Förlåt, general", sa hon tyst. "Jag menade inte att störa er."

"Så hon berättade för dig."

"Ja, general. Om er och Marish."

Drashin tog sig lätt upp på fötter och vände sig om mot henne. Hans ansikte var inte lika bistert som innan, men han hade fortfarande en sträng min. Hans överkropp bestod enbart av muskler.

"Om mig och Marish", sa han för sig själv. "Ja, det är en riktig historia det. Jag gissar att hon bara gav dig brottstycken av det hela."

Liana nickade. Han suckade och skakade på huvudet. Han visade med handen mot sängen och hon satte sig ner. Själv satte han sig på den enda stolen i rummet. Han lade upp höger benet på knät och lade sin hand över den stövelklädda forten.

"Det dem andra har fått för sig är att jag i mitt nu varande tillstånd, alltså som Drashin, föddes i striden mot Nariff. Men verkligheten är den att Marish och Drashin alltid har funnits sida vid sida inom mig. Marish har bara varit den mer framträdande under mina första år bland drakriddarna. Så länge Marish gjorde det som passade mig och inte försökte ta över någon speciell makt så låg jag i dvala. Ibland dök jag upp och då flydde det medvetande som var Marish in i skuggorna i mitt inre. Han var alltid rädd för mig. Kriget mot Nariff ändrade på allt. Helt plötsligt var allas uppmärksamhet riktad mot Marish. Bara han hade makten att stoppa Nariff. Det gav honom styrka och den makt som han så länge längtat efter. Han ville styra alla dem åtta världarna. Jag försökte stoppa honom inifrån, men när det inte lyckades tog jag hjälp från en speciell sten, Tigerns Öga.

Med den själ som fanns i Ögat lyckades jag ta över herraväldet av den kropp vi delade och tillsammans besegrade vi Nariff. Stenen exploderade i den sista stöten. Nariff förkolnades och Marish och Drashin blev separerade. För första gången någonsin hade vi varsin kropp. Vi såg mycket lika ut och man kunde knappt se någon skillnad på oss. Man var tvungen att titta närmare, våra ögon skiljde sig. Mina ögon är gröna, Marish hade bruna ögon. Dessutom hade han mycket mörkare hår än mitt."

"Men Tirasine sa att du besegrade Marish i en strid."

"Sant, Marish dök upp i två krig. Båda gångerna besegrade jag honom. Båda gångerna dödade jag honom. Jag vet inte riktigt hur den där mannen, Kalras, lyckades återuppliva honom, men nu borde det vara omöjligt att göra det. Jag brände kroppen. Men på något sätt känns det som om att han kommer att dyka upp igen. Att jag och han inte är klara med varandra."

Liana försökte komma underfund med vad Drashin menade när han reste sig upp. Hon såg upp på honom.

"Det är dags att sova nu", sa han. "Vi lämnar byn tidigt i morgon bitti." Han föste milt, men bestämt ut Liana ur sitt rum och stängde dörren bakom henne. Liana gick fundersamt till det rum som hon och Tirasine delade. Drakriddaren hade inte kommit upp ännu. Hon klädde snabbt av sig och kröp ner i sin säng. Strax innan hon somnat hörde hon steg utanför dörren. En annan dörr öppnades och hon hörde Drashin säga något. Tirasine svarade något alldeles vid deras dörr, men Liana hörde inte vad dem sa. Hon hade precis somnat när Tirasine öppnade dörren och steg in i rummet.

Diriska tog sig vaksamt upp på fötter. Det var någon i skogen framför henne. Hon hade slagit läger i en liten glänta i skogen. Det hade nu gått sex dagar sedan hon lämnat gården på jakt efter Liana. Hon hade även tagit mänsklig skepnad eftersom hon sov ute i det fria. Vem som helst kunde komma och stöta på henne. Hon hade till och med rest några dagar som människa när hon tappat spåret efter Liana. Elden brann fortfarande framför henne och hon slängde på ytterligare några vedträn på den. Hon ville ha ett ordentligt ljus när mannen bland träden klev fram ur skuggorna.

Hon rätade på sig i sin fulla längd. Hennes mänskliga skepnad var lika lång som dem flesta män. Hennes klara blå ögon rörde sig långsamt från träd till träd. Så for hennes ögon tillbaka mellan två stora ekar. Hon hade sett någon röra sig där.

"Jag vet att du är där", sa hon högt till skuggorna. "Kom fram och visa dig i ljuset."

Med ett skrockande steg mannen fram mellan dem båda ekarna. Han var lång, lite längre än henne. Håret var mörkt och hängde fritt ner till hans axlar. Näsan var spetsig och gav honom en viss hök liknande utseende. Han hade ett snett litet leende och han höll upp sina handflator som för att visa att han inte ville något ont. Men Diriska såg honom rakt i ögonen. Dem var bruna och det var som att möta ett rovdjurs ögon. Hans leende nådde aldrig ögonen. Han var klädd helt i svart.

Diriska tog ett steg så att hennes lägereld hamnade mellan henne själv och mannen.

"Stanna där ni är", sa hon skarpt.

Han stannade lydigt och leendet blev en aning bredare. Hans axlar rörde sig med hans skrockande.

"Så misstänksam", sa han med mörk, oljig röst. "Det är en bra egenskap hos en kvinna som reser själv."

"Vad rör det dig om jag reser själv, karl", sa Diriska vasst. "Det jag gör angår inte dig."

"Sant", sa mannen och skrockade. "Jag är bara lite nyfiken av mig. Ni får ursäkta om jag skrämde er."

Han gjorde en bugning mot henne. Diriska lyfte på ena ögonbrynet. Bugningen var nonchalant och endast för att förlöjliga henne.

"Vem är ni?" frågade hon.

"Åh, ni får förlåta mig", sa mannen och tog sig för pannan. "Mitt namn är Aram Trasher. Jag vill er inget ont, frun. Jag är bara en vanlig man på genomresa."

Diriska synade hans oljiga leende. Han ljög för henne. Men just nu brydde hon sig inte om det. Hon ville bara hitta Liana vid liv igen.

"Jag är Dira."

Hon använde det namn som hon så ofta använt bland människorna. Hon ville inte ge ut sitt riktiga namn till någon främling som hon inte litade på. Denne man skrämde henne en aning.

"En ära att få träffa er, Dira", sa han och log sitt fruktansvärda leende. "Får man fråga vart ni är på väg?"

"Jag söker bara efter en ung vän", sa Diriska kort, men ångrade sig genast.

"En flicka kanske", sa Trasher och leendet blev en aning större. "En flicka som reser i sällskap med en man och en kvinna."

"Hur visste du det?"

"Mannen är en farlig förbrytare, som jag har stött på flera gånger. Jag har jagat honom under flera år. Hans namn är Marish. Kvinnan är en av hans närmaste medbrottslingar. Dem båda drar sig inte för något. Så länge flickan är användbar för dem så lever hon. Men så snart hon inte är det..."

Han förde handen över halsen för att avsluta meningen. Diriska drog efter andan. Men drakriddaren i Garatur hade sagt att Drashin hade gett sig av till Fakari.

"Någon Marish har jag aldrig hört talas om", sa Diriska sakta. "Men en Drashin skall ha begett sig till mitt hemland för att hindra narkiernas framfart i landet."

Trasher ryckte till när hon nämnde Drashin och leendet försvann, men det kom snabbt tillbaka igen.

"Drashin säger du", mumlade han för sig själv. "Det kan inte stämma. Drashin... Hur är det möjligt?"

"Känner du honom?" undrade Diriska.

"Aldrig hört talas om honom", svarade Trasher snabbt. "Jag måste skynda iväg. Jag önskar er en god natt."

Innan hon hann säga något snodde mannen runt och försvann in bland träden. Diriska stirrade efter honom en stund. Sedan ruskade hon på sig och släckte elden med magi. Hon tänkte inte stanna längre på den här platsen med honom i närheten. I skydd av mörkret bytte hon skepnad till en uggla och flög iväg.

Trasher stod och såg mot den mörka gläntan som kvinnan funnits i. Hade han inte varit så nyfiken av sig hade han aldrig låtit henne få reda på att han var där utan dödat henne med en gång. Men hon verkade ha vetat om att han fanns i närheten. Men det som fick honom att lämna henne så snabbt var namnet Drashin.

Han hade hört det någonstans tidigare. Men var? Han hade noga sett till att inte visa sig för Tirasine Nariba när hon hölls fången av narkierna. Han ville inte förstöra överraskningen för henne innan dem kommit fram till Terabelle. Men så hade Marish dykt upp och befriat henne och flickan. Han ångrade fortfarande att han inte beordrat soldaterna att döda flickan så snart dem slagit läger den där natten.

Han såg fundersamt ut i mörkret. Kvinnan måste ha släckt elden så snart han lämnat henne. Troligen skyndade hon sig genom skogens mörker just nu. Nå henne kunde han göra något åt senare. Hon var inte viktig.

"Marish och Drashin", muttrade Trasher. "Dem hör ihop på något sätt. Men hur?"

Marish hade besegrat honom i en strid när han hade kommit på att han var orsaken till den andres föräldrars död. Men Trasher hade överlevt och flytt ner till Narkia för att hela sina sår och planera sin hämnd.

"Jag ska få min hämnd, Marish", mumlade han. "Jag ska krossa dig."
Han vände och gick djupare in i skogen där hans häst och tjugo narkierianska soldater väntade på honom.

9

Diriska stannade inte för att vila förrän på morgonen. Hon hittade en liten glänta där hon landade och bytte tillbaka till sin mänskliga skepnad. Hon rös och gned sig om armarna. Mannen från gläntan hade varit mycket obehaglig. Hans ständiga leende som aldrig nådde hans ögon. Han hade dessutom ljugit när han sagt att han aldrig hört talas om Drashin. Namnet hade dessutom skrämt honom en aning. Men det var Marish som han hade pratat om.

Diriska hade inte missat hatet i mannens röst när han talat om den andre mannen. Den man som han påstod hade Liana som gisslan. Diriska undrade om det där också var en lögn. Var mannen som befann sig tillsammans med Liana verkligen Marish? Och var han en sådan farlig förbrytare som denne Trasher påstått? Men hon mindes hur det kändes när hans doft drog henne till sig. Precis som den gjort i Balden, och där hade han kallats Drashin.

Så kom hon ihåg något som Kirom sagt vid gården innan hon gav sig av för att söka efter Liana. Drashin och Marish var varandra upp i dagen. Det enda som skilde dem åt var färgen på deras ögon och hår. Trasher hade kanske bara sett honom på avstånd och inte vetat om vem av dem det var som hade Liana. Men han nämnde kvinnan. Kirom hade nämnt en kvinna vid namn Tirasine Nariba. Kunde det vara samma kvinna som Trasher talat om? Men enligt Kirom var hon en medlem av drakriddarna och någon som kämpade mot narkierna. Det var något som inte stämde. Vem var egentligen denne Aram Trasher? Hon skulle kanske ta upp det med dem två människorna som var tillsammans med Liana, när hon hittade dem.

Diriska såg sig omkring i den lilla gläntan. Det hade gått sju dagar sedan hon lämnat gården. Det grämde henne fortfarande att det hade gått nästan två dagar för henne att finna spåren efter armén som hållit Liana fången. Sedan hade hon vid flera tillfällen tappat spåret efter dem tre hon förföljde. Alla gånger som hon verkade knappa in på Liana och hennes följeslagare så hade deras spår plötsligt försvunnit för henne. Varje gång var det mannen i sällskapet som hade förstört spåren efter dem. Han var mycket skicklig på det.

Trasher hade sagt att mannen i Lianas sällskap var mycket farlig och ond. Men varje gång Diriska hade stannat upp och granskat deras spår hade hon känt lukten av honom. Han doftade farlig, det erkände hon, men hon tyckte inte att han doftade av ondska. Bara av försiktighet och

88

misstänksamhet, men mest av allt irritation och ogillande. Hans doft drog i henne. Trasher hade doftat annorlunda. Han hade doftat av... ja, ondska var det bästa ord hon kunde komma på.

Hon ruskade oroligt på sig och började samla ihop lite kvistar och döda grenar från marken. Snart hade hon fått fart på elden och hon satte sig vid den med armarna om knäna. Hon stirrade in i lågorna och tänkte på Sarek och sitt löfte till honom för så många år sedan. Hon blinkade bort några tårar. Det kändes som om hon hade svikit honom. Att hon inte hade hållit vid sitt ord att skydda familjen. Nu var alla döda och Liana var tillsammans med främlingar.

"Förlåt mig, Sarek", viskade hon in i lågorna. "Jag var inte stark nog att skydda din familj. Inte heller var jag stark nog för att skydda mina fränder i grottan."

Diriska slöt ögonen och hennes minnen sträckte sig trehundra tusen år tillbaka i tiden.

"Ska vi bara sitta här när dem när tre är kvar där ute och kämpar för vår överlevnad?" morrade Faros. "Ska dem dö för vår skull?"

"Skärp dig, Faros", fräste Niska. "Dem offrar sig för att vi ska överleva, din idiot."

Diriska fnös bara och såg bistert på Faros. Hans muskler spändes under hans röda skinn. Hans enda röda öga stirrade bistert på Niska. Det andra hade han förlorat i det första kaoset som bildats när dem galna drakarna anfallit dem. Niska såg trotsigt på den större draken. Det darrade en aning under hennes bruna skinn av osäkerhet, men hennes bruna ögon såg stadigt mot honom.

"Faros har rätt", sa Goras. "Dem tre kan inte möta alla dem där galna drakarna på egen hand. Bara för att dem är äldre än oss så betyder inte det att dem är starkare."

Diriska vred på huvudet och så såg på honom. Hans gröna ögon gled snabbt undan från hennes skarpa blick. Han sjönk ihop en aning. Den gröna draken såg osäkert bort mot Faros för stöd.

Det var åtta drakar i grottan. Diriska var den enda som hade blått skinn. Goras, Kita och Famare hade grönt skinn. Faros och Goska hade rött skinn, medan Niska och Hilar hade brunt skinn.

Dem tre drakarna som dem just nu diskuterade befann sig, vad dem visste, ungefär trettio mil norr om dem. Ingen i grottan visste deras namn, utom kanske Famare som växt upp i samma familj som dem tre. Det enda dem övriga visste var att det var en med brunt skinn, en med rött skinn och en som såg ut som en enorm orm, ett mycket underligt huvud och en gyllene man bakom sina spetsiga öron. Dem andra två såg ut som dem flesta andra drakar brukade göra. Som stora ödlor.

"Var inte dum nu, Goras", sa Diriska strängt. "Bröderna sa åt oss att söka skydd för vår fortsatta existens. Om ni lämnar den här grottan kommer att ni att dö!"

"Ha!" utropade Faros. "Det kommer inte att finnas någon framtid för oss drakar om vi gömmer oss här. Jag tänker gå ut där och stå vid deras sida. Jag tänker kämpa för vår överlevnad!"

Niska ställde sig i vägen för honom, men han knuffade bryskt undan henne och störtade ut ur grottan. Goras och Famare följde genast efter honom. Niska och Diriska skrek efter dem tre att genast komma tillbaka. Goska och Hilar mumlade något och skyndade efter dem tre.

"Ni kommer alla att dö!" skrek Diriska desperat efter dem.

Niska lade en hand på hennes utsträckta arm.

"Jag följer efter dem", morrade hon ilsket. "Jag ska få dem tillbaka."

"Jag följer med", sa Kita. "Jag kan nog övertala i alla fall Hilar att följa med tillbaka."

"Gott", sa Niska och nickade. "Om vi kan få med Hilar så skulle mycket väl Goska kunna komma tillbaka också. Dem andra kan bli svårare att övertala."

"Jag följer också med", sa Diriska.

"Nej, Diriska", sa Kita och skakade på sitt stora huvud. "Du stannar här och håller grottan säkert gömd för dem galna. Om ingen är här hur ska vi vara säkra på att den fortfarande är tom när vi kommer tillbaka."

Motvilligt stannade Diriska kvar i grottan när dem andra gick iväg. Hon lade sig ner mitt i grottan och väntade på att dem andra skulle komma tillbaka.

Fyra timmar senare hörde hon någon som kom tillbaka genom grottans gångar. Kita kom haltande in i den stora grottan. Med sig hade hon Hilar, som hon mödosamt släpade med in i grottan. Diriska lyfte på huvudet och tittade förväntansfullt mot grottgångens mörker. Men ingen mer kom.

"Vad har hänt?" undrade hon oroligt och reste sig upp.

"Vi blev angripna tjugo mil norr om oss av galna drakar", flämtade Hilar.

"Faros och Goska blev genast dödade", sa Kita. "Niska sa åt oss andra att genast fly tillbaka hit igen. Sedan kastade hon sig över den som dödade Faros. Hon lyckades döda två innan dem övermannade henne och dödade henne. Goras och Famare dog när dem försvarade mig och Hilar. Jag blev lindrigt skadad i benet i flykten och Hilar blev nerknuffad för ett stup. Dem trodde att han dött i fallet och började jaga mig. Jag lyckades skaka av mig dem. Jag hittade Hilar och vi lyckades ta oss hit utan att bli upptäckta."

Hon släppte försiktigt ner Hilar till golvet. Han jämrade sig en aning men blev snart tyst. Diriska såg förskräckt på honom.

"Vad hände med dem tre bröderna?" viskade hon.

"Vi vet inte", väste Hilar flämtande. "Dem är spårlöst försvunna."

"Även dem galna drakarna verkar förbryllade över vart dem tog vägen", förklarade Kita. "Det verkar som om dem lyckades finna några unga dvärgdrakar och försvunnit med dem. Vad jag förstod så försvann dem norrut. Till den där stora bergskedjan innan islandet börjar."

"Men varför begav dem sig dit?" undrade Diriska förskräckt. "Vad kan dem över huvud taget leva på där uppe?"

Kita skakade trött på huvudet.

"Jag vet inte", sa hon och suckade. "Kanske känner dem till något som vi inte vet om den platsen. Du känner till sagorna om Ma'sharos'tian, Diriska. Det sägs ju att han skall finnas där uppe någonstans. Men dem kan omöjligt hitta honom. Islandet har kommit längre söderut under dem senaste tusen åren."

"Men det går långsammare nu", flämtade Hilar och kämpade sig upp till sittande. "Jag är den äldste av oss tre här och under mina sjutton år har isen saktat ner sin framfart. Min bror begav sig dit upp för några år sedan och han berättade att isen knappt rörde sig under hans tre år där uppe."

Kita satte sig bredvid honom och lade sin hand försiktigt på hans arm. Han ryckte till en aning när hennes långa klor rörde vid ett av hans öppna sår. Hon såg oroligt på honom. Diriska såg först på honom och sedan på Kita.

"Jag hoppas innerligt att dem tre bröderna kunde undfly dem galna drakarna", sa hon dämpat. "Jag hoppas att dem lyckades rädda några dvärgdrakar."

"Det hoppas jag också", väste Hilar.

"Jag önskar att jag visste vad dem hette", sa Kita. "Då skulle det bli mycket lättare att kunna finna dem senare."

"Den äldste av dem heter Asmaji", flämtade Hilar. "Han och min bror ägnade mycket tid med varandra uppe vid islandet. Vad dem två yngre heter vet jag inte. Jag träffade dem båda bara någon gång innan galenskapen drabbade alla andra."

Diriska och Kita såg på varandra. Kita nickade mot henne. Diriska nickade tillbaka sammanbitet. Asmaji och hans bröder skulle dem aldrig glömma för deras offrande. Men dem tre kunde omöjligt ha överlevt slagen mot dem galna eller vandringen norrut.

Hilar lade sig ner igen med en suck. Kita såg oroligt på honom. Diriska vände bort blicken från dem båda. Hennes tilltänkte var en av dem första att drabbas av galenskapen och var nära på att döda henne i sin blodtörst. Hennes yngre bror hade kastat sig emellan och blev dödad istället. Hon kände fortfarande smärtan av att se hennes älskade och sin bror slåss på liv och död. Hon lämnade dem båda andra drakarna och lade sig i andra änden av grottan. Hon lade huvudet på sin ihop ringlande svans och suckade sorgset. Tänk att drakarna skulle drabbas av det här. Att dem skulle utrota sig själva.

Tre dagar senare dog Hilar av sina skador. Kita och Diriska grävde ut en liten nisch i grottans vägg och lade in hans kropp i den. Sedan slöt dem den igen och svedde grott väggen med sin eld. Kita klagade ibland på sina egna skador, men hon blev inte sämre för tillfället.

Åren gick och dem båda drakarna smet endast ut ur sin grotta nattetid för att jaga efter mat. Ibland fann dem små grupper av drakar som slogs med varandra. Dem galna drakarna slogs mot varandra nu också. Snart fanns det inga andra drakar runt omkring dem.

Diriska tappade räkningen på åren, men hon trodde att det hade gått nästan hundratusen år när Kita insjuknade i någon mystisk sjukdom, som efter fem smärtsamma år tillslut dödade henne.

Diriska grävde ut en ny nisch bredvid den som Hilar vilade i och smälte den stora stenen hon ställde i dess öppning med sin eld. När stenen svalnat så fanns det bara en slät yta.

Åttio tusen år senare hände det något underligt med henne. Plötsligt kunde hon få saker att sväva och förvandla olika saker till andra saker. Hon kunde också skapa något ut ur tomma luften. Snart hade hon lärt sig att skifta skepnad. Den som hon vanligast bytte till var ett lodjur. Hon hade väldiga problem med den i början. Hon fick dess päls blå hela tiden, hur hon än bar sig åt blev pälsen alltid blå. Men snart glömde hon bort sitt lilla problem och brydde sig inte om att pälsen var helt fel.

Hon började röra sig utanför grottan, även på dagtid nu. Hon fann aldrig några spår av drakar. Dessutom var nu landskapet helt förändrat. Bergskedjan som hennes grotta legat i var försvunnen. Det enda som var kvar av den var tre mindre berg. Hennes grotta låg i det största av bergen.

En gång när hon var ute fick hon syn på tre underliga fåglar. Hon hade skepnaden av ett lodjur och visste att hennes blåa päls skulle synas på långt håll. Hon bytte desperat skepnad och nu stod hon på två ben. Pälsen var helt borta och hon hade något blått överdraget hennes kropp.

Hon betraktade sina händer. Hennes klor var korta och hade samma bleka färg som hennes skinn.

Men hon glömde snabbt bort att begrunda den skepnad hon fått. En av fåglarna hade gett av sig ett skri ovanför hennes huvud och hon gömde sig genast i en buske. Fåglarna landade på marken inte långt från henne och dem verkade studera marken. Det var tre örnar, men dem liknade inga örnar som hon någonsin sett tidigare. Den största av dem var helt röd och dess röda ögon synade marken noga. Den andra var brun i fjädrarna och dess bruna ögon såg hela tiden på den röda örnen. Den tredje örnen var gyllenfärgad och dess gula ögon svepte över landskapet runt dem.

Diriska tyckte att det var mycket underligt att tre örnar befann sig här samtidigt. Speciellt tre hanar som det verkade vara. Hon kom på sig att tänka på att det var ganska gott om mat på en örn, och dessa tre var verkligen större andra örnar. Men innan hon hade hunnit röra sig gav den röda ifrån sig ett skri och dem tre flög upp i skyn igen. Diriska följde deras väg norrut med blicken.

Hon steg fram från sitt gömställe och synade himlen efter fler fåglar. Inga fler dök upp och hon började studera den skepnad som hon skapat. Hennes hud var blek och huvudet täcktes av lång, blå, underlig päls. Hon strök med händerna över det blåa som täckte kroppen och följde formerna av hennes kropp. Det var först för tretusen år sedan som hon förstod vad det var för skepnad som hon bytt till den dagen. Det var nämligen då som hon träffade på människor för första gången.

Med människorna kom sagorna. Legenderna om drakriddarna som fanns norrut i landet Amdoria, om deras kamp för att hålla Helvetet borta från människornas värld. Diriska förundrades människorna mycket, men dem skrämde henne också. Snart stötte hon på dem andra raserna också. Alver, dvärgar och klipptroll kom och gick i hennes land. Men väldigt få om ens någon av raserna bosatte sig där. Bara människorna gjorde det.

Sedan kom Sarek Darik in i hennes liv och hon bestämde att gott göra för hennes svek mot drakarna. Hon skulle skydda den här familjen så som hon hade tänkt göra med drakarna i grottan.

När Diriska slog upp ögonen stod solen högt på himlen. Hon svor på drakarnas språk och bytte snabbt skepnad till en blå hök. Hon hade förlorat en massa tid och en hök kunde flyga mycket snabbt. Inte lika snabbt som en drake kanske, men hon befann sig i lite mer folkrikare länder nu. Hon visste inte hur folk skulle reagera om dem såg en drake flygandes över dem mitt på ljusa dagen.

Diriska visste att hon var i Loma nu. Hon var ganska säker på att hon varit i landet nu under i alla fall två dagar. Några få byar hade hon sett på sin resa, men hon hade inte stannat en enda gång i dem. Men nu var hon nog mycket väl tvungen att besöka en av dem i kväll. Hon hade tappat bort spåret efter Liana när hon flydde från mannen i gläntan. Som drake skulle hon nog inte ens behöva fly från honom, men Diriska var osäker på om människor att makten att döda en drake. Hon hade alltid försökt hålla sig så långt borta som möjligt från soldater och krig tidigare.

Hon fann en liten by efter två timmars flygning. Hon hade börjat känna sig trött och såg fram emot att få komma ner på marken igen. Hon landade i en liten dunge strax söder om byn. Där bytte hon snabbt till mänskligskepnad och började vandra mot byn.

En timma senare satt hon på ett värdshus och åt ett mål varm mat och drack en bägare vin. Det första vinet på två veckors tid. Hon hade genast känt doften efter Liana och hennes båda följeslagare när hon kommit in i byn. Dem hade varit nästan överallt i byn, men speciellt på värdshuset och hos en skräddare. Hon hade bett värdinnan att sätta sig hos henne så snart kvinnan hade tid och när husmor Mariti Jalark hade satt lite fart på tjänsteflickorna så alla jobbade satte hon sig med en lättad suck.

"Det var flera timmar sedan jag fick sitta ner senast", sa hon med ett litet leende.

Diriska log ner i bägaren. Hon tyckte bra om kvinnan från början. Det var en trevlig medelålders kvinna. Hennes hår var mörkt med några få stänk av grått i det. Hennes äldsta dotter var gift med en bonde en bit från byn och var fullt upptagen med gård och barn där. Men den andra dottern arbetade för tillfället på värdshuset.

"Alla förtjänar en rast lite då och då, mor Jalark", sa Diriska vänligt. "Jag hoppas bara inte att jag stör för er i arbetet med min önskan att samtala. Det var länge sedan jag pratade med någon."

"Åh nej, nej, min vän", skrattade mor Jalark. "Det är ett nöje. Flickorna klarar sig ändå ganska bra utan mig ibland."

"Ja, det påminner mig lite om hur jag hade det hemma."

"Driver ni också ett värdshus?"

"Ack, nej. Men jag såg efter min familj på nästan samma sätt som ni gör här."

Värdinnan skrattade sitt klingande skratt igen. Dem småpratade under tiden som Diriska avslutade sin måltid. När Diriska sköt tallriken ifrån sig, lutade sig mor Jalark mot stolens ryggstöd och skrockade muntert.

"Jag fick bara två döttrar och jag hade inga bröder när jag växte upp", sa hon. "Min make dog för tre år sedan i en olycka på min svärsons gård.

Pojken tog det mycket hårt och lade hela skulden på sig. Men jag klandrar honom inte. Det var något som fick tjurarna att skena och min make hann inte kasta sig i säkerhet."

"Jag beklagar djupt er förlust, mor Jalark", sa Diriska och böjde på nacken.

"Ack, det råder ingen nöd på mig. Jag tog över värdshuset och drev det tillsammans med båda mina döttrar tills min äldsta fick barn. Nu är det jag och Niali som sköter allt. Om ödet och hon vill, kommer hon att ta över det efter mig. Hoppas att hon hittar en karl som kan tänka sig att driva det tillsammans med henne."

Mor Jalark suckade och såg bort mot sin dotter som serverade en bonde en öl. Sedan såg hon rakt på Diriska.

"Men det var inte för att småprata eller höra om mitt liv som du villa att jag skulle sätta mig, Dira", sa hon och log vänligt. "Du ville fråga något som är mycket viktigt för dig."

"Det verkar inte gå att dölja mycket för dig, mor Jalark", sa Diriska och log. "Nej, det är sant som du säger. Orsaken är att jag vill veta om du sett en person."

"En flicka som pratar likadant som dig?" undrade värdinnan.

"Har du sett henne?" frågade Diriska upphetsat och lade händerna på bordet. "Hur mådde hon? Var hon ensam?"

"Lugn, lugn", sa mor Jalark och klappade henne lugnande på händerna. "Ja, hon var här. Hon var tillsammans med två andra, en man och en kvinna. Dem kallade henne för Liana och hon såg ut att må bra."

Diriska sjönk lättad ner i stolen igen. Hon levde och mådde bra. Det var allt som betydde något nu.

"Det är henne du söker."

"Ja. Jag har följt efter dem sedan gården utanför Balden i Fakari. Jag har fruktat för hennes liv sedan jag anlände till gårdens ruiner."

"Narkierna? Jag hörde att dem skövlade hela Fakari. Att huvudstaden jämnades med marken och inte en människa skonades. Varken kvinnor eller barn."

"Det stämmer. Dem dödade hela min familj. Alla utom Liana. Henne tog dem till fånga, men hon lyckades fly från dem. Troligen med hjälp av hennes följeslagare. Men jag vet inte om dem är hjälpsamma mot henne eller om dem kommer att skada henne."

Mor Jalark såg fundersamt på henne. Hon trummade sakta med fingrarna mot bordskivan.

"Jag tror inte att dem kommer att skada henne", sa hon till slut. "Inte avsiktligt i alla fall. Du förstår att det var drakriddare som var med henne."

"Är du säker?" undrade Diriska.

"Oh ja. Jag var i Terabelle flera gånger som ung. Jag träffade många drakriddare då. Alla drakriddare bär ett tygstycke längs med högra benet, med deras vapen på. Den kallas för kishara. Dem har olika färgkombinationer också, beroende på vilken skvadron dem tillhör. Hur som helst, så skulle en drakriddare göra vad som helst för att slippa att skada människor. Dem är mycket speciella, även om mannen var lite vresig av sig ibland."

"När gav dem sig av?"

Innan mor Jalark hann svara öppnades dörren och en man steg in. Han hade en svart mantel invirad om sig och huvan var uppfälld. Han ruskade en aning på sig och vatten föll från hans axlar. Diriska såg genom det skumma ljuset från utsidan att det hade börjat regna. Mannen fällde bak huvan och såg sig om i rummet. Diriska flämtade till när hon såg honom. Ansiktet var kantigt och ganska alldagligt. Håret var eldrött och hängde ner till hans axlar. Han hade en allvarlig min och ögonen sökte av hela rummet. Det var inte själva mannen som hade fått Diriska att flämta till utan just hans ögon. Irisarna i hans ögon var röda.

Han fick syn på mor Jalark och innan värdinnan hunnit resa på sig hade han stigit fram till bordet där hon och Diriska satt. Han bugade kort mot henne och kastade en snabb blick mot Diriska, sedan avfärdade han henne helt.

"Ni får ursäkta mitt plötsliga uppdykande, värdinna", sa han med sträv röst. "Men jag söker efter två personer. En man och en kvinna."

"Skulle ni kunna vara lite mer precis, min herre", sa mor Jalark förvirrat.

"Ah, förlåt mig", sa mannen och lyfte sin ena hand. "Mannen är så här lång, kort ljusbrunt hår och gröna ögon. Han kan vara lite bister av sig. Kvinnan är kortare, har långt mörkt hår och mörka ögon. Hon har ett lite lugnare humör än mannen."

"Ja, jag har sett dem", sa värdinnan och sneglade på Diriska.

"Är dem kvar i närheten av byn?" frågade mannen snabbt.

"Nej, dem gav sig av tidigt i morse."

Diriska kände hur hjärtat tog ett extra slag. Hon var bara en dag efter Liana. Trots att hon hade tappat spåren så många gånger. Hon hade kanske rent av flugit förbi dem tre flera gånger under resan från Balden. Mannen svor till och knöt höger handen frustrerat.

"Varför kan han aldrig följa order?" morrade han. "Allt kan ha blivit mycket värre nu."

Han satte sig tungt ner på den tredje stolen vid bordet och gömde ansiktet i sina händer. Husmor Jalark reste sig osäkert från sin stol.

"Önskar herrn ha något att äta eller dricka?" undrade hon försiktigt.

"En bägare med vin", sa han utan att lyfta huvudet.

Värdinnan neg hastigt och skyndade sig iväg. Diriska satt och stirrade på mannen. Det var något bekant med honom. Precis som det var med männen Lindramas och Sultan. Mannen lyfte ansiktet och såg på henne. Hon slet genast blicken från honom och stirrade ner i sitt vin.

"Hoppas att det inte gör något att jag sitter här, unga fröken", sa han.

"Inte alls, herrn", sa Diriska sakta ner i bordet. "Det gör inget alls."

Han grymtade till och dolde ansiktet igen. Han tog inte bort händerna förrän Niali kom med hans vin. Han räckte henne en guldmarker.

"Det kanske blir mer, fröken", sa han och log mot henne.

Flickan neg djupt för honom och försvann kvickt bort till sin mor igen. Värdshusvärdinnan sneglade bort mot Diriska och mannen.

"Du följer också efter dem båda", sa mannen plötsligt.

"Hur...?" började Diriska och stirrade på honom.

"Jag såg din reaktion när jag beskrev dem", sa mannen och smuttade på sitt vin. "Även om du inte sett dem så verkade du ändå veta att det var samma personer som du följer som jag letar efter. Fast du verkar ha en annan anledning."

"En familjemedlem är i deras sällskap."

"Jag förstår", muttrade mannen, sedan slog han näven i bordet. "*Narshasch*, Drashin, vad tänker du på? Det är för farligt att blanda in andra i det här."

"Kan hon råka illa ut?" undrade Diriska och försökte dölja sin förvånade min. Svordomen som mannen använt var på drakarnas språk.

"Kanske", sa mannen. "Visserligen, om jag känner Drashin och Tirasine rätt, så kommer dem att göra allt för att hon inte skall hamna i någon knipa. Troligen tar dem med henne till Amdoria."

Diriska såg ner i sin bägare igen. Hon hoppades innerligt att mannen hade rätt. Hon log en aning. Hon hade fått sin bekräftelse också. Trasher hade ljugit.

"Det var inte Marish som hade henne", sa hon tyst.

"Marish?" sa mannen skarpt och stirrade på henne. "Har du träffat på Marish? När?"

"Nej, jag har aldrig träffat honom", skyndade sig Diriska att säga. "Jag har bara hört något rykte om att det skulle vara Marish som skulle ha haft Liana med sig."

"Det hade varit omöjligt", sa mannen och slappnade av en aning. "Marish är död. Drashin dödade honom för tre år sedan. Eller han borde vara död."

"Dödade?"

"Ja, men det kan vi ta en annan gång. Jag är inget vidare på att berätta historier. Det brukar Lindramas få ta hand om."

"Lindramas?"

"Min bror. Åh, vad tänker jag på? Ni får ursäkta mig. Mitt namn är Asmaji."

Diriska blinkade till. Namnet klingade tillbaka trehundra tusen år tillbaka i tiden.

"Mitt namn är Diriska", sa hon innan hon tänkte sig för. "Jag kände till en Asmaji för mycket länge sedan."

"Måste ha varit någon annan", sa mannen snabbt och dolde sin blick genom att ta en klunk av vinet.

"Kanske", sa Diriska lågt.

Asmaji stirrade ner i sitt vin. Han hade en fundersam min. Diriska smuttade på sitt vin och sneglade på honom över bägarens kant. Hans röda ögon var bekymrade. Plötsligt blinkade han till och vände sig mot Diriska.

"Sa du att flickan hette Liana?" undrade han.

"Ja", svarade Diriska förbluffat, "det gör hon."

"Precis som prinsessan", sa han och log snett. "Ett riktigt yrväder till flicka var det. Är din Liana likadan? Springer hon runt och drömmer om äventyr?"

"Oh ja", skrattade Diriska. "Ända sedan hon var stor nog att gå har vi alltid haft fullt upp med att hålla ett öga på henne."

"Det var samma med prinsessan", skrockade Asmaji. "Innan hon träffade Mantera var hon en lugn flicka, har man sagt. Men efter att hon träffade bondpojken fick hon upp ögonen för världen utanför palatsets väggar. Man hade då fullt upp med att lista ut var prinsessan tog vägen varje gång hon lämnade palatset. Men snart visste man att hon alltid sökte sig dit Mantera befann sig. Han visade henne hur livet på landet var och hur vanligt folk levde. Dem hade gjort många upptåg och utflykter dit vanligt folk inte begav sig. Dem var till och med halvvägs upp för Draktand, innan någon fann dem och tog tillbaka dem till Terabelle. Vanligtvis var det Manteras far som fick tag i dem. Men när dem skrev in sig i demonjägarnas bok så förändrades hon. Liana upptäckte att livet var mycket mer än bara äventyr. Det var en helt annan Liana Kastom som steg upp ur Labyrinten som drakriddare än som gick ner. Nog fanns hennes äventyrs lusta kvar, men den var nu dämpad av all död som fanns nere i Labyrinten."

Diriska lyssnade fascinerad på Asmajis historia.

"Det låter nästan som om du var där själv", sa Diriska försiktigt. "Som om du kände dem här människorna personligen."

Asmaji såg på henne med sina röda ögon. Han verkade fundera på vad han hade sagt. Sedan suckade han.

"Det var länge sedan", sa han tyst. "Kampen vid det stora torget var svår, men dem fem fick hjälp av unga män som slöt upp med dem. Till och med Ma'sharos'tian tvingades att slåss."

"Du var där", viskade Diriska förbluffat. "Men sagorna om Mantera och Liana är ju flera tusen år gamla."

"Prinsessan Liana Kastom och Mantera Lombras klev upp ur Labyrinten för tvåtusen trehundrasexton år sedan."

Diriska stirrade stumt på honom. Över tvåtusen år. Hon hade bara befunnit sig bland människor i lite mer än tusen år. Han måste ljuga. Han kunde omöjligt vara så gammal.

Asmaji såg på henne, log stilla och reste sig upp.

"Jag måste bege mig, fröken Diriska", sa han och bugade lätt. "Om jag inte håller vissa drakriddare tillbaka hårt så kan dem få för sig att möta narkierna på fel sida av den amdorianska gränsen. Ha en trevlig kväll och jag hoppas att ni snart hinner ifatt Drashin och er lilla släkting."

Han drog manteln om sig igen och fällde upp huvan. Han bugade snabbt igen och lämnade värdshuset. Diriska såg efter honom. Det var något med dem tre underliga männen hon träffat på. Först Lindramas med sina gula ögon, sedan Sultan med sitt lite mystiska sätt och nu Asmaji som nästan helt öppet sa att han var över tvåtusen år gammal.

Åskan hördes utanför. Diriskas tankar gick till Liana. Hon hoppades så att flickan fick sova torrt i natt och slippa regnet. Hon suckade och drack upp det sista vinet. Sedan reste hon sig och bad en tjänsteflicka att visa henne sitt rum. Hon kände sig utmattad.

När hon bäddat ner sig i sängen, kunde hon inte låta bli att le. Hon var bara en dag efter Liana nu. Förhoppningsvis skulle hon komma i fatt henne om bara några få dagar. Kanske kunde hon få svar på vem Drashin var också. Varför kändes det som om hon såg mer fram emot att få träffa *honom* än Liana?

"Vem *är* du, Drashin?"

10

Mörkret höll just på att falla när Drashin gjorde tecken för halt. Liana gled tyst av hästen. Hon tittade osäkert på dem två drakriddarna som stod lite längre fram. Drashin räckte tyglarna till sin häst åt Tirasine och skyndade sig framåt på tysta fötter. Femtio meter fram sjönk han ihop och kröp fram i det våta gräset. Det första regnet hade börjat falla för en timme sedan.

Generalen låg där framme i kanske en halvtimma innan han sakta drog sig bakåt och skyndade sig tillbaka.

"Dem gömmer sig då rakt inte", sa han lågt.

"Vad såg du?" undrade Tirasine.

"Flera hundra eldar när nere", sa han och rev sig på kinden. "Jag slutade räkna vid tvåhundra."

"Det är en enorm armé", muttrade Tirasine.

"Hur stor är den?" frågade Liana. "Är den lika stor som när dem anföll Fakari?"

"Större nu", sa Drashin bistert. "Alla som har skonats har tvingats in i armén verkar det som. Jag skulle gissa på att varje eld betyder mellan femtio och hundra man. Med tanke på hur stora eldarna är."

"Det betyder ju minst hundra tusen man ju!" utbrast Tirasine.

Drashin nickade lugnt. Hans blöta hår låg klistrat mot huvudet och en del hängde ner för hans panna och dolde guldplattan.

"Dem vill skrämma upp Amdoria och dess armé tror jag", sa han. "Om nu Amdoria *är* deras mål."

"Dem verkar ju målmedvetna om att ta sig dit", sa Tirasine.

Drashin nickade och sedan såg han mot lägret igen. Liana sträckte på sig för att försöka se eldarna där dem stod. Men allt hon såg var ljusskenet som visade sig på himlen.

"Vad tänker du göra nu då?" undrade Tirasine och drog en hand genom sitt långa, blöta hår. "Vi är lite för nära för att vara säkra i natt."

"Jag inväntar några vänner", sa Drashin och såg sig omkring. "Vi ska ta oss igenom det där lägret. När vi är på andra sidan om det skall vi ta oss fram mot Spökriket."

"Vad?" utbrast Liana. "Spökriket? Är inte det bara en saga? Finns det riktiga spöken där?"

"Lugn, Liana", sa Tirasine och lade en hand på hennes axel. "Först måste vi ta oss dit. Men varför skall vi dit?"

"En snabbare väg hem. Klarar vi av att ta oss förbi lägret och ta oss till Spökriket, behöver vi bara passera en mindre del av Mosker. Istället för att fortsätta rakt norrut och gå genom Garatur och passera halva Mosker, går vi genom en smal remsa av landet."

"En remsa som endast tar två dagar att rida igenom", sa Tirasine och nickade gillande. "Men vi har fortfarande långt kvar till Terabelle därifrån."

"Jag ska lösa det också, ska du se", sa Drashin buttert. "Men just nu behöver vi bara vänta på två mycket speciella personer, Tirasine."

"Du menare inte..." började Tirasine.

"Höger eller vänster?" avbröt en röst ur mörkret henne.

Liana såg sig om. Hon såg ingen i närheten av dem och dem hade talat klart och tydligt. Även om det lät att dem nära.

"Åh nej", stönade Tirasine.

"Höger", sa en andra röst. "Nej, nej. Jag menar vänster."

"Då så", sa den första rösten, "du går vänster och jag går höger."

"Visst", svarade den andra glatt. "Ah, vad skulle vi göra nu, Ranin?"

"Jo... ah... det har jag glömt. Varför är vi här nu igen?"

"Jag har ett förslag, gamle vän."

"Vad är det för förslag, Meeko?"

"Varför springer vi inte bara rakt in i det där? Vi skriker som dårar och klår upp några, sedan springer vi där ifrån igen."

"Meeko, det är en strålande idé! Hur kommer du på allting?"

"Naturbegåvning."

Liana lyssnade fascinerad på samtalet i mörkret. Hon undrade vilka dem var. Dem hade kallat varandra för Ranin och Meeko. Tirasine verkade mycket väl veta vilka det var. Ju längre samtalet hade hållit på ju längre sjönk hon ner mot marken.

"Oh, jag vet en bra sak till, Meeko."

"Vad då, Ranin?"

"Jo, om du springer in en bit till vänster om den där lägerelden så springer jag in till höger om den."

"Lysande!"

"Kom igen, kompis! Det blir precis som när vi lekte som små."

Liana hörde springande steg som närmade sig dem. Två svarta skuggor svepte förbi dem på varsin sida om dem. En mindre och en lite större.

"Tirasine!"

"Drashin!"

Sedan var dem borta igen. Tirasine reste sig och stirrade mot Drashin. Liana spanade efter dem två skuggorna.

"Hur fick du hit dem så fort?" frågade Tirasine sammanbitet.

"Jag skickade ett meddelande till dem båda för flera dagar sedan", svarade Drashin. "Dem var i Soran, Lomas huvudstad, tror jag, så det tog dem inte lång tid att komma hit. Jag skulle tro att dem har väntat på oss här."

Liana hörde skrik och hornstötar som kom från narkiernas läger. Hon hoppades att dem båda inte skulle bli dödade bara för att dem andra skulle klara sig förbi lägret i skydd av larmet.

"Ingen fara med dem där två", sa Drashin och satt upp. "Ranin och Meeko har gjort mycket farligare saker än det där."

Liana satt också snabbt upp. Hon stirrade på honom.

"Vad menar du?" undrade hon.

"Dem båda idioterna är från samma by som mig", berättade Tirasine sammanbitet. "Min far var godsherren i där. Dem hittade alltid på allt möjligt som barn. Inte för att dem har vuxit upp ännu, även om dem är äldre så är dem fortfarande bara pojkar."

Liana stirrade förbluffat på henne. Drashin skrattade åt henne.

"Nu får ni vara tysta", sa han muntert. "Rid så snabbt ni kan och stanna inte för något. Då ska vi nog klara oss helskinnade genom lägret."

Dem satte av i en försiktig skritt närmare lägret. Liana slickade sig nervöst om läpparna. Hon kunde bara komma på en enda gång tidigare som hon varit så här rädd. Det var när narkierna anföll hennes gård.

När dem kom till kullens topp så ökade Drashin på dem till trav. När dem kommit till utkanten av eldarnas sken så drev han på i galopp. Liana såg med skräckfylld häpnad hur generalen släppte tyglarna på sin häst och drog båda sina svärd.

Lägret var i full aktivitet när dem stormade in i det. Liana såg i ögonvrån, på hennes vänstra sida, hur en dvärg i liknade kläder som Drashin och Tirasine först högg ena benet av en man och sedan drev sin andra yxa i mannens huvud. Hon vände bort blicken från det hela, men det hon såg på sin andra sida gjorde henne lika illamående. På hennes högra sida gled en man i liknande kläder smidigt mellan narkierna och högg ner dem med sina två svärd. Liana fäste blicken på Drashins rygg igen.

Drakriddaren svingade sina svärd mot narkierna för att hålla dem undan från honom. Män föll överallt runt honom och hon kunde höra skrik från alla håll. Hon hade en känsla av att om hon såg sig om skulle hon se Tirasine också hugga ner män.

Plötsligt var det en man med svärd som sträckte sig efter henne. Liana skrek till när hon fick se honom och sedan ännu en gång när ett svärd högg av mannens hand. Hon tappade kontrollen på sin häst som nu med utsträckt hals sporrade sig skräckslaget genom fiendens läger.

Hon red skrikande förbi Drashin. Hon hörde honom häpet ropa efter henne.

Snart var hon igenom lägret och mörkret slöt sig åter runt henne. Men hon var så rädd att hon inte lyckades få kontrollen på sin häst. Hon hörde hovslag närma sig henne bakifrån och hoppades innerligt att det var Tirasine. Någon sträckte sig förbi henne och grep tag i hennes tyglar till hästen. Snart hade personen fått stopp på både sin och hennes häst. Liana vände sin skrämde blick mot sin räddare och stirrade in i Drashins svettiga ansikte.

"Du skrämde oss en aning där borta", sa han flämtande.

Han gled av hästen och hjälpte henne ur sadeln. Väl på marken slog hon armarna om honom och grät mot hans bröst. Han blev mycket förvånad och strök henne tafatt över håret. Försiktigt försökte han viskande trösta henne. Liana hörde ljudet från ytterligare en häst.

"Är hon oskadd?" frågade Tirasine och dunsade ner mot marken.

Liana släppte genast sitt grepp om Drashin och rusade bort mot den kvinnliga drakriddaren. Tirasine slog armarna om henne och viskade lugnande till henne.

"Jag önskar Diriska var här", snyftade Liana.

"Vem är Diriska?" undrade Tirasine.

"Hon är min familjs beskyddare. Hon har varit med min familj i tusen år."

"Tusen år?" utbrast Drashin. "Omöjligt! Ingen människa kan leva så länge!"

Liana såg mot honom med tårfyllda ögon.

"Hon är ingen människa!" skrek hon åt honom. "Hon är en drake! Min drake!"

Drashin stirrade storögt på henne, sedan höjde han blicken mot Tirasine och såg klentroget på henne. Liana kände hur hon ryckte på axlarna. Hon blev med ens mycket arg. Dem trodde inte på henne.

"Det är sant", sa hon och backade undan från drakriddarna. "Hon är min familjs drake."

"Det finns endast tre drakar, Liana", sa Tirasine lågt. "Asmaji, Lindramas och Sultan. Det är dem enda jättedrakarna som överlevde katastrofen för så länge sedan."

Liana stirrade på dem båda. Drashin nickade instämmande. Tre drakar? Det fanns fler drakar och Drashin och Tirasine kände till dem.

"Vi är just nu på väg till dem", sa Drashin. "Vi kan behöva deras hjälp."

"Finns dem i Terabelle?"

"Troligen", sa Tirasine. "Men dem kan också finnas uppe på Draktand, deras hemvist."

Liana stirrade förbluffat på henne. Drashin ledde dem vidare in i den mörka skogen innan dem stannade för natten. Tirasine bäddade ner Liana och lade sig sedan till rätta bredvid flickan. Drashin tog på sig första vakten. Ingen lägereld tändes.

"Kommer jag verkligen få träffa tre drakar?" viskade Liana.

"Absolut", svarade Tirasine. "Jag ska själv presentera dig för dem."

Liana kröp förväntansfullt ihop under filtarna. Hon hade snart glömt bort vad som hänt under natten och att hon önskat att Diriska skulle ha varit där. När hon somnade drömde hon om tre väldiga varelser som liknade Diriska, men med andra färger på sina skin och ögon.

Diriska kände sig på bättre humör än hon hade gjort sedan den hemska synen vid gården för lite mer än en vecka sedan. Liana var bara en kanske högst två dagar framför henne. Dessutom hade den mystiske Asmaji försäkrat henne om att Liana var säker tillsammans med dem två drakriddarna. Dem skulle göra allt för hon skulle överleva resan till Amdoria och Terabelle.

Hon visste att byarna låg lite tätare mellan varandra och att hon skulle väcka stor uppmärksamhet om hon nu valde att flyga fram i sin rätta skepnad. Därför hade hon så snart hon vaknat och fått i sig lite frukost frågat husmor Jalark var hon kunde köpa sig en häst. Det sista av hennes pengar hade gått åt till hästen, men hon brydde sig inte om det just nu. Hon visste hur hon skulle kunna skaffa sig mat så hon oroade sig inte om det.

Husmor Jalark hade gjort i ordning ett ordentligt matpaket åt henne och vägrat att ta betalt för det. Hon önskade Diriska lycka till i hennes sökande och stod länge utanför sitt värdshus och såg efter henne.

Molnen var fortfarande mörka och regnet hängde i luften. Diriska höll en mil slukande takt och efter tre timmar, när regnet kom, var hon redan långt från byn. Hon drog sin mantel om sig och fällde upp huvan.

Spåren efter Liana bleknade en aning av regnet, men Diriskas skarpa luktsinne talade om för henne att hon var på rätt håll. Hela tiden ledde spåren henne rakt norrut. Fortsatte dem åt det här hållet skulle dem gå rakt in i Mosker om bara sex eller sju dagar. Det måste gå betydligt snabbar än vad drakriddarna hade väntat sig, misstänkte Diriska.

Men två timmar senare ändrade spåret plötsligt riktning. Diriska gled av hästen och undersökte marken grundligt. Det ledde fortfarande norrut, men nu hade det svängt en aning västerut. Hon rätade på sig och spanade mot nordväst. Det var en liten lägerplats lite längre fram. Hon ledde dit hästen och undersökte askan på marken. Det var nästan ett dygn gammalt och den verkade ha blivit snabbt släckt.

Diriska rätade på sig igen och stirrade mot nordväst. Hela tiden hade spåret av Liana och dem andra två gått parallellt med narkiernas armé, men nu hade spåret vänt rakt mot den. Vad tänkte Drashin på? Skulle han leda Liana rakt i händerna på fienden?

Diriska satt upp snabbt på hästen igen och satte av i galopp mot nordväst. Hon önskade så att Liana inte råkat ut för något. Spåret var ganska otydligt.

Strax innan en kulle stannade hon hästen. Hon gled ur sadeln och studerade marken noga. Här hade dem stannat en kortare tid. Dessutom fanns spår och dofter av två andra män. En människa och en dvärg. Diriska följde deras spår som ledde tvärs över Lianas. Deras spår gick fram och tillbaka från kullens topp, men mest hade dem tillbringat sin tid bara några få meter bakom det spår hon hade följt. Dofterna var ungefär lika gamla som Lianas.

Tillslut hittade hon spår som ledde bort från platsen hon stod på. Dem delades upp var för sig och försvann i riktning mot kullen. Männen hade gått förbi dem väntande hästarna på båda sidor och fortsatt förbi utan att stanna. Hon lät hästen stå kvar och tog sig försiktigt upp mot kullen. Innan hon nådde dess topp lade hon sig på mage och krälade vidare.

När hon kom upp så stirrade hon på fältet framför henne. Tusentals män gick runt där nere och släpade på något mot två högar. När två män kastade upp sitt bylte mot den ena högen förstod hon vad det var hon såg framför sig. Det var narkiernas läger och dem släpade döda människor till högarna. Hon undrade hur många som dödats där nere.

Hon lät blicken glida från norr till söder. Narkiernas läger sträckte sig långt åt båda hållen. Hon skakade på huvudet. Ner i detta hade Drashin lett Liana. Hon skulle just dra sig tillbaka när två av männen drog till sig hennes uppmärksamhet. Den ene var mycket lång och var klädd i en rustning som glänste, trots att solen knappt lyckades ta sig igenom molnen. Den andre var en aning mindre, även han klädd i rustning som verkade vara matt svart.

Den väldige mannen röt något och en tredje man kom snabbt springande till honom. Han sjönk snabbt ner på sina knän. Han verkade försöka blidka den store mannen. Diriska önskade att hon vågade sig närmare så att hon kunde höra vad som sades. Så höjde den väldige mannen sin hand. Mannen i den svarta rustningen bugade mot honom och drog sitt svärd. Mannen på knä försökte dra sig undan honom, men föll bara i sina försök att ta sig upp på fötter. kvickt stötte mannen sitt svärd i den andre. Sedan gjorde han en snabb rörelse och högg huvudet av honom i samma rörelse som han drog svärdet ur kroppen.

Diriska flämtade till och drog sig snabbt tillbaka och gömde sig bakom kullen igen. Hon kravlade tillbaka så snabbt hon kunde nerför den och skyndade sig bort mot hästen. Hon borstade av klänningen så gott hon kunde. Hon satt upp och blev sedan sittande. Hästen tog några nervösa steg. Den kände av hennes oro.

Hon stirrade tomt mot kullen. Hon visste att hon omöjligen skulle kunna rida igenom lägret. Speciellt inte nu när mörkret började falla. Hon skulle aldrig klara av att ta sig igenom det. Sedan var hon osäker på om människor kunde skada henne eller inte. Dessutom var det uteslutet att förvandla sig till drake. Den skepnaden skulle männen i lägret genast få syn på.

Hon gled ner ur sadeln igen. Hon lossade snabbt sin lilla packning bakom sadeln. Hon såg på den en stund och sedan log hon. Sakta krympte den i hennes händer och snart var den så liten att hon enkelt kunde gömma den i sin klänning. Hästen blev hon tvungen att lämna. Det grämde henne en aning, men hon skulle omöjligen kunna ta med den i den skepnad hon tänkte ta. Hon klappade den vänligt på mulen.

"Återvänd hem, min vän", viskade hon till djuret. "Jag tackar dig för den korta färden, men jag kan inte ta dig med mig dit jag skall."

Hon vände hästen och gav den sedan en hård klapp. Den tog genast några steg innan den förbryllat vände på sitt huvud mot henne. Diriska skakade på huvudet åt den. Den ruskade på manen och gav sig av i en lugn trav tillbaka hemåt igen. Diriska såg den försvinna innan hon började sin förvandling. När hon var färdig granskade hon sina fjädrar noga. Hon hade förvandlat sig till en hök.

Diriska flaxade prövande sina vingar. Hon ruskade av sig lite regn och lyfte sedan från marken. Hon förundrades av den skarpa syn som hon hade i hökens skepnad. Allt såg ganska tydligt ut även när hon var högt ovan marken. Hon tog sikte på skogen på andra sidan lägret och flög snabbt dit. Hon landade på en gren just innanför skogsbrynet och lyssnade på två soldater som samtalade lågt.

"Kan du ens förstå det, Jasa?" sa den förste. "Hur kunde dem komma igenom det här lägret?"

"Helt otroligt, jag vet", svarade Jasa. "Tre hästar som galopperade igenom, med deras ledare som högg vilt omkring sig. Jag såg Kilar och Kirat som föll för hans svärd."

"Ja. Men dem där två till fots. Jasa, jag såg dvärgen döda tio man innan han rusade vidare mot skogen. Och innan han kom dit hade han dödat ytterligare femton!"

"Jag vet, Marak. Och människan var lika dödlig han. Han hade säkert dödat mig också om jag inte hunnit kasta mig undan från honom. Jag har aldrig sett något liknande tidigare."

Diriska drog en lättad suck. Liana verkade ha klarat sig.

"Tror du att det var drakriddare, Jasa?" frågade Marak oroligt. "Är det här vad vi kommer att vänta oss när vi kommer till Amdoria?"

"Jag vet inte", svarade Jasa lika oroligt. "Det har ju ryktats om att det var drakriddare efter oss i Fakari och att några av dem har hållit jämna steg med oss ända sedan dess."

"Jag vet inte om jag vill vara med om det här mer", viskade Marak och såg sig omkring. "Om det där var drakriddare, så är legenderna om dem sanna. Ingen vanlig människa kan mäta sig med dem. Vi kommer att bli slaktade!"

"Lugn, Marak", väste hans kompanjon. "Vår armé är tvåhundra tusen man stark. Vad jag har hört så är inte drakriddarna mer än tusen man. Dessutom har vi Asharak. Han kan nog allt möta sig med vilken drakriddare som helst. Han är en mäktig man."

"Tusen man bara, säger du?"

"Femtonhundra man", sa en oljig röst bakom männen.

Dem ställde sig genast i givakt. Diriska morrade inombords när hon såg vem som sällade sig till dem båda. Mannen hade tagit av sig sin hjälm och höll den i sin arm. Hans rustning var matt svart. Men hon kände mycket väl igen mannen med den spetsiga näsan.

"General!" utbrast dem båda i kör.

"Drakriddarna är nästan femtonhundra man", sa Trasher och såg kallt på dem båda. "Femtonhundra av dem skickligaste krigarna Amdoria har och minst fem hundra lärlingar. Visserligen är ingen av lärlingarna lika skickliga som drakriddarna, men det är mycket nära i vissa fall. Men det är en speciell grupp som ni absolut in vill möta utan en så här stor armé."

"Vad menar generalen?" frågade Jasa försiktigt.

"Marish och hans skvadron", sa Trasher. "Dödens skvadron är visserligen minst, men jag har aldrig sett några som strider så hänsynslöst som dem. Bara åtta man stark och dem gör alla möjliga uppdrag. Innan jag kom till Narkia hade Marish själv dödat fyra djävlar. Ingen annan man har någonsin dödat en djävul själv tidigare. Men han är något speciellt."

"Jag har hört att Marish ska vara död, general", sa Marak osäkert. "Att han startade ett krig mot drakriddarna och Amdoria. Han förlorade och blev dödad av någon som kallas för Drashin."

"Lögner från drakriddarna för att få oss att släppa på vaksamheten när dem tänker anfalla oss", fräste Trasher. "Nog nu! Tillbaka till lägret. Vi ska ge oss av."

Diriska såg hur soldaterna rusade ner mot lägret igen. Dem var vettskrämda för Trasher. Hon klandrade dem inte. Han gjorde henne nervös också. Mannen stod kvar nedanför trädet en stund till. Sedan tog han på sig sin hjälm och vände åter mot lägret. Diriska försökte urskilja olika dofter, men stanken från alla döda fyllde luften. Istället klapprade hon irriterat med näbben och lyfte igen.

Hon flög ett långt stycke in i skogen innan hon vågade landa och förvandla sig tillbaka till människa. Hon satte sig på en nedfallen trädstam och begrundade det hon hade hört. Liana och hennes följeslagare hade klarat sig genom lägret. Narkierna hade ingen aning om att det var drakriddare som var med henne och som ridit igenom.

Mannen och dvärgen som hon känt doften av på kullen hade tydligen också klarat sig. Hon undrade om även dem båda var drakriddare. Med tanke på att dem hade rusat rakt in i ett fiendeläger, där tvåhundratusen soldater vilade så borde dem ha varit det. Trasher hade nämnt Dödens skvadron. Var det Drashins grupp?

Diriska reste sig upp och såg sig om. Hon undrade om spåret hade lett i samma riktning som hon flugit eller om det vikit av en aning genom lägret. Hon begav sig lite närmare lägret igen. Det började bli mycket mörkt nu, speciellt under trädgrenarna. Hon funderade snabbt och bestämde sig att ta gestalten av en uggla och gömma sig i ett av träden över natten. Där borde hon vara säker från narkiernas frammarsch.

Diriska ruskade av sig en del av regnvattnet. Sedan slöt hon sina ögon och somnade. Regnet mattades av en aning en timma senare, men slutade inte helt. Diriska sov oroligt uppe på sin gren.

I drömmen jagade hon efter en man som hela tiden höll sig ett steg framför henne. Med sig hade han Liana. Hur hon än gjorde kunde hon inte komma ikapp. Flera gånger vände sig mannen om och såg på henne. Då skrattade han åt henne och drog Liana längre bort från henne. Han var lång och hade kort mörkt hår. Hans ögon var mörka och dem glittrade av elak munterhet när han såg på henne. Hans namn var Marish.

<u>11</u>

D iriska var trött och på mycket dåligt humör när hon vaknade på morgonen. Hennes drömmar hade inte gett henne någon ordentlig sömn. Men dem hade inte heller låtit henne vakna. Hon undrade om mannen i hennes drömmar verkligen var Marish. Han hade aldrig sagt något, men han hade hela tiden skrattat åt alla hennes försök att komma fram till Liana. Han hade påmint henne så otroligt mycket om mannen som hon mött i Balden, men denne man hade inte fått henne att tappa andan. Hon hade bara känt en skräckfylld ängslan av att se honom.

Mannen hade dykt upp i alla hennes drömmar utom i en. Där hade en annan man dykt upp. Först trodde hon att det var samma person, men hans hår var lite ljusare och ögonen var gröna istället för bruna. Den gången hade hon först bara stirrat på honom. Känt samma sak som hon gjort första gången hon sett honom för tre år sedan.

Han hade inte skrattat åt henne utan bara tittat på henne. Nästan som om han undrade vad hon var för något. Och han höll inte Liana borta från henne på ett elakt sätt, utan beskyddande. Han beskyddade Liana mot Diriska, eller något annat. Hon hade gått runt honom i drömmen och han hade ignorerat henne. Han hade bara fortsatt att titta åt det håll hon stått.

Hon hade länge studerat hans ansikte och lyft handen en aning som för att röra vid hans kind. När hon hade lyckats slita blicken från honom för att se vad han tittade efter såg hon bara ett stort mörker. Inuti mörkret hade hon sett ett par blå ögon som stirrat på dem. Hatet i ögonen lyste, men inte mot mannen personligen utan snarare mot Liana.

Den drömmen hade Diriska nästan vaknat ur. Hon rös när hon tänkte på den. Hon trodde att den beskyddande mannen var Drashin. Det påminde om honom i alla fall. Kirom hade sagt att Marish och Drashin var näst intill identiska. Det var ju Drashin som skyddade Liana just nu, men hon undrade vad han skyddade henne mot. Vad var det som fanns i det stora mörkret?

Hon hade gjort en snabb flygtur runt det gamla lägret för att se vart narkierna hade tagit vägen. Dem hade fortsatt sin väg norrut utan att ändra några riktningar. Inga patruller hade sänts iväg för att förfölja dem som stormat lägret ett dygn tidigare. Diriska var mycket fundersam över det. Varför lät man dem komma undan? Hade man så bråttom att nå till sitt mål?

109

När hon kommit fram till att inga soldater fanns i närheten landade hon i en liten glänta inte långt från lägret och bytte till sin mänskliga skepnad. Nu skulle hon försöka hitta spåret efter Liana och drakriddarna igen.

Efter två timmars letande sjönk hon besviken ner på en fallen trädstam. Det fanns inga spår efter dem. Hon gömde ansiktet i händerna och grät. Hon hade svikit familjen Darik. Hon kunde inte hitta Liana.

Tillslut torkade hon tårarna och reste sig upp. Hon började undra vad hon skulle göra nu. Sedan kom hon ihåg något som Asmaji hade sagt på värdshuset. Att Drashin troligen var på väg till Amdoria. Det var säkerligen drakriddarnas mål. Att ta sig till Amdoria och Terabelle så snabbt dem bara kunde. Annars skulle dem ha farit tillbaka till Fakari och Balden.

Diriska tog ett djupt andetag och kom på något som dem båda soldaterna hade talat om. Det var två män till som hade stormat rakt in i lägret och undkommit narkierna. Dem hade kanske lämnat någon form av spår. Hon mindes att hon hade sett något en bit från platsen hon tillbringade natten på.

Diriska samlade sig snabbt och skyndade tillbaka till trädet som hon sovit i. Hon stod en stund och tittade upp i det. Sedan vände hon sig mot den plats som soldaterna stått på. Hon funderade snabbt på var hon hade sett. Det låg fortfarande några få döda män till vänster om henne. Hon gjorde sitt beslut och skyndade sig mot dem.

Det var fullt med fotspår runt omkring kropparna. Diriska grimaserade, äcklad av det hon såg. Männen hade dödats av en yxa. En hade ett djupt hack i huvudet och hade klyft det nästan ända ner till munnen. En annan hade fått sitt ena ben avhuggit och halsen uppsliten.

Diriska svalde djupt och tvingade sig att se på alla männen. Alla deras grymma sår gjorde henne illamående. Dem här männen hade inte haft en chans mot angriparens yxa. En tredje man låg på mage med ett stort hål i ryggen efter yxan.

Diriska kunde nästan se tumultet i lägret två dagar tidigare. Hur tre hästar dundrade in i det och två män till fots som sprang rakt in i det utan att bry sig om sina egna liv. Bara ryttarna kom igenom. Soldater som försökte stoppa dem, men blev nerridna eller ner huggna. Hon slöt ögonen och rös. Hon såg på männen på marken igen. Sedan lade hon huvudet på sned. Vid en av männen var det väldigt mycket fotspår i den våta marken.

Hon följde spåren in i skogen och snart fann hon rester av en liten lägereld. Hon undersökte marken noggrant. En andra person hade slutit upp med den förste här. Hon luktade på spåren. Det var samma två personer som hon känt doften av på den lilla kullen på andra sidan av lägret.

Hon rätade på sig och såg fundersamt tillbaka den väg hon kommit. Varför hade dem slagit läger så nära narkiernas? Det jättestora läger som dem hade sprungit igenom och dödat så många i? Det var en gåta för Diriska.

Hon såg sig om på marken och snart hade hon funnit spåren som ledde bort från lägereldens rester och slagfältet. Spåret ledde mot nordväst, bort från narkiernas stora här. Hon såg fundersamt efter spåret, sedan tillbaka mot narkiernas övergivna läger. Om hon följde det här spåret var risken mycket stor att hon skulle tappa bort Liana helt och hållet. Men så fanns ju alltid staden Terabelle. Där skulle hon säkert hitta flickan igen. Hon undrade vart dem båda männen var på väg till. Skulle dem kanske leda henne till sin lilla skyddsling?

Så bestämde hon sig och började gå i samma riktning som fotspåren ledde henne. Efter två timmar började hoppet åter tändas hos henne. Männen hade gått rakt på spåret efter tre hästar. Hon hade hittat Liana igen. Spåret hade stannat till och sedan fortsatt åt nordväst igen. Men nu var det endast hästarnas hovar som syntes. Två av hästarna var lite tyngre än den som gick först.

Diriska undrade vart dem var på väg. Hon stod stilla och såg igenom skogen åt det håll som spåret försvann. Hon erkände att hon inte var speciellt bra på geografin bland länderna norr om Fakari. Hon kände till Amdoria, Mosker, Tranmere och Amarji. Men bara för att det var dem fyra största länderna i världen och att dem låg mycket nära varandra där uppe i norr. Men så mycket mer visste hon inte om dem norra länderna.

Diriska undersökte spåret efter hästarna igen. Dem var två dagar gamla. Hon hade tappat en dag, men ändå kände hon att dem inte var så långt borta. Hon log för sig själv. Snart skulle hon komma ikapp dem och då skulle hon åter få hålla om Liana. När hon hittade henne skulle allt bli bra igen. Nynnande för sig själv började hon gå i samma riktning som hästarnas spår.

"Absolut", skrockade Ranin bakom Lianas rygg. "Det finns inget som jag och min vän misslyckats med."

"När det gäller upptåg vill säga", rättade Meeko glatt honom och viftade med händerna. "Vi är experter på sådant, vet du."

"Sitt still", fräste Tirasine åt dvärgen. "Du slår mig nästan av hästen."

Liana fnittrade till. Ranins historier om hans och Meekos äventyr från det dem var barn var roliga att lyssna på. Ranin hade grundligt berättat hur dem till och med hade lyckats få med Tirasine på sina upptåg ibland.

"Hur träffade ni general Drashin?" frågade Liana.

Drashin red en bit framför dem andra. Han hade blivit sitt vanliga bistra jag igen morgonen efter dem stormat igenom lägret och träffat på Meeko och Ranin. Liana hade lite svårt att förstå hur dem två glada och vänliga vännerna befann sig tillsammans med någon som honom.

Ranins skrockande tystnade. När han inte svarade såg sig Liana över axeln. Han hade fått en sammanbiten min och han sneglade hela tiden bort mot Tirasine och Meeko. Liana såg mot den andra hästen. Meeko satt med båda händerna mot sadelknappen och såg ner i hästens man. Tirasine hade slutit sina ögon och verkade mumla något för sig själv. Slutligen var det Meeko som besvarade hennes fråga.

"Det är lite förvirrat på den punkten", sa han sakta. "Vi vet inte riktigt vid vilket tillfälle han verkligen blev Drashin. Han var ju även Marish en gång i tiden."

"På sätt och vis", fyllde Ranin i. "Men kriget mot Nariff var för ungefär sju år sedan."

"Det första kriget mot Marish startade ett år senare med att mor Ama Sikari blev mördad", sa Tirasine nedstämt.

"Mördad?" flämtade Liana.

"Av Marish själv", sa Meeko bistert. "Man kan säga att han dödade den handen som matade honom."

"Ama var nog den personen som hjälpte Marish mest av alla", sa Ranin. "Hon ställde alltid upp för honom och så fort någon anklagade honom för något så backade hon upp honom. Och likväl dödade han henne."

Dem tre drakriddarna tystnade. Liana funderade på vad dem sagt.

"Det var Mira, Tirasine, Kalar och Sareas som hittade Drashin", sa Meeko tillslut. "Mira gav sig av efter Marish för att hämnas Amas död. Hon trodde att Drashin var Marish först och försökte döda honom. Drashin lyckades lugna ner henne och övertygade henne om vem han verkligen var. Snart träffade vi andra honom igen och striderna mot Marish började på allvar."

"Men vi är nog ense allihop att första gången vi träffade Drashin", sa Ranin. "Var när han kom till Amdoria som sexton åring och blev en drakriddare. Fast då kallades han för Marish."

Det blev tyst igen.

"Du förstår att det är lite knepigt för oss", sa Meeko med ett skratt. "Att Marish och Drashin en gång var samma person."

Liana skrattade osäkert och stirrade efter generalen. Han var fortfarande en bra bit framför dem och syntes inte till. Dem red vidare i en lugn skritt. Det gick en timma och fortfarande syntes inte generalen till. Dem andra drakriddarna visade det inte utåt, men Liana kunde känna deras undran över varför han försvunnit.

Vägen framför dem delades i en nordlig riktning och en östlig riktning. Tirasine och Ranin styrde in på den nordliga vägen utan att tveka. Snart kom dem fram till ett litet stenblock. Liana tittade nyfiket på det. Några underliga runor fanns på stenen, men hon kunde inte se vad dem föreställde. Hästarna gjorde halt vid stenen och dem satt av.

Liana gick fram till stenen och studerade den. Hon förstod inte mycket av runorna. Hon hade aldrig sett något liknande innan. Meeko ställde sig bredvid henne. Han satte ett finger mot stenen.

"'Här lämnar ni dem levandes värld och går in i dem dödas rike'", läste han högt.

"Dem dödas rike?" undrade Liana oroligt.

"Det är en mycket gammal sten", förklarade dvärgen. "Förr kallades Spökriket för dem dödas rike. Men det finns inga döda som vandrar runt där."

"Men varför hette det så?"

"Folk trodde att det bara var döda som kunde vistas i landet runt Dran'Kar, bergastaden. Men man vet bättre nu. Häxorna som styr över det här lilla riket har förmågan att kalla på dem dödas andar för att få reda på olika saker i världen. Dem lämnar mycket sällan staden."

Liana såg bort mot landet bortom stenen. Det skilde sig inte från resten runt om kring dem. Det fanns sprickor i molnen på himmelen framför dem så det verkade lovande för en riktigt fin dag. Det hade inte regnat på två dagar nu.

"Vi vilar en timma innan vi fortsätter", sa Tirasine.

Liana vände sig om. Ranin hade redan sadlat av deras häst och den stod nu lugnt och stillsamt och åt på lite gräs. Själv hade han lagt sig ner på marken med sadeln som huvudkudde. Hans båda svärd låg på marken bredvid honom. Tirasine band precis tyglarna till sin häst på en låg gren. Sadeln låg på marken. Meeko gick och satte sig med ryggen mot ett träd intill Ranin. Han plockade fram en liten flaska och tog en klunk.

"Vatten?" frågade han och räckte den till Ranin sedan.

Den andre tog emot flaskan. Liana såg sig omkring.

"Gör det något om jag tittar mig omkring?" frågade hon försiktigt.

"Ingen fara", sa Tirasine och lade sig ner med huvudet på sadeln. "Men gå inte för långt bara. Jag har för mig att det finns en liten tjärn ett litet stycke in i skogen åt det hållet om du vill tvätta av dig en aning."

Hon pekade åt höger om vägen. Liana nickade tacksamt och gick in mellan träden. Det var en liten stig som knappt syntes förrän hon kommit in i skogen. Den ledde henne raka vägen fram till en liten tjärn. Hon sjönk ner på knä vid kanten av den och doppade händer i det kalla, klara vattnet.

Hon förde upp händerna till ansiktet och vaskade av sig lite av smutsen. Hon sänkte ner händerna igen och förde dem till ansiktet en andra gång. När hon hade händerna för ansiktet hörde hon plötsligt en tung rosslande suck. Hon stelnade förskräckt till. Hon svalde djupt och sänkte händerna mycket långsamt från ansiktet. Rosslandet hördes en gång till. Det kom strax höger om henne.

Sakta vred hon på huvudet och spärrade upp ögonen. Inte långt från henne låg en drake med slutna ögon. Den var inte riktigt lika stor som Samare hade varit och dess gråa skinn darrade till lite då och då. Den hade högra frambenet nere i tjärnen. Det rosslade när den andades. Den verkade mycket gammal. Dess rygg och vänstra framben var fullt av gamla ärr. Den stora, kraftiga svansen var en aning kortare än Samares och när Liana försiktigt lutade sig en aning åt sidan såg hon att det saknades en stor bit. Hon reste sig långsamt upp och gick försiktigt fram mot draken. Hon sträckte fram ena handen för att röra vid dess stora skuldra.

"Jag skulle inte göra så om jag var du", hördes en sträv röst strax bakom henne.

Liana ryckte till och snodde runt. På en stor sten satt den störste mannen som Liana någonsin hade sett. Han var helt klädd i svart. Men istället för byxor hade han ett underligt plagg, nästan som en kjol, som verkade räcka honom till knäna och lämnade vaderna bara. Huvudet var renrakat bortsett från en kam med svart hår som löpte över huvudet och ner bak nacken. Runt pannan hade han samma svarta band med guldplattan som Tirasine och dem andra vid vägen. Han hade höger armen vilande på skaftet på en stor yxa. En andra yxa, minst lika stor, stod lutad mot hans ben.

"Nog för att han är en gammal drake", sa mannen. "Så är Gisha fortfarande vild, och han kan döda dig snabbare än du kan blinka."

Liana flämtade till och drog sig undan det stora djuret. Hon såg på mannen igen. Han skrockade och klappade sedan på en sten bredvid honom.

"Sätt dig här så länge, flicka", sa han. "Vi ska snart gå tillbaka till dem andra."

Liana tvekade, men gjorde som han sade och satte sig bredvid honom. Han nickade grymtande mot henne och sedan vände han blicken mot draken igen. Liana sneglade upp på hans ansikte. Det var kantigt, och i mänsklig synvinkel ganska fult. Ögonbrynen var kraftigt markerande och kindbenen lika så. Pannan sluttade på ett sätt som fick honom att se ilsken ut. Men nu när han tittade på draken hade han ett sorgset drag över ansiktet.

Liana vände blicken mot draken igen när den gjorde ett frustande. Den rörde på sig nu. Klumpigt och på darrande ben tog den sig upp till stående. Sakta vände den sig om och tittade på sina båda betraktare. Mannen lade en väldig hand på Lianas axel för att hålla henne kvar. Själv reste han sig upp. Yxan som vilat mot hans ben föll till marken med en duns, den andra lyfte han upp och lade över axeln.

Draken kisade mot honom, som om den inte såg honom ordentligt, och vädrade en aning i luften. Mannen sa inget utan såg bara på draken. Länge såg draken och mannen på varandra utan att röra en muskel. Sedan grymtade draken till och nickade. Han vände sig klumpigt mot tjärnen igen och lade sig tungt ner. Jätten släppte Lianas axel. Han släppte ut ett långt andetag. Sedan lade han sin fria hand mot bröstet och bugade djupt för draken. Så satte han sig ner igen.

Liana såg upp på mannen. Ett litet leende speglade i hans ansikte. Dem satt där ytterligare ett tag innan mannen reste sig igen. Han lyfte upp den andra yxan från marken och satte fast båda på hans rygg. Liana tittade efter några fästen. Hon såg två svarta remmar som löpte i ett kors över hans rygg. Men dem var svåra att se på grund av hans svarta skjorta.

Han gick fram till draken och klappade den kamratligt på skuldran. Då fick Liana syn på tygstycket som hängde ner för hans högra ben. Det var en kishara i samma färger som dem andra drakriddarnas. Hans hade en röd bakgrund och mönstret var ett enormt tjurhuvud i blått med stora gula horn.

"Du är en drakriddare", sa hon och hoppade upp från stenen.

Mannen tittade bara på henne. Hon pekade på hans kishara och hans blick gled ner till den. Han nickade och vinkade åt henne att följa med honom. Hon skyndade genast efter honom där han gick fram med stora kliv. Efter bara några minuter var dem tillbaka ute på vägen igen.

När ljuset var bättre kunde Liana studera den väldige mannen bättre. Han var oerhört lång, mycket längre än Drashin, och hans muskulösa armar var som timmerstockar.

Liana såg att fler att tillslutit till deras sällskap. Ytterligare en dvärg satt på huk framför den lilla stenen och läste runorna med stort intresse. Två mycket slanka män stod och pratade med Tirasine, medan Meeko och Ranin sov.

Lianas väldige följeslagare satte knogarna i sidorna och satte ner ena foten i marken med en kraftig duns.

"Är det så här man hälsar en överordnad?" mullrade han.

Dvärgen, Tirasine och dem två männen med henne rätade genast på sig och slog sina knutna nävar mot bröstet.

"Överste!" ropade dem.

Meeko och Ranin rycktes ur sitt slumrande och stirrade på honom.

"Hallå, Krashak", ropade Meeko.

"Hur är det med dig då?" undrade Ranin.

"Ni lär er aldrig", muttrade Krashak, skakade på huvudet och gick fram till Tirasine.

Liana följde efter honom. Hon såg nyfiket på dem båda männen som var med Tirasine. Dem var klädda som dem andra med lite pösiga, svarta byxor. Dem hade båda gröna skjortor på sig. Dem tittade som hastigast på Liana och nickade vänligt mot henne. Det syntes tydligt att dem var bröder, tvillingar. Även om den ena hade kort hår och den andres gick ner till axlarna. Liana stirrade på deras öron. Dem var spetsiga. Alver!

"General Drashin är försvunnen, överste Do'shank", sa Tirasine. "Han red i förväg, men han brukade alltid bara vara borta en kort stund för att kontrollera vägen framför oss."

"Kalar, Sareas, hämta hästarna", beordrade Krashak.

Alverna nickade och försvann kvickt in i skogen. Översten vände sig mot Tirasine igen. Liana såg att kvinnan, inte för att hon var kort, knappt räckte den väldige mannen till bröstet.

"Han är i Dödens dal, majorkapten Nariba", sa han. "Han tror att han kan få svar där. Han möter oss norr om Dran'Kar om några dagar."

Liana såg förundrat på honom. Hon hade fått höra talas om många platser som hon aldrig vetat om fanns tidigare. Dödens dal?

"Dödens dal?" frågade Ranin och reste sig upp. "Varför har han begett sig dit, överste?"

"Svar", svarade Krashak kort. "Han söker efter svar. Låt oss nu skynda oss genom Spökriket. Jag vill helst inte stanna för länge på den här platsen."

Alverna kom tillbaka ledandes på sex hästar. Liana trodde att det sjätte djuret var en häst. Den var mycket större än dem övriga och mycket hårig. Manen hängde ner över dess ögon och Liana trodde knappt att den kunde se. Ranin och Meeko tog emot tyglarna till varsin häst. Alven som ledde jätte hästen släppte bara dess tyglar och den gick självmant fram till Krashak och buffade på hans arm. Den väldige mannen kliade den frånvarande bakom det slokande örat innan han hoppade upp i sadeln.

"Nu rider vi", sa han lugnt. "Vi får inte låta generalen vänta på oss."

Tirasine ledde Lianas häst till henne. Hon höll djuret stilla medan flickan satt upp.

"Vem är han?" frågade Liana och sneglade mot Krashak.

"Överste Krashak Do´shank", svarade Tirasine. "Det enda klipptrollet i drakriddarnas order och det näst högsta befälet i våran skvadron. Dvärgen vid stenen är majorkapten Norek Jarale, alven med det korta håret är Sareas Dobai och den andre är hans tvillingbror Kalar. Båda är också majorkaptener."

"Är dem också medlemmar i din skvadron?"

"Oh ja. Vi är den minsta skvadronen i drakriddarna. Vi saknar bara generalen just nu."

Resten av deras sällskap satt upp och följde efter översten. Liana funderade över vilken skvadron hennes sällskap hörde till. Hon kände bara till fyra skvadroner i drakriddarna. Det var draken, vargen, tigern och örnen. Men dem var nästan lika stora allihop och drakriddarna skulle ju vara mellan tusen och femtonhundra krigare. Hon red intill Tirasine, försjunken i tystnad och stirrade på Krashaks breda rygg. Han var det första klipptroll som hon någonsin träffat på. Men han var inget jämfört med historierna hon hört om dem. Vilken skvadron skulle kunna ha ett klipptroll som medlem?

Drashin band hästen i en buske vid grott öppningen. Det fanns gott om gräs för den att beta på. Han såg sig omkring för att se att ingen fanns i närheten och gick sedan in i grottan. Dalen var en farlig plats för vanliga människor att beträda. Drashin var den ende som kunde gå in i dalen och återvända från den. Alla andra förblev förvirrande skackare som aldrig kunde hitta ut och aldrig skulle få gå till den sista vilan.

Den äldsta människan som Drashin träffat på i dalen hade varit över tretusen år gammal. Han hade tappat all tids uppfattning och irrade planlöst omkring i dalen. Nu fanns det en väktare vid dalens ingång som såg till att ingen skulle ta sig in i den. Det var henne han var här för att träffa. Hon kunde veta något om den mystiske Asharak.

Drashin stannade och såg mot trappan till vänster om honom. Den ledde till Himmelriket. Till Harmsnas rike. Han förstod inte hur det gick till, men han brydde sig inte heller. Så länge som Harmsna höll sig där och höll ordning på sina änglar brydde Drashin sig inte.

Han vred på huvudet och såg bort mot ett klippblock längre bort. Där fanns en trappa ner till den enorma labyrint som sträckte sig under världen. Någonstans i Labyrinten fanns trappan ner till Helvetet. Labyrinten var Shayolas rike. Shayola var ett ständigt problem. Hans demoner och djävlar var inte lika tillbaka hållna som änglarna var. Shayola lät sin armé härja fritt som dem ville. För länge sedan hade demoner härjat fritt ovan jord. Tills drakriddarna hade bildats och lyckats driva ner dem i Labyrinten.

Drashin kliade sig fundersamt på hakan. Varken Harmsna eller Shayola kände till att det fanns trappor till deras riken från den här grottan. Drashin var glad att dem inte gjorde det. Det skulle bli mycket stora problem annars.

Han ryckte på axlarna och fortsatte gå. Snart började det bli lite ljusare i grottan och så visades öppningen till Dödens dal. Hans dal. Han gick igenom en mindre grotta och steg ut i solljuset. Han stannade och höjde handen för att skugga ögonen från den kraftiga solen.

Andarna närmast öppningen tänkte på sommar i dag. Gräset var grönt och ljudet från fågelsång hördes. Drashin visste att om han såg upp mot himlen skulle han inte se en enda fågel. Det fanns inget som levde i dalen. Bara dem dödas själar och några vilsegångna stackare.

Drashin stod stilla och njöt av värmen som solen utstrålade. Han visste att han fortfarande inte helt befann sig i dalen. Hit kunde vem som helst ta sig och återvända. Men bara några få hundra meter till skulle leda till ingen återvändo för många. Han tog några steg framåt.

"Halt, dödlige", sa en klingande kvinnoröst bakom honom. "Vänd nu och berätta att ni har sett Dödens dal för dem du behagar. Fortsätt och återvänd aldrig till dina nära igen, dödlige."

"Lugn, Hiram", sa Drashin med ett litet leende. "Det är bara jag."

En lång, slank figur i en mörkgrå mantel och uppfälld huva slöt upp bredvid honom.

"Det var ett tag sedan nu, general Drashin", sa figuren med sin klingande röst.

"Det har varit mycket på gång i världen nu, Hiram. Jag kan inte alltid vara i dalen, det vet du."

"Vad är det som har fört dig hit nu?"

Drashin stod tyst och såg ner mot dalen. Huvans öppning vred sig en aning åt hans håll.

"Vad vet du om någon som kallas Asharak?" frågade Drashin till slut. Hiram stod tyst. Huvan vändes mot dalen igen. Hon tog några steg framåt.

"Asharak, sa du?"

"Stämmer, en mystisk man vid namn Asharak styr över Narkia och leder just i detta nu en stor här norrut mot Amdoria."

"Det är långt mellan Amdoria och Narkia. Han måste passera genom många länder."

"Dem han inte dödar tvingar han till underkastelse och in i armén."

Hiram stirrade tyst ner i den fridfulla dalen. Drashin lät blicken glida från hennes rygg och såg ut mot horisonten. Han kunde otydligt urskilja några andar som gled genom det gröna gräset. Lite längre bort såg han en man och en kvinna som irrat sig in i dalen för länge sedan. Han suckade sorgset. Tänk att vara så nära dalens utgång och aldrig kunna lämna den. Mannen och kvinnan höll sig nära varandra och gick planlöst runt i dalen som så många andra. Han vände åter blicken mot Hirams rygg.

”Nå”, sa han. ”Vad vet du om honom? Har dem nya själarna berättat något om honom?”

Hiram förde upp handen till huvan och fällde bak den. Hennes hår var mörkt och var uppsatt i en mycket avancerad fläta. Hon slängde bak manteln och vände sig mot honom. Hon var mycket vacker och hade stora mörka ögon. Hon såg honom stadigt i ögonen.

”Själarna har inte sagt något om en man som kallas Asharak”, berättade hon. ”Bara att någon ondskefull varelse rör sig i världen. Men namnet låter bekant för mig. Jag kan bara inte minnas var jag har hört det tidigare.”

Drashin såg på henne och nickade sedan fundersamt. Han vände sig om mot grott öppningen igen.

”Skulle du vilja göra några efterforskningar åt mig, Hiram?” undrade han tyst.

”Jag ska se vad jag kan komma fram till”, lovade hon. ”Var kan jag finna dig för att rapportera?”

”Jag borde vara i Terabelle om två veckor”, sa han och började gå mot grottan. ”Kom till riddarhuset så snart du vet något. Är jag inte där kommer jag snart dit.”

Han lämnade henne vid dalens kant. Hade han vänt sig om hade han fått se tre vålnader som tog skepnad just vid dalens kant. Två kvinnor och en man såg honom gå in i grottan. Hiram såg efter honom också. Så snart han försvunnit utom synhåll fällde hon upp huvan igen och dolde sitt ansikte för omvärlden.

12

Diriska grämde sig över att inga byar hade synts till på två dagar. Men hon vågade sig inte på att förvandla sig till en drake och flyga på det sättet. Dessutom misstänkte hon att en blå fågel skulle se mycket konstigt ut på himmelen där inga fåglar alls fanns just nu. Även om hon inte hade stött på någon by på två dagar kunde det ju alltid finnas någon i skogarna runt omkring. Hon muttrade irriterat för sig själv hela tiden på sitt uråldriga språk. Det hade i alla fall inte regnat på tre dagar nu.

Hon följde spåret utan att tveka någon gång i vägkorsningar. Men avståndet till Liana och hennes följeslagare ökade hela tiden. Enligt spåret var hon tre dagar efter.

I en korsning tvekade hon plötsligt. Hon såg mot vägen som gick österut. Hon fick en underlig känsla av att vilja svänga åt det hållet, men spåret efter Liana gick norrut. Hon ruskade på sig och beslutade sig för att fortsätta norrut, men snart saktade hon ner farten på sin takt. Fler spår blandades i det hon själv följde. Dofterna blandades med varandra. Ytterligare sex riddjur hade dykt upp i spåret. Fem hästar och någonting mer. Hon visste inte vad det var för något för hon hade aldrig förr känt doften av djuret tidigare.

Diriska kom fram till ett ställe där dofterna var betydligt starkare än innan. Här hade dem stannat och dem båda grupperna hade slagits ihop. Hon vände blicken mot en liten sten vid vägkanten. Hon gick fram till den och studerade runorna på stenen.

"'Här lämnar ni dem levandes värld och går in i dem dödas rike'", läste hon högt för sig själv.

Hon rätade på sig och såg oroligt på vägen framför henne. Hon undrade var någonstans drakriddarna förde hennes lilla skyddsling. Av dofterna att döma hade någon försvunnit ut gruppen dessutom. Hon luktade noggrant i luften. Det verkade som om mannen som varit med från början hade försvunnit. Men det hade dykt upp en doft som hon kände igen en aning. Det kom från ett klipptroll. Det var samma klipptroll som hon mött i Garatur.

"Var det inte Krashak han hette?" mumlade hon. "Ytterligare en drakriddare om jag inte minns helt fel. Ett högt befäl också."

Diriska vände sig om och såg på vägen hon kommit från. Hon hade en stark känsla av att vilja gå tillbaka igen. Men så stelnade hon till. Det kom något den vägen. Hon lade huvudet på sned och lyssnade noga. Det var ljudet från en häst som kom emot henne i lugn takt.

Snabbt smet hon av vägen och gömde sig i ett litet buskage. Hon kurade ihop sig, helt säker att hon inte skulle bli sedd från vägen, men fortfarande kunde se vem som kom på den.

Snart kom hästen inom synhåll. När den kom närmare såg hon att ryttaren var en ung man som såg ut att vara djupt försjunken i sina tankar. Hans hår var ganska kort, dock hängde det ner lite i pannan på honom, och ljust brunt. Om pannan hade han en smal svart läderrem med en liten platta som glimmade som guld i den svaga solen. Bakom hans skuldror stack två svärdshjalt upp. Skjortan var mörkblå och var mycket dammig efter en lång resa. Dem svarta byxorna var även dem matta av resdamm. Längs högra benet hängde ett långt tygstycke, med röd bakgrund, två stora horn i gult och en stor sten i blått.

Diriska följde honom med blicken. Det var samme man som hon en gång sett i sina drömmar. Hon kvävde en flämtning. Det var samma man som hon sett i Balden när Lindramas besökte byn. Han red förbi utan att se mot hennes gömställe. Han verkade nynna för sig själv när han passerade. Diriska bet sig i läppen och tvekade en aning innan hon reste sig upp och gick ut på vägen. Detta var hennes chans att få prata med honom.

"Ursäkta mig, herre", sa hon nervöst och grep hårt i den blå klänningens tyg.

Han stannade hästen. Men han rörde sig inte annars.

"Skulle ni kanske vilja hjälpa mig, herre?"

"Alltid är det något", muttrade han surt.

Han gjorde en ansats till att vrida på huvudet. Men istället fick han hästen att vända sig mot henne istället. När hästen stod vänd mot henne såg han fundersamt på henne. Han blinkade till och lutade sig framåt mot henne innan han lyckades hejda sig och rätade sakta på sig igen.

"Vad vill ni ha hjälp med?" frågade han lugnt, men hans blick var intensiv och undrande.

"Har ni sett några andra resande på den här vägen, herre?" frågade Diriska osäkert.

"Inte på tre dagar", svarade han kort. "Väldigt få reser på den här vägen om dem inte måste. Folk är rädda för Spökriket."

"Spökriket?"

"Från den stenen och tre dagsritter norrut", sa mannen och pekade på stenen, "ligger Spökriket. Häxorna i Dran'Kar sägs kunna tala med dem dödas vålnader och använder levande döda i sin lilla armé."

Han log snett åt det hela.

"Ni tror inte på det?"

"Bara dårar tror att man kan ha en armé av döda män."

Han såg fundersamt på henne igen. Diriska kände sig mycket osäker med hans blick på henne. Den påminde henne en aning om den blick som draken Samare hade haft på gården. Ett rovdjurs blick. Men det fanns en undrande glimt i dem gröna ögonen. Nästan som om han undrade varför hon var där. Samtidigt verkade det finnas en viss lättnad i dem. Var han glad över att hon funnit honom? Hon kände själv en viss lättnad över att få se honom igen.

"Är ni på väg norrut?" frågade han plötslig.

"Vad?" sa Diriska och rycktes ur sina tankar. "Norrut? Ja, norrut. Dit... dit är jag på väg."

Han rynkade pannan, såg sig över axeln innan han vände sig åter mot henne och pekade tillbaka nerför vägen han kommit från.

"Den östra vägen genom Mosker skulle kanske vara bättre för er att resa på", sa han. "Då slipper ni Spökriket och deras förbannade gardister. Speciellt när ni är ensam."

"Jag måste följa den här vägen", sa hon tvekande. "Jag måste hinna ikapp en... släkting."

Han höjde på ena ögonbrynet vid hennes korta tvekan. Han verkade inte riktigt tro henne. Han verkade fundera på något. Först tittade han sig över axeln och sedan på henne. Till slut verkade han bestämma sig och förde hästen närmare henne.

Diriska beredde sig att försvara sig, men han stannade bredvid henne och sträckte ned handen åt henne. Hon stirrade oförstående på den sedan upp i hans ansikte.

"Du kan rida med mig till den amdorianska gränsen", sa han och såg henne i ögonen med sina gröna ögon. Han verkade nästan förvånad över sina egna ord. "Vi ska ju ändå åt samma håll."

Hon log tacksamt mot honom och tog hans hand. Han hjälpte henne upp på hästen bakom sig. Hon slog armarna om hans midja när han åter vände hästen norrut igen.

"Mitt namn är Diriska", sa hon och förvånades över att ge honom sitt riktiga namn. "Nu när vi ändå ska resa tillsammans en bit kanske jag skulle kunna få vet vad ni heter."

"Jag är Drashin", sa mannen kort.

Diriska kände hur hjärtat gjorde ett extra slag. Det var Drashin! Den man som enligt Asmaji skulle vara med Liana.

"Var har ni färdats ifrån?" frågade hon försiktigt.

"Ett litet land i södern som heter Fakari", sa han. "Jag for dit ner tillsammans med en i min skvadron för att se om jag kunde sakta ner dem stormande narkierna på något sätt. Det gick inte riktigt som vi tänkt."

"Och nu skall ni tillbaka till Amdoria?"

”Ja. Där ska vi se om vi inte kan sätta stopp för narkierna och deras mystiska ledare Asharak.”

Diriska fuktade nervöst sina läppar inför den fråga som hon nu tänkte fråga.

”Är det en flicka med i ert resesällskap från Fakari?”

Drashin såg sig förundrat över axeln.

”Varför frågar ni det?” undrade han sakta.

”Jag… bara undrade.”

”Jo, det är en flicka med oss”, sa han långsamt och vände sig om. ”Vi räddade henne från narkiernas läger och tog henne med oss norrut. Vi hade inte tid att stanna kvar för att lämna henne vid den där byn och vi kunde inte bara lämna henne där vi var.”

Diriska kände glädjen stiga inom henne. Hon tryckte undan känslan av att vilja kyssa honom.

”Liana har varit intressant att ha med på resan”, fortsatte Drashin lugnt. ”Även om hon inte visat det har en känsla funnits att hon hoppats att någon skulle komma ikapp oss. Förutom det har resan varit ganska lugn med henne. Men när vi stormade narkiernas läger för att ta oss igenom det, blev vi lite oroliga för henne.”

Diriska lyssnade uppmärksamt på honom.

”Mitt i lägret blev hon hysterisk och pressade sin häst förbi mig. Det var inte förrän långt in i skogen som jag lyckades få stopp på henne.”

Han tystnade fundersamt.

”Hon nämnde en Diriska”, sa han sakta.

”Gjorde hon?” sa hon osäkert.

”Ja, en drake vid namn Diriska.”

Diriska tvingade fram ett skratt.

”Omöjligt”; sa hon. ”Det finns inga drakar.”

”Inga som heter Diriska i alla fall.”

Han plockade fram en liten guldfärgad sak och förde den till munnen. En låg signal hördes som fick Diriska att krypa ihop en aning. Han stoppade ner den igen och red vidare i tysthet. Snart hörde Diriska ljudet från vingslag.

Hästen dansade oroligt när en dvärgdrake landade strax framför dem. Diriska stirrade på den när den vred sitt stora huvud mot dem. Den såg på dem med bruna ögon. Ärret som löpte från höger mungipa till höger öga lyste nästan vitt mot det gråa skinnet. Draken slog ihop sina vingar och stoppade en klo i örat.

”Detta är Samare”, sa Drashin över axeln.

”Vi har träffats en gång”, sa Diriska vaksamt.

Samare gick lugnt fram till dem på alla fyra. Han var bara en aning större än hästen. När han kom fram till dem reste han sig på bakbenen så att han kunde se dem i ögonen utan att lyfta för mycket på huvudet. Han såg nyfiket på Diriska, sökte efter hennes dofter, sedan avfärdade han henne med en fnysning.

"Vad är det om?" frågade han på drakarnas språk. "Jag är lite upptagen just nu."

"Samare, jag skulle vilja be dig om en tjänst", sa Drashin och plockade fram ett i hopvikt papper ur en ficka. "Kan du ge det här till Krashak?"

Samare smackade fundersamt med tungan. Han tog emot pappret och studerade det. Han lyfte upp det mot den bleka solen.

"Krashak?" sa han undrande. "Varför använda skrivet tal? Ni är underliga, ni människor. Varför inte bara resa till honom?"

"Ja, Krashak", sa Drashin tålmodigt. "Han finns norr om Dran'Kar. Följ bara vägen norrut och du kommer att hitta honom."

"Men jag letar ju efter Gisha", protesterade draken.

"Gisha? Vad är det med honom? Det senaste jag hörde något om honom så var Krashak i närheten av honom."

"Jaja, jag ska ta ditt förbannade papper till klipptrollet."

Samare gick bort från hästen på två ben. Han såg fundersamt mot Diriska och muttrade något. Han såg sedan irriterat mot Drashin en sista gång innan han fällde ut sina vingar och lyfte från marken. Diriska följde honom med blicken.

"Förstod du vad han sa?" undrade hon försiktigt.

"Nej", svarade Drashin kort. "Men det handlade visst något om Gisha. En gammal drake som är sjuk. Samare har en känsla av att Gisha snart kommer att dö."

"Dö?" viskade Diriska.

"En dvärgdrake lever i ungefär trehundra år. Om ingen dör av sjukdom eller någon dödar dem i strid. Det är tre år sedan någon drake blev dödad i strid senast. Inte sedan det andra kriget mot Marish."

Drashin sjönk in i en bister tystnad. Diriska misstänkte att Marish var ett känsligt ämne för honom. Dem red i tysthet under en längre stund.

Efter två timmar stannade Drashin hästen och dem satt av. Diriska masserade tacksamt ryggen. Drashin band tyglarna i en låg buske och synade fundersamt omgivningen runt dem.

"Vi vilar en liten stund", sa han. "Även om inte Spökriket är stort och vi är i den smalaste delen av landet. Så kommer resan ändå att ta oss tre dagar."

"Tre dagar?" sa Diriska.

Drashin nickade. "Samare flyger sträckan mycket fortare", sa han. "Högst en dag, men vi skulle inte kunna få honom att ta med både oss och hästen. Han må vara stark, men han skulle bli helt utmattad efter bara några få timmar. Resan skulle ta längre tid på det viset än om vi red."

Han slutade inte att se sig omkring medan han talade. Han plockade fram ett litet paket från ena sadelväskan och räckte fram det till Diriska. Hon tog fundersamt emot det. Sedan tog han fram ett vattenkrus. Så gick han och satte sig med ryggen mot ett träd. Diriska tvekade kort innan hon satte sig bredvid honom.

Hon öppnade det lilla paketet och såg på den lilla ransonen med torkat kött, bröd och ost. Hon sneglade på honom. Han tog en klunk vatten utan att titta på maten.

"Jag hade inte väntat mig sällskap", sa han bara.

"Hade du tänkt leva på det är ända fram till Amdoria?"

"Jag hade klarat mig genom Spökriket och den lilla del av Mosker vi far igenom. Om fem dagar är vi i byn Umala i Amdoria."

Diriska bröt av ett litet stycke av brödet och räckte det till honom. Han såg bara på det och skakade sedan på huvudet.

"Jag klarar mig ett tag till", sa han. "Ät du. Du hade ingen packning så du måste vara hungrig."

Hon dolde ett litet leende genom att stoppa brödbiten i munnen. Hon hade aldrig behövt oroa sig för mat. Hon kunde lätt smyga sig på ett byte i ett rovdjurs skepnad. Han räckte över kruset till henne. Hon tog tacksamt emot det och drack en klunk. Hon sneglade på hans händer. Någon sorts metall anordning täckte övre delen av handen. Metallen verkade gå in under skjortan och täcka även en del av armen. Han knackade fundersamt med fingrarna på metallen.

"Är du skadad?" frågade hon.

Han tittade förvånat på henne. Han sänkte blicken mot sina händer när hon pekade på metallen. Han lyfte upp den ena och vred den framför ansiktet.

"Nej då", sa han lugnt. "Det är bara ett vapen som jag har gjort."

"Vad är det för något?"

Diriska hoppade till när fyra långa blad av stål for ut från hans knogar. Han log stillsamt när han såg på bladen. Diriska svalde hårt. Nu visste hon vad det var för vapen som hade gjort dem underliga såren på dem döda narkierna. Han såg snabbt på henne och ursäktade sig. Bladen återvände in knogarna, men långsammare än dem kommit ut. Diriska stirrade storögt på hans händer.

"Gör det ont?" viskade hon. "När dem…"

Drashin stirrade först på henne sedan kastade han bak huvudet och skrattade. Diriska såg misstänksamt på honom. Ännu skrockande började han plocka med några spännen som satt på undersidan av armen. Snart lossnade metallanordningen och han räckte den till henne.

Hon tog undrande emot det och undersökte den snabbt. Anordningen var nästan lika lång som hans underarm och där handen skulle sticka ut var den formad som en fingerlös handske i läder. Mitt i handsken fanns en lite pigg som skulle sticka in i handen när man satte den på sig. Ovansidan var helt i metall och den löpte från knogarna och hela underarmen. Diriska vinklade framsidan mot sig och tittade försiktigt mot knogarna. Fyra lite ovala hål fanns där.

"Det är där som knivarna kommer fram", förklarade Drashin.

"Jag förstår", sa Diriska fundersamt och gav tillbaka saken.

"Dem andra kallar dem för sharser", sa han medan han satt fast den igen. "Marish gav dem aldrig något speciellt namn när han gjorde dem."

"Jag tyckte att det var du som hade gjort det."

Drashin satt tyst med rynkad panna. Han verkade brottas med något.

"Det är komplicerat", sa han till slut.

Resten av vilan var dem båda tysta. Diriska lutade sig tillbaka mot trädstammen och slöt ögonen till hälften. I ögonvrån såg hon hur Drashin sneglade fundersamt på henne då och då. Själv försökte hon komma på vad det var för känsla som hon hade. Var hon tillfredsställd över att ha hittat honom? Hon kände en viss glädje över att äntligen få möjlighet att få prata med honom.

Snart var dem tillbaka på hästryggen och resan norrut genom Spökriket fortsatte. Diriska spanade hela tiden på båda sidor om vägen där hon satt bakom ryggen på Drashin. Hon tyckte inte om det här landet. Det kändes som om någon betraktade dem hela tiden.

"Häxorna i Dran'Kar är alltid lite misstänksamma mot främlingar i deras rike", svarade Drashin när hon påpekade det. "Ännu mer när jag är i landet. Dem vill komma åt hemligheten om Dödens dal. Och jag är den ende som har den."

"Dödens dal?"

"Bara jag kan gå in i dalen och återvända av någon anledning. Marish hade också den förmågan innan han besegrades."

"Vad är Dödens dal?"

"Det är dit som alla själar kommer innan dem går vidare till vad det nu är. Varje själ som kommer dit får ett val. Antingen gå vidare med en gång eller att vänta."

"Vad väntar dem på?"

"Oftast är det en älskande som dem väntar på. Att få fortsätta resan tillsammans från dalen till vad det nu är för mål som alla själar har."

Diriska funderade på vad han berättade. Så alla levande kom till denna dal i väntan på att fortsätta vidare. Hon undrade om Kira, Darek och resten av familjen fanns där. Hon frågade försiktigt Drashin om detta.

"Kanske", sa han fundersamt. "Jag har inte varit inne i dalen på väldigt länge nu. Vi får hoppas att dem inte blir som Jalena. Hon har väntat i nästan tretusen år nu på sin älskade. Kasar var en drakriddare som föll nere i Labyrinten tillsammans med Bastam och dem övriga. Varken Bastams eller Kasars kropp har blivit återfunna. Alla andra blev bärgade upp till ytan igen. Mantera mötte Bastam där nere just innan han blev Ca'Draak, drakriddarnas ledare, om man får tro på hans berättelser. Men av Kasar finns inget annat än en notering av att han saknas. Jalena väntar fortfarande på honom i dalen."

Diriska satt tyst och tänkte på den sorgliga historien som Drashin hade berättat. Hon lade kinden mot hans rygg och blinkade bort några tårar. Tänk att få vänta så länge efter någon som man älskade. Hon kände hur Drashin vred en aning på sig för att se över axeln. Hon brydde sig inte om honom. Hon kände hur han vred sig tillbaka. Han verkade helt oberörd över hela historien. Så kände hon hur han tog ett djupt andetag. Hon log stilla. Han var inte så kall ändå.

Dem red tysta vidare i några timmar. Diriska dåsade till rörelserna från hästens skritt. Hon kvicknade till först när hon kände en ändring i Drashins hållning. Han verkade mycket spändare och vaksam helt plötsligt. Hon rätade på sig en aning.

"Vad är det?" frågade hon lågt.

"Vi är förföljda", svarade Drashin kort. "Omringade rent av. Det här kan bli stökigt."

Diriska vred försiktigt på sig för att kunna se bakom sig. Det fanns ingen på vägen, men hon kunde se otydliga figurer bland träden runt den. Dem följde efter hästen. Hennes grepp runt Drashins midja hårdnade. Skuggorna gjorde henne nervös. Hon visste inte vad hon skulle göra. Hon vågade inte göra något som kunde avslöja vad hon var för något. Dessutom kanske deras förföljare skulle anfalla snabbare om dem visste vad hon var. Diriska kände hur Drashin grep tag i hennes händer och tryckte hästens tyglar i dem.

"Du styr hästen nu, Diriska", sa han. "Jag kommer att behöva båda mina händer."

Hon vände blicken framåt och såg över hans axel. Hans händer grep tag i svärdshalten och stål som drogs mot läder hördes när han drog dem. Han höll sedan svärden längs med hästens kropp och vred sakta huvudet från sida till sida.

Diriska koncentrerade sig på att styra hästen från den besvärliga positionen hon hade. Drashin var ingen liten person och att ha honom framför sig när man försökte att styra en häst var inte det lättaste.

Plötsligt steg fem stora troll ut på vägen framför dem. Diriska höll in hästen och stirrade på dem. Hon hade aldrig sett några troll som dem här tidigare. Krashak, som hon sett i Garatur, var det första klipptrollet som hon sett på många år. Dem här fem var lite mindre än honom och mycket mörkare i skinnet. Deras kläder verkade mest bestå av djurhudar och vapnen som dem höll i händerna var mycket klumpigt gjorda av. Bara trollet i mitten hade något som verkade vara en gammal stridsyxa.

"Ni sitta av häst", brölade mitten trollet. "Ni fångar. Ska föras till herre Asharak."

"Jag skall inte föras någonstans, troll", sa Drashin lugnt.

"Herre Asharak tala med man", fortsatte trollet. "Herre Asharak döda man om inte komma med."

Drashin lossade Diriskas grepp om tyglarna och gled smidigt ur hästens sadel. Han gav tillbaka tyglarna till henne.

"När det brakar loss så rid", sa han tyst och ställde sig framför hästen.

Diriska stirrade förfärat på honom. Skulle han möta fem stora troll alldeles själv? Och vem visste hur många till som fanns i skogen runt omkring dem.

"Han, döda mig?" sa Drashin hånfullt till trollen. "Vet ni inte vem jag är?"

Trollen rörde sig en aning osäkert och såg olustigt på sin ledare. Dem verkade inte ha räknar med en sådan reaktion från sitt byte.

"Du..."

"Jag är Drashin av drakriddarna, troll", morrade Drashin. "Frukta mig, ty jag räds ingen."

Trollen backade ett steg från honom. Diriska trodde inte sina ögon. Fem stora troll som ryggade undan från en ensam man. Ur ögonvrån såg hon hur ytterligare tre troll kom ut på vägen till höger om dem. Ljuden till vänster avslöjade ytterligare troll som kom ut ur skogen.

"Frukta mig, ty jag är Döden!" röt Drashin och kastade iväg ena svärdet.

Det träffade ledartrollet mitt i bröstet och tumult utbröt. Trollen gick till gemensamt angrepp mot honom och Drashin rusade fram till ledartrollet. Innan det hade hunnit falla till marken hade han slitit ur svärdet ur dess bröst och skurit upp ett djupt hack i halsen på nästa. Diriska stirrade förbluffat på honom där han gick runt som en virvelvind bland trollen.

"Rid, kvinna!" röt Drashin.

Diriska rycktes upp ur sin trance och manade på hästen i galopp. Hon red förbi gruppen med troll och såg Drashin slita sig ur den och kom springandes efter henne. Fyra troll hoppade ur skogen framför hästen och Diriska tvingade djuret att vända. Hon galopperade förbi Drashin igen när denne sprang åt andra hållet. Hon hann bara se hans förvånade min innan hon dundrade förbi honom. Sedan hörde hon skriken bakom sig när han kämpade mot trollen där.

Diriska fick syn på trollen som hon först flytt från och tvingade runt hästen igen. Hon hade inte tänkt dundra in tjugo troll. När hon vänt hästen upptäckte hon att Drashin var försvunnen. Dem fyra trollen som överraskat henne låg alla döda på marken. Så fick hon syn, alldeles för sent, på ett troll som kom från sidan. Innan hon hade hunnit reagera grep det tag i hennes ben och arm. I nästa ögonblick dök Drashin upp framför henne på hästen. Hans svärd var åter i skidorna, men bladen från hans ena armskena var ute. Med all kraft drev han bladen in i bestens huvud. Den gjorde ett ryck innan den föll död ner från hästen.

Ett ögonblick mötte Diriska hans blick. Den blodtörst som fanns i hans gröna ögon när han stirrat på trollet sjönk sakta bort när han såg in i hennes och förbyttes till oro över om hon var skadad. Han lyfte blick och såg över hennes huvud och blodtörsten kom tillbaka.

Han lutade sig lätt framåt mot henne och slet upp två mindre armborst. Diriska sneglade på hans höger hand. Den verkade glöda ett underligt blått sken. Han förde armborsten om vardera sidan om henne och började avlossa skott efter skott. Hon undrade flyktigt hur han kunde skjuta utan att ladda om.

Snart hade dem lämnat trollen långt bakom sig och Drashin sänkte armborsten igen. Han stirrade flämtande över Diriskas huvud.

"Hade inte väntat mig att se troll så långt söder ut", sa han andfått. "Dem brukar hålla sig norr om Tajano i Magrash. Asharak måste verkligen vara mäktig."

Drashin såg sig om över axeln.

"Du får väldigt gärna sakta in lite", sa han. "Jag tycker inte om att rida baklänges."

"Du sitter på tyglarna", flämtade Diriska. "Jag har ingen kontroll."

"Jaha..." muttrade han och lutade sig mot hästens öron. "Nu stannar du eller så låter jag Samare få dig till middag!"

Hästen frustade till och saktade in. Snart hade den stannat. Diriska stirrade förbluffat på Drashin.

"Kan du prata med djur?" undrade hon.

"Nej, men jag gjorde klart för honom när vi började vår resa", sa Drashin, "att gjorde han inte som jag sa skulle jag göra honom till drakföda."

Han gled klumpigt av hästen och pustade ut.

"Jag hatar hästar", muttrade han när Diriska gled ur sadeln.

"Du är skadad", sa hon och rörde hans arm.

Han såg ner på armen och studerade blodet på den.

"Inget allvarligt", sa han och rörde på armen. "Jag kan fortfarande använda den."

"Ta av dig skjortan så jag kan se hur det ser ut", beordrade Diriska honom.

Han såg misstänksamt på henne innan han gjorde som hon sa. Hon undersökte såret på hans över arm. Det var inte djupt så det skulle nog inte vara någon fara med det.

"Har du något vi kan förbinda såret med?" undrade Diriska och såg honom i ögonen.

"Nej", sa han och sträckte sig mot sadelväskorna. "Men jag har något bättre."

Diriska stirrade på hans rygg. Över ryggen löpte en stor ormliknande varelse med en vargs huvud. Den hade fyra ben med fem kraftiga klor på varje. Bakom dess spetsiga öron hade varelsen en gyllene man. Diriska blinkade snabbt undan några tårar. Det var en drake som var avbildad på hans rygg.

Drashin vände sig om och höll upp en lite flaska med en blå vätska i. Han tog en klunk ur den och såg sedan på sin arm. Diriska stirrade förbluffat på såret. Sakta läktes det framför ögonen på henne. Snart var såret borta och bara hel oskadd hud återstod av det. Han stoppade tillbaka flaskan i väskan och tog skjortan från henne.

"Hur är det möjligt?" viskade Diriska och rörde hans arm där såret varit.

"Den blå vätskan är något som dem tre från Draktand kom fram till för några tusen år sedan", berättade Drashin och tog på sig skjortan igen. "Det har varit en livräddare för drakriddarna under en mycket lång tid."

Drashin tog tyglarna till hästen, sedan vände han sig mot Diriska.

"Kanske är det bättre om du sitter framför mig istället för tvärt om", sa han fundersamt. "Ifall om att vi hamnar i ett bakhåll igen."

Diriska såg fundersamt på honom innan hon satt upp i sadeln. Kort efter hoppade Drashin upp bakom henne. Han sträckte sig fram och tog tag i tyglarna. Han manade på hästen i en lugn skritt igen. Diriska satt med händerna på sadelknappen och granskade skogen spänt runt dem. Hon undrade om det varit fel att inte förvandla sig till drake. Men det var för sent nu. Hon ville ändå inte att någon skulle få veta vad hon var för något. Inte innan hon hade funnit Liana.

Det syntes inga spår av att det skulle finns fler troll i skogen. Efter ett tag kände hon också hur Drashin började slappna av. Han verkade börja avfärda risken för fler angrepp just för tillfället. Diriska tänkte att om han inte trodde att det skulle hända något mer så var det nog lugnt nu.

Hon suckade lättat och lutade sig bakåt, med hans bröst som stöd som ryggen. Hon kände hur han spände sig som hastigast. Tydligen förvånad över vad hon gjorde, men snart slappnade han av igen. Hon log för sig själv. Han verkade vara en mycket självsäker krigare som visste hur han skulle möta människor. Men nu hade han träffat någon som han inte riktigt visste hur han skulle behandla ännu. Diriska slöt ögonen och njöt av den stilla brisen som kom norrifrån. Hon kunde inte förstå varför det kändes så bra, bara att få känna honom mot sin rygg. Hon kunde inte heller stå varför hon känt sig glad över att se honom oroa sig över henne.

"Vem är du egentligen?" mumlade hon slött.

13

Deras färd genom Spökriket gick vidare utan fler allvarliga incidenter. Diriska tyckte ganska bra om färden. Drashin var kanske inte den som startade några samtal, men han förklarade vissa saker med ett stort tålamod. Dem två första nätterna sov dem under bar himmel med en liten eld mellan dem. Även om sommaren var slut och hösten närmade sig med snabbt, så var det fortfarande ganska skönt på kvällarna. Diriska kunde komma på sig själv att sitta och titta tyst på sin reskamrat på andra sidan elden. Det var något lockande med honom. Drashin verkade omedveten av hennes blickar. Han bara stirrade tyst in i lågorna. Djupt försjunken i sina egna tankar. En natt hade Diriska vaknat av hans muttrande i sömnen. Hon hade legat kvar under sin filt och lyssnat på honom.

"Johanna, nej!" utbrast han plötsligt och satte sig flämtande upp.

Diriska tittade på honom över filtens kant. Han stirrade storögt omkring och sedan in i den falnande glöden från deras eld. Han gömde ansiktet i händerna en stund för att samla sig och drog sedan fingrarna genom håret.

"En dröm", sa han lågt. "Hon är säker. Du är säker, syster."

Sedan lade han sig ner igen och somnade om. Diriska funderade länge på det han hade sagt. Han hade en syster som han oroade sig för. Hon somnade snart om igen. Morgonen efter fanns det inga spår på honom att han sovit dåligt.

Denna tredje dag i Spökriket hade mörka moln börjat bildas på himmelen. Diriska såg upp på dem från sin plats framför Drashin i sadeln.

"Jag tror att det snart blir regn", sa hon.

"Du har nog rätt, Diriska", svarade Drashin. "Förhoppningsvis klarar vi oss fram till kvällen. Jag vet en plats vi kan spendera natten på utan att bli blöta."

Hon såg upp i hans ansikte över axeln. Han såg bistert på molnen ovanför dem. Sedan vände han sin hårda blick framåt igen. Han manade på hästen i en mil slukande trav.

Efter tre timmar började dem första regndropparna att falla och snart öste regnet ner. Drashin svor över regnet och ökade farten ytterligare på hästen. Diriska höll hårt i sadelknappen. Drashin lade armen runt midjan på henne och hon grep tag i den istället. Efter en timma började hästen tappa farten.

"Vi kan inte fortsätta så här", ropade Diriska över axeln. "Vi måste hitta
skydd från regnet."

Drashin såg sig om och stannade hästen. Han gled ur sadeln och
ledde in hästen bland träden. Diriska gjorde en ansats till att också sitta
av, men han tecknade åt henne att sitta kvar. Hon undrade vart han förde
henne nu, men lät honom hållas. Snart kom dem fram till foten av ett lågt
berg och en öppning i det. Drashin skyndade sig dit med hästen i släptåg.

Diriska tittade nyfiket omkring i den lilla grottan när hon gled ur sadeln.
Den var verkligen inte stor, men det fanns plats för dem båda och hästen.
Drashin såg kritiskt på den.

"Inte som jag hade tänkt mig", sa han kritiskt. "Men den får duga."

"Den blir perfekt, Drashin", sa Diriska vänligt och lade handen på hans
arm. "Vi klarar oss från regnet."

"Jag hade en större i åtanke", muttrade han surt. "Men i det här regnet
skulle vi inte hinna fram före mörkret och vi skulle vara ännu blötare."

Diriska skakade ur lite av regnvattnet från kjolen och såg mot honom.
Han stirrade bistert ut i regnet. Det ljusbruna håret låg som klistrat mot
hans huvud. Luggen nådde nästan ner till hans ögon. Han blinkade till
och drog med handen över ansiktet. Drog bort en del regnvatten från an-
siktet. Muttrande vände han sig från grottans öppning och såg sig om i
den lilla hålan.

"Vi klarar oss troligen mycket bra i den här lilla grottan", sa Diriska för-
siktigt. "Vi klarar oss ju undan regnet iallafall."

Drashin blinkade och stirrade på henne som om han glömt bort att
hon var där.

"Jo, undan regnet", sa han fundersamt. "Men vi är fortfarande innan
för Spökrikets gränser. Häxorna i Dran'Kar är inte ovänligt sinnade mot
främlingar och speciellt inte drakriddare. Men dem är ju lite misstänk-
samma av sig. Nu borde dem ha lyckats ta reda på att vi är i landet och
kommer säkerligen att skicka soldater för att få oss att göra ett stopp i
staden."

"Skulle du inte vilja det?" undrade Diriska.

"Jag har inte mycket till övers för häxorna", svarade han bistert. "Dem
är alldeles för intresserade att få reda på var ingången till Dödens dal lig-
ger. Dessutom har vi inte tid att stanna till i staden. Kanske soldaterna
kommer att hålla sig borta när dem vet att det är jag som är deras gäst i
landet."

Hon sneglade på honom ur ögonvrån. Han hade inte låtit allt för säker
på det sista. Soldaterna skulle kanske sinka dem och hon kände att hon
var så nära Liana nu. Drashin hade ju sagt att hans skvadron skulle vänta

på honom i byn Umala, en dags ritt in i Amdoria. Där skulle hon äntligen få se Liana igen.

Drashin drog lite i sin blöta skjorta innan han muttrande drog av sig den. Diriska hörde hur han muttrade över att inte ha någon handduk eller någon annan skjorta att byta med. Diriska ville inte avslöja att hon kunde torka både hennes kläder och hans med magi, inte ännu. Hon började knäppa upp knapparna till sin klänning bakom ryggen och han vände hövligt ryggen till. Drashin plockade fram en extra filt ur ena sadelväskan och höll fram den åt henne. Hon lät klänningen falla och svepte tacksamt filten runt särken hon hade på sig. Hon gav honom ett leende till tack. Han harklade sig och såg en aning generad ut.

Drashin plockade fram resten av deras filtar och räckte över hennes. Hon lade filtarna till rätta vid grottans inre vägg. Drashin lade sina egna filtar inte långt från henne. Han lade ut sin skjorta och hennes klänning för att torka över två stora stenar inne i grottan. Han tittade snabbt mot grottans öppning igen innan han rullade in sig i filtarna.

"Lika bra passa på att sova när vi ändå har skydd från regnet", sa han.

Diriska bäddade ner sig i sina egna filtar, men hon somnade inte omedelbart. Hon låg och tänkte på Liana. Om bara några få dagar skulle hon äntligen få se henne vid liv igen. Hon hörde att Drashin muttra för sig själv från sina filtar.

"Hiram skynda dig. Jag måste få vet vem han är."

Diriska såg försiktigt mot honom över kanten på sin filt. Han låg på rygg och stirrade upp i grottans tak. När en blixt lyste upp grottan vred han på huvudet och såg på henne. Än en gång fick han en fundersam glimt i ögonen när han såg på henne. Nästan som om han undrade vad hon var. Hon drog filten hårdare om sig och vände ryggen mot honom. Hon undrade vem han var som kunde få henne så osäker. Sömnen kom sakta till henne.

Hiram satt inne i den lilla stuga som hon hade byggt upp i utkanten av dalen. Den svarta kappan hängde på en krok vid dörren. Bredvid den hängde ett svärd i vit skida och vitt hjalt. Dem kläderna som hon för det mesta bar var ett par vita åtsittande byxor och en vit skjorta. Hennes mörka hår hängde fritt ner för hennes axlar i långa lockar. Hon lutade huvudet trött ner i sina händer.

Framför henne på borden stod en mugg med te. Hon förde ner ena handen och lyfte upp muggen till sina fylliga läppar. Hon smuttade på teet.

Muggen slog i bordet lite hårdare än hon tänkt. Lite av den varma vätskan hamnade på hennes hand. Hon skakade bara förstrött på handen för att bli av med dropparna. Det var ingen lätt uppgift som Drashin hade gett henne. Vem var Asharak?

Hiram trummade tankfullt på sina läppar. Namnet var så bekant, men varför kunde hon inte komma ihåg det? Hon reste sig upp och gick fram till den lilla spegeln som hängde på väggen. Hon stirrade in i sina egna mörka ögon. Fanns namnet Asharak någonstans bakom dem där ögonen? Hon övervägde än en gång att söka upp Shayola och Harmsna för att fråga dem vad dem visste.

Hon hade fri väg ner till både Helvetet och Himmelriket på grund av vad hon var. Hon var väktaren över Dödens dal. Även om Drashin inte hade satt henne på att härska över dalen så hade hon nästan den rollen ändå.

Hiram suckade och gick bort till sin svarta kappa och svärdet. Hon tog svärdsbältet och satte det runt midjan, sedan drog hon den svarta kappan över axlarna så den dolde dem vita kläderna och fällde upp huvan. Hon såg mot det långa spjutet som stod lutat i ett hörn, men beslutade att hon inte behövde det. Hon skulle försöka nere hos Shayola först, hon tvekade fortfarande för att söka upp Harmsna.

Det var över tvåtusen år sedan hon lämnade Himmelriket, lämnade sin plats som en av ärkeänglarna. Hon hade aldrig satt sin fot där igen efter det. Hon hade suttit på berget Katirin vid sjön i alla åren tills en grupp drakriddare hade funnit henne sovandes där. Där hade hon för första gången träffat på Drashin och hans krigare i Dödens skvadron. Senare hade Drashin gett henne ett val att antingen återvända till Himmelriket eller att bli hans väktare vid Dödens dal. När hon hade gjort sitt val hade en del av hans förmåga att ta sig in och ut ur dalen överförts till henne. Nu kunde hon röra sig fritt genom dalen och ta sig tillbaka ut ur den.

Men hon hade även svurit sig till honom. Hon hade blivit en av hans krigare. Att gå till strid när han kallade. Hon sneglade mot garderoben och funderade om hon skulle byta kläder ändå. Men vände sig sedan bort från den. Han hade inte kallat till strid.

Hiram öppnade dörren och lämnade stugan. Hon gick den korta sträckan till dalens kant och in genom grott öppningen in i berget som omslöt hela dalen. Hon tittade inte ens mot den trappan som ledde upp till Himmelriket utan gick direkt till den gömda trappan som ledde ner i underjorden. Ner till Helvetet. Hon tvekade en kort stund.

"Jag måste göra det", mumlade hon. "Jag har givit mitt ord att bistå honom i det här. Jag har svurit mig till honom."

Hon tog ett djupt andetag och började gå ner för trappan. Hon lät höger handen vila på svärdshjaltet under den svarta kappan. En del demoner kanske inte skulle lyssna på hennes begäran att få träffa Shayola. Hon kanske skulle bli tvungen att döda några av dem först.

14

Resan genom Spökriket hade gått utan några som helst problem för Liana och dem övriga. Krashak hade lett dem i en stadig takt genom landet. Dem hade oftast ridit i en liten klunga med Liana i mitten. Ranin och Meeko red alltid sist i gruppen, Tirasine och Norek spanade alltid i förväg, Krashak red ensam framför Liana och tvillingarna. Alverna red tysta på varsin sida om henne och spanade upp i träden och mellan träden. Kalar hade alltid sin pilbåge redo med en pil, medan Sareas höll sitt underliga spjut i ett stadigt grepp. Den senare var mycket kunnig inom magi, en av dem starkaste inom drakriddarna hade Tirasine berättat, och han brukade vara den som red först i gruppen om dem tvingades rida i mörker en kortare tid för att lysa upp vägen för översten.

Liana hade sneglat på spjutet i hans hand en gång. Det var lite längre än han själv och slutade i en böjd svärdsklinga. Själva klingan var prydd med tre små symboler. En eldslåga, ett ekblad och en draktand. Alla drakriddarna hade små symboler på sina vapen. Eldslågan och draktanden fanns på dem allihop, medan den tredje symbolen var annorlunda.

Nu satt Liana och dem sju drakriddarna i skänkrummet på värdshuset 'Gyllene Solen', i byn Umala. Liana hade inte tyckt att byn skilde sig så mycket från dem hon var van vid i Fakari, men här hade människorna stannat upp och bugat mot drakriddarna när dem ridit förbi. Krigarna hade vänligt vinkat tillbaka och hälsat hövligt på alla som kommit fram till dem.

Krashak lutade sig tillbaka på sin väldiga stol och stoppade sin pipa med en nöjd min. Dem hade just avslutat sin middag och klipptrollet, dvärgarna och Ranin hade varsitt krus med öl framför sig på bordet. Liana fyllde på sin bägare med äpplemust och smuttade tyst på den söta drycken. Tirasine hade fått en ny bägare med vin, medan alverna delade kannan med äpplemust med Liana.

"Hur länge ska vi sitta här?" frågade Tirasine trött.

Krashak tände sin pipa innan han svarade.

"Så snart generalen kommer så kommer vi att veta vart vi ska ta vägen."

"Så vi ska inte till Terabelle då?" undrade Ranin runt skaftet på sin pipa.

Liana såg uppgivet ner i bordet. Hon hade sett framemot att få se Amdorias legendariska huvudstad.

"Nej, inte vi", svarade Krashak. "Men flickan kommer att få fortsätta dit. Det finns några soldater i byn som skall till staden. Hon får resa med dem."

Liana såg upp på honom. Han nickade mot henne med ett skevt leende. Hennes känslor var delade. På samma gång som hon blev lycklig över att få veta att hon skulle få se Terabelle så kände hon sorg över att få skiljas med denna underliga, men vänliga grupp krigare.

"Men vad sade general Drashin i sitt meddelande till dig?" undrade Kalar och smuttade lugnt på sin dryck.

"Bara att vi skulle vänta här och skicka flickan vidare mot Terabelle med första bästa pluton", sa Krashak och puffade på pipan.

"Som om det skulle vara sant", fnös Norek.

Liana sneglade på den buttre dvärgen. Han gjorde henne alltid lite orolig. Han hade inte varit otrevlig under deras resa. Han hade faktiskt varit ganska trevlig dem få gånger han talat med henne. Men han var för det mesta tyst och butter av sig. Han var nyrakad och hans ljusa hår var kortklippt ovanpå huvudet, men i nacken räckte det honom ner till axlarna.

"Jag är lika nyfiken på vad Drashin har för planer som ni andra", sa Krashak och lyfte sitt krus. "Men det var faktiskt det enda som stod i meddelandet, pojkar."
Norek öppnade munnen för att säga något, men Kalar lade en hand på hans arm.

"Jag tror att det stämmer, Norek", sa han. "Kom ihåg att jag var med honom när Nariff härjade i världarna. Han var lika hemlighetsfull då om sina planer."

"Men då var han inte Drashin", sa Tirasine och såg stadigt på alven.

"Sant", svarade alven. "På sätt och vis. Han både var och inte var Drashin."

"Själarna var tillsammans då, Tirasine", sa Sareas tyst och förde samman sina händer. "Drashin och Marish skiljdes inte åt förrän någon gång under striden med Nariff."

Liana lyssnade uppmärksamt. Hon hade aldrig hört historierna om Nariff tidigare. Hon undrade vad det hade varit för en varelse om Drashin hade slagits mot honom. Om Drashin *och* Marish hade stridit tillsammans mot honom. Vad hon mindes av det lilla som dem andra hade pratat om Marish, så var han och Drashin svurna fiender som avskydde varandra. Hon öppnade munnen för att fråga om Nariff.

"Så det är *här* ni håller till."

Liana slöt munnen snabbt och vred sig förbluffat om på stolen. Där stod en ung kvinna och såg strängt på dem. Hon var en vacker kvinna med lång brunt hår som hängde fritt över hennes axlar. Dem stora bruna ögonen såg uppmärksamt på drakriddarna vid bordet. Hon var klädd i en lång byxkjol i mörkt grönt och en ljusare grön skjorta som tydligt visade hennes slanka kropp.

"Var är Drashin?" frågade hon rappt.

"Han är två högst tre dagar bakom oss, Mira", sa Krashak runt pipans skaft. Han reste sig upp och bugade lätt mot henne med händerna korsade över bröstet. "Väl mött, Mira Mashok. Ära vare drakryttarna."

Dem andra drakriddarna reste sig snabbt och upprepade hans hälsning till henne. Liana blev överraskad över hur dem hade reagerat. Det här var den första person som dem hade gett något mer respektgivande hälsning åt. Alla andra hade oftast bara varit en snabb nick, en vink eller en snabb artig hälsningsfras. Detta var något helt annorlunda.

Kvinnan lade ena handen mot bröstet och den andra höll hon ut mot Krashak, sedan bugade även hon.

"Väl mött, Krashak Do´shank", svarade hon. "Ära vare Taurklanen."

Hon rätade på sig och såg stadigt på översten.

"Två eller tre dagar säger du", sa hon och lutade fundersamt på huvudet. "Bra, Asama är på väg hit med dem andra drakriddarna. Han borde vara här inom en eller två dagar."

Drakriddarna vid bordet såg snabbt på varandra.

"Ska vi möta narkierna här?" frågade Krashak.

"Nej", sa Mira. "Ni ska invänta resterande drakriddare här och sedan kommer ni att röra er österut. Ni kommer att stöta på narkierna strax efter att dem passerat gränsen mellan Amdoria och Mosker."

Tirasine vinkade åt värdshusvärden som snabbt kom med en extra stol. Mira satte sig med ett snabbt leende mot mannen. Drakriddarna väntade tills hon satt sig ner innan dem också satte sig. Kvinnan såg fundersamt på Liana.

"Det här är Liana Darik", sa Tirasine snabbt. "Hon kommer från en by långt nere i Fakari. Narkierna jämnade byn med marken och förde iväg henne när jag och Drashin kom till platsen. Detta är Mira Mashok, Liana. Hustru till Asama, drakriddarnas ledare."

Liana böjde blygt på huvudet i en stum hälsning. Mira nickade tillbaka med ett litet leende innan hon åter blev allvarlig och vände sig mot Krashak.

"Jag hade gärna sett att Drashin var här så att jag kunde tala med honom om att inte använda Samare som en simpel budbärare", sa hon barskt.

"Hur...?" började Krashak men Mira avbröt honom.

"Samare berättade det för mig. Eller han gjorde det för Lindramas, men Lindramas berättade för mig. Jag tycker inte om att han gör sånt där."

"Skäll inte på oss för det", sa Meeko buttert. "Vi kan inte göra något åt det i alla fall."

Liana kvävde en gäspning. Hon kände sig sömnig efter middagen. Tirasine lade handen på hennes axel.

"Kom, Liana", sa hon. "Jag följer dig till rummet. Det blir en tidig dag för dig imorgon. Soldaterna beger sig mot Terabelle i gryningen."

Liana nickade och sade god natt till dem andra. Hon följde efter Tirasine till deras rum. Drakriddaren gick fram till fönstren och blickade ut på gatan medan Liana kröp ner i sängen. Så drog hon för gardinerna och vände sig om mot Liana.

"Jag har sett till att du har en plats i en av vagnarna", sa hon. "Då slipper du rida tillsammans med soldaterna hela vägen."

"Jag skulle helst vilja stanna kvar hos er", sa Liana sorgset. "Tänk om jag aldrig får se er igen."

"Jag lovar dig", sa drakriddaren och log, "att vi kommer att ses igen i Terabelle om några veckor. Sedan kan vi börja se efter din hemresa igen."

"Veckor?"

"Det tar soldaterna minst tio dagar att nå huvudstaden. Vi kommer troligen inte träffa på narkierna förrän om minst fem eller sex dagar. Sedan har vi minst tio dagar att komma till Terabelle."

Tirasine satte sig på sängkanten.

"Narkierna kommer inte att kunna hålla stånd länge mot oss", berättade hon. "Armén har redan tvåhundra tusen man väntandes på dem och med femtonhundra drakriddare har motståndet snart slagits ner. Ingen med lite vett i huvudet går till angrepp mot en armé som innehåller drakriddare. Men så vet vi inte vad Asharak är för en man."

Hon reste sig igen och gick mot dörren.

"Sov nu Liana. Du har en lång resa kvar framför dig."

Sedan stängde hon dörren. Liana stirrade upp i taket medan ögonen sakta vande sig med mörkret. Hon visste att hon borde sova, men vetskapen av att hon om några dagar skulle vara framme i Terabelle hade fått henne nästan helt klarvaken. Men sakta kom sömnen till henne.

Hon visste inte hur länge hon sovit när hon väcktes av ett konstigt ljud vid fönstret. Liana vred på huvudet och tittade mot den andra sängen. Den var fortfarande tom. Tirasine hade ännu inte gått och lagt sig ännu. Hon vände sig om och lade sig mot väggen istället och försökte somna om.

Så hörde hon ljudet igen. Det lät nästan som om någon försökte öppna fönstret. Hon rörde sig inte utan lyssnade spänt efter fler ljud. En lätt vindpust träffade henne. Någon höll på att ta sig in i hennes rum!

Hon snodde snabbt runt i sängen och skulle just till att skrika när ett par kraftiga händer grep tag i henne och täckte hennes mun. Hon gav ifrån sig flera skrik, men dem dämpades av mannens hand.

"Inte ett ljud", sa en mansröst i hennes öra. "Då är du en död flicka." Liana fortsatte att vrida och slingra för att komma loss från honom.

"Var är näsduken?" fräste mannen åt någon.

Snart byttes hans hand ut mot en illaluktande tygbit. Liana kände hur paniken började komma. Sedan började allt mörkna för hennes ögon. Hon kände hur alla hennes krafter försvann och hur huvudet började kännas tungt. Snart hade hon förlorat medvetandet helt och hållet.

När Liana kvicknade till igen var det gryning. Hon var bunden till händer och fötter och hon hade fått en munkavle. Hon bars över axeln på en man genom skogen. Hon såg sig försiktigt omkring. Ytterligare fyra män skyndade fram runt den som bar henne.

"Tror ni att vi kommer att få någon belöning för henne?" frågade en av männen med sträv röst.

"Vet inte", svarade den som bar henne. "Om hon verkligen är en av drakriddarna så kommer vi att få en riklig belöning."

"Det borde hon vara", sa den förste. "Drema såg henne komma in i byn tillsammans med drakriddare. Eller hur Drema?"

"Ja", sa en tredje. "Hon måste vara en av dem."

"Jag tycker att hon verkar lite ung", muttrade den andre. "Nå, det finns unga drakriddare också har jag förstått. Skynda på nu. Dem borde ha börjat leta efter henne nu. Vi måste hinna till herre Asharaks läger."

Liana flämtade till. Asharak! Dem förde henne till Asharak, den man som ledde narkierna norrut. Det måste ha varit narkiner som kidnappat henne från värdshuset. Hon bad tyst att Tirasine och dem andra skulle hitta henne snabbt. Innan dem hann fram till lägret.

Hon visste inte hur länge som männen burit henne genom skogen innan några få tält dök upp runt omkring henne. Det var inget stort läger. Fler män i slitna rockar och orakade ansikten syntes runt henne nu. Mannen som bar henne skickade genast iväg två av hans kompanjoner för att förvarna Asharak om deras ankomst. Tillsammans gick dem övriga tre med bestämda steg genom lägret. Snart stannade dem framför ett större tält. Två vakter stod posterade där. Dem båda hade glänsande svarta rusningar, deras hjälmar täckte hela ansiktet och enbart två hål fanns för ögonen.

"Vi har kommit åter med en fånge", sade Drema. "Vi för henne till herre Asharak."

Ett lågt morrande hördes från en av vakterna när han långsamt vände sig mot tältöppningen och gick in. Den andre stod orörlig kvar och betraktade dem med dolda ögon. Liana svalde hårt. Där inne fanns den man som bar ansvaret för hennes familjs död. Vakten kom strax tillbaka igen.

"Herre Asharak väntar er", väste han med skorrande röst. "Stig in till den nye härskaren över världen."

Den tre männen tvekade ett ögonblick innan dem oroligt steg in i tältet. Det var mycket dunkelt och Liana såg nästan ingenting. Mannen som bar henne släppte ner henne på marken innan han bugade djupt för mannen som satt på en stor stol. Liana stirrade förskräckt på mannen. Han var iklädd en liknande svart rustning som vakterna utanför tältet hade. Men han hade hjälmen liggandes på ett litet bord intill stolen. Hans ansikte var mycket skönt och hans ljusa hår hängde fritt ner till axlarna. Han blå ögon såg nonchalant ner på Liana där hon låg på marken framför honom.

Det var med en kraftansträngning som hon lyckades slita blicken ifrån honom för att se mannen som stod bredvid stolen. Hans hållning påminde mycket om Drashin och dem andra drakriddarna. Hans hår var mörkt och hängde fritt ner för hans axlar. Den spetsiga näsan gav honom nästan ett utseende som en hök. Dem mörka ögonen stirrade ner på henne som om han betraktade en lite mus som satt fast i en fälla. Bredvid mannen stod en mycket stor grå hund med blottade tänder mot henne. När Liana såg närmare upptäckte hon att hunden inte hade några läppar och att tänderna var mycket längre än en vanlig hund. Dessutom hade ingen hund sådana lysande röda ögon.

"Vad är detta?" frågade mannen i stolen.

Liana vred tillbaka blicken till honom. Hon hade väntat sig att Asharak skulle ha en mörk skrovlig röst som speglade hans ondska. Men istället hade han talat med en ljus behagfull röst. Men det fanns en ton av grymhet i rösten.

"En drakriddare, herre", sa mannen som burit henne. "Vi fann henne i byn Umala. Hon kanske kan ge er information om deras steg, herre."

Asharak såg på henne med huvudet på sned. Han tecknade mot mannen bredvid honom som genast tog ett steg fram mot Liana. Han böjde sig ner och såg ointresserat på henne.

"Det här är ingen drakriddare, era idioter", morrade mannen. "Det här är bara en flicka. Hon kan inte ge oss någonting av värde."

Asharak trummade med fingrarna mot hakan och betraktade henne.

"Hur kunde ni tro att hon var en drakriddare?" frågade han förstrött.

"Hon kom till byn tillsammans med några drakriddare, herre", stammade Drema. "Vi antog att hon också var en drakriddare, herre."

Den höknäste mannen rättade sig hastigt från Liana och såg nyfiket på henne nu.

"Vad kom ni att tänka på, Trasher?" undrade Asharak med ett litet leende. "Jag såg nog att du kom att tänka på något."

Liana spärrade upp ögonen. Det här var Aram Trasher som hon såg framför sig. Mannen som Drashin trodde sig ha dödat.

"Om denna flicka har rest med drakriddare", sa Trasher och vände sig mot Asharak. "Då kan hon ha rest med Marish och hans skvadron. Då kanske hon har någon form av information."

Han gick fram och tog av Liana hennes munkavle. Hon försökte dra sig undan honom, men han grep tag i hennes arm och drog henne omilt upp på fötter. Han spände sina hårda mörka ögon i hennes.

"Vad planerar drakriddarna, flicka?" frågade han barsk. "Är dem på väg mot narkierna?"

Liana bet ihop käkarna och stirrade trotsigt på honom. Asharak skrockade från sin plats.

"Trasher, för henne till mig", skrockade han. "Jag kan få den information jag vill ha från henne."

Trasher drog henne efter sig och höll fram henne i båda armarna framför mannen på stolen. Den väldiga hunden morrade metalliskt mot henne och rykande saliv droppade från dess mun. Dess röda ögon stirrade intensivt och hungrigt på henne, utan att blinka. Asharak tystade den med en gest och lutade sig fram mot Liana. Han lade ena handen mot hennes panna. Sedan såg han in i hennes ögon med ett leende. Liana stirrade in i hans blå ögon. Leendet nådde inte ögonen och det glimmade av förakt i dem.

"Då ska vi se vad du har som jag vill ha", sa han lågt.

Liana flämtade till när hon kände hur hans sinne fick grepp om hennes. Hon försökte kämpa emot men hans grepp om henne var enormt. Efter vad som hon kände var en evighet släppte greppet om hennes sinne och hon sjönk ner på marken. Hon darrade okontrollerat och tårarna rann ner för hennes kinder.

"Ah", sa Asharak nöjt och lutade sig tillbaka. "Drakriddarna är på väg. Det går just som vi planerat, Trasher. Terabelle kommer att vara chanslöst när vi kommer dit."

"Drakriddarna kommer att återvända till en död stad, herre", skrockade Trasher och släppte Liana. "Jag har fått bud om att vår riktiga här befinner sig två veckor norr om staden. Vi kan ansluta oss till den om tre dagar. Sedan har Terabelle och Amdorias kungahus bara tio dagar eller så innan vi jämnat staden med marken."

"Narkierna kommer att göra som dem ska då?"

"Självklart, herre. Dem kommer att hålla drakriddarna upptagna tillräckligt länge för att dem inte ska hinna tillbaka."

Asharak såg ner på Liana igen och sedan på dem tre männen som knäböjde inför honom.

"Ta henne härifrån", befallde han. "Jag har fått veta det jag vill från henne. Ni får göra vad ni vill med henne, men när ni är färdiga döda henne."

Männen for genast upp på fötter och grep tag i Liana.

"Tack, herre", mumlade dem i kör. "Vi ska inte göra er besviken herre."

Liana skrek skräckslaget när dem drog ut henne ur tältet igen. Hon hörde Asharaks kalla skratt när han hörde hennes bönande om nåd.

Tirasine såg mot lägret som låg framför dem. Hon knuffade Kalar i sidan och pekade mot en av eldarna. Alven vände blicken dit och nickade tyst. Dem hade lokaliserat var Liana fanns någonstans. Hennes skrik hade hörts från den närmaste elden.

Dem hade upptäckt Lianas försvinnande sent på natten när Mira slutligen sagt god natt och lämnat värdshuset. Spåren hade dem hittat strax före gryningen och lägret hade dem bevakat nu i nästan en timma.

Ranin och Meeko befann sig på andra sidan lägret, Norek och Sareas vid lägrets östra sida och Krashak var på den västra sidan tillsammans med Samare och Mira. Dvärgdraken hade kommit till Umala strax efter att Lianas försvinnande upptäckts. Han hade varit lätt att övertala att hjälpa dem hitta henne. Han verkade se det hela som en liten lek.

Tirasine skulle just teckna åt Kalar att börja röra sig mot lägret när han grep tag i hennes arm. Hon såg undrande på honom. Han pekade mot lägret med bister min. Hon såg vart han pekade om kvävde en svordom. En krigare i svart rustning kom gående genom lägret och bredvid honom travade tillsynes en stor hund. Men det fanns inga hundar i världen som hade sådana röda ögon och som saknade läppar så att tänderna visades.

"Marulak", morrade hon.

"Demonvarg", höll Kalar med. "Vi får vara försiktiga."

Ytterligare fem krigare i svarta rustningar kom gåendes genom lägret. Dem försvann åt samma håll som den förste. Det verkade som om dem var på väg någonstans.

Det gick några minuter och så utbröt ett visst tumult ut vid den närmaste lägerelden. Det verkade som om det var karlar som slogs där. Tirasine såg på Kalar som nickade. Dem kröp snabbt fram genom buskarna som låg runt lägret. Vid dem sista buskarna innan lägret ställde dem sig hukande upp. Tirasine såg försiktigt över busken och såg på slagsmålet framför sig. Tre män slogs för fullt över något medan flera stod i en ring och hejade på. Bakom ringen av män såg hon hur befäl började ta sig fram genom leden.

Just som befälen kom fram till männen som slogs hördes ett dovt horn till väster om lägret. Alla männen stannade upp och stirrade mot ljudet. I en enda smidig rörelse hoppade Tirasine fram ur busken och drog sina svärd. Bakom sig hörde hon ljudet från Kalars båge när han sköt sina pilar.

Innan någon hade hunnit reagerat låg fyra män döda på marken och Tirasine dundrade in ibland dem i en dödlig dans.

"'Att strida i Labyrinten är som att dansa'", hade hennes far sagt. "'En dans mellan liv och död. Ha alltid fötterna i rörelse.'"

Mer oväsen från andra delar av lägret avslöjade att dem andra också hade gått till angrepp. Samare hördes vråla och hans eld dödade flera av soldaterna. Tirasine såg i ögonvrån hur han dundrade in bland fienden. En man framför henne föll till marken med en pil genom ögat och hon drev sitt ena svärd i bröstet på en annan. I en smidig rörelse drog hon tillbaka svärdet, gled ner på knä, parerade ett hugg och skar upp halsen på nästa angripare.

Snart var hela lägret i ett enda kaos och dem sista soldaterna flydde in i skogen. Kvar fanns enbart drakriddarna, Samare och Mira som fortfarande stod upp. Samare stod på två ben, höll en man om bröstet och synade slagfältet. Mannen sprattlade och bad för sitt liv. Draken såg på mannen, greppade tag om hans huvud med andra handen och slet av det. Sedan kastade han kroppen och huvudet åt varsitt håll.

Tirasine torkade av blodet från sina vapen på en smutsig skjorta och satte tillbaka dem på ryggen. Sareas synade sin harsis och framkallade sedan en liten eld som löpte över svärdsbladet på spjutet. Tirasine såg sig omkring och fick syn på Liana som låg bunden på marken intill en av eldarna. Med tårade ögon stirrade flickan på henne. Hon skyndade sig snabbt dit och sjönk ner på knä bredvid henne. Mira var snabbt vid hennes sida och lade ner sitt spjut på marken.

"Är du oskadd?" frågade Tirasine. "Gjorde dem något mot dig?"

"Han sa att dem fick göra vad dem ville med mig", viskade Liana snyftande. "Att dem skulle döda mig när dem var klara."

"Han?" undrade Mira. "Vem är han?"

"Asharak! Det var Asharak!"

Tirasine blinkade förvånat och stirrade på Liana. Mira skar snabbt av repen och slog lugnande armarna om henne. Hon viskade hela tiden att allt skulle bli bra när dem var tillbaka i Terabelle. Tirasine vände sig mot Krashak som kom mot dem. Han hade sin ena yxa över axeln.

"Asharak var tydligen här, överste", rapporterade hon. "Vad är dina order?"

Klipptrollet kliade sig fundersamt på hakan och synade lägret.

"Vi gör som det var bestämt", sa han tillslut. "Flickan skall till Terabelle och vi väntar här."

"Men soldaterna har redan lämnat Umala", sa Meeko. "Vi kan inte skicka henne ensam."

Liana försökte säga något, men Mira tystade henne snabbt.

"Samare", sa helerskan. "Liana kan få flyga med mig och Samare till Terabelle. Jag skall dit själv. Kungen ville att jag skulle komma dit så snart jag kunde. Prinsen är tydligen sjuk."

Liana försökte än en gång få drakriddarnas uppmärksamhet. Tirasine log vänligt mot henne och klappade henne uppmuntrande på axeln.

"Då är du i huvudstaden inom någon dag eller så, min vän", sa hon vänligt.

"Men..."

"Så får det bli", förkunnade Krashak rappt. "Flickan reser med Mira tillbaka till staden. Konungen får inte vänta för länge på er, Mira. Ger ni er av genast?"

Helerskan nickade och ropade efter Samare som stod med huvudet nere i en stor gryta. Dvärgdraken kastade grytan åt sidan och släntrade fram till henne medan han slickade sig om munnen. Han sa något på drakarnas språk som Tirasine inte förstod.

"Vi har en extra passagerare med oss till Terabelle, Samare", sa Mira till besten.

Han blinkande förvånat och stack ner sitt stora huvud mot Liana. Flickan ryggade tillbaka en aning och draken fnös mot henne. Han tittade på Mira igen, pekade på Liana och sa något.

"Ja, hon ska med oss", sa Mira tålmodigt. När draken öppnade munnen för att säga något höjde hon handen och tystade honom. "Du kommer att göra som jag säger, Samare. Hon följer med oss. Är det förstått?"

Draken stängde igen sina käftar med en smäll och stirrade på henne innan han nickade buttert. Han kröp ihop en aning så att Mira och Liana kunde stiga i den stora sadeln uppe på hans rygg. Liana såg sig om mot Tirasine och försökte säga något. Men Samare slog ut sina vingar och gjorde ett hopp upp i luften innan hon hunnit säga något. Tirasine vinkade mot henne med ett uppmuntrande leende.

"Jag undrar vad det var hon ville säga", sa Sareas fundersamt.

"Vad menar du?" frågade Krashak och satte ner yxan mot marken och lutade sig mot den.

"Var det ingen annan som lade märke till att hon hela tiden försökte säga något till oss?"

"Snarare till Tirasine", sa Kalar. "Men du har rätt, broder. Det var något som hon ville berätta för oss."

"Tror du det var ett misstag att släppa iväg henne så, Krashak?" undrade Tirasine.

Klipptrollet grymtade och satte yxan bakom ryggen med den första. Sedan vände han mot byn igen.

"Det återstår att se, majorkapten", sa han bistert. "Det återstår att se."

15

Diriska tittade ut på dem fyra männen genom grottans öppning. Drashin hade pratat med dem tre främlingarna länge nu. Hon undrade om det var gardisterna som Drashin ville undvika. Så vände dem tre männen sig om och gick där ifrån. Irriterat av vad Diriska kunde uppfatta det som på det här avståndet. Drashin stod och såg efter dem med armarna korsade över bröstet.

Så snart männen försvunnit tog Diriska hästens tyglar och drog med den ut ur grottan. Drashin hade sagt till henne att packa ihop allt så snart han fått syn på männen. Han stod och väntade på henne när hon kom fram till honom. Han hoppade upp i sadeln före henne och hjälpte henne upp bakom honom.

"Vi har inte lång tid på oss att försvinna här ifrån", sa han. "Dem kommer snart tillbaka och troligen har dem fler män med sig på."

"Varför skulle dem ha fler med sig?" undrade Diriska misstänksamt.

"Häxorna i Dran'Kar är mycket petiga att högt uppsatta personer från olika länder skall göra ett stopp i staden när dem kommer till landet. Dem kommer att bli kinkiga nu när vi inte gör ett stopp där. Ger vi oss av nu så kan vi hinna ut ur landet innan dem vet vart vi tagit vägen."

Diriska grep tag om hans midja när han satt hästen i trav. Det tog inte lång tid innan dem var ute på den stora vägen igen. Oväsen bakom dem fick Diriska att vrida på huvudet. En grupp på femtio soldater i svarta rockar och stålhjälmar utan galler satt på vägen och stirrade på dem. Strax började deras befäl ropa och dem skyndade till sina hästar för att följa efter.

"Soldater bakom oss", ropade hon.

"Det var fortare än väntat", morrade Drashin och tvingade hästen i galopp.

Diriska höll i sig hårt om Drashin där dem for fram i full fart på vägen. Då och då såg hon sig om över axeln. Soldaterna var fortfarande efter dem. Dem kom hela tiden närmare på grund av att dem inte hade två personer på sina hästar.

Snart red två soldater upp jämsides med dem. En av dem sträckte sig efter tyglarna, men Drashin drog sin dolk och gjorde ett lätt snitt i soldatens hand. Han ryckte tillbaka den med en svordom.

"Stanna genast i Salmeras namn!" röt den andre soldaten.

"Glöm det", ropade Drashin och pekade. "Jag ska förbi den där först."

Diriska och soldaten tittade på vad han pekade på. Det var en liten byggnad med tre soldater runt. Men dem här tre hade gröna rockar med ett silvermärke på bröstet i stället för dem jagandes svarta rockar. Med en svordom gjorde soldaten bredvid dem halt och stoppade dem andra.

Dem grön klädda soldaterna rätade en aning på sig när dem såg Drashin komma stormandes mot dem. En av dem tog några steg framåt med handen mot svärdshjalten. Drashin saktade in hästen en aning och Diriska såg märket på bröstet ordentligt nu. Det var en lilja i silver som var broderad på bröstet. Över axlarna vilade en blå mantel. På högra sidan av bröstet satt ett litet guldfärgat svärd med en lagerkrans runt. Diriska gissade på att han var ett befäl.

"Åh, general Drashin", sa soldaten och slappnade av en aning. Han slog med höger handen mot bröstet och bugade mot Drashin. "Några problem på vägen?"

"Inga större, kapten", sa Drashin och nickade mot dem svartklädda soldaterna. "Det där var nog det enda problemet vi hade."

"Svartrockarna kan vara lite påfrestande ibland, draakir", sa kaptenen. "Men dem gör inget så länge man är hövlig mot dem och respekterar Salmera, häxornas ledare."

"Jag hade tyvärr inte tid att stanna till hos henne idag, kapten. Du kan ju ordna med en respektabel ursäkt från mig, så är du vänlig. Ni kan hälsa att jag gärna ser fram emot vårt möte en annan dag när det är lite lugnare i världen."

"Självklart", sa kaptenen och flinade. "Er skvadron passerade oss för några dagar sedan, general."

Drashin nickade och manade hästen vidare i en lugn skritt. Diriska stirrade ut med vägen som ledde mot Amdoria. Där skulle Liana vänta på henne. Äntligen skulle hon få se henne igen. Så kom hon att tänka på vad kaptenen kallat Drashin.

"Vad var det han kallade dig?"

"Draakir", svarade Drashin utan att vrida på huvudet. "Jag har för mig att det betyder drakman eller något sådant på drakarnas språk."

"Åh, jag förstår", sa Diriska och log mot hans rygg.

Draakir var mycket riktigt drakarnas språk, men det betydde inte drakman som Drashin trodde. Draakir var vad drakarna kallade sina små och kunde närmast översättas till barn eller drakunge. Hon undrade hur någon som Drashin skulle kunna bli kallad för det.

"Drakriddarna fick det smeknamnet för ungefär tretusen femhundra år sedan", sa Drashin som om han hört hennes tysta fråga. "Demoner hade lyckats ta sig upp ovanjord och drakriddarna gick för att möta dem. Sjuhundratrettioåtta krigare gick för att strida mot närmare tvåtusen demoner.

Mitt under striden kom drakriddarnas ledare, Girat Naretch, bort från dem övriga. Han jagades av tiotalet demoner in i skogen. Plötsligt stormade han rakt in i ett litet bo för dvärgdrakar. Dem vilda drakarna gjorde sig redo att döda inkräktaren när demonerna kom dit. Drakar avskyr demoner så dem gjorde snabbt slut på dem.

Girat lyckades på något sätt övertyga drakarna att det fanns fler demoner inte långt där ifrån och tillsammans skyndade dem tillbaka till slagfältet. Tillsammans med drakarna besegrades demonerna. Fyrahundrasextionio drakriddare och sexton drakar dog i det slaget. Efter slaget fick drakriddarna smeknamnet draakir av drakarna. Och sedan dess har ledaren för drakriddarna kallats Ca´Draak.

Historien om det slaget har gått runt till dem andra drakfamiljerna och ingen drakriddare har blivit någonsin angripen av en dvärgdrake förrän för ungefär hundra år sedan då Samare dödade tre stycken."

Diriska lyssnade uppmärksamt på historien. Hon hade lite svårt att tro på det hela, men han verkade uppriktig så hon lät bli att kommentera den. Hon kanske skulle få reda på mer ju närmare Terabelle hon kom. Just nu var målet Amdoria och Liana. Hon lade kinden mot hans rygg. Hon kände en viss oro över att han snart skulle lämna henne. Hon kunde inte förstå varför hon kände så.

Liana kikade försiktigt ner på marken som for förbi långt under henne. En flod löpte rakt under dem för tillfället, men hon såg hur den krökte sig åt öster lite längre fram och snart skulle den vara borta. Samares vingslag var lugna och stadiga. Lädret från sadeln knarrade en aning när Liana eller Mira rörde på sig.

Mira kröp ihop en aning i sadeln och Liana fick skynda sig att göra det samma när en flock med gäss i vild flykt for förbi dem. När Liana rätade på sig kände hon en annorlunda rytm i drakens vingslag. Han verkade okoncentrerad på flygningen. Mira lutade sig framåt och sade något till den store besten. Liana hörde inte om hon fick något svar.

"Vad hände?" ropade Liana för att överrösta ljudet från sadeln och Samares vingslag.

"Han fångade en av fåglarna", ropade drakryttaren över axeln.

Liana skakade på huvudet. Hon kunde fortfarande inte förstå hur kvinnan framför henne kunde förstå Samare. Han talade ett helt annat språk. Ett språk som inte var ämnat åt en mänsklig tunga. Hon riktade blicken framåt och fick syn på ett ensamt, stort berg en liten bit åt öster. Hon pekade mot det.

"Vad är det?"

"Det är Draktand", svarade Mira. "Det är där som dem tre vise bor. Jag levde mina första år där. Nu har vi inte långt kvar, Liana. Om du tittar rakt fram så kommer du snart att få se din första skymt av Terabelle."

Liana tittade förväntansfullt över kvinnans axel och spanade efter den legendariske staden. Drakriddarnas hemvist. Först såg hon inget annat än skog, men så glimmade något till i solljuset och staden blev synlig. Liana stirrade på den med öppen mun.

Det var den största staden som hon någonsin hade sett. Den väldiga vita muren slöt sig om staden i en väldig ring. Lite här och där fanns torn på muren. Från norr, söder, öster och väster löpte stora vägar som ledde till murens stora portar. Så här långt borta kunde Liana inte urskilja några människor, men några av husen kunde hon se. Vid den södra porten fanns flera byggnader som sträckte sig exakt till samma höjd som den stora muren. Dessa verkade också vara omgärdade med murar.

"Soldaternas baracker", förklarade Mira när hon frågade. "Drakriddarnas högkvarter ligger nästan mitt i staden nu för tiden. Där ser du det."

Liana såg efter vad hon pekade på. Inte långt från en öppen plats i staden såg hon en byggnad som sträckte sig över tio våningar upp i luften. Den verkade vara nästan lika bred som stora ladan hemma. Från husets hörn löpte en mur hälften så hög som huset och ramade in, i en perfekt fyrkant, ett stort område med flera baracker innanför. Hon lyfte blicken ytterligare och tappade andan när hon fick syn på det stora palatset som fanns vid ett stort torg. Fyra höga torn reste sig i hörnen på den stora, vita byggnaden och mitt i den reste sig ett kraftigt byggt torn som slutade i en rundad stor kupol. Högst upp på kupolen svajade ett baner i vitt. När hon kom närmare såg hon den röda varelsen som slingrade sig på baneret.

Samare krängde till en aning när han vred mot staden och dem började sakta att tappa höjd. Liana stirrade på den när den rusade närmare. Strax såg hon soldater som marscherade på muren. Mira lutade sig fram igen och skrek något åt Samare. Liana kände hur drakens kropp rörde sig när han skrockade.

"Jag sa upp, Samare!" vrålade Mira åt draken.

Liana flämtade till. Draken var på väg att flyga rakt in i muren. Hon såg hur soldaterna började springa i skydd eller vinkade desperat mot dem. Alla utom en man som stadigt stod kvar på sin plats och tittade på dem. Han bar samma vita rock och röda mantel som dem andra soldaterna, med något mönster på bröstet. Stålhjälmen på hans huvud täckte ner över kinder och nacke men lämnade ansiktet bart. Liana bad tyst att han skulle flytta på sig.

Plötsligt krängde Samare till igen och slätade ut sin flygning. Han passerade tätt ovanför soldatens huvud. Liana såg ner på honom. Han var så nära att hon nästan hade kunnat röra vid honom om hon hade sträckt ner en hand. Han verkade vara i medelåldern, hans blå ögon bar ett oerhört lugn och bestämdhet. Liana gissade på att han var ett ganska högt befäl i armén. Så snart dem passerat röt han ut order om ordning på muren.

Nu såg Liana människorna som gick fram och tillbaka på gatan nedanför henne. Barn som sprang lekande runt mellan människor och hästar. Gatuförsäljare som ropade ut sina varor och priser. Få tittade upp på dem där dem flög förbi, människorna här måste vara vana vid drakar. Men dem som gjorde det pekade mot dem och ropade något. En del av människorna tittade upp som hastigast och stelnade till när dem såg dem, oroligt följde dem draken med blicken.

"Alla känner till Samare här", förklarade Mira. "Han brukar kallas för den galne draken."

Liana började bli orolig över att sitta på Samares rygg. Men han hade inte verkat det minsta galen när hon stått öga mot öga med honom. Mest av allt hade han verkat helt ointresserad av henne.

"Varför kallas han det?"

"Samare har ett ganska hett humör. Troligen för att han innerst inne är en vild drake. Han backar aldrig ur från en strid och han har förstört två eller tre byggnader i den här staden. Med hjälp från en viss general förstås."

Liana kände hur Samare skrockade under henne. Han verkade tycka att det hela var roande. Draken ändrade en aning i slagen från vingarna och saktade ner farten ytterligare. Nu gled han tyst ner under hustaken och flög tätt över människors huvuden. Folk ropade förvånat till och hukade sig när han for förbi.

Det stora torget dök upp framför dem. Liana stirrade på den väldiga statyn av en tiger som fanns på det framför palatset. På dess rygg var en varelse som liknade Samare. Även på dess högra fram ben hängde det en drake. Liana stirrade ännu mer på dess vänstra ben. Runt det slingrade sig en varelse med en lång, ormliknande kropp, med fyra ben som alla slutade i fem stora, kraftiga klor. Huvudet påminde starkt om en vargs med en lejonman.

Samare landade försiktigt framför statyn och tittade som hastigast upp mot tigerns väldiga huvud. Han fnös högljutt innan han sänkte sin kropp så att Mira och Liana kunde stiga ur hans sadel. Draken vred på sitt huvud och sa något till Mira på sitt underliga språk. Automatiskt började hon lossa på remmarna till sadeln.

Liana gick fram till statyn och stirrade storögt på den. Speciellt på varelsen runt dess vänstra ben. Hon hade hört sagorna hemma om drakarna som påstods stått vid drakriddarnas sida i stora slag mot horder av demoner. En av dem hade haft en kropp som en orm. Men det var allt hon hade trott att det var, sagor.

"Ma'sharos'tian och dem tre drakarna", sa Mira och ställde sig bredvid henne. Samares sadel ställde hon ner på marken bredvid sig.

"Dem tre drakarna?" viskade Liana.

"Ja. Asmaji, Sultan och Lindramas. Dem tre mäktiga drakarna från Draktand. Statyn är många tusen år gammal."

Hon pekade på drakarna i tur och ordning, först den på ryggen, sedan den på högra benet och sist den på vänstra. Liana blinkade till vid namnen. Lindramas... Hon undrade om det var samma som mannen med dem gula ögonen som hon träffat i Balden.

Liana sänkte blicken och såg först nu den stora stenen som var rest mellan tigerns tassar. Den var röd och hade en guldskrift. Hon försökte läsa skriften, men det enda hon kunde läsa var en massa namn. Resten förstod hon inte.

"'Dem offrade sig för ljuset och sina älskade'", sa Mira. "'Dem offrade sig för att åter giva liv åt drakriddarna. Minns dem inte som förlorade söner. Minns dem som hjältar, ty större hjältar kommer aldrig åter att vandra på våran jord.'"

Liana vred på huvudet mot henne.

"Vad?"

"Det är vad som står på stenen", förklarade hon och log sorgset. "Det är tvåhundratrettiosex namn på stenen. Demonjägare som inte kunde bärgas hem av drakriddarna för tvåtusen år sedan. Dem offrade sina liv för att åter låta drakriddarna se ljuset. Här på stenen står deras namn så att Amdorias folk ständigt skall påminnas om deras offer."

"Är det över tvåhundra namn?" viskade Liana ödmjukt.

Mira neg djupt mot stenen med armarna korsade över bröstet. Liana skyndade att göra samma sak, om än lite klumpigare.

"I riddarhusets entré finns en ännu större sten", sa en mans röst bakom dem.

Liana vände sig om och stirrade rakt in i ett par röda ögon. Mannen var mycket lång och tittade på henne med en nyfiken blick. En blick som påminde henne mycket av Samares, om än mycket äldre. Hans hår var rött och hängde ner till hans axlar. Det kantiga ansiktet bar en allvarlig min, men han hade en vänlig glimt i sina röda ögon.

"På den stenen står namnen på alla demonjägare som stupade i Labyrinten, närmare tvåhundratusen namn", sa han. "Under sexhundra år gick tvåhundratusen unga män ner och endast fem återvände upp ur graven."

Liana stirrade på honom. Hon hade aldrig hört talas om en man som hade röda ögonen. Sedan blinkade hon till.

"Tvåhundratusen?"

"Farbror Asmaji", sa Mira glatt, "detta är Liana Darik, hon kommer från Fakari."

"Liana, säger du", sa mannen fundersamt.

Liana sneglade på Mira som blinkade mot henne med ett leende. Han skulle säkert säga att hennes namn var det samma som i sagan. Hon gjorde sig beredd på det svar som hon hade blivit van att ge dem senaste månaderna.

"En kvinna som jag träffade för några veckor sedan letade efter en flicka som hette Liana", sa Asmaji.

"Ja, min mor tyckte om sagan…" började Liana men hejdade sig. "Vad sa ni?"

"En viss Diriska följde efter en grupp drakriddare som hade en flicka vid namn Liana med sig på väg norrut", sa han med ett skevt leende. "Ah, du känner till henne. Nå, hon skulle nog mycket väl kunna vara i kapp drakriddarna vid det här laget om dem stannade kvar i Umala som kungen beordrade."

"Hon var så nära mig hela tiden", viskade Liana. "Tror ni att hon kommer att komma hit till staden?"

"Säkerligen, barn. Hon verkade mycket angelägen om att finna dig vid liv. Hon kommer säkert hit inom tio dagar eller så. Hon har ju ingen Samare som flyger henne. På tal om det. Var är Samare?"

"Han gav sig av igen", sa Mira och lyfte upp lädersadeln från marken. "Jag tror att han skulle tillbaka söderut igen. Hans familj är i södra Amdoria just nu tror jag."

Asmaji suckade och skakade på huvudet.

"Typiskt", muttrade han. "Så fort man ska ha tag i någon är dem i andra änden av världen."

Han såg mot Liana igen och gned sig fundersamt på hakan med ena handen.

"Nå ja", sa han. "Det kan vänta tills han kommer tillbaka. Mira, du kan väl ta hand om flickan så länge. Visa henne staden. Jag ska återvända hem. Lindramas och Sultan verkar ha flera funderingar angående narkiernas armé som tågar fram. På återseende, Liana Darik."

Han vände sig om och en vit oval öppning visade sig framför honom. Redan innan han hade stigit in helt genom ljuset hade hela han börjat bli dimmig. Liana stirrade på den plats som han stått på. Nu var både mannen och ljusskenet borta.

Plötsligt kom Liana ihåg det som hänt i lägret som hon träffat Asharak i. Hon hade glömt bort det när Terabelle dykt upp framför henne och stadens alla byggnader och den väldige statyn hade tagit henne med storm. Men nu kom allt tillbaka.

"Vänta, mäster Asmaji!" ropade hon. "Staden är i fara!"

Mira grep tag i hennes arm och vände henne mot sig.

"Vad är det du säger?" undrade hon skarpt. "Vad hotar staden?"

"Asharak!", sa Liana. "Han använder narkierna som ett lockbete för drakriddarna! Det riktiga anfallet kommer norr om staden! Han tänker anfalla staden från norr!"

Mira stirrade stumt på henne. Hon vände sig om och lyfte upp den stora sadeln. Sedan skyndade hon på sina steg mot palatset. Liana skyndade efter. Med bister min tågade drakrytterskan fram över torget.

"Det var det du försökte säga i lägret", muttrade kvinnan. "Att vi inte lyssnade på dig då. Varför lät vi dig inte tala?"

En palatsvakt i vit rock med den röda slingrande varelsen på bröstet ställde sig mitt i palatsporten. Över hans axlar vilade en röd mantel.

"Halt!" beordrade han. "Vad är ert ärende?"

"Flytta på dig, karl!" fräste Mira. "Jag har brådskande nyheter till kung Makar. Eller ska jag rapportera att du satt hela Terabelles i fara?"

Vakten tvekade bara ett ögonblick innan han steg och sidan och släppte fram dem båda. Helerskan tryckte sadeln i famnen på vakten och beordrade honom att ta hand om den. Liana halvsprang för att hinna med den andra kvinnan.

16

Palatskorridorerna var stora och väggarna pryddes med flera tavlor med olika personer, samtliga kungligheter misstänkte Liana. Lite varstans stod det vakter, hela tiden två och två mitt emot varandra. Korridoren svängde hit och dit hela tiden och snart hade Liana tappat bort sig helt och hållet. Men Mira gick bestämt vidare som om hon exakt visste var hon var och vart hon skulle.

Snart kom dem in i ett mindre rum med en mycket stor dörr. Där fanns endast ett stort skrivbord, några stolar och en hylla. Bakom skrivbordet satt en medelålders alv och skrev i några papper. Mira gick fram till honom och satte händerna i bordet. Han såg förvirrat upp på henne.

"Ah", sa han. "Mor Mashok, varför denna..."

"Var är kungen, Kalar?" frågade Mira barskt.

Alven blinkade förbluffat till.

"Hans majestät är i tronsalen, mor Mashok", sa han. "Han har generalerna med sig. Dem diskuterar narkierna."

"Bra", sa Mira och rätade på sig. "Det kan spara mycket tid. Ni får ursäkta, kammarherre, men vi har bråttom. Vi har tyvärr inte tid med långdragna hälsnings fraser idag. Staden är i fara."

Kalar for genast upp från sin stol.

"I fara?" utbrast han. "Jag visar genast in er."

Han grep tag i en lång stav prydd med en drake i toppen och sköt upp den stora dörren. Han tecknade åt Mira och Liana att vänta ett litet ögonblick. Liana lyssnade när han förkunnade att helerskan Mira Mashok väntade utanför med brådskande nyheter. Han hade precis hunnit talat färdigt när Mira steg in genom dörren med Liana tätt efter.

"Visa in henne. Åh, jag ser att ni redan stigit in, mor Mashok."

"Jag ber om ursäkt ers majestät, men det är brådskande", sa Mira och bugade, med högra handen mot hjärtat och vänstra mot kungen.

Liana neg klumpigt för mannen framför dem. Den amdorianske kungen var en man i övre medelåldern. Hans en gång mörka hår var mer grått än mörkt. Han var klädd i en mörk röd skjorta och svarta åtsittande byxor. Han stod vid ett bord tillsammans med flera män i fina kläder. Nästan alla hade gått i sina hår.

"Mina herrar", sa kungen och vände sig mot de övriga männen. "Jag tror inte att vi kommer att komma så mycket längre med det här nu. Drakriddarna är på väg för att möta upp narkierna och deras mystiske

härförare. Vi har tvåhundratusen soldater där nere och ytterligare femtio-
tusen är på väg. Jag tror mycket väl att vi kommer att kunna hålla stånd
där."

Männen nickade och mumlade till svar. Dem bugade högtidligt mot
kungen och en aning mindre bugning mot Mira. Sedan började dem att
röra sig mot dörren.

"Jag tror nog att era generaler borde stanna här, ers majestät", sa
Mira bestämt. "Jag har nyheter som dem också måste höra."

Generalerna tittade fundersamt på varandra och såg sedan mot
kungen. Han nickade kort mot dem och dem gick tillbaka mot bordet igen.
Kungen vände sig mot Mira igen.

"Vad är det för nyheter som kräver generalernas närvaro, Mira?" frå-
gade han.

Mira vände sig halvt om och visade med handen mot Liana. Hon slog
blygt ner blicken för hans granskning.

"Detta är Liana Darik från Fakari", berättade Mira. "Hon togs till fånga
av narkierna när Fakari invaderades. Resten av hennes familj mördades
brutalt, men hon överlevde tack vare att general Drashin och majorkapten
Nariba dök upp på gården hon bodde på. Drashin och Tirasine lyckades
rädda henne från fångenskapen och hon följde med dem tillbaka till
Amdoria. I Umala blev hon på nytt kidnappad av fiendesoldater och förd
till ett litet läger inte långt från byn."

Männen runt bordet lyssnade uppmärksamt på Miras snabba sam-
manfattning om vad som hänt Liana sedan den hemska dagen på går-
den.

"Berätta vad som hände i lägret, Liana", sa Mira.

"Jag träffade Asharak, ers majestät", sa hon lågt.

"Vem tusan är Asharak?" frågade kungen.

"Asharak är den mystiske ledaren, ers majestät", förklarade Mira
snabbt. "Fortsätt, Liana."

"Han hade en man vid sin sida som kallades Trasher", fortsatte Liana.
"Han frågade om narkierna skulle kunna hålla drakriddarna upptagna un-
der tillräckligt lång tid. Trasher sa att det skulle dem och att deras riktiga
armé snart skulle vara på plats för det riktiga anfallet."

Kungen rynkade fundersamt pannan när han hörde namnet Trasher.
Han verkade känna igen det namnet.

"Vilket riktiga anfall?" frågade han.

Innan Liana svarade öppnades en liten mindre dörr och in steg två
kvinnor. Den ena verkade vara ungefär i samma ålder som kungen och
gick med självsäkra steg mot honom. Hennes hår var fortfarande mer
mörkt än grått och hängde ner för hennes axlar. Den andra var nästan en

exakt kopia av henne fast mycket yngre. Kanske två eller tre år äldre än Liana. Hennes mörka hår hölls samman i nacken av ett rött band. Dem båda log vänligt mot Mira och hälsade på henne med en vänskaplig nick. Mira besvarade hälsningen på samma sätt. Liana fick en nyfiken blick från den yngre kvinnan.

"Trasher", sa kungen fundersamt. "Fanns det inte en drakriddare en gång som hette Trasher?"

"Aram Trasher var major bland drakriddarna, Makar", sa den äldre kvinnan. "Nog borde du ha kommit ihåg det."

"Just det ja", sa kungen och vände sig mot henne. "Tack Jesamie, ibland behöver minnet friskas upp lite."

"Marish dödade honom för förräderi, far", sa den yngre kvinnan.

"Sant, Marin", sa kungen dröjande. "Men ändå... Hur såg den här Trasher ut?"

"Han hade mörkt hår, mörka ögon och en spetsig näsa, som gjorde att hans drag påminde om en höks", sa Liana försiktigt. "Och han talade om Marish."

"Nog är det Trasher alltid", morrade Makar. "Hur har han lyckats överleva? Jag trodde att Marish dödade honom."

"Det gjorde vi alla, ers majestät", sa Mira lugnt.

"Det gjorde vi, min konung", sa en av generalerna. "Men jag vill fortfarande veta vilken armé som denne Asharak har som vi inte känner till."

"Den finns norr om Terabelle", skyndade sig Liana att säga. "Dem har en armé norr om staden som väntar på Asharaks ankomst. Dem trodde att dem skulle kunna anfalla staden tio dagar efter att dem anlänt till hären."

Makar och Jesamie stirrade på henne och sedan på Mira. Helerskan nickade bistert.

"Hur lång tid har vi innan dem anfaller?" frågade generalen.

"Trasher sa att dem kunde ansluta till armé om tre dagar, ers nåd", sa Liana. "Sedan skulle dem kunna anfalla inom två veckor. Det var för två dagar sedan."

"Vet Drashin och Asama om det här?" frågade Jesamie rappt.

"Vi lämnade Umala innan någon dem hade anlänt till byn, ers majestät", sa Mira och grimaserade. "Vi lät inte Liana säga något efter att vi räddat henne från lägret. Vi var för uppspelta för att lyssna på henne. Krashak och dem andra stannade kvar i byn."

"Mycket illa", morrade Makar och började stega fram och tillbaka. "Vi måste genast ordna med försvaret av staden. Hur många soldater har vi i stadens baracker?"

"Femton till tjugotusen, ers majestät", svarade en äldre alv. "På två veckor skulle vi kunna komma upp i femtiotusen."

"Ordna det genast, Larko", befallde Makar.

Generalen bugade och skyndade ut ur salen. Dem andra generalerna började genast prata om att sätta upp kallelser för stadens män att ansluta sig till armé som skulle beskydda staden. Tjugo minuter senare var det bara Makar, Jesamie, prinsessan Marin, Mira och Liana kvar i salen. Kungen stod lutad över bordet och kartor över staden och muttrade för sig själv.

Drottningen visade mot dörren som hon kommit från. Mira nickade tacksamt och tillsammans med Liana följde hon med drottningen och prinsessan in i ett lite mindre rum. Liana såg sig omkring i rummet. Tronsalen hade varit stor och möblerade med endast bordet med kartorna och den stora svarta tronen. Tronen hade varit prydd med drakhuvud och dess fyra ben var formade som drakklor.

Men det här rummet var möblerat i vackert snidade möbler. Två stora soffor med vackert snidade blommor stod på varsin sida om ett bord i samma snitt och två stolar stod på varsin kortända av bordet. Även dem med vackra blommar. På väggen ovanför den ena soffan hängde en mycket gammal målning föreställande en sedan länge död kung och hans drottning. Strax bakom dem båda var tre män avbildade. Liana stirrade förbluffat på dem tre. Hon kände igen den rödögde och den gulögde. Dem hade exakt samma utseende som Lindramas, som hon träffat hemma i byn Balden, och Asmaji, som hon träffat här i Terabelle.

Jesamie visade mot den ena soffan och Mira satte sig ner. Liana satte sig bredvid henne och stirrade på målningen. Jesamie och Marin satte sig på den andra soffan. En tjänare kom in och drottningen bad om te till fem personer. Tjänaren bugade och lämnade dem. Strax kom han tillbaka tillsammans med en tjänarinna och dukade fram te och fat med kakor. Just innan tjänarna drog sig tillbaka kom Makar in i rummet.

"Så du reste med Drashin från Fakari hela vägen till Amdoria", sa Makar och vände sig mot Liana. "Det måste ha varit en intressant resa."

Prinsessan blinkade till och stirrade förundrat på Liana.

"Ja, ers majestät", svarade Liana blygt. "Det var mycket spännande." Hon berättade hur hennes familj blivit dödad och hur hon tillfångatogs som beskydd från Drashin och Tirasine. Hur Drashin sedan tillsammans med Samare räddat henne och Tirasine från narkiernas fångenskap. Hon berättade om deras resa tillsammans från Fakari till Amdoria. "Men han lämnade oss alldeles innan vi kom in i Spökriket. Där slöt Krashak och några andra upp med oss."

"Överste Krashak Do'shank och dem andra av Drashins krigare", sa Marin med ett stolt leende. "Dem är min personliga livvakt."

"Ja just det ja", muttrade Makar och såg mot drottningen. "Det är dem ju. Tror du att vi kan ordna en annan livvakt åt henne, käraste?"

"Far!"

"Troligen inte, Makar", svarade Jesamie med ett litet leende. "Marin skulle driva dem till vansinne inom någon dag."

Liana stirrade på prinsessan. Makar skrockade muntert och Mira dolde ett leende genom att smutta på sitt te.

"Du förstår", sa Mira och lutade sig mot Liana. "Drashin och hans krigare är dem enda som hon inte kan göra som hon vill med. Drashin brukar för det mesta klappa henne på huvudet och säga något som 'vi ska tänka på saken, prinsessan' och sedan ignorera henne fullständigt."

"Jag förstår vad ni menar", sa Liana buttert. "Han gjorde något liknande med mig när jag förslog något på vår resa. Han verkade mest tycka att jag sinkade dem, trots att det var han som bestämde tempot."

"Det är Drashin det", sa Mira och skrattade till. "Makar, Asmaji bad mig att se efter Liana under hennes tid i staden. Men så som det är nu med staden kan jag behövas för att vårda skadade och sjuka. Det är kanske inte något som man brukar be sin kung om, men skulle hon kunna stanna här i palatset? Jag skulle tro att hon är säkrare här än någon annanstans just nu."

Makar kliade sig i huvudet och stirrade ner i sin kopp. Jesamie rörde vid hans arm och han såg på henne. Han vände blicken mot Marin som nickade bestämt. Sedan nickade även han.

"Självklart", sa han. "Vise Asmaji kommer att förstå när han får reda på omständigheterna. Hur vi nu ska hinna på fram ett bud till honom och dem andra två."

"Dem borde komma ner till staden snart, Makar", sa Jesamie.

"Bara dem kommer i tid", suckade Makar.

Dem satt och samtalade en stund till, sedan reste sig Marin upp och sade att hon skulle visa runt Liana i palatset. Liana reste sig osäkert och sneglade på Mira. Helerskan nickade vänligt och sade adjö till henne. Drottningen tog med sig helerskan för att se efter prinsen som låg i sjuksäng.

När dem gick genom korridorerna av palatset frågade Marin ut Liana om Fakari och Balden. Liana svarade artigt på varje fråga och fann sig snart berätta allt om hennes barndoms by och hur livet på gården tett sig. Om hur Diriska hade tagit hand om henne när hon var liten och hur hon sjungit sina gamla sånger för familjen på helgdagskvällarna. Sedan berättade Marin lite mer om Drashin, även om det inte var så mycket. Han verkade ha ett mycket hemlighetsfullt liv.

Prinsessan berättade om hur han en gång burit hennes livlösa kropp nästan tio mil innan han hittat Mira. Sedan hade han stått vid hennes sjuksäng i nästan tre dagar och bara tittat på henne. Han hade varit skadad, men vägrat bli helad. När Marin slutligen hade vaknat kollapsade han. Han hade legat nerbäddad i fyra dagar med hög feber. Prinsessan hade suttit hos honom varje dag, vakat över honom som han vakat över henne.

Dem kom fram till en större dörr som Marin öppnade och dem gick in. Några ljus brann i en ljusstake och prinsessan grep tag i den. Liana tittade nyfiket på tavlorna som hängde där. Många verkade vara mycket gamla.

”Vad är det här?” frågade hon tyst och betraktade tavlorna.

”Detta är mina förfäder”, berättade Marin högtidligt. ”Många av Amdorias kungar och drottningar är avbildade här. Kom så ska jag visa dig en tavla jag tror du kommer att tycka om. Det är en av mina favoriter.”

Liana följde efter henne längre in i rummet. Dem stannade framför en tavla föreställande en man och en kvinna. Hon hade sitt mörka hår uppsatt i en lång fläta och bruna ögon. Liana tyckte att hon var mycket vacker. Mannen hade kort blont hår och klarblå ögon. Liana såg på deras kläder och flämtade till när hon såg tygstycket som hängde från deras midja ner till stövelskaften. Hans hade en avbild av en drake i rött på en blå och grön bakgrund och hennes var en avbild av ett stort tigerhuvud i gult och en kungakrona i vitt på en svart bakgrund.

”Dem har varsin kishara”, viskade hon. ”Det är drakriddare.”

”Ja, det är dem enda drakriddarna som finns avbildade i det här rummet”, förklarade Marin med låg röst.

”Men du sa ju att det var dina förfäder som fanns avbildade här inne.”

”Hon är det på sätt och vis”, förklarade Marin. ”Detta är Ca'Draak, Mantera Lombras av drakriddarna och Liana Lombras av drakriddarna. Porträttet målades till deras bröllopsdag.”

”Liana Lombras?” viskade Liana. ”Är det verkligen hon? Så sagan är sann?”

”Sagan om Liana, Mantera, Samael, Jasara och Krastie som överlevde Labyrinten som demonjägare är sann” sa Marin och nickade. ”Jag gissar att din mor trodde på den och därför gav dig ditt namn efter den första kvinnliga drakriddaren i historien. Prinsessan Liana Kastom.”

”Så hon var verkligen en prinsessa.”

”Det är därför porträttet av henne och Mantera sitter här”, förklarade
Marin. ”Hennes far Sakram, kung av Amdoria, ville ha hennes porträtt
här. Han var mycket stolt över hennes bedrifter och att hon var en
drakriddare.”
Dem lämnade rummet igen och promenerade vidare småpratandes
genom korridorerna. Liana kände att prinsessan skulle bli en mycket god
vän. Hon tycke om henne.

17

Diriska satt ensam på hästen och Drashin gick strax framför henne när dem kom in i Umala. Diriska såg sig omkring med rynkad panna. Det fanns mycket folk som gick runt på gatorna. Alldeles för mycket för att vara en by i en så liten storlek som Umala ändå var. Nästan alla män som hon såg bar liknande tygstycken som Drashin hade i olika färgkombinationer och mönster på. Nästan alla stannade till och följde generalen med blicken där han gick förbi dem på gatan. Henne ägnade dem bara en flyktig blick innan dem fortsatte med sitt.

Diriska försökte verka oberörd av allt folk, men hon lät aldrig ögonen vila länge på någon. Hon blev nervös av att se alla beväpnade män omkring sig. Skulle dem anfalla henne? Hon såg mot Drashins rygg. Han verkade lugn och han hade slappnat av en aning när dem kom in i byn.

Många bybor stirrade förbluffat på Drashin och små klungor av både män och kvinnor började genast viska upphetsat med varandra. Drashin verkade vara en mycket välbekant person här.

En man kom gående emot dem. Hans blonda hår nådde ner till axlarna och dem blå ögonen såg stadigt på Drashin. Även han hade detta tygstycke hängande vid höger ben. Hans hade en drake i gult framför vita blixtrar på en svart bakgrund. Han var klädd i svart skjorta och svarta byxor och över axlarna stack hjalten på två svärd upp. Vid hans vänstra sida hängde en lång dolk.

Han stannade några steg ifrån dem och satte händerna i sidan. Drashin fortsatte framåt i maklig takt.

"Så du kommer nu", sa mannen bittert. "Jag väntade mig att du skulle vara här redan när jag anlände med resten av drakriddarna."

"Det var något som drog ut på tiden, Asama", sa Drashin lugnt. "Inget större, men ändå. Resan gick ganska bra ändå, om jag får säga det."

Diriska undrade om det var hon som var den som Drashin menade dragit ut på tiden. Hon sade inget, men rynkade på pannan. Asama såg upp på henne när hästen gick förbi honom. Han nickade allvarligt till hälsning och föll in bredvid hästen. Hon besvarade den korta hälsningen.

"Krashak berättade att du och Tirasine hade en flicka med er från Fakari", sa Asama.

Diriska försökte låta bli att visa hur uppmärksamt hon lyssnade.

"Ja, hon heter Liana", svarade Drashin ointresserat. "Är hon kvar i byn?"

"Nej."

Diriska sjönk ihop en aning i sadeln av besvikelse. Drashin klappade henne lugnande på benet. Hon undrade varför han gjorde så.

"Hon blev åter kidnappad en natt av fienden", sa Asama bittert. "Krashak ledde din lilla grupp på en räddnings aktion tillsammans med Mira och Samare. Flickan räddades och fiendens läger i närheten skingrades. Mira tog med sig henne till Terabelle på Samare. Hon borde vara säker där tills den här lilla saken är ordnad."

Drashin grymtade till och muttrade något om att prata allvar med den gode översten och dem andra. Diriska hade redan börjat planera sin resa till Terabelle. Hon undrade hur långt det var dit. Hon undrade om han skulle följa med henne.

Dem närmade sig ett värdshus där en grupp på sju personer stod och väntade på dem. Asama muttrade något och lämnade dem. Diriska stannade hästen bara några steg från den brokiga skaran personer. Hon kände genast igen klipptrollet och den ena alven från Garatur. Kvinnan kände hon igen från tre år tillbaka och när hon sett Drashin och kvinnan i dungen för en månad sedan. Hon måste vara Tirasine. Mannen och den ene dvärgen såg ut som om dem hade gjort något fuffens, Diriska trodde att det var dem båda som väntat i gräset där dem stormat genom narkiernas enorma läger. Den andre alven och den siste dvärgen kände hon inte alls igen. Alla sju hade även dem tygstycket nerför högerbenet. Samma färger som Drashin.

"Vad är detta om att ni lät Liana kidnappas?" frågade Drashin bistert.

"Dem tog henne när vi satt nere i skänkrummet med Mira och samtalade", sa klipptrollet och såg rakt på Drashin.

"Jag förstår", sa Drashin.

"Men vi hämtade hem henne igen", sa Tirasine utan att röra en min. "Dessutom fick vi reda på en lite oroande sak, general."

"Vad fick ni reda på?"

"Det finns minst en marulak i Asharaks närhet", berättade kvinnan. "Det var tydligen Asharak själv i det där lägret."

Diriska blinkade till. Marulak? Vad var en marulak för något?

"Hur vet ni det?"

"Liana fördes uppenbarligen till honom och förhördes. Men innan dem hann göra något annat lyckades vi rädda henne. Asharak hade då redan lämnat lägret och gett sig av någon annanstans."

"Hade han sagt något till henne om vissa planer? Jag har en känsla av att hon skulle avrättas efter hennes möte med Asharak. Alltså fick hon reda på något."

Diriska stelnade till vid Drashins lugna konstaterande. Skulle hon ha dödats för att hon fått veta något? Drakriddarna framför henne stelnade till och såg olustigt på varandra.

"Nå?"

"Vi tog inte reda på om hon fått veta något", sa Krashak försiktigt. "Vi skickade iväg henne med Mira utan att tänka på det."

Drashin tittade bara på dem, sedan skakade han muttrande på huvudet och vände sig mot Diriska.

"Följ bara vägen mot norr hela tiden", sa han till henne och tryckte en börs i hannes hand. "Du borde nå Terabelle om tio dagar. Du kan köpa lite mat här innan du ger dig av. Vi möts säkert igen när vi återvänder till staden. Adjö, Diriska."

Han såg henne rakt i ögonen och hans ögon visade en viss besvikelse. Innan hon hann svara vände han sig om och vinkade åt dem andra att följa med honom. Dem nickade kort mot henne innan dem lämnade henne framför värdshuset. Hon såg efter dem åtta drakriddarna. Så vände hon hästen mot vägen och vände norrut. Om tio dagar skulle hon vara i staden Terabelle. Då skulle hon äntligen hitta Liana. När hon lämnade byn kunde hon inte låta bli att känna ett styng av saknad. Hon vände sig om i sadeln en gång och såg in genom byn. Varför kände hon denna saknad?

Drakriddarna tågade ut ur Umala senare samma dag. Över femtonhundra krigare vandrade österut mot ett stående slag. Det var bistra ansikten som byborna såg lämna dem. Drakriddarna var inte menade att strida mot andra människor. Dem skulle strida nere i Labyrintens mörker och dem onda varelserna som fanns där nere. Längst fram i ledet gick Asama och Drashin. Ca'Draak och hans närmaste man, sida vid sida. Drashin hade sin skvadron alldeles bakom sig. Dem var beredda på alla möjliga angrepp som skulle kunna dyka upp på vägen mot slaget.

Drashin funderade på vad som Liana kunde ha fått reda på i hennes möte med Asharak. Han hade en känsla om att det inte var något bra. Han vände sig mot Asama.

"Skulle vi kunna skicka iväg femhundra man i förväg tror du?" frågade han.

"Varför skulle vi göra det?" undrade Asama.

"Jag tror att Liana träffade Asharak i det där lägret", förklarade Drashin. "Jag är säker på att hon fick reda på något som är viktigt där. Men jag vet inte vad det kan vara. Narkierna skulle kunna vara ett vilseledande spår för oss."

Asama bet sig fundersamt i läppen. Sedan vred han på sig mot leden bakom sig.

"Niashal, Hamares", ropade han. "Kan ni komma hit."

En dvärg och en människa kom genast fram till dem båda. Hamares hade axellångt mörkt hår och mörka ögon och kort mörkt skägg. Han såg nästan alltid lite dyster ut. Niashal var lika lång som vilken annan dvärg som helst. Hans hår var kort klippt och ljust rött, det röda skägget var flätat i flera flätor och slutade strax under bröstet. Hans gråblå ögon var skarpa.

"Vad är det om, Ca'Draak?" frågade Hamares med sin lugna mörka röst.

"Jag vill att ni tar med er femhundra krigare i förväg", sa Asama och sneglade på Drashin. "Vår vän här har en känsla av att vi blir vilseledda av fienden och att narkierna bara är en fasad som skall uppehålla oss."

Hamares grymtade till svar, men gick genast tillbaka in i ledet för att leta fram folk som skulle följa med honom. Niashal rev sig i skägget.

"Är det helt säkert?" undrade han. "Om Narkierna bara är till för att uppehålla oss. Vad är då det riktiga målet för denne Asharak? Var är hans riktiga armé?"

Drashin såg ner på marken som han trampade på. Han hade inte tänkt så långt ännu. Att Asharak skulle ha en andra armé skulle kunna bli mycket problematiskt. Dessutom verkade han ha en marulak med sig också.

"Då borde han ha fler demoner vid sin sida", sa han tyst.

"Vad sa du, Drashin?"

Han såg upp på Asama. Niashal hade lämnat dem igen och nu började leden bakom dem delas för att släppa fram förtruppen. Niashal och Hamares höjde sina händer till hälsning när dem tågade på. Drashin väntade på att dem skulle passera innan han svarade.

"Asharak har en marulak i sin armé", berättade han.

"Ja, Tirasine nämnde det för mig", sa Asama bistert.

"Om han har en demonvarg med sig så kan han mycket väl ha flera demoner med sig", fortsatte Drashin. "När jag, Tirasine och Liana red genom deras läger en natt såg vi inte skymten av några demoner. Det var människor allihop. Det är något som inte stämmer här."

Asama kliade sig bakom örat. Han funderade på det Drashin sade.

"Det ligger något i det hela", sa Asama. "Vi får skynda oss så att vi kan få reda på det inom kort."

Leden med krigare bakom dem ökade takten. Alla verkade känna av den oro som tyngde dem båda generalerna längst fram.

Drashin kunde inte låta bli att vända sin blick mot norr. Han undrade förstrött vad det var som Liana kunde fått reda på i Asharaks läger. En oro växte sakta upp inom honom. Han vände blicken framåt igen och rynkade pannan. Han hade aldrig känt någon oro innan när han gått in i strid. Varken i Labyrinten eller någon annanstans.

"Vem är du?" viskade han och tänkte på ett par klara, glittrande blå ögon.

Samare var rastlös efter det att han lämnat av Mira och flickan. Han grymtade irriterat. Flickan hade inte varit till mer än bekymmer ända sedan dem räddat henne från dem där sydborna. Han flög runt planlöst i en vid cirkel runt Terabelle. Han undrade vad som flickan hade fått reda på i lägret. Hon hade verkat vilja säga något innan dem begett sig av från det där människolägret.

Ett infall fick honom att vända norrut. Han passerade staden på hög höjd. Om någon i staden hade fått syn på honom skulle dem endast tro att det var en stor fågel. Han hade flugit i ungefär en dag när han fick se något på marken. Det verkade vara ett mycket stort läger. Om dem gick marken fram skulle det ta dem en vecka, kanske lite till, att nå Terabelle. Han gled tyst ner på lite lägre höjd så att han skulle kunna se bättre.

Med en svordom på drakarnas språk for han genast högre igen. Det där var inget mänskligt läger. Det var demoner! Mitt i lägret hade han sett ett stort svart tält med fyra vakter med svarta rustningar. Det här var inte bra. Han förkastade snabbt tanken att återvända till staden för att varna befolkningen. Det skulle ta för lång tid. Han vände genast av åt sydost.

"Drashin", muttrade han. "Jag måste berätta för Drashin och drakriddarna."

Hans vingar slog kraftiga slag så att han kom upp i en oerhörd hastighet. Det var bråttom att hinna fram till drakriddarna och rädda staden. Familjen. Han skulle behöva familjen. Han behövde kalla på drakarna som tillhörde Dödens skvadron!

Liana trivdes i Terabelle. Hon tillbringade nästan all sin vakna tid tillsammans med prinsessan Marin. Tillsammans promenerade dem genom staden eller i någon av palatsets trädgårdar. En dag när det regnade visade prinsessan henne biblioteket. Liana bara gapade när hon fick se det. Det fanns tusentals böcker längs med hyllorna. Hon hade aldrig sett så många böcker tidigare.

Marin förklarade att många av böckerna var historier om drakriddarna. Om deras strider nere i den stora Labyrinten, eller om uppdrag som hade tvingat dem ovan jord. Hon plockade fram en stor bok och visade den för Liana. Med stora svarta bokstäver stod det 'Nariff' på den.

"Det är historien om kriget mot Nariff", berättade prinsessan. "Eller kanske det tredje kriget, skulle jag nog säga."

"Tredje kriget?" sa Liana och stirrade förbluffat på boken.

"Det finns inte så mycket skrivet om dem andra två", sa Marin och spanade över böckerna. "Bara små fragment här och där. Detta är historien om när Marish, Kalar Dobai, Lindramas, ängeln Damora, djävulen Lasoras och dem andra som jagade efter djävulen Nariff. Nästan hela den andra världen blev indragen i det kriget."

Liana höll hårt i boken. Sedan blinkade hon till och såg upp på prinsessan.

"Marish?"

"Marish var en general hos drakriddarna och ledare för Dödens skvadron", sa Marin och nickade. "Det var innan Drashin kom till oss. Detta är på sätt och vis också berättelsen om hur Drashin kom till."

"Drashins födelse?" viskade Liana och stirrade ner i boken.

"Det är berättelsen om hur Nariff till slut besegrades och dem två själarna fick varsin kropp."

Liana stirrade först bara på Marin som såg lika förvånad ut som hon själv kände sig. Sedan vände dem två sig om. Liana stirrade förbluffat på mannen som stod framför dem. Han var helt klädd i svart, med mantel hårt om sig och huvan långt fram dragen, så den dolde hans ansikte. Den lutade en aning när han betraktade dem två unga kvinnorna framför sig. Liana flämtade till när hon såg dem röda ögonen inne i huvans mörker.

"Ah, jag menade inte att skrämma er, mina barn", sa mannen och lyfte sina händer.

Liana stirrade på dem. Han naglar var långa och helt svarta, långa vita hårstrån stack ut ur ärmarnas öppningar. Marin återhämtade sig snabbt och neg djupt för honom med händerna korsade över bröstet.

"Vördande Ma'sharos'tian", sa hon. "Det är en ära att få träffa er."

Mannen korsade sina händer över bröstet och bugade mot prinsessan.

"Det är alltid ett nöje att få träffa medlemmar av den kungliga familjen, prinsessan Marin Kastom", sa han sakta och vände huvan mot Liana. *"Men detta är ett nytt ansikte för mig. Säg mig, vad är ert namn?"*

"Liana", viskade hon till svar och neg klumpigt för honom. "Liana Darik."

Hon kände på sig att mannen log mot henne innan för huvans mörker. Hon undrade om han tänkte kommentera hennes namn, som så många andra gjorde.

"Liana Darik", sa han bara och nickade sakta. *"Människa, men doftar ändå av… Nå ja, det är inte så viktigt. Mitt namn är Ma'sharos'tian. Det är med stor glädje att få träffa er, Liana Darik."*

Han korsade sina armar igen och bugade artigt mot henne. Liana visste inte vad hon skulle tro. Hon hade hört Drashin och dem andra tala om Ma'sharos'tian. En mystisk varelse som bodde under Terabelle.

Han rätade på sig och vände sig mot en bokhylla. Han knackade sig fundersamt på hakan medan han betraktade alla böckerna. Marin lutade sig försiktigt mot Liana utan att släppa mannen med blicken.

"Han är Amdorias beskyddare, sägs det", viskade prinsessan försiktigt. "Drakriddarna brukar söka upp honom för råd eller rapportera ovanligheter i världen. Det är Ma'sharos'tian som brukar dela ut alla uppdrag som leder drakriddarna ner till Labyrinten."

Liana stirrade först på prinsessan och sedan på mannen framför henne. Han höll ut en hand mot böckerna. Genast kom tre flygandes till honom. Liana gapade. Dem tre böckerna stannade framför honom och huvans öppning vred sig när han såg på deras titlar. Med en tillfredsställd nick tog han dem tre böckerna i sina händer och vände sig mot kvinnorna igen. Han pekade mot den tjocka boken i Lianas händer.

"Jag kan verkligen rekommendera att ni läser den, Liana Darik", sa Ma'sharos'tian och knackade försiktigt på boken. *"Speciellt om ni vill veta mer om Drashins och Marishs band till varandra."*

"Tack så mycket", sa Liana och tryckte bocken mot sitt bröst. "Det ska bli intressant att få läsa denna."

"Vördande", sa Marin försiktigt. "Om jag får fråga, varför har ni kommit upp från era grottor?"

Ma'sharos'tian lade huvudet på sned och betraktade dem två kvinnorna framför sig. Liana fick för sig att han log igen. Hon ryckte till en aning när en oval ljusskiva skapades bakom honom. Han lyfte dem tre böckerna en aning.

"Jag kände för att läsa lite", sa han roat och gick genom ljusskivan och försvann.

Liana stirrade på den plats där han stått på. Hon hade aldrig sett något liknande innan. Hon undrade varför han var klädd helt i svart och varför han dolde sitt ansikte.

"Jag har hört", sa Marin dröjande, "att Ma'sharos'tian inte kan ändra på sitt ansikte. Att den vita tigern alltid bär ett tigerhuvud, oavsett om han tagit en människas skepnad eller inte. Det är därför han alltid går klädd så där."

"Den vita tigern?" Liana förstod inte.

"Det sägs att Ma'sharos'tians riktiga skepnad är en vit tiger", sa Marin och vände sig mot henne. "Men jag har aldrig sett den. Detta är den enda skepnad som jag känner till av honom. Far har säkerligen sett den, kanske även mor, men aldrig jag. Alla drakriddare känner naturligtvis till Ma'sharos'tians verkliga skepnad, då dem måste vandra ner till hans grottor för att upphöjas."

Liana stirrade åter på den plats mannen stått på. Den vita tigern, Ma'sharos'tian...

"Vi skulle berättat att staden var i fara för honom", sa Liana tyst. "Han hade kanske kunnat rädda den om inte drakriddarna kommer tillbaka i tid."

"Ja", viskade Marin. "Det hade han gjort. Men ibland är det svårt att komma ihåg viktiga saker när han dyker upp. Ma'sharos'tian dyker alltid upp när man minst anar det."

Liana såg ner på den tjocka boken i sina händer. 'Nariff', historien om hur Marish gick i krig mot en djävul och hur Drashin vaknade i deras gemensamma kropp. Hon undrade förstrött om hon skulle hinna läsa den innan staden angreps.

18

Två dagar från Umala fann sig Diriska i den lilla byn Stora. Männen och kvinnorna i byn var trevliga mot henne, men en aning avvaktande. Hon var ju trots allt en främling här. Hon hade genast blivit visad till byns värdshus när hon kommit och nu satt hon i skänkrummet och åt en lättare middag.

"Du kommer att nå Terabelle om sex dagar eller så, frun", svarade värdshusvärden på hennes fråga.

Diriska tackade vänligt för upplysningen och maten sedan gick hon upp på sitt rum. Hon gav sig av tidigt på morgonen. Solen hade knappt hunnit upp. Men det grå ljuset var tillräckligt för att hon skulle kunna se vägen framför sig. Hon ville komma fram så snart hon kunde.

Hon kände både upphetsning av att hela tiden komma närmare sitt mål och en saknad sedan hon lämnat Umala. Hon tänkte på sin resa genom Spökriket tillsammans med Drashin. Hon hade svårt att skaka av sig känslan av att hon funnit något och sedan förlorat det igen. Något viktigt. På kvällarna när hon satt framför sin lilla lägereld kunde hon komma på sig att stirra på den plats mittemot henne där han suttit. Hon hade slagit armarna om benen och lagt kinden mot sina knän och bara stirrat på den tomma platsen. Varför saknade hon honom så? Hur kunde hon sakna någon som hon inte ens kände och precis hade träffat?

När solen stod högt på himlen den sjätte dagen från Stora, fick Diriska slutligen se Terabelle för första gången. Hon satt som förstenad i sadeln och betraktade den stora staden. Hon hade aldrig sett en så stor stad tidigare. Hon manade på hästen och red den sista vägen ner mot staden. Hon blev en aning förvånad över att det inte fanns några människor på vägen till staden. Portarna stod på vidgavel och sex vakter stod på vakt vid den. Dem hade samma vita rockar med den röda ormliknande varelsen på bröstet och röda mantel som soldaterna vid gränsen mellan Mosker och Amdoria.

"God eftermiddag, frun", sa en av vakterna.

Han verkade vara högste befäl bland dem. En man i medelåldern med ljusa ögon.

"God dag", svarade Diriska försiktigt. "Ursäkta att jag frågar, men var är alla människor?"

”Dem har sökt skydd innanför murarna, frun”, svarade soldaten. ”Vi väntar ett angrepp mot staden. Ni borde göra detsamma. Ni kommer aldrig att hinna ta er i säkerhet i någon av byarna runt staden. Förhoppningsvis kommer staden att klara det här angreppet.”

”Ett angrepp?”

Diriska kände hur oron för Liana växte inom sig. Soldaten nickade. Han signalerade åt två soldater att stänga porten.

”Ja, frun”, svarade han kort. ”Portarna kommer nu att vara stängda. Ingen kommer att komma ut ur eller in i staden förrän angreppet är stoppat. Fortsätt nu.”

Diriska manade på hästen igen. Innan för murarna var det mycket folk i rörelse. Hon red förbi en stor byggnad, den sträckte sig över tio våningar upp, med en mur som började vid var ända av dess hörn. Hon tittade bara flyktigt på den och red vidare. Efter ett tag kom hon fram till ett värdshus. Skylten ovanför dörren visade en man i rustning. Under ena armen höll han en hjälm med horn och i den andra höll han i ett svärd med klingan riktad nedåt. På skylten stod det 'Drakriddarens gunst'.

När hon kom in var skänkrummet halvfullt. Värdshusvärden var en kraftig man med sitt vita förkläde spänt över den stora magen. Han kom fram till henne och presenterade sig som Korat Namser.

”Jag skulle gärna få ett rum, mäster Namser”, sa Diriska och log vänligt. ”Och gärna lite mat.”

”Självklart, frun”, svarade Namser muntert och visade henne till ett bord. ”Jag skall se till att rum ställs i ordning för er omedelbart.”

Han vinkade till sig en tjänsteflicka som genast tog upp vad Diriska önskade dricka och äta. Själv skyndade han iväg och stoppade ytterligare en flicka. Hon nickade och försvann upp för trappan med en liten bunt linnen.

Maten och vinet kom strax in och Diriska åt med god aptit. Det var länge sedan hon åt ett ordentligt mål mat. Efter en liten stund kom värden tillbaka för att fråga om allt var till belåtenhet.

”Alldeles utmärkt, mäster Namser”, svarade Diriska och log. ”Kan ni säga mig en sak? Har ni sett en ung kvinna i staden? Ungefär så här lång, med långt brunt hår och bruna ögon, väldigt söt. Väldigt ny i staden.”

Värdshusvärden rynkade fundersamt på pannan.

”Det finns ganska många unga kvinnor och flickor i staden som ser ut ungefär på det där viset”, sa han fundersamt. ”Det rör sig ständigt främlingar i staden. Men det sägs finnas en flicka med det utseendet som tillbringar mycket tid tillsammans med prinsessan Marin. Jag tror att hon kom till staden för en vecka sedan eller så.”

Diriska tackade honom för informationen och funderade på vad han sagt. Hon snurrade bägaren mellan fingrarna. Det kunde vara Liana. Om hon kom till staden för en vecka sedan kunde det verkligen stämma bra. Men det som verkade mycket otroligt var att hon var tillsammans med en prinsessa. Det kunde inte stämma. Diriska undrade om hon skulle frågat efter kvinnan som Liana rest med. Vad var det hon hette?

Hon drack upp vinet och blev visad till sitt rum. Hon stannade bara så länge att hon hann lägga sina sadelväskor på sängen och tvätta av ansiktet och händerna en aning. Innan hon lämnade rummet tog hon bort resdammet från kläderna med hjälp av magi. Hon granskade sin blåa klänning. Med en snabb tanke bytte hon till en mörkare röd.

Eftersom det var hennes första gång i Terabelle tänkte hon se sig om lite innan hon började leta ordentligt efter Liana. Om hon verkligen var i staden med en prinsessa skulle hon knappast stöta på henne när dem var ute på gatorna. Skulle hon vara med prinsessan skull hon troligen vara omgärdad av gardister så att Diriska inte skulle komma fram till henne. Diriska ångrade att hon inte frågat Drashin mer om staden.

Diriska stannade upp en av tjänsteflickorna och frågade lite om staden. Den unga kvinnan föreslog glatt att hon skulle gå norrut på gatan för att komma fram till stora torget och palatset. Alla nytillkomna i staden brukade alltid bege sig dit först. Det var även där dem flesta värdshusen fanns. Diriska tackade och lämnade värdshuset.

Det var fortfarande mycket folk på gatorna. Alla verkade nästan helt ovetande om den annalkande faran med angreppet mot staden, men Diriska snappade upp flera diskussioner om vilka som skulle kunna anfalla staden. Och hur dem hade lyckats komma så nära inpå utan att någon upptäckt det.

Diriska promenerade vidare genom gatan. En gång såg hon en grupp soldater som marscherade fram och skapade en liten lucka bland allt folket. Hon tyckte sig se två unga kvinnor mitt bland soldaterna, men avfärdade det genast. Liana skulle inte vara tillsammans med någon prinsessa. Hur skulle en enkel bondflicka kunna hamna tillsammans med en prinsessa?

Snart kom hon fram till ett mycket stort torg. Hon stannade upp och stirrade på den enorma statyn som stod framför palatset. Det var en enorm tiger med en drake med utslagna vingar på dess rygg, en drake hängandes på dess högra ben. Runt det vänstra slingrade sig en drake med en ormliknande kropp, med varghuvud och lejonman, samt fyra ben som slutade i fem stora klor.

Diriska gick långsamt fram mot den och stirrade förbluffat på den. Hon kunde inte komma underfund med hur människorna hade lyckats avbilda en drake i en perfekt avbildning. Inte minst *tre* stycken! Hon sänkte sin blick och fick syn på den stora röda stenen som stod mellan tigerns tassar. Den var smyckad med text i guld. När Diriska lutade sig framåt för att studera den upptäckte hon att den var mesta dels täckt med hundratals namn. Längst ner på sten fanns det en skrift. Hon läste den snabbt och rätade sig sedan.

"Om detta är demonjägare som dog i Labyrinten", sa hon fundersamt. "Varför är det så få namn? Existerade inte demonjägarna i sexhundra år? Nog måste det ha varit tusentals unga män som gick ner i Labyrinten."

Hon vände blicken mot palatset och studerade det. Den vita palatsmuren glänste i solens sken. På andra sidan såg hon dem höga tornen. Det högsta mittersta slutade med en stor kupol, och högst upp på den svajade ett vitt baner med den röda draken slingrandes över det. Sedan avfärdade hon det, hon sjönk ner på huk och studerade stenen igen.

"Det finns en mycket större sten i riddarhuset med alla namnen på demonjägarna som dog i Labyrinten."

Diriska vände sig om och tittade på den unge pojken som stod bakom henne. Han var klädd i liknande kläder som drakriddarna haft i Umala, men han saknade tygstycket som alla drakriddare hade. Hans hår var mörkt och kort, hans mörka ögon såg osäkert på Diriska. Han var inte en drakriddare.

"Hur vet du det?"

"Jag tillbringar mycket tid i riddarhuset", sa han och sträckte stolt på ryggen. "Jag är en lärling till drakriddarna."

"Hur gammal är du?" frågade Diriska.

"Jag är arton", svarade han. "Jag har fyra år kvar på min utbildning innan jag kan bli en drakriddare."

"Jag förstår."

"Major Gareta säger att jag säkert skulle klara av det hela. Han är min mästare."

"Du skulle aldrig klara av det, Sarak."

Ytterligare tre ynglingar dök upp bakom den förste. Dem flinade överlägset mot honom. Han kröp ihop en aning när dem kom. Diriska såg fundersamt på dem tre ynglingarna. Dem var alla klädda som Sarak med säckiga svarta byxor och mörka skjortor.

"Du ligger långt efter alla andra i din grupp", sa den äldste av dem tre. "Din mästare säger bara det där för att inte göra dig alltför ledsen."

Sarak stirrade förläget ner i marken. Diriska tyckte lite synd om honom. Han verkade vara en trevlig ung man. Dem tre gick skrattande där ifrån.

"Vad var det där om?" frågade hon vänligt.

”Det där var Garos”, berättade Sarak nedstämt. ”Han är den främste lärlingen som drakriddarna har just nu. Han påstår att Drashin kommer att välja honom till nästa medlem i sin skvadron. Att han ska bli den främste drakriddaren i Dödens skvadron.”

”Dödens skvadron?”

”Det är Drashins skvadron. Skvadronen är den minsta i drakriddarna, endast åtta medlemmar. Men det är den mest effektiva. Dem springer alltid rakt in i striderna utan att bry sig om sina egna liv. Dem påstår att deras uppgift är att krossa demonerna innan dem kan uppfatta vad som egentligen händer. Jag tror att dem är helt galna.”

Han spärrade upp ögonen och såg sig oroligt omkring.

”Snälla, säg inte att jag sade så”, bad han henne oroligt. ”Jag kan råka illa ut för det.”

”Givetvis”, sa Diriska och log försiktigt. Han anföll utan att bry sig om sitt eget liv? ”Har du sett en flicka med långt brunt hår och bruna ögon i staden? Hon är mycket söt. Hon anlände för kanske en vecka sedan.”

Han funderade ett slag innan han svarade. ”Det sägs att prinsessan Marin har skaffat en ny vän som ser ut ungefär så där”, sa han försiktigt. ”Hon skall ha kommit för en vecka sedan med mor Mashok och Samare.”

Diriska stirrade förbluffat på honom. Så det var alltså sant. Liana var i sällskap med prinsessan.

”Men dem håller sig nog mestadels i palatset just nu”, sa han. ”Det är stängt för alla nu när staden är i fara. Endast soldater får komma in och då endast när dem har meddelande att framföra till kungen och generalerna. En lärling som jag har ingen möjlighet att kunna ta sig in i palatset.”

Innan Diriska hann fråga mer om angreppet kom en äldre man fram till dem.

”Ah, där är du, unge Sarak”, sa mannen och lade en hand på hans axel. ”Alla lärlingar skall genast återvända till riddarhuset. På kungens order skall ni stanna där. Om vårt försvar sviktar skall drakriddarlärlingarna leda folket ut ur den södra porten och fly söderut för att sluta upp med drakriddarna på deras återtåg mot Terabelle.”

”Men...” började Sarak.

”Det är dina order, pojke. Seså, återvänd nu.” Den gamle mannen vände sig mot Diriska och bugade hövligt mot henne. ”God dag, frun. Jag råder er att återvända mot ert värdshus och förbereda för er flykt från staden.”

Sedan vände mannen på klacken och tog tag i Saraks arm och drog med sig pojken. Diriska undrade om angreppet var nära nu. Fler soldater marscherade nu fram över torget mot den norra porten. Diriska såg

175

många människor som motsatte sig ordern att återvända hem för att för-
bereda evakueringen från Terabelle. Folk vandrade runt och såg intres-
serat mot soldaterna som marscherade fram. Diriska hoppades att hon
skulle hitta Liana och få flickan bort från staden innan angreppet kom.

Shayola hade inte kunnat ge Hiram den information som hon hade
sökt. Strax efter att hon frågat honom hade hon varit tvungen att skynda
sig från Helvetet.
Nu stod Hiram och tvekande vid den stora porten. Hon hade inte varit i
Himmelriket sedan hon kom till berget Katirin för första gången för över
tvåtusen år sedan. Hon hade vänt Harmsna och Himmelriket ryggen.
Framför porten stod tre änglar och bevakade den. Den ende hon kände
igen av dem var Karasa. Han stod rak i ryggen och betraktade henne
nonchalant med sina mörka ögon. Det långa svarta håret hängde fritt ner-
för hans rygg.
Först undrade Hiram varför han inte kände igen henne så kom hon
ihåg att hon var klädd i den svarta kåpan med huvan uppfälld. Det var ju
klart att han inte kände igen henne då. Hon tog ett djupt andetag och gick
fram till honom.
"Jag önskar träffa Harmsna", sa hon. Hon var förvånad över att hon
lyckades få sin röst att låta så lugn.
"Vad gäller ert ärende?" frågade Karasa med sin mörka röst.
"Det angår enbart mig och Harmsna", svarade Hiram kallt.
Karasa ryckte till vid hennes ton och backade undan utan att tänka på
det. Innan han eller någon av dem andra två änglarna hunnit reagera så
slank Hiram förbi dem och in genom porten.
På andra sidan porten fanns böljande kullar med grönt gräs och solen
sken klart. Hiram såg sig knappt omkring där hon med bestämda steg
gick mot det bländvita palatset som låg framför henne. Men hon var med-
veten om alla änglar som gick eller satt i gräset omkring henne. Alla
klädda i vitt, både män och kvinnor. Allas blickar var vända mot henne
där hon gick med sin svarta mantel virad om sig och den svarta huvan
uppfälld. Men ingen gjorde någon ansats att försöka stoppa henne. Hon
grep hårt om det vita hjaltet till svärdet.
Det fanns inga vakter vid palatset. Vad Hiram mindes hade det aldrig
funnits det. Ingen var intresserad av att försöka ta tronen från Harmsna.
Alla här älskade honom.
Hon steg in genom den stora porten och gick förbi en stor sarkofag i
entrén. Efter några steg stannade hon och vände sig mot den. Efter en
kort tvekan bugade hon kort mot den. I den vilade ängeln Damora som
stupade i det sista kriget mot Nariff. Damora hade varit den enda ängeln

som gått med människorna i kriget. Ingen annan hade varit intresserad av att hjälpa dem. Hiram hade vid det tillfället fortfarande varit kvar på berget Katirin vid sjön Jam.

Hon rätade på sig och fortsatte genom korridorerna tills hon kom fram till den stora dörren som ledde in till Harmsnas tronsal. Hon stannade upp och lade tvekande handen mot dörren. Hon hörde röster där inifrån. Hon gissade att det var den vanliga gruppen med ärkeänglar som befann sig där inne. Hon tog ett djupt andetag, sköt upp dörren och steg in.

Samtalet dog genast när hon steg in och alla vände sig mot henne. Dem som hon hade väntat sig fanns där inne. Dofara med sin bekymrade rynka i pannan och sin ständiga oro över människornas beteende mot varandra. Hiram hade alltid sett henne som en av sina närmaste vänner. Samkar, bara något äldre än henne själv, stirrade med stora mörka ögon på henne. Han oroade sig ständigt över människornas krig bland världarna. Fardar som var tjockare än någonsin, Hiram log i huvans mörker. Han skulle verkligen behöva gå ner lite.

Hennes leende bleknade en aning när hon vände blicken mot Gaidal. Han stod som vanligt närmast tronen av ärkeänglarna och nu studerade hans blå ögon henne intensivt. Hon stirrade tillbaka genom huvan och visste att han inte kunde se hennes blick. Hon hade aldrig varit speciellt förtjust i honom. Gaidal hade alltid sett sig själv som lite mer bara för att han stod närmare Harmsna på tronen.

Sedan föll hennes blick på Harmsna själv. Han hade samma ansikte som han haft den sista dagen hon såg honom innan hon lämnade Himmelriket för tvåtusen år sedan. Hans ansikte var mycket skönt och med mörka ögon såg han på henne med en enorm nyfikenhet och med mörkt hår som hängde fritt långt ner för hans rygg. Han satt i tronen och höll en bägare i ena handen.

"Vad är ditt ärende?" frågade Gaidal med barsk röst. "Vad gör du här?"

"Jag önskar tala med Harmsna, Himmelrikets härskare, i enrum", sa Hiram och gjorde sin röst mörkare.

Gaidal öppnade argt munnen, men Harmsna lyfte en hand så han stängde den igen och såg ilsket på henne. Dofara och Fardar såg oroligt på honom medan Samkar studerade Hiram med mycket stort intresse.

"Lämna oss ensamma", sa Harmsna med sin mörka röst. Han viftade bort dem andras protester. "Gör som jag säger. Hon kommer inte att vara någon fara för mig."

Motvilligt lämnade ärkeänglarna salen. Gaidal gav henne en sista arg blick innan han lämnade rummet. När det var tomt så såg Hiram och

Harmsna bara på varandra. Till slut ställde han ifrån sig bägaren på ett litet bord.

"Vad var det du ville tala med mig om?" frågade han stillsamt.

"Jag söker information", sa Hiram med kort tvekan. "Om en man som kallar sig Asharak."

"Asharak?" Harmsna knackade sig på hakan. "Namnet låter bekant. Varför vill du veta om denne Asharak?"

"Han leder en här i människornas värld och min uppdragsgivare vill veta vad han är för något."

"Är för något?"

"Han misstänker att Asharak inte är mänsklig."

Harmsna gav ifrån sig ett kort skratt och skakade sakta på huvudet.

"Om du inte har någon information om honom", sa Hiram irriterat. "Så ursäktar jag att jag tog upp er tid."

Hon vände sig om mot dörren och grep tag i handtaget.

"Men nog måste du väl komma ihåg honom", sa Harmsna bakom hennes rygg. "Det var ju trots allt du, Hiram, som fullbordade hans förvisning från Himmelriket."

Hiram stelnade till och hennes grepp om handtaget hårdnade. Hade hon förvisat Asharak från Himmelriket? Sakta gled dörren upp, men hon var knappt medveten om det. Hon stirrade tomt in i rummet på andra sidan. Där ute stod den fyra änglarna och såg mot dörren.

"Förvisade honom?" viskade hon.

"Det är sant, Hiram", sa Harmsna. "Du var med och stoppade hans uppror bland änglarna och du fullbordade förvisningen. Jag är överraskad att du glömt bort det, Hiram."

Dem fyra änglarna flämtade till och stirrade på henne från det andra rummet. Dörren gled upp ytterligare när hon släppte handtaget och vände sig mot sin forne härskare. Han hade rest sig nu och höll fram en hand mot henne. Hans leende var inbjudande.

"Välkommen hem, mitt barn", sa han.

Med darrande händer fällde hon tillbaka huvan på manteln. Hon stirrade stumt på honom. Till och med efter tvåtusen år var han beredd att välkomna henne tillbaka till hans sida. Hon stirrade på hans hand. Sakta lyfte hon sin egen hand, men den stannade upp när hon hörde en röst i hennes huvud. *Jag behöver dig till ett uppdrag, om du vill. Jag litar på dig. Du är en av oss, Hiram.* Hon drog tillbaka sin hand. Leendet hos Harmsna bleknade.

"Jag är ledsen, Harmsna", sa hon och fällde upp huvan igen. "Mina tjänster behövs någon annanstans."

"Drashin?"

Det lät mer som ett beklagande än en fråga. Hon nickade.

"Han behöver mig där nere", svarade hon. "Jag måste varna honom och bistå honom, med det här."

Harmsna lät handen sjunka och såg sorgset på henne.

"Som du vill", sa han kort. "Kanske när du är klar med honom."

"Han har satt mig som väktare över Dödens dal", sa Hiram med stark röst.

Hon hörde hur ärkeänglarna bakom henne flämtade till. Harmsna stirrade på henne med gapande mun. Hon kunde inte låta bli att le mot honom.

"Han har gjort mig till sin", sa hon och skrattade. "Jag är Hiram, Dödens ängel. Jag är Dödsängeln."

Hon vände sig mot dörren och lämnade salen. Änglarna skyndade sig förbi henne genom dörren, alla utom Dofara. Hon lade en lätt hand på Hirams arm. Hiram stannade till och såg på henne genom huvans öppning.

"Jag trodde aldrig att jag skulle få se dig igen", sa Dofara sorgset. "Och nu kommer jag kanske aldrig att få göra det igen."

"Jag är fortfarande jag, Dofara", svarade Hiram och kramade om henne. "Men nu sköter jag om Dödens dal. Det är mitt nya kall."

Dofara besvarade kramen.

"Du finns i mina tankar", sa hon innan hon släppte och skyndade in i salen igen.

Hiram såg efter henne nära dörren slog igen.

"Och du finns i mina, min vän."

Sedan skyndade hon sig ut ur palatset. Hon hoppades att hon inte var för sent ute för att ge Drashin den information som han bett henne om.

19

Drakriddarna tog en kort paus för att samla lite nya krafter. Drashin vandrade bistert fram och tillbaka framför Asama. Gång på gång slog han sin knutna hand mot låret.

"Lugn gamle gosse", sa Hamares och tömde sina stövlar på smågrus. "Vi kommer fram till staden snart. Terabelle kommer att stå kvar där den alltid gjort."

"Visst", fräste Drashin irriterat. "Men kommer det vara en levande stad eller en död stad vi kommer till."

"Drashin", sa Asama trött. "Vi är alla trötta och irriterade över det som hänt nu. Vi hade tur att Samare hann fram till oss innan vi nått fram till narkiernas falska armé. Dem amdorianska soldaterna har säkerligen redan gjort slut på striderna där nere."

"Jag vet", morrade Drashin. "Det som grämer mig är att vi blivit förda bakom ljuset helt och hållet. Allt var ett spel för att få ut oss ut ur staden och lämna den med så lite försvar som möjligt."

Niashal kom promenerande genom leden av krigare. Han slog sin knutna hand mot bröstet i drakriddarnas honnör och sjönk ner på ena knäet. Han plockade upp en kvist och gjorde några streck i marken.

"Vi är bara några timmar från staden", berättade han. "Vi skulle kunna dela upp drakriddarna och gå runt staden, men vi skulle förlora tid på det."

"Mycket tid", höll Hamares med.

"Därför föreslår jag att vi går igenom staden", fortsatte Niashal och drog nya streck i marken. "Då skulle vi kunna slå tillbaka eventuella demoner som lyckats ta sig in i staden. Dessutom skulle vi snabbare komma fram till fienden och minimera risken att demoner får härja fritt i staden."

Drashin stannade upp och stirrade på dvärgens ritningar på marken. Sedan såg han upp på Asama.

"Det låter som en bra plan tycker jag", sa han och drog handen genom håret. "Då skulle vi inte heller behöva försöka slå oss in i staden."

"Dessutom kommer Terabelles befolkning se att vi är där för att försvara dem", sa Asama och reste sig från stenen han satt på. "Rasten är över. Dags att fortsätta. Vi har en stad att rädda."

Drashin började genast med snabba steg vandra mot Terabelle. Han hörde hur Krashak slog sin knutna hand i den andra och muttrande gå strax bakom honom. Dem andra i skvadron kom bakom översten.

Drashin visste att dem var lika oroliga som han. Dem var prinsessan Marins personliga livvakt och nu var hon i fara.

"Håll dig i säkerhet nu", muttrade Drashin. Förstrött undrade han vem han sa det till.

Liana stod på muren och stirrade ner på horden som stod uppställd framför stadens murar. Bredvid henne stod Mira och Marin på varsin sida om henne. Helerskan stirrade bistert ner på fienden. Demonerna. Det hade uppdagats bara någon dag innan dem dykt upp framför staden. Makar, Lakor och Jesamie stod rakt ovanför den norra porten och såg ner på armén. Liana lutade sig försiktigt fram och såg ner på soldaterna som stod uppställda framför porten. Dem hade lyckats samla sextiotusen soldater som skulle försvara staden. Liana tyckte att med en armé på sextiotusen man borde besegra dem dryga fyratusen femhundra demonerna som stod framför staden lätt slås tillbaka.

"Soldaterna är inte tränade för att strida mot demoner", förklarade Mira när hon påpekade det. "Demonerna kanske förlorar två till tre hundra, men soldaterna skulle slaktas till siste man. Drakriddarna är dem enda som är tränade för det här och vet hur man skall strida mot demonerna."

Liana såg på Marin och hon nickade nedslaget.

"Drakriddarna kommer inte att hinna tillbaka för att rädda staden", sa hon dystert. "Dem kommer att se en död stad."

Liana såg sig om. Överallt på muren stod det folk för att se på armén som hotade staden. På hustaken stod det människor och trängdes. I dem ansikten som hon kunde se tydligt såg hon samma nedstämdhet som Marin haft i rösten. Alla visste att staden var förlorad. Så fick hon syn på ett välbekant ansikte som var på väg mot henne.

"Diriska!" utbrast hon och vinkade.

Diriska kom emot henne med ett överlyckligt leende. Skrattande och med tårarna rinnande ner för kinderna slog hon armarna om Liana.

"Jag har letat efter dig så länge", viskade hon i hennes öra. "Äntligen har jag hittat dig, Liana."

"Diriska", sa Liana. "Du måste hjälpa staden. Du måste rädda oss från demonerna."

Draken blinkade förvånat.

"Är det demoner som hotar staden?" frågade hon och torkade kinderna.

"Fyratusen femhundra demoner, kanske mer, kommer att anfalla staden inom kort", sa Mira och såg fundersamt på Diriska. "Vi har sextiotusen soldater som skall möta dem där nere med det enda dem kan göra är att fördröja det oundvikliga."

"Du måste vara Mira", sa Diriska och böjde på nacken åt henne.

"Du har hört talas om mig", svarade helerskan och höjde ögonbrynen.

"Drakriddarna i Umala sade att Liana hade rest med dig hit till Terabelle."

"Soldaterna går till anfall!" utbrast Marin och pekade.

Liana vände sig om och stirrade på soldaterna som stormade fram mot demonerna. Demonerna vrålade ut sitt hat över människorna och mötte soldaterna. Striden var kort och våldsam. Efter bara några få minuter flydde återstoden av soldaterna tillbaka till stadsporten. Porten slogs genast upp och dem få överlevande soldaterna flydde innanför porten.

Liana stirrade på demonerna som vrålade ut sin seger och höjde klor, yxor och svärd i luften. Hon kände hur hoppet rann ur henne. Hon kunde nästan känna hur demonerna skulle driva sina vapen in i hennes kropp och stjäla hennes liv.

Plötsligt kom två unga män rusandes förbi henne och ställde sig på varsin sida om kungen och drottningen. Dem höll i varsin lång stav med ett tygstycke lindat om dem.

"Sarak och Garos", ropade Mira barskt. "Vad gör ni här? Ni ska vara kvar i riddarhuset och leda evakueringen från staden."

"Förlåt oss, helerska", sa den yngre av männen. "Men vi har fått andra order."

"Och om vi inte lydde, mor Mashok", sa den andre med darrande röst, "så skulle vi önska att demonerna tog oss istället."

Liana blinkade förvånat. Hon undrade vad som skulle vara värre än demonerna. Så hörde hon en lång utdragen ton från ett horn. Dem två fällde ut sina baner. Det som den ene höll i föreställde ett stort svart drakhuvud med ett svärd framför på en vit bakgrund, medan det som den andre höll i var den slingrande varelsen som fanns på alla soldaternas bröst. Den röda draken slingrade sig över hela baneret. Som en person vände sig alla om och stirrade bort mot palatset. Först såg Liana inget utom palatset och dem två gatorna som gick på varsin sida om det. Sedan hördes en ny utdragen, dov ton och två led med män syntes på varsin sida om palatset. Ett upphetsat sus gick genom folkmassan på muren.

"Vad är det?" viskade Liana.

"Drakriddare", viskade Mira upphetsat. "Dem hann tillbaka. Men hur kunde dem veta att staden var i fara?"

Det var helt tyst på murarna och taken medan folket följde dem två leden med krigare som lugnt tågade på. Så möttes dem två första krigarna och tog varandra i handen. Då utbröt ett öronbedövande vrål ut bland människorna. Liana blev överväldigad av jublet och strax föll även hon in

i det och höjde sin knutna näve i luften. Bakom dem två första drakrid-
darna slöt dem andra upp i led om tio man i bredd. Så snart dem sista bil-
dat ett led så stannade hela leden. Sakta lade sig jublet bland männi-
skorna på murarna. Snart hördes en röst från drakriddarna som Liana
kände igen som Drashins.

"Dödens skvadron, framåt marsch!"

Genast bröt sig åtta krigare sig ut ur leden och bildade ett eget led
som i lugn takt ensamma vandrade framåt. Efter tio steg hördes nästa
röst.

"Drakriddare, framåt marsch!"

Som en man började drakriddarna marschera framåt. Det långa ledet
blev under marschen sakta kortare, men betydligt bredare medan
drakriddarna började göra leden lika breda som gatan nedanför. Liana
räknade leden till trettio man breda och längst fram gick nu fyra krigare i
bredd.

"Dödens skvadron, språngmarsch!"

Drashins röst ekade mellan husen. Liana vände blicken mot dem åtta
krigarna som befann sig aningen framför dem andra. Dem satte av i en
lugn språngmarsch mot portarna. Sakta men säkert lämnades dem andra
drakriddarna bakom.

"Drashin, är du galen?" mumlade Mira sammanbitet. "Det är över fyra-
tusen demoner där ute."

Liana såg upp på hennes oroliga ansikte. Hon hörde Diriska kvida till
och såg upp mot hennes ansikte. En orolig rynka syntes i hennes panna
och hon bet sig oroligt i läppen. Hon stirrade intensivt ner mot dem åtta
drakriddarna.

När hon vände tillbaka blicken mot gatan hade dem andra drakrid-
darna också börjat springa. Hennes blick gled tillbaka mot Drashin och
hans grupp. Ett ljussken bildades framför var och en av dem åtta. Det
omslöt dem och försvann nästan genast. Liana blinkade till och gapade.
Nu var dem åtta klädda i rustningar. Alla i olika nyanser. Hon slöt sig till
att den i silver var Drashin och att den stora i svart var Krashak, men
vilka som var i dem andra hade hon ingen aning om. Drakriddaren i silver
pekade mot portarna och genast lyfte en drakriddare i mörkgrön rustning
en stav i luften. Portarna slog genast upp. I ögonvrån såg Liana hur ett
enda stort ljussken omgärdade dem andra krigarna, men hennes blick
var riktad mot Drashin. Hon såg hur dem sprang genom porten.

"Kom!" Marin drog i Lianas arm. "Vi måste skynda oss till den främre
muren."

Liana slet blick från gatan och skyndade efter prinsessan. Kungen och drottningen hade redan vänt sig om mot demonerna igen och stirrade bistert mot dem. När Liana kom fram till den främre muren stirrade hon ner framför den. Hon fick genast syn på Drashin och dem andra. Nu rusade dem i rasande fart mot demonerna. Nu hade även dem andra drakriddarna ökat på sina steg och närmade sig sakta. Alla hade nu dragit sina vapen, utom dem första åtta.

Ungefär hundra steg från fienden började demonerna välla fram för att möta dem. Liana bad tyst att Drashin skulle dra sina svärd. I sista stund, just innan dem drabbade samman med demonerna, slet dem åtta krigarna fram sina vapen och dundrade rakt in i fiendens här. Strax där efter kom dem andra drakriddarna.

"Helerskor och kunniga i örter kom med mig!" ropade Mira och vände scenen framför stadens port ryggen. "Vi måste vara beredda att hela dem som helas kan!"

Liana vände sig om och såg hur helerskan gick ner för muren med tjugo andra kvinnor. När hon tittade bort mot den andra sidan såg hon fler kvinnor som lämnade muren. Fler explosioner hördes framför dem och blixtar i olika färger slog ner från klar himmel. En hand lades på hennes axel och hon vände sig om igen. Hon såg på Diriska som såg oroligt på henne.

"Vi borde lämna staden, Liana", sa hon. Hon lyfte blicken och såg sammanbitet mot striden och viskade oroligt. "Han måste klara sig själv nu."

Liana vände blicken mot det håll som Mira försvunnit mot. Så höjde hon blicken en aning. På himlen borta vid det ensamma berget syntes hundratals prickar som verkade vara på väg mot staden. Långsamt kände hon hur paniken började växa inom sig. Hon lyfte ett finger och pekade åt det hållet.

"Jag tror att det redan är för sent", viskade hon bestört.

"Vad är det där?" sa Marin och ställde sig bredvid henne

"Det är för långt borta för att jag kan urskilja något", sa Diriska oroligt. "Men om det är ett angrepp så ser det mycket mörkt ut."

Liana stirrade mot berget. Plötsligt såg hon tre större skepnader som lämnade berget. En såg ut som en ringlande orm. Det var ingen tvekan om åt vilket håll dem tre var på väg mot. Men dem kom långt efter dem mindre något snabbare skepnaderna. Men innan hon hunnit säga något hördes ett skrik bakom dem.

"Det kommer demoner uppför muren!"

Liana snurrade runt, men trasslade in sig i Marin och dem båda föll mot murens sträva sten. I deras fall råkade Liana knuffa till Diriska som med ett överraskat utrop föll över murens sida in mot staden.

Soldater kom genast och ställde sig i vägen mellan murens kant och dem två unga kvinnorna. Men vad som än hade lyckats ta sig upp för muren slet dem tre soldaterna i stycken och riktade sin uppmärksamhet mot Liana och Marin.

Liana skrek till när hon fick se monstret. Tre röda ögon stirrade blodtörstigt på henne och i dess dreglande gap syntes flera vassa gula tänder. Dess hud var grå och saknade hår. Den kröp ihop en aning för att göra ett angrepp mot dem båda.

Men ett rop bakom demonen fick den att klumpigt vända sig om. Med ett skräckslaget skrik höjde den sina klor försedda händer till huvudet. Ett svärd drevs rakt igenom dess huvud och träffade stenen framför Lianas fötter. Svärdet drogs snabbt tillbaka och demonen vräktes över murens kant ut ur staden.

Liana blinkade till och stirrade på krigaren framför henne. Det var en drakriddare i sin silverfärgade rustning. Hjälmen hade formen av en människoskalle, med tydliga kindben och tänder. Hjälmen försvann i ett skimrande och Drashin lutade sig fram mot dem två kvinnorna.

"Är ni oskadda?" frågade han rappt.

Dem nickade hastigt mot honom. Han rätade på sig och såg ovanför deras huvuden. Han blinkade förvånat till och nickade med ett kort flin till någon bakom dem.

"Så vi ses igen", sa han. "Ni hittade er lilla skyddsling."

"Det gjorde jag, drakriddare", svarade Diriska med sval röst.

"Drashin!" utbrast Marin och pekade bakom honom.

Han kastade en blick över axeln. Liana flämtade till när han snurrade runt med svärden redo. Han sparkade en demon i huvudet så den föll ner för muren, stötte ena svärdet i bröstet på nästa och det andra svärdet genom huvudet på en tredje. Med en smidig rörelse knuffade han ner dem döda bestarna för muren.

Drashin nickade med en grymtning och såg han sig om mot den platsen som kungen stått på. Liana följde hans blick och stirrade på drakriddaren som stod där. Han var klädd i en gyllene rustning och hans hjälm var prydd i två korta vassa vingar som löpte över varsin sida av hjälmen. Han stirrade bort mot Drashin.

"Vi är klara här, Drashin!" ropade han och viftade med handen mot honom. "Men det kommer att ta oss mycket tid att ta oss ner tillbaka dit."

Drashin stack svärden i skidorna på ryggen, böjde sig ner och plockade upp två spjut från dem fallna soldaterna. Det ena kastade han mot den gyllene drakriddaren. Han fångade upp det och såg ner på det.

"Vad skulle du tycka om en lite snabbare väg ner, Asama?" ropade Drashin och skrattade. "En liten flygtur."

Han höjde spjutet och plockade fram en liten guldfärgad vissla och blåste iden. Medan han stoppade undan visslan kom hjälmen tillbaka. Den andre drakriddaren tvekade bara en kort stund innan även han höjde sitt spjut med båda händerna ovanför sitt huvud.

"Vad händer nu?" viskade Liana till Marin och kämpade sig upp på fötter.

Men innan prinsessan hunnit svara for något förbi ovanför deras huvuden i en oerhörd fart och grep tag i spjutet Drashin höll i. Liana gav ifrån sig ett litet skrik när hon kände vinddraget från drakens vingar. En annan drake grep tag i Asamas spjut och drog med honom upp i luften. Liana skyndade fram till murens kant och stirrade ner på dem båda drakarna som bar drakriddarna ner till striden igen. Snart dundrade fler drakar förbi ovanför deras huvuden och dök ner i striden.

Liana stirrade med gapande mun mot Marin som såg lika förbluffad ut som Liana kände sig. Hon vände sig mot striden igen och såg drakarna spruta ut sin eld över demonerna. Det var flera hundra drakar.

"Dem kom för att hjälpa till!" utbrast Diriska bakom dem. "Men varför?"

Liana tittade över axeln på henne och skrattade. Hon kunde aldrig ha drömt om att få se så många drakar i hela sitt liv. Hon backade undan från murens inre kant och stirrade upp i luften. Utan att hon märkt det hade hon kommit närmare murens andra kant som vette ut från staden.

En plötslig stöt i muren fick henne att tappa balansen och hon föll över muren.

"Liana!" skrek Diriska.

Liana skrek när hon förstod att hon föll mot sin egen död. Men plötsligt hejdades hennes fall av att en enorm klo försedd hand fångade henne och lyfte upp henne mot muren igen. När hon landade på fötter igen sprang hon genast fram till Diriska och slog armarna om henne.

"Håll dig på muren, flicka", sa en mörk dov röst från muren.

Liana vände sig mot murens kant igen. Väldiga klor grep tag i ett av stenblocken som bågskyttarna brukade ta skydd bakom. Strax flyttades den till nästa. Snart hördes ett högt vrål från muren och en enorm pelare av eld sprutades upp i luften. Liana snurrade runt när ännu ett vrål hördes från den andra sidan av muren.

"Vad...?" började Diriska men tystnade genast.

Liana stirrade på hennes förbluffade ansikte och följde sedan hennes häpna blick. Hon stirrade med gapande mun mot det håll som kungen av Amdoria stod. Ovanför honom sänkte sig, långsamt, en enorm drake på stora vingar. Med kraftiga klor grep den tag i dem fyra stenpelare som var byggda ovanför norra porten. Dess röda skinn darrade när dess muskler rörde sig under det. Bistert gled det väldiga huvudet fram och tillbaka, överblickande striden framför staden.

Så drog den efter luft. Liana kunde höra hur dess lungor fylldes trots avståndet. Med ett öronbedövande vrål sprutade draken ett väldigt eldklot från dess mun. När vrålet tystnade hördes endast ljudet från striden utanför staden, om än dämpat.

"Drakar", viskade Diriska andlöst. "Jag har äntligen funnit drakar."

Så bröt ett enormt jubel ut. Liana satte händerna över öronen, men det dämpade bara oväsendet lite grann. Hon vände sig mot Marin som även hon hade höjt sina knutna händer i luften och vrålade för full hals. När hon vände sig mot sin vän skrattade hon åt hennes min. Hon tog Lianas händer i sina och tryckte dem hårt. Liana stirrade oförstående på henne.

"Med drakriddarna och drakarna här kan staden omöjligt gå förlorad!" skrek hon för att överösta oväsendet. "Dem tre vise har kommit till vår undsättning!"

"Vise?" sa Liana förvirrat.

"Det är dem tre vise från Draktand", berättade Marin. "Amdorias tre äldsta invånare och konungens ständiga rådgivare. Jag berättar mer senare. Det kommer att bli en stor fest efter detta!"

"Var det någon som sa fest?"

Liana stirrade på det väldiga huvud som dök upp ovanför muren. Det var ett varghuvud med en väldig gyllene man bakom dem spetsiga öronen. Dem gula ögonen stirrade vänligt på henne och Marin. Huvudet avslöjade att han var större än Diriska i hennes riktiga skepnad. Liana kunde inte slita blicken från varelsen. Hon sträckte ut handen och fick tag i Diriskas ärm. Hon ryckte i den och hörde en flämtning bakom sig. Diriska hade lyckats slita blicken från draken ovanför porten. Liana spärrade upp ögonen ännu mer när hon såg hur Marin skrattande kramade om det stora huvudet.

"Vise, vi trodde aldrig att ni skulle hinna hit i tid", sa prinsessan. "Vi fruktade att ni skulle komma tillbaka till en död stad."

"Det skulle ha varit mycket olyckligt", sa varelsen och sneglade mot slaget. "Nå, det var tur att drakriddarna hann fram i tid också. Samare brydde sig endast om att skicka bud om den annalkande faran när familjerna flög förbi utanför grottorna. Jag tror att vi har stirrat oss blinda söderut och på narkierna. Dem var egentligen inte annat än ett lockbete."

"Vad hände med dem?" frågade hon.

Varghuvudet vände sig mot henne och lade sig på sned.

"Men är det inte flickan från Balden", sa han glatt. "Trevligt att få se dig igen, välbehållen och allt. Jag beklagar förlusten av din familj."

Han slöt ögonen och sänkte huvudet. Liana blinkade till.

"Armén tar hand om den saken i detta nu skulle jag tro", fortsatte han. "Narkierna kommer att få betala dyrt för vad dem har gjort. Detta kommer inte att gå obemärkt förbi."

"Hur kunde ni veta att vi var från Balden?" undrade Diriska andlöst. Hon verkade ha hämtat sig tillräckligt för att tala nu.

Först stirrade draken bara på henne helt oförstående, sedan skrockade han till. Huvudet försvann i en dimma och svävade upp på muren. Strax försvann dimman och framför Liana och Diriska stod nu samme man som dem träffat på marknaden i Balden för flera månader sedan. Han var klädd helt i svart den här gången och den svarta manteln hängde över hans axlar.

"Du är Lindramas", flämtade Diriska.

"Dem kommer ihåg mig", sa Lindramas leende och blinkade mot Marin.

"Ingen glömmer bort dig, vise Lindramas", log Marin. "Speciellt inte efter man har hört dina berättelser från förr."

Lindramas skrockade muntert och klappade henne på axeln. Han vände sig om mot slaget framför staden. Sedan såg han tvärs över staden till andra sidan. Han visslade högt, och genast tittade ett stort brunt drakhuvud upp över murens kant. Liana stirrade bort mot den tredje draken när den lyfte med kraftfulla vingslag över muren och kom flygande mot dem. Den röda draken vred bara som hastigast på huvudet innan den sedan bistert stirrade mot slaget igen.

Liana följde den brunaktiga draken med blicken när den närmade sig. Just ovanför dem blev den dimmig och ytterligare en man landade på muren bredvid Lindramas. Han hade axellångt brunt hår och bruna ögon. Liana trodde inte att hon skulle kunna skilja honom från någon folksamling om det inte var för att han var väldigt lång. Även han var helt klädd i svart.

"Men är det inte den unga fröken från Garatur", sa mannen och bugade lätt. "Ni hade så bråttom iväg senast vi möttes. Hoppas inget allvarligt hade hänt."

"Hon är från Fakari, Sultan", sa Lindramas allvarligt. "Kan vara därför hon hade så bråttom iväg."

Sultan blinkade till och bugade djupare för Diriska.

"Ursäkta min ohövlighet, fröken", sa han. "Jag hade ingen aning."

Liana sneglade på Diriska som bara stirrade stumt på dem båda männen. Hon vände blicken mot den stora röda draken igen. Den hade fortfarande uppmärksamheten mot striderna framför muren.

"Ska ni inte göra något?" frågade Diriska försiktigt.

Dem båda såg frågande på henne.

"Hjälpa drakriddarna!", sa hon och pekade mot striden.

Dem två männen blinkade till och vände sig om för att se över muren. Sedan såg dem på varandra och ryckte nonchalant på axlarna.

"Jag tror att dem har det hela under kontroll", sa Lindramas och vände sig mot Liana och Diriska. "Dessutom brukar dem inte tycka om att vi lägger oss i för mycket när dem slåss mot demoner. Sedan skulle *han* ge sig på oss om vi lade oss i där *han* inte ville ha oss."

Liana undrade vem dem menade med han. På himlen framför muren bildades flera gyllene ringar och spjut av ljus for iväg från dem. Explosionerna när dem landade bland demonerna var fruktansvärda. Lemlästade kroppar flög överallt. Liana gapade när hon såg vilken kraft drakriddarna stred med.

"Och jag tror att dem inte kommer att hålla på så länge till", sa Sultan. "Demonerna har redan börjat fly tillbaka till skogen."

Han vände sig om och log vänligt mot Liana. Hon slog blygt ner blicken mot marken när hans blick mötte hennes.

"Så detta är flickan som rest från Fakari till Amdoria tillsammans med Drashin", sa han nyfiket. "Det måste ha varit ett litet äventyr det."

"Han är galen", muttrade Lindramas buttert. "Det har jag alltid sagt. Jag är törstig, någon som känner för att följa med till 'Drakriddarens gunst'?"

Liana såg hur Diriska gav honom en farlig blick. Han lade en hand på Lianas och Marins axlar och föste dem framför sig. Sultan erbjöd Diriska sin arm. På väg till trappan ner för muren vände sig Lindramas om mot den röda draken.

"Asmaji!" vrålade han.

Draken vände på sitt stora huvud och såg på honom.

"Följer du med till 'Drakriddarens gunst'?

"Någon måste hålla ett öga på drakriddarna", svarade draken med en fnysning. "Vi ses där senare." Så vände han blicken mot striden som nästan var över. Lindramas grymtade till och ledde Liana och Marin ner för trappan.

20

Nere på den lilla gatan svängde Lindramas genast av mot palatset. Liana gick förbryllat bredvid prinsessan och såg sig om över axeln. Diriska såg fortfarande förbluffad ut över att fått se dem tre stora drakarna. Men av någon anledning gled hennes blick hela tiden tillbaka mot muren. Sultan gick bredvid henne och pratade lågt till henne och berättade om staden och dess historia.

"Är dem verkligen drakar?" viskade Liana till Marin.

"Självklart", svarade prinsessan snabbt. "Det är dem tre rådgivarna till Amdorias tron. Dem har funnits vid tronens sida i många tusen år. Bara Asmaji har lämnat den en gång och han var saknad i över tvåtusen år, innan Asama fann honom och ledde honom tillbaka till oss."

Liana stirrade på henne. Tvåtusen år. Diriska hade varit hos hennes familj i tusen år. Och dem här tre hade befunnit sig bland människorna här i flera tusen år.

"Det är dem sista levande av dem stora drakarna", sa Marin lågt och lutade sig mot Liana. "Dem tycker inte om att vi pratar om det. Det bringar dem mycket sorg."

"Dem sista?" Liana kämpade för att inte vända sig om mot Diriska.

"Ja. Jag har aldrig hört historierna om den stora katastrofen, som dem kallar det. Men jag är rätt säker på att det var mycket hemskt."

Resten av vägen till värdshuset gick dem tysta. Endast Sultans röst hördes när han berättade stadens historia för Diriska. Snart mötte dem fler människor som gick på gatorna igen. Striden vid porten var inte riktigt över ännu, dova explosioner hördes fortfarande när eldklot och annat användes. Men folk rörde sig ner från muren och mot det stora torget för att hylla sina hjältar. När dem såg Lindramas och Sultan hälsade man glatt dem båda männen.

Snart var dem framme och Lindramas höll upp dörren till värdshuset för dem andra. Liana såg sig intresserat om i skänkrummet. Det var tomt på folk så när på värdshusvärden, en kraftig man med grått hår, och fyra yngre kvinnor som torkade bord och putsade på några silverbägare. Dem stannade upp i sitt arbete när Liana och dem andra steg in. Kvinnorna steg genast fram till dem och neg djupt.

"Ah, vise Lindramas", sa värden och bugade djupt. "Vise Sultan, ett nöje att se er igen. Allt väl?"

"Allt väl, Korat Namser", svarade Lindramas glatt. "Terabelle är räddat och drakriddarna är snart tillbaka bakom murarna igen."

"Självklart, vise", sa Korat med ett flin. "Man behöver aldrig oroa sig när drakriddarna är i närheten. Vill nu slå er ner?"

Utan att vänta på svar ledde han dem till ett bord i ett hörn. Han blinkade till när han såg Liana och Diriska sätta sig med dem båda. Marin tog han som en självklarhet att hon satt med dem två vise.

"Ers höghet, en ära som vanligt att ha er som gäst", sa han och bugade med ett stort leende.

"Ni är allt för vänlig, mäster Namser", svarade Marin och böjde lätt på nacken. "Er hustru och döttrar mår bra?"

"Som alltid, ers höghet. Jag tror flickorna är vid muren och tittar på drakriddarna, men dem borde vara tillbaka när som helst nu."

Korat vände sig mot Diriska och bugade mot henne. Om än inte lita djupt som mot Lindramas och Sultan.

"Så, fru Diriska", sa han. "Jag ser att ni fann er skyddsling till slut."

"Ja, mäster Namser", svarade Diriska vänligt. "Allt är bra nu, tackar."

Mannen log hjärtligt och gick iväg för att ordna något att dricka för dem.

"Diriska?" sa Lindramas och såg fundersamt på Diriska. "Jag hade för mig att ni kallade er för Dira."

Liana såg osäkert på Diriska. Draken såg förskräckt ut först, men hämtade sig snabbt.

"Det är mitt namn", sa hon. "Diriska är mitt familjenamn."

Lindramas sneglade mot Sultan som ryckte på axlarna. En tjänsteflicka kom med lite kryddat vin till deras bord. Sultan plockade fram lite silver ur en ficka och gav det till henne för vinet. Hon neg mot honom och slank där ifrån med ett litet leende.

"Varför satte vi inte upp det på Drashin bara", muttrade Lindramas.

"Därför att vi säkerligen skulle få igen för det", sa Sultan. "Du kommer väl ihåg hur det gick för dig förra gången?"

"Oh ja", sa Lindramas och gned sig om huvudet. "Jag har fortfarande ont ibland."

Liana lutade sig mot Marin.

"Är det säkert att dem är dem sista drakarna i livet?" viskade hon.

Prinsessan nickade tyst och smuttade på sitt vin. Hon såg osäkert mot Lindramas och Sultan innan hon lutade sig tillbaka.

"Ingen vet riktigt vad som hände under dem sista åren under katastrofen", viskade hon. "Jag tror att några av drakriddarna vet och självklart mor Mashok. Mira." Fyllde hon i när hon såg Lianas frågande min.

Liana såg mot Lindramas och Sultan och ryckte ofrivilligt till. Dem två satt och såg uttryckslöst på henne och prinsessan. Hon sneglade mot Diriska och såg att hon hade nästan en exakt likadan min som dem två männen. Hon svalde hårt. Diriska hade heller aldrig velat berätta om katastrofen som drabbat drakarna för trehundratusen år sedan. Hon kände hur prinsessan tog hennes hand och kramade den hårt.

"Jag och mina bröder försökte lugna ner våra fränder", sa Sultan efter en stund. "Vi hade lyckats samla ihop en grupp på tretusen dvärgdrakar och skyddade dem från dem stora drakarna. Andra drakar slöt sig till oss i vår kamp för överlevnad, men alla blev dödade av dem galna, eller blev galna."

"Det kom en grupp en bit norr om oss som talade om drakar som gömt sig i en grotta", fortsatte Lindramas dystert. "Vi sa åt dem att återvända till den säkerheten. Att vi skulle försöka ta oss till dem. Men landskapet förändrades runt omkring oss hela tiden. Vi fann aldrig den där grottan och vi tror att dem som gömt sig där dog i grottan."

"Vi tog oss norrut och fann en enorm bergskedja där vi gömde oss tillsammans med våra små vänner", berättade Sultan. "I hundra femtiotusen år bodde vi i bergen utan att lämna grottorna vi levde i. Landet runt bergen var helt förändrat och endast det berg som våra grottor låg i fanns kvar. Sedan började ättlingarna till dem första tretusen dvärgdrakarna att lämna oss i små grupper som dem senare kom att kalla för familjer."

Lindramas fick ett litet skevt leende på läpparna.

"Ändå sedan dess har alla dvärgdrakar tillbringar sina första tre år hos oss i våra grottor på Draktand", berättade han och tog en klunk av vinet. "Det för att hedra deras förfäder som flydde galenskapen med oss tre. Dem kallar oss 'Draak Famser'."

"'Drakfader'?" sa Diriska och rynkade pannan. "Kallar dem er för 'Drakfader'?"

Dem båda männen stirrade förbluffat på henne. Liana bet ihop käkarna. Utan att Diriska kunnat hindra det hade hon översatt orden på drakarnas språk högt.

"Hur kunde du...?" började Lindramas.

Sultans ögon smalnade en aning och han luktade i luften på ett sätt som påminde mycket på hur en varg vädrade efter något. Liana sneglade mot Marin. Prinsessan stirrade förbluffat på först Lindramas och Sultan, sedan på Diriska. Diriska bet ihop käkarna och såg oroligt på först Lindramas och sedan Sultan.

"Var hittar jag general Drashin?" hördes en kvinnoröst bakom ryggen på Liana.

Hon vände sig om och stirrade in i öppningen på en mörk huva. Hon såg inte ansiktet för den uppfällda huvan på den svarta manteln. Kvinnan verkade vara lång, ungefär lika lång som Diriska. Spetsarna på ett par vita stövlar stack fram under manteln. Hjaltet på ett svärd skymtades genom mantelns öppning. Hennes hand vilade på det.

"Vem undrar?" frågade Lindramas misstänksamt.

"Vad vill du honom?" undrade Sultan.

"Jag måste prata med honom om Asharak", sa kvinnan. "Jag har upplysningar om honom som generalen ville ha."

Lindramas skrattade till. "Drashin håller troligen på att hacka den där demonen i småbitar just nu."

Liana lyssnade ivrigt. Asharak var den som var skyldig hennes familjs död. Hon hoppades att Drashin skulle berätta för henne sedan hur han dödade Asharak.

"Gamla dåre", fräste kvinnan. "Asharak är ingen demon som man viftar undan med handen, drake. Har dem här tvåtusen trehundra åren sedan vi träffades sist gjort era huvuden tomma?"

Liana blinkade till. Var det här ytterligare en drake som ingen kände till innan. Hon sneglade på Diriska och såg att hon verkade tänka samma sak.

"Tvåtusen trehundra år?" sa Lindramas fundersamt.

"Hiram?" frågade Sultan. "Är det du?"

Kvinnan lyfte sina händer och fällde bak huvan. Liana drog efter andan. Det var det vackraste ansikte som hon någonsin hade sett. Det långa mörka håret föll fritt ner för hennes axlar. Liana såg upp i hennes bruna ögon. Dem var hårda och hennes fylliga läppar var sammanbitna. Hennes grepp om hjaltet hårdnade. Lindramas reste sig upp med ett kort skratt.

"Hiram!" utbrast han. "Det är verkligen du. Jag har inte sett dig sedan Mantera och dem andra steg upp ur Labyrinten som drakriddare. Vad har du haft för dig?"

Kvinnan gav honom ett stelt leende.

"Jag har tillbringat mycket tid vid berget Katirin", sa hon stelt. "Vid sjön Jam, om du kommer ihåg."

Lindramas leende bleknade och han stirrade på henne. Sultan reste sig och lade en hand på sin brors axel.

"Vad fick dig att återvända hit, Hiram?" frågade han stelt.

"Marish och hans krigare fann mig på berget för fem eller sex år sedan", berättade Hiram och drog en stol till sig. "Dem gav mig några upplysningar om vad som hänt i världen innan dem lämnade mig igen. Kort efter kriget mot Nariff dök han upp igen. Eller jag trodde först att det var Marish, men han presenterade sig som Drashin. Han frågade om jag var intresserad av att göra ett uppdrag för honom, och jag tackade ja."

Hon tystnade och såg på dem fem andra vid bordet. En tjänsteflicka kom med en bägare vin åt henne. Hon sa åt kvinnan att skriva det på Drashin. Med stora ögon stirrade hon förbluffat på kvinnan innan hon skyndade iväg till mäster Namser.

"Vad var det för uppdrag Drashin gav dig?" undrade Sultan och lutade sig fram mot henne.

"Hon är ängeln som vaktar över Dödens dal", sa en mans röst.

Hiram for genast upp på fötter och snurrade runt mot rösten med handen på det långa svärdshjaltet. Liana vände sig om och stirrade på den rödhårige mannen med dem röda ögonen. Hon hörde hur Lindramas och Sultan drog efter andan. Så förstod Liana vad mannen hade sagt och stirrade med stora ögon på Hiram. Kvinnan stirrade på mannen med munnen öppen.

"Asmaji?" viskade hon.

"Stäng munnen Hiram innan fåglarna flyttar in", sa Asmaji lugnt.

Hon stängde genast munnen men hennes ögon lämnade aldrig hans ansikte.

"Jag såg dig gå ner i sjön Jam", sa Hiram sakta. "Det var för tvåtusen trehundra år sedan. Jag *såg* dig gå ner till din grav."

"Det gjorde du", sa Asmaji lugnt och satte sig på en stol. "Men jag vaknade efter femtonhundra år av att Ma'sharos'tian kallade på mig igen. Han ville att jag skulle infiltrera i Stora Rådet som hade fått mycket makt i Terabelle vid den tiden. Men det var inget allvarligt Jag hade snart ordnat upp med den saken och tonade ner Rådets makt."

Hans röda ögon gled trött över dem andra. Liana sjönk ihop en aning inför hans blick, även om den inte stannade längre hos henne än någon annan.

"Men nog om mig", sa han och vände sig mot Hiram igen. "Vad var det för meddelande du hade?"

"Det är för Drashin", svarade kvinnan barskt och satte sig igen. "Det är hans ensak om han vill dela med dem med er."

Asmaji öppnade irriterat munnen, men innan han hann säga något slogs dörren till värdshuset upp och en man i rustning klev in. Liana stirrade på honom med stora ögon. Rustningen hade en matt grön färg och hjälmen var formad som ett vildsvins huvud, med korta betar som stack ut ur dess mun. Det måste vara en drakriddare. När drakriddaren svepte med blicken över skänkrummet flämtade hon till och hon hörde hur Marin fnittrade till och dem tre drakarna stönade. Diriska stirrade förbluffat på honom, medan Hiram bara såg helt kort på honom, skrattade till och smuttade på sitt vin. Mitt i hjälmen satt en kraftig pil, men drakriddaren verkade helt ovetande om den.

"Alania!" utbrast mannen slutligen och gick fram till en tjänsteflicka med långt lockigt brunt hår.

Liana blinkade till. Även om rösten lät en aning metallisk på grund av hjälmen, men hon var säker på att det lät som Ranin.

Den unga kvinnan dem det lockiga håret stirrade på honom med händerna i sidan.

"Ranin Orakt", sa hon barskt. "Vad har jag sagt om att komma hit i en blodig rustning?"

Drakriddaren stannade till något steg från henne och såg ner på sin rustning. Nu kunde Liana se allt blod som var på den. Det gav den gröna rustningen flera mörka fläckar och ränder där blodet hade runnit.

"Att jag inte skulle komma i den alls?" sa Ranin sakta.

"Och vad är det hela med pilen, Ranin?" frågade Alania med huvudet på sned.

"Pil?"

Kvinnan knackade honom lätt på hjälmen, noga med att inte komma för nära för mycket blod. Ranin lyfte sina händer och rörde försiktigt skaftet på pilen. Sedan grep han tag i sidorna på hjälmen och drog den av huvudet. Hans korta mörka hår var tovigt och hans ansikte var randigt av svett. Han blinkade till när han fick syn på pilen. Han stirrade gapande på den sedan lyfte han blicken och stirrade in i Alanias mörka ögon. Sedan skrattade han till och snodde runt mot dörren.

"Det här måste jag visa Meeko!" utbrast han och rusade ut.

Alania lyfte handen halvvägs och stirrade förbluffat efter honom.

"Kommer han någonsin att växa upp?" frågade Lindramas stilla.

"Inte så länge både han och Meeko lever", muttrade Sultan.

Ranin kom in rusandes igen och gav Alania en snabb kyss och rusade ut igen. Liana såg hur den unga kvinnan skakade på huvudet med ett leende. En svordom från dörren fick Liana att vända blicken dit igen. Tirasine steg in genom den med ryggen mot dem.

"Ranin, om du inte slutar med det där ska jag köra upp den där förbannade hjälmen där solen inte skiner!" röt hon efter honom.

Liana såg att även hon hade på sig sin rustning, men hjälmen hade hon under armen. Hjälmen var formad som en hök, med två korta vingar jämns med sidorna. Hennes rustning var ljust blå, men även hennes var missfärgad av blod. Tirasine torkade svetten ur pannan, med en näsduk, när hon vände sig om mot Liana och dem andra. Hon kastade en snabb blick mot Alania och skakade på huvudet med ett litet leende.

"Hur står du ut med honom, Alania?" frågade hon.

"Han är faktiskt ganska charmig", svarade Alania med ett kort skratt.

”Kanske det”, skrattade Tirasine. ”Men du har inte vuxit upp med honom och Meeko. Dem var hopplösa när dem var mindre, och jag har inte funnit dem lättare att handskas med på senare år heller.”

Alania skrattade till. Hon skakade på huvudet innan hon återgick till sina sysslor. Flinet bleknade när Tirasine vände sig mot Lianas bord. Drakriddaren böjde nacken i en hälsning mot dem tre udda männen, dem besvarade den på samma sätt. När Tirasine vände sig mot Marin dök en orolig glimt upp i hennes ögon.

”Är ni oskadd, ers höghet?” frågade hon högtidligt och bugade lätt. ”När jag hörde att ni blivit angripen blev jag orolig.”

”Jag är oskadd, majorkapten”, svarade Marin med ett kort leende. ”Generalen kom i sista stund.”

Tirasine nickade, synbart lättade över svaret. Hon log vänligt mot Liana och gav Diriska en snabb nyfiken blick innan hon vände sig mot Hiram. Dem två kvinnorna betraktade varande en kort stund innan Tirasine bugade kort.

”Var hälsad, ängel Hiram”, sa hon. ”Allt väl?”

”Var hälsad, Tirasine Nariba”, svarade Hiram och återgäldade bugningen där hon satt. ”Allt väl. Jag har de uppgifter som general Drashin bad mig skaffa.”

”Då skall jag leda dig till honom.” Tirasine vände sig mot dem övriga. ”Alla är på väg att samlas på stora torget. Hans majestät önskar er närvaro, vise.”

Dem tre männen reste sig genast upp och svepte upp huvorna på sina mantlar.

”Då ska vi genast bege oss dit”, svarade Asmaji från huvans mörker.

Liana såg snabbt på Marin, som tecknade åt henne att resa sig och följa med. Tirasine nickade snabbt och vände mot dörren. Hiram fällde även hon upp sin huva och följde med dem. Liana gick direkt bakom dem tre männen med Marin vid sin sida. Diriska gick alldeles bakom henne med den mystiska kvinnan bredvid henne. Båda kvinnorna sneglade misstänksamt mot varandra.

<u>21</u>

Dem kom snart fram till stora torget framför palatset. På vägen hade Tirasines rustning flimrat till och försvunnit och nu bar hon istället samma kläder som hon haft på sig senast Liana sett henne. Liana såg att kungen och drottningen befann sig framför den stora tigerstatyn. Direkt bakom kungen, på hans vänstra sida, stod en man med axellångt blont hår och blå ögon. Han bar ingen rustning, men Liana var säker på att han var en drakriddare. Han hade en mörkgrön skjorta och ett par svarta byxor. När Liana tittade närmare såg hon bandet med guldplattan runt huvudet och lite av den övre delen av kisharan som mannen bar, resten doldes av Makar.

Lite vid sidan av dem stod Drashin och dem andra drakriddarna som följt med under hennes resa från Fakari. Alla hade fått av sig sina rustningar. Tvillingarna Sareas och Kalar och dvärgen Norek nickade mot henne när dem såg henne. Ranin och Meeko flinade brett och vinkade hastigt. Den väldige Krashak såg mot henne som hastigast och lade sina väldiga armar i kors över bröstet. Drashin såg bara på henne, eller snarare Marin tänkte Liana, utan att röra en min. Hans blick gled frånvarande över deras huvud mot Diriska och Hiram. Det var dem enda drakriddarna som Liana kunde se på torget. Hon undrade tyst var dem andra var någonstans.

Prinsessan tog Lianas hand och förde henne bort mot Drashin. När dem stannade framför honom nickade han med en grymtning och vände sin bistra blick mot folkmassan istället. Diriska ställde sig strax bakom Liana bredvid Drashin. Han sneglade bara helt kort mot henne innan han åter vände blicken mot folket.

Dem tre männen i sina svarta mantlar gick genast bort till Makar och Jesamie. Dem böjde lätt på huvudet som att hälsa på någon som var deras like, men ändå inte riktigt. Kungen böjde sin nacke bara en aning mer till hälsning. Den mystiska kvinnan gick och ställde sig på andra sidan av Drashin.

"Nå, Hiram?" frågade Drashin lågt samtidigt som Makar började prata med folket. "Vad fick du reda på om Asharak?"

Liana drog sig lite närmare honom för att höra tydligt var Hiram hade att säga om Asharak.

"Han är ingen demon som du befarade, Drashin", svarade kvinnan.

"Jag misstänkte det när han flydde från slagfältet med Trasher", morrade Drashin. "Så vad är han då?"

”En ängel.”

Liana flämtade till och skulle vända sig om, om inte Marin hade gripit tag i hennes arm. Liana sneglade på Diriska som öppet stirrade på Hiram och Drashin.

”En ängel?” viskade hon upprört.

”Har Harmsna bestämt sig för att angripa oss?” frågade Drashin barskt.

”Asharak gör det här på ett eget initiativ”, förklarade Hiram. ”Han ledde ett uppror i Himmelriket för nästan tiotusen år sedan. Upproret slogs ner och Asharak blev utslängd från Himmelriket.”

”Han blev förvisad”, sa Drashin fundersamt. ”Han förvisades ner hit till oss.”

”Jag fullbordade förvisningen. Jag borde ha dödat honom då, men jag lät bli. Jag kunde ha sparat många människors liv den där gången.”

”Sant. Men gjort är gjort, du gjorde vad du trodde var rätt den gången och skonade hans liv. Han kommer tillbaka, men då ska jag vänta på honom. Nu vet jag vad han är för något. Hade han varit en demon eller djävul, så hade han inte flytt från slagfältet. Då skulle han ha varit död nu. Han eller vi.”

”Vi kommer åt honom förr eller senare”, sa Krashak med sin mörka röst. ”Antingen du eller jag, Drashin. Jag kommer ju att leva längre än du.”

”Säkerligen, Krashak”, skrockade Drashin. ”Du är ju redan över sjuttio år gammal och du kommer att leva i minst sjuttio till.”

Liana såg bort mot kungen som fortfarande talade till folket om den stora seger drakriddarna hade gett dem framför staden.

Plötsligt kom tre dvärgdrakar gåendes, på alla fyra, längs med gatan som ledde till den norra porten. I spetsen gick Samare med sin bistra uppsyn. Ärret över hans högra kinds doldes nästan helt av blodet som täckte stora delar av hans huvud. Det enda som visade att det fortfarande fanns där var hur han såg ut att le snett hela tiden. Dem andra två var mindre än honom och den ena verkade vara en hona. Hon gick endast ett halvt steg efter Samare.

Dem båda såg hela tiden fram och tillbaka på människorna som stod på båda sidor om dem på torget. Folket tog oroligt ett steg bakåt när drakarnas blickar svepte över dem. Liana fick en känsla av att människorna var rädda för drakarna. Plötsligt gjorde den andre hanen ett utfall mot någon som inte backade undan tillräckligt snabbt. Människorna kastade sig snabbt undan från den, men innan någon annan hade hunnit reagera snodde Samare runt, röt mot draken och slog efter den med ett kraftigt slag. Den mindre draken hukade sig genast underdånigt, och fräste mot Samare.

"Vilda drakar", viskade Marin till Liana. "Det förklarar varför det inte var några drakryttare på deras ryggar när dem kom."

Kungen hade slutat prata och såg misstänksamt på dem tre drakarna. Samare gav den andre draken en sista blick och morrade hotfullt innan han åter vände uppmärksamheten mot Makar och dem tre männen vid hans sida. Han avfärdade dem med en fnysning.

Så vred han på huvudet och såg rakt på Liana och Marin. Liana kände hur prinsessan kramade hårt hennes hand. Hon kramade den tillbaka. Samare skrämde henne. Draken bytte riktning och började gå rakt mot dem.

Dem båda andra drakarna såg snabbt på varandra innan dem skyndade efter den större. Dem tre stannade strax framför den lilla gruppen. Liana kände hur Diriska lade en hand på hennes axel. Samare lyfte blicken mot henne, men sänkte den igen till Liana. Han sträckte fram sin stora nos och luktade på henne. Liana lyfte sin fria hand sakta och lade den på hans nos. Han blinkade till av hennes beröring, men rörde sig inte. Hans till synes helt släta skin var fullt av små, små piggar som kittlade hennes hand.

Med ett skorrande ljud vred han på sitt stora huvud och stirrade på Marin. Prinsessan såg på honom med en uttryckslös min, men hennes hårda grepp om Lianas hand avslöjade hur nervös draken gjorde henne.

Samare lyfte blicken över hennes huvud och såg mot Drashin som stod bakom prinsessan. Sedan såg han ner på henne igen. Så tog han ett steg åt sidan och såg på draken till vänster om honom, honan.

"Marin", sa han och nickade mot prinsessan.

Drakhonan såg på honom med huvudet på sned. Samare sade något mer på drakarnas språk och den andra draken vände blicken mot prinsessan. Nu kramade Marin Lianas hand så hårt att den började darra. Liana svalde och stirrade oroligt på draken bredvid Samare. Den ärrade draken kände hon en aning efter hon rest tillsammans med honom, men den här var helt främmande för henne.

Hon kände hur Drashin lade sin hand på hennes andra axel och hur han lutade sig fram mellan dem båda unga kvinnorna.

"Så rädda behöver ni inte vara", sa han lågt. "Samare vill bara visa upp er för Narika, hans syster."

Liana hörde hur Krashak och dem andra skrockade bakom hennes rygg.

"Syster?" frågade Diriska lågt.

Drakhonan, Narika, lyfte huvudet och såg på drakriddarna bakom Liana. Hon gjorde ett litet förtjust tjatter när hon såg vilka det var. Hon reste sig upp på bakbenen och lyfte en hand med kraftiga klor och slog den sedan mot sitt bröst.

"Fakras Niorta", sa hon. "Ki niorta!"

"Intill döden", svarade drakriddarna bakom Liana.

Sedan gled hon smidigt ner på alla fyra igen och gick försiktigt fram mot Marin och Liana. Den andre draken försökte också ta sig fram till dem, men Samare stoppade honom genom att slå till honom hårt i huvudet.

Narika sträckte på sin hals och luktade nyfiket på Marins klänning. När Marin började lyfta handen drog hon sig tillbaka en aning. Men strax började hon nosa igen och det ryckte bara till i ena kinden när Marin lade sin hand på hennes huvud. Liana sneglade på Marin. Hon hade ett litet leende på läpparna och hennes ögon var stora. Sakta rörde hon handen över drakens huvud.

Narika vred huvudet en aning så att hon kunde se Liana med det ena ögat. Liana stirrade in i hennes stora bruna ögon. Hon såg en visshet i dem, att draken kunde döda dem båda innan någon annan på torget skulle hinna reagera. Men även nyfikenhet. En nyfikenhet som undrade vad Samare tyckte var så speciellt med dessa människor. Varför dem var med Drashin?

Plötsligt puffade hon till Marin med nosen och backade undan ett steg. Narika reste sig än en gång på bakbenen och såg på Drashin. Hon sa något till honom på drakarnas språk med en röst som verkade jamande. Liana tyckte nästan att hon lät som en katt.

"Hoppas din unge mår väl, Narika", sa Drashin och bugade lätt. "Jag önskar din unge och din familj all lycka."

Draken grymtade nöjt till och gled ner på alla fyra igen. Hon såg snabbt på Liana innan hon vände sig om igen. Den tredje draken såg bistert mot människorna innan den följde med Narika mot torgets mitt. Sedan gjorde dem båda ett hopp upp i luften och bredde ut sina vingar. Med några kraftfulla vingslag flög dem upp i luften och påbörjade sin resa österut.

Samare stod kvar på marken och såg efter dem. Sedan sänkte han blicken och såg snabbt mot Drashin innan han gick och lade sig bredvid gruppen med blicken riktad mot torgets mitt, så han hade uppsikt på alla som befann sig där.

Kungen tvekade bara en aning innan han fortsatte att tala till folket. Liana lyssnade knappt utan såg hela tiden på Samare som låg inte långt från henne nu. Kungen av Amdoria talade nu om drakarna som kommit till undsättning till staden.

Dem dröjde sig kvar ytterligare en liten stund innan Drashin lågt förkunnade att dem skulle bege sig tillbaka till riddarhuset.

Samare reste sig när dem började gå, men han följde inte med dem. Istället såg Liana hur han gick bort till Mira istället och lade sig på marken bredvid henne istället. Helerskan sjönk ner på knä bredvid draken och lade tillgivet en arm över drakens stora skuldror. Samare buffade lätt på henne med sitt stora huvud och Mira kysste honom på det. Samare verkade nöjd med det och lät huvudet sjunka ner mot marken.

Marin slog följe med dem. Drashin gav henne en fundersam blick. Han tecknade snabbt åt dem andra som slog en ring om Liana, Diriska och Marin. Hiram gick tyst bredvid Drashin i täten. Liana sneglade på Diriska som stirrade stint på Drashins rygg. Generalen ledde dem tillbaka längs med gatan som ledde mot värdshuset. Det tog inte lång tid innan dem passerade det.

Mäster Namser satt på en tunna utanför värdshuset och njöt av höstsolen. Han höjde ena handen till hälsning när dem passerade. I den andra höll han i ett stop.

"Har han inget bättre för sig?" muttrade Drashin när han besvarade hälsningen.

"Alla är ju vid stora torget, general", svarade Tirasine lågt. "Han tar det bara lugnt innan alla kommer tillbaka igen."

Drashin grymtade och gick vidare. Liana såg efter värdshusvärden mellan Kalar och Sareas som gick bakom henne. Han lutade sig nöjt tillbaka mot väggen och tog en klunk från stopet. Han försvann ur synhåll helt och hållet när gatan svängde en aning.

Snart kom dem fram till riddarhuset. Liana stirrade på den höga byggnaden framför henne. Den var mindre än palatset och mycket strikt byggt med raka väggar av tegel. Högst upp på trappan till den stora porten mot gatan stod fyra män lutade mot varsitt spjut. Liana misstänkte att det mest var för syns skull som vakterna fanns där. För vid trappans fot stod sex drakriddare och samtalade och ytterligare tre gick ut ur den stora porten. Nu förstod Liana var resten av drakriddarna hade tagit vägen.

Drakriddarna vi trappans fot stannade upp i sitt samtal och nickade mot Drashin och dem andra. Dem tre som kom ner för trappan nickade även dem som hastigast innan dem försvann in i staden åt det håll som Liana och dem andra kom från. Drakriddarna runt henne hälsade likadant och fortsatte förbi dem och uppför trappan. Vakterna vid porten rätade lite på sig när dem passerade. När Liana såg sig över axeln såg hon hur dem fyra sjönk ihop en aning igen och startade sitt samtal igen.

Liana såg sig omkring i den stora salen som fanns innanför portarna. Det var mycket högt till taket. På båda sidorna av salen gick det trappor upp till dem övre våningarna. Alldeles innanför portarna fanns ett skrivbord. En äldre man satt och skrev i en bok samtidigt som han följde med ett knotigt finger över en lista i en annan. Det fanns flera dörrar som ledde längre in i huset.

Men det som fångade Lianas blick och fick henne att gapa ju högre hon höjde blicken, var den oerhört stora, breda röda sten som stod mitt i salen. Den var full i text i guld och framför den fanns en mindre, platt sten. Även den röd och det stod mer text i guld på den.

"Alla tvåhundratusen sexhundranitton namnen på dem demonjägare som förlorade sina liv under sexhundra år står på den där stenen", viskade Marin till henne. "Jag överväldigas alltid över den när jag ser den."

Liana nickade stumt. Hon kunde förstå det. Hon såg hur en drakriddare, som kom in efter dem, gick fram till stenen. Han lyfte blicken och såg på den en kort stund. Sedan till hennes förvåning gick han ner på ena knäet och lade högra handen mot stenen. Han böjde på huvudet och satt så där en kort stund, sedan reste han sig och gick vidare förbi den utan att se på den igen.

Drashin och dem övriga såg inte ens på den utan gick rakt till den ena trappan. Liana undrade varför dem inte visade den någon heder. Vid trappan vände sig Drashin om.

"Ni vill kanske tvätta av er snabbt och få på er någon ren skjorta eller så", sa han. "Vi ses i mitt rum om en halvtimma. Ni andra kan följa med mig."

Dem sju drakriddarna slog sig snabbt mot bröstet med sin knutna högerhand och skyndade sedan iväg åt varsitt håll. Liana, Diriska, Marin och Hiram följde med Drashin uppför trappan till nästa våning. Han ledde dem snabbt genom en korridor och gick in genom den tredje dörren till vänster. Liana följde snabbt efter och såg sig spänt omkring.

Rummet var sparsamt möblerat. Ett stort skrivbord och en stol stod vid den bortre väggen. Ytterligare fyra stolar stod mot framför skrivbordet. Vid väggen närmast dörren stod en bokhylla med några få böcker i. På ett litet ställ i hyllan låg en vacker gyllene dolk i sin slida. Bredvid skrivbordet fanns en dörr som ledde in till ytterligare ett rum. Liana blev lite besviken över att det var allt i rummet. Hon hade väntat sig att en drakriddare som Drashin skulle ha haft en massa vapen på väggarna och kanske en skalle från en demon liggandes på ett bord. Men det såg ut som arbetsrummet som henne far hade haft hemma.

Generalen visade mot stolarna utan att säga ett ljud. Själv gick han snabbt in i det andra rummet, han lutade svärden mot skrivbordet och

började att ta av sig skjortan. Hiram och Diriska satte sig så att dem hade
dem andra två stolarna mellan sig. Hiram fällde tillbaka sin huva igen och
såg sig lugnt omkring i rummet. Liana satte sig bredvid Diriska och Marin
tog den sista stolen. Drashin kom strax tillbaka igen. Han knäppte dem
sista knapparna på den rena skjortan medan han gick bort till dörren
igen. Han stoppade någon ute i korridoren och bad honom ordna lite
kryddat vin och tolv bägare. Innan personen hann svara stängde han dör-
ren igen.

Han gick tillbaka till skrivbordet igen och satte sig. Liana sänkte sin
blick när han lät blicken glida över dem fyra framför honom. Diriska mötte
den utan att röra en min, men Liana såg hur hon ofrivilligt grep tag i klän-
ningens tyg. Marin sänkte också sin blick medan Hiram verkade helt obe-
rörd över hans bistra blick.

"Du har gjort några ändringar sedan vi möttes här senast, Drashin", sa
Hiram lugnt.

Han blinkade förvånat till.

"Ändringar?" frågade han häpet.

"Ja, du har ju tagit bort den underliga skulpturen som stod här inne."

"Jaså den", muttrade han, lutade sig tillbaka och slängde upp fötterna
på skrivbordet. "Har ingen aning om vart den tagit vägen. Tror att kanske
Ranin och Meeko har tagit den för något av deras upptåg eller något
sånt."

Strax kom dem övriga ni i rummet. Norek och Sareas bar på två kan-
nor med vin och bägare. Krashak kom sist av dem. Liana hade fortfa-
rande svårt att inte stirra på hans bara ben som stack fram under den
svarta kilten. Klipptrollet lutade sig mot väggen bredvid dörren med sina
kraftiga armar över brösten. Snart hade alla varsin bägare med vin i sina
händer. Alv bröderna stod bredvid varandra nära dörren till det andra
rummet, dvärgen Norek stod lite för sig själv inte långt från Krashak, Me-
eko och Ranin satte sig helt enkelt på golvet strax bredvid Hiram och rul-
lade en liten boll mellan sig i snabb takt. Tirasine satte sig på skrivbordets
ena kant och studerade Hiram helt öppet medan hon snurrade sin bägare
mellan fingrarna.

"Så", sa Drashin slutligen och tog ner fötterna från bordet, "Asharak är
en ängel som förvisades från Himmelriket, av dig."

"Harmsna förvisade honom", rättade Hiram. "Jag fullbordade den."

"Varför gjorde just du det? Varför fullbordade inte Gaidal den? Han är
väl den som står närmast tronen?"

"Därför att Asharak och jag var..." Hiram tvekade.

Liana sneglade försiktigt mot henne. Ängeln bet sig i läppen och stir-
rade ner i bordet. Hon undrade varför ängeln gjorde det. Vad var det som

hon tvekade över att avslöja? Drashins blick blev en aning mjukare när han verkade förstå. Hon hörde hur Diriska drog efter andan.

"Därför att han var din älskare", sa Diriska.

Liana blinkade till och stirrade öppet på Hiram. Ängeln vred snabbt på huvudet och såg på Diriska med en djup rynka i pannan. Sedan nickade hon tyst.

"Jag tror jag förstår", sa Tirasine lugnt. "Harmsna valde egentligen att döma Asharak till döden. Du bad att få utföra domen istället för Gaidal, som jag misstänker Harmsna först hade tänkt."

Hiram nickade än en gång och stirrade ner på sina händer som hon hade i knäet.

"Men du kunde inte döda honom", sa Krashak från dörren. "Trots vad han hade gjort under kriget i Himmelriket så älskade du honom fortfarande. Du tog med honom hit ner till människornas värld och förvisade honom istället."

"Varför?"

Drashins skarpa röst fick Hiram att rycka till. Hon svalde hårt innan hon såg upp på honom. Liana kunde inte låta bli att beundra ängeln när hon stirrade rakt in i Drashins hårda ögon. Hon hade aldrig trott att någon skulle kunna göra det.

"Därför att jag trodde att han kunde ändra sig", svarade ängeln lågt. "Jag hoppades att han skulle göra det. Men jag hade fel. Efter tusen år försökte jag hitta honom igen, men han var försvunnen. Ungefär sextusen år senare träffade jag på Asmaji för första gången och jag glömde bort Asharak. För tvåtusen trehundra år sedan hände så mycket med Mantera, Liana och dem andra, och under den långa tid som jag befann mig på berget Katirin föll mycket i glömska. Besöket hos Harmsna för två dagar sedan väckte många minnen till liv."

Liana lät blicken gå mellan Drashin och Hiram. Dem båda såg på varandra utan att blinka. Gröna ögon som såg in i bruna. Slutligen vek Hiram ner blicken och Drashin nickade tyst. Han hade inte rört en min under hela tiden dem suttit där inne. Hans bägare med vin stod fortfarande orörd på skrivbordet framför honom. Nu tog han tag i bärgaren, lutade sig tillbaka i stolen och smuttade på vinet. Alla andra i rummet följde hans exempel. När han ställde ner bägaren på bordet igen såg Liana att han hade ett litet leende på läpparna. Hon såg undrande på honom.

"Nå, jag klandrar dig inte Hiram", sa han lugnt. "Att döma någon som man älskar är något av det svåraste som finns. Dessutom ser jag fram emot att få möta denne mystiske Asharak en dag."

Liana, Marin och Diriska såg frågande på varandra. Dem andra drakriddarna började skrocka muntert. När Liana såg på Drashin igen var hans leende bredare och såg mycket ondskefullt ut.

"Jag kan knappt vänta till den dagen", sa han och började skratta. "För det blir den dagen jag hugger av honom hans huvud."

Liana rös till vid ljudet av dem åtta drakriddarnas skratt. Hiram gav ifrån sig ett kort skratt och hennes leende var nästan en kopia av Drashins. Liana kände hur Marin tog hennes hand i sin och kramade om den. Hon stirrade storögt på dem åtta krigarna runt henne. *Dem är galna*, tänkte hon. Sedan kände hon hur ett leende började bildas på hennes läppar. *Dem är helt galna. Och jag vill bli en av dem!*

Dörren till rummet öppnades och in steg ytterligare en krigare. Skrattet dog ut och han stirrade bistert på dem. Liana kände igen honom som den blonde drakriddaren från torget. Marin reste sig upp och neg kort mot honom.

"Var hälsad, Ca'Draak" sa hon. "Nars gamin Draakir."

Han blinkade till, vände sina blå ögon mot prinsessan och bugade mot henne.

"Var hälsad ers höghet", svarade han högtidligt. "Nars gamin Do Kastom."

Sedan vände han sig åter mot Drashin. Han sneglade snabbt på dem andra som hastigt rätade på sig en aning.

"Jag hade inte väntat mig att du skulle lämna torget innan hans majestät hade avslutat sina tal, Drashin", sa han.

Han talade lugnt och Liana hörde i hans röst att han var van att ge order till folk.

"Hans tal började tråka ut mig, Asama", svarade Drashin och viftade med sin fria hand. "Var det något du ville?"

Asamas blick gled till Hiram som hastigt hade dragit upp huvan och dolt ansiktet igen.

"Jag skulle vilja tala med dig i enrum, Drashin", sa han slutligen. "Om vem den mystiske mannen är och vart han kan ha försvunnit."

Drashin nickade kort. Dem andra drakriddarna ställde genast ifrån sig sina bägare och vände mot dörren. Tirasine stannade som hastigast och vinkade åt prinsessan och Liana att följa med henne. Diriska reste sig tvekande, hon verkade kluven mellan att följa med Liana och att stanna hos Drashin. Slutligen följde hon med Liana ut ur rummet. Hiram reste sig halvvägs, men Drashin tecknade åt henne att sätta sig ner igen. Dörren stängdes bakom Lianas rygg och den tunga dörren dämpade allt ljud som kom där inifrån.

22

Dem blev ståendes ute i korridoren en stund och såg osäkert på varandra.

"Jag är hungrig", sa Ranin plötsligt. "Jag går till matsalen. Någon som följer med?"

Det slutade med att alla gick ner till riddarhusets stora matsal. Endast några få bord var upptagna. Vid ett bord kunde Liana se en pojke i hennes egen ålder som hade två stora böcker framför sig. Han såg upp när dem kom in och stirrade gapande på dem. Klumpigt reste han sig från stolen och bugade mot dem när dem gick förbi. Varken drakriddarna eller Marin tog ingen notis om honom. Diriska såg sig bara hastigt omkring där hon gick bredvid Liana. Liana sneglade försiktigt på honom när dem hade gått förbi. Pojken verkade mycket lättad över att dem inte ägnat någon större uppmärksamhet för honom och sjönk ner på stolen igen. Men han verkade ha svårt att koncentrera sig på läsningen igen.

Vid ett annat bord satt ytterligare fem pojkar, några år äldre än henne och åt. Deras samtal hade genast stannat av när drakriddarna klivit in. Även dem reste sig upp och bugade för dem när dem passerade deras bord. När Liana såg på dem över axeln stod dem fem fortfarande kvar och såg efter dem.

Krashak pekade mot ett bord och muttrade något till Kalar och lämnade dem snabbt. Kalar ledde dem andra till bordet och slog sig ner. Snart kom översten tillbaka och satte sig mitt emellan Marin och Liana. Snart kom tre medelålders kvinnor med maten och dem åt under tystnad.

Efter maten lutade sig Krashak mot stolens rygg och lade belåtet händerna bakom huvudet. Trots att stolen verkade kraftig så jämrade den sig under hans tyngd.

"Så då var det här lilla kriget över", sa han lugnt.

"Varade väl inte tillräckligt länge för att kallas för krig, Krashak", fnös Norek.

"Kanske inte, men ändå", skrockade klipptrollet. "Det var ju länge sedan jag fick vara med om en så stor armé som förflyttade sig."

Liana stirrade på honom.

"Vad pratar du om?" muttrade Norek. "Det är bara tre år sedan andra kriget mot Marish."

"Och inte att tala om kriget mot Nariff för sex år sedan", fortsatte Kalar. "Har du glömt dem?"

Liana blinkade till när det stora trollet skrattade till. Hon visste inte speciellt mycket om krig och narkiernas armé hade varit så fruktansvärt stor. Krashak var mycket äldre än vad hon var, han hade säkerligen sett många krig. Men hon trodde ändå inte att han hade varit medlem hos drakriddarna så länge.

"Jag glömmer ibland att ni inte var födda vid kriget mot dem Röda", sa Krashak, lyfte sin bägare och höjde den mot Marin. "Då prinsessans far satte sig upp emot dem och kämpade för Amdorias återfödelse och folkens frihet mot deras grymhet."

Liana hade aldrig hört talas om dem Röda eller Amdorias återfödelse tidigare. Hon lutade sig framåt för att höra tydligare. Hon sneglade mot Marin. Även prinsessan hade lutat sig närmare klipptrollet. Diriska satt tyst jämte Liana och stirrade ner i sin tallrik.

"Det är över fyrtio år sedan, Krashak", invände Tirasine.

"Jag vet", svarade Krashak med en axelryckning. "Jag hade just blivit löjtnant bland drakriddarna. Fast jag var redan då äldre än dem flesta andra drakriddare i ordern. Bortsett från gamle Ranin. Han var nästan hundra år när han slutligen dog. Vägrade lämna ordern så han blev den som skötte hela vårt bibliotek i den gamla borgen.

Nå, Makar fann oss dagen Ranin dog. Den dagen fann vi Amdorias kung och vi svor dem gamla ederna igen och för första gången på nästan tretusen år gick drakriddarna ut i strid mot dem mänskliga raserna."

Krashak tystnade och tog en klunk från sin bägare. Han satt tyst en stund och stirrade ner i bordet med en sorgsen min.

"Det är inte meningen att vi ska strida mot människor eller alver eller dvärgar", sa han slutligen. "Armén vi mötte… Det var den största armé jag någonsin hade sett. Narkiernas armé som kom till vår gräns tidigare i veckan var inte ens hälften så stor som de Rödas armé. Dokora, Ca'Draak på den tiden, dog i den sista striden vid ruinstaden Harash, staden vid träsket. Han stred mot fyra män och dem drev honom ut i träsket. Han besegrade dem men när han skulle ta sig tillbaka på stadig mark kom något upp ur träsket och drog ner honom. Jag försökte rädda honom, men det enda jag fick med mig tillbaka var hans ena stridshandske."

Klipptrollet stirrade ner i bordet igen och ruskade sedan på sig. Liana trodde att det var för att komma undan från minnena. Han såg upp och såg stadigt på dem allihop, en i taget runt bordet.

"I tre år stred jag och resten av drakriddarna vid kungens sida", sa han. "Narkierna må ha orsakat så att hundratusentals människor, alver och dvärgar har dött. Att miljontals är på flykt. Men såren efter dem kommer att ha läkts efter bara några få år. Dem kommer att få betala för det dem har gjort, tro inget annat. Såren efter vad dem Röda har gjort... Dem har ännu inte läkt. Trots att över fyrtio år har gått sedan kriget tog slut, så finns såren ännu där. Jag vet inte hur många miljoner som dog i kriget, men någon har sagt att kanske så många som tjugo miljoner liv som släktes. Jag själv dödade tvåtusen femhundrasextiotre människor, alver och dvärgar."

"Du räknade?" undrade Sareas klentroget.

"Det gjorde vi alla. Alla drakriddare räknade hur många dem dödade i varje strid. Dvärgen Norek Janra, som blev Ca'Draak efter Dokora, var den av drakriddarna som dödade flest. Nästan tretusen liv släckte han med sina yxor. Han var en stor krigare och stred alltid med heder. Han var hyllad av folket som en hjälte både för hans bedrifter mot dem Röda och för det han gjorde nere i Labyrinten. Det ingen av dem visste är hur han reagerade på striderna mot mänskliga varelser.

Jag fann honom gråtandes på knä framför ett av hans offer efter varje strid. Han grät för att mannen framför honom var död. Han grät för att det var han som hade dödat honom. Norek blev aldrig sitt vanliga jag igen efter kriget. Bara ett år senare lämnade han oss och flyttade hem till sin hemby igen. Bara sex dagar efter sin hemkomst hängde han sig i sin lilla snickeriverkstad. Budbäraren som kom med meddelandet till oss berättade hur han hade pratat om dem döda som besökte honom i hans drömmar. Det fick honom att göra det olyckliga beslutet som blev hans död."

Liana kände hur tårarna började komma och blinkade snabbt bort dem. Hon hörde hur Marin snyftade till och såg hur prinsessan torkade bort några tårar från kinden. Översten såg på dem båda flickorna och log sedan. Det fick hans kantiga och hårda ansikte att mjukna upp en aning.

"Det var inte meningen att förstöra lyckan över vår seger här idag, flickor", sa han och lade en väldig hand på deras axlar. Han försökte låta munter, men hans röst hade en svag sorgsen ton över att ha förlorat nära vänner.

"Kanske inte rätt tillfälle att berätta sånt här, överste."

Liana vred på huvudet och såg Drashin som stod bakom henne och Marin. Hans ansikte var inte lika bistert som vanligt. Hon undrade hur mycket av Krashaks berättelse han hade hört.

"Kanske inte, general."

Drashin drog en extra stol till bordet och satte sig ner. Han såg på dem andra en efter och nickade sedan med ett kort leende.

"Staden är räddad", sa han. "Asharak har flytt med svansen mellan benen och vi lever allihop för att få se ännu en morgondag." Han vände sig mot Liana och Diriska. Han tvekade en aning. "Jag antar att ni kommer att fara tillbaka till Fakari ganska snart."

"Det kommer vi troligen att göra", svarade Diriska sakta. "Jag får tacka
er för allt ni har gjort för mig och Liana."

Drashin böjde på nacken som svar på hennes tack. Liana tyckte näs-
tan som om han såg en aning sorgsen ut över hennes svar.

"Jag vill stanna kvar", sa Liana.

"Stanna kvar?" undrade Drashin och blinkade. "Varför då?"

"Jag vill bli en drakriddare."

Hon höjde trotsigt hakan när hon hörde Diriskas flämtning. Hon stål-
satte sig för det svar som hon var säker på att Drashin skulle ge henne.
Att hon inte skulle få lov att skriva in sig.

Men han såg bara fundersamt på henne utan att röra en min. Dock
verkade en hoppfull glimt tändas när hans blick gled mot Diriska. Krashak
studerade henne på samma sätt, medan dem andra drakriddarna såg på
varandra med överraskade miner.

"Liana, du kan väl inte mena allvar?" frågade Diriska hetsigt.

"Jo, Diriska", svarade hon och vände sig mot henne. "Jag har bestämt
mig. Jag vill bli en drakriddare."

"Varför?" frågade Drashin snabbt innan Diriska hann säga något mer.

"För att jag vill finna och möta Asharak själv", svarade Liana. "Jag vill
hämnas på honom för min familjs död."

"Jag förstår", sa generalen sakta.

"Förstår?" utbrast Diriska hetsigt. "Du förstår? Tänker du verkligen låta
henne bli en av era lärlingar? Träna upp henne och sedan bara lämna
henne för att dö i något mörkt hörn i den där Labyrinten?"

"Det är inte upp till mig", sa Drashin och såg stadigt på Diriska. "Det
får dem andra generalerna bestämma. Jag lägger mig nästan aldrig i det
som handlar om lärlingarna. Nästan."

Han reste sig upp. Liana hoppade upp från stolen och grep tag i hans
arm.

"Kan du prata med dem?" frågade hon bedjande. "Kan du det?"

"Jag kan föra fram din önskan att få träffa dem", sa han och lossade
på hennes grepp. "Mer än så kan jag inte göra. Ranin, Meeko, ni två es-
korterar prinsessan tillbaka till palatset. Jag är säker på att hon vill förbe-
reda sig inför den stora festen ikväll."

Sedan vände han sig om och lämnade matsalen. Ranin och Meeko
reste sig från sina platser och gick fram till prinsessan. Dem stod lugnt
och stilla och väntade medan hon reste sig. Hon kramade snabbt om Li-
ana och önskade henne lycka till inför mötet med generalerna och för-
svann sedan tillsammans med dem båda drakriddarna. Tirasine reste sig
långsamt upp.

"Ni kanske också skulle vilja göra er i ordning för att möta generalerna", sa hon sakta. "Dem brukar ofta vilja träffa personer som ber om ett möte väldigt snabbt."

"Jag misstänker att dem skulle vilja möta dig väldigt snabbt", brummade Krashak och reste sig han med. "Tirasine, du kan ta dem till ditt rum så dem kan göra sig iordning där."

"Ja, överste", svarade Tirasine och slog sin knutna hand över bröstet.

Krashak besvarade gesten och lämnade sedan matsalen. Norek såg först på Liana och sedan fundersamt ner i sin bägare. Kalar och Sareas satt fortfarande lugnt kvar och studerade nyfiket Liana. Liana kände Tirasines hand på sin axel.

"Kom", sa drakriddaren. "Vi går till mitt rum så ni kan tvätta av er. Tyvärr hinner ni nog inte att ordna med nya kläder. Generalerna vill säkert träffa er mycket snart."

Drashin gick uppför trappan mot den tredje våningen. Han hade skickat en budbärare till Asama om Lianas önskan att bli en lärling. Han kunde inte skaka av sig först den besvikelse som han känt när Diriska sagt att dem skulle lämna Terabelle för att fara tillbaka till Fakari. Sedan det hopp som tänts inom honom när Liana sa att hon ville bli en drakriddare. Varför kände han så här? Han var inte intresserad av något som den andra världen kunde ge, men ändå…

Han ruskade på sig och gick vidare in på tredje våningen. Det var bara överstar som bodde på den här våningen. Han passerade Krashaks dörr. Men det fanns också några rum som inte användes längre. Han undrade hur dem såg ut. Han hade aldrig varit inne i dem tidigare, bara hört talas om dem. Han visste att dem städades då och då. Förutom det så var det ingen som gick in i dem.

Han stannade tvekande utanför dörren till rummen. Sedan grymtade han till och öppnade dörren. Han steg in och såg sig omkring. Rummet var ljust och solen lyste genom det ena fönstret. En stor bekväm soffa stod mitt i rummet med ett bord framför och två bekväma stolar. En liten bokhylla stod i ett hörn. Han gick fram till det ena fönstret och tittade ut. Han såg ner mot några av barackerna som lärlingarna bodde i. Mittemot såg han ett annat fönster. En man satt i det och spelade på en luta.

Alram Manros höjde förvånat en hand till hälsning och lämnade fönstret. Drashin skrattade till. Överste Alram Manros, ledare för den svarta legionen. En legion med drakriddare från alla skvadronerna, nästan. Drashin tyckte bra om mannen och det gick rykten bland drakriddarna att den svarta legionen och Dödens skvadron skulle slås samman till en enda skvadron.

Han lämnade fönstret och gick in i det andra rummet. Det var ett sovrum. Sängen var stor och såg bekväm ut. Ett litet bord stod bredvid sängen med en liten lampa på det. Han gick fram till den, lyfte upp den och skakade lätt på den. Det fanns olja i den. Han ställde ner den och såg sig om igen.

I andra änden av rummet fanns två stora dörrar. Han gick dit och öppnade dem. Han nickade tillfredsställt när han såg den stora tomma garderoben. Hon skulle nog tycka om det här. Han stängde garderoben igen och gick tillbaka till det andra rummet. Alram och Krashak stod och väntade på honom. Dem båda flinade stort mot honom.

"Skall du flytta in i prinsessviten, general?" frågade Krashak oskyldigt.

"Passar inte dem små rummen längre, pojk", flinade Alram. Han var den ende som verkligen kunde kalla Drashin för pojk, även om han inte var mer än fem år äldre. Han kallade alla pojke eller flicka, oavsett ålder.

"Mina rum passar alldeles utmärkt, mina herrar", sa Drashin och lät blicken glida över rummet igen. "Jag var bara en aning nyfiken på dem här rummen."

Dem två männen skrockade och utbytte menande blickar med varandra. Drashin ignorerade dem och vände dem ryggen. Han lade ena handen på den långa dolkens skaft och lade huvudet på sned.

"Tror ni att hon kommer att tycka om dem?" frågade han frånvarande.

Alram grymtade förvånat bakom honom. Krashak skrattade till.

"Hon skulle nog vilja stanna nära flickan", sa klipptrollet muntert. "Jag tror att hon kommer bli överförtjust i att få den här fina sviten av dig."

Drashin såg på honom över axeln. Alram såg först på Krashak och sedan på honom. Han verkade en aning förvirrad över det han hörde. Krashak bara flinade stort och såg muntert på sin general. Drashin undrade varför han flinade som en fåne. Han blinkade till och fick syn på sin spegelbild i en spegel som satt på väggen. Han undrade varför *han* flinade som en fåne. Han tog genast till en oberörd min och vände sig mot dem båda överstarna.

"Nå, det får vi väl se", sa han kort och passerade mellan dem två männen. "Först måste vi få in Liana Darik i rullarna. Sedan kan jag... vi ge henne sviten om hon vill ha den."

Krashak skrockade när han tvekade. Drashin ignorerade honom och vände mot trappan. Han såg hur Tirasine ledde Liana och Diriska till nästa våning. Han följde den blåhåriga kvinnan med blicken. Han undrade om hon skulle tycka om hans gåva till henne. En väldig näve lade sig på hans axel och han såg mot Krashak.

"Jag är säker på att hon kommer att ta emot den från dig", sa översten vänligt. "Speciellt om den kommer från dig."

Drashin blinkade till, fnös och stegade vidare mot trappan.

"Krashak", sa han, "kom till mitt rum. Vi har saker att diskutera."

Han hörde inte överstens svar utan gick bestämt nerför trappan till sin våning. Han kände hur han började le. Han såg fram emot att få se henne oftare, att ha henne nära. Han ville se mer av hennes blå ögon.

23

Tirasines rum låg två våningar ovanför Drashins rum. Hennes rum hade lite fler möbler än vad Drashin hade haft. I ett hörn stod en soffa med ett litet bord framför. Hon hade ett mindre skrivbord som inte var lika fullt med papper. Tirasine visade in Liana till det bakre rummet. Där fanns en säng och ett litet bord med en vattenkanna och en tvätt skål. Liana lyfte den tunga kannan och hällde upp lite varmt vatten i skålen. Hon tog av sig skjortan och tvättade sig snabbt. Hon hörde Tirasine och Diriska samtala lågt inne i det andra rummet. Hon torkade snabbt av sig och drog på sig skjortan igen. Hon hade hoppats att hon skulle hunnit få på sig en ny, ren skjorta, men Tirasine hade sagt att hon troligen inte skulle hinna.

När Liana kom ut från det lilla rummet igen stod en ung drakriddare i dörren till det större rummet. Han var ganska kort, men det var klart att han inte var en dvärg. Hans korta hår var blont och ögonen blå. Hans kishara hade en blå måne och en vit hammare på en grön bakgrund. Han vände blicken mot Liana när hon kom in i rummet men vände den snabbt tillbaka till Tirasine igen.

"Ca'Draak väntar på flickan i generalernas mötesrum", sa han med grov röst. Det fanns en viss nyfikenhet i hans röst.

Liana var säker på att nästan hela riddarhuset visste om att Ca'Draak och dem andra generalerna skulle träffa henne nu, men ingen utom Drashin och hans grupp visste orsaken.

"Vi kommer genast", svarvade Tirasine kort. "Du kan gå löjtnant. Jag tar över från här."

Löjtnanten började protestera, men tystnade efter en vass blick från Tirasine. Han slog sin knutna hand mot bröstet och lämnade dem igen. Tirasine grymtade till och vände sig mot Liana och Diriska.

"Följ mig", sa hon och gick före dem ut ur rummet. "Jag skall vara med er under hela mötet."

Tysta följde Liana och Diriska efter henne genom korridoren. Under tiden dem gick genom korridoren mot trappan slöt sig Kalar, Sareas och Norek till dem. Utan ett ljud gled dem upp på varsin sida om Liana och Diriska. När dem nådde trappan och började gå ner dör den dök Ranin och Meeko upp nedanför och slöt upp bakom Liana. Ingen av drakriddarna sa något. Flera drakriddare som dem mötte eller passerade under deras färd mot generalernas mötesrum vände sig om och såg tysta efter dem. Liana kunde känna deras frågande blickar som följde henne.

Dem passerade dörren till Drashins arbetsrum och hon sneglade in. Hon såg Drashin sitta vid skrivbordet och pratade med Krashak som satt med ryggen mot dörren. Han såg upp och mötte hennes blick snabbt innan dem passerade dörren helt.

Den lilla gruppen fortsatte genom korridoren. Liana undrade lite vilka som hade sina rum här på den här våningen så hon sneglade lite på dörrarna hon passerade. En skylt fick henne nästan att stanna upp. Asama Mashok, Ca'Draak, stod det på den lilla guldplattan på dörren. Hon hade nästan varit helt säker på att det var i det rummet som hennes möte med generalerna skulle vara, men hennes eskort fortsatte förbi dörren.

Liana sneglade på Diriska där hon gick bredvid henne. Draken gick tyst med ett spänt drag på munnen och blicken riktad rakt fram. Drakriddarna runt henne gick avslappnat, men dem blev mer och mer spända ju längre dem gick.

Korridoren slutade med en bastant ekdörr. Det var en drake utskuren på den. Det var den enda dörren som Liana sett som hade något avbildat på den. Det var även den enda som inte hade något liten skylt där det stod något namn på. Tirasine stannade framför dörren och såg sig över axeln. Liana såg hur Kalar och Sareas nickade bredvid henne och hon hörde en grymtning bakom ryggen på henne som bara kunde komma från Norek. Majorkaptenen nickade även hon och vände sig mot dörren igen. Hon tog ett djupt andetag, knackade på dörren, väntade ett ögonblick och öppnade sedan dörren.

"Ca'Draak, generaler", förkunnade Tirasine med hög röst och steg in. "Liana Darik inställer sig som ni befallt."

"Kom in", hördes Asamas röst från rummet.

Tirasine slog sin knutna hand mot bröstet och steg åt sidan. Liana steg in med Diriska tätt efter sig. Liana såg på dem fyra generalerna som satt framför henne bakom ett stort ekbord. Asama hade hon sett tidigare och hon såg honom sitta i mitten av gruppen. Bredvid honom till höger stod en tom stol, Liana misstänkte att det var där som Drashin brukade sitta. På stolen bredvid den tomma satt en alv med långt mörkt hår och mörka ögon. Näsan var krokig efter att blivit knäckt vid ett tidigare tillfälle. På andra sidan om Asama satt en dvärg med kort ljusrött hår och gråblå ögon. Hans skägg var flätat i flera flätor. Han lät ena handen stryka över dem. Mannen bredvid honom var en människa med axellångt mörkt hår och ett kort mörkt skägg.

Liana såg på dem fyra med stigande nervositet. Hon hade aldrig trott att hon en dag skulle stå inför fyra av världens mäktigaste män. Hon slickade sig nervöst om läpparna när hon såg hur generalernas miner blev mörkare. Sedan såg hon hur drakriddarna som eskorterat henne steg in i rummet och ställde sig utefter väggen. Diriska ställde sig direkt vid hennes högra axel.

"Jag trodde att jag specifikt sa att endast Liana Darik skulle komma hit", sa Asama barskt.

"Liana Darik har blivit förd hit, Ca'Draak", svarade Tirasine utan att röra en min.

"Då ville jag enbart att Liana Darik skulle komma."

"Jag tänker inte lämna hennes sida", sa Diriska strängt.

Liana försökte hålla blicken fäst på en punkt strax över generalernas huvud.

"Du kan få vara kvar", sa den mörk hårige mannen med lugn röst. "Vad bekräftar er andra..."

"Vi skulle vilja stanna också, Ca'Draak", sa Kalar.

Generalernas miner blev ännu bistrare.

"Ni har annat att göra", sa den mörk hårige mannen med mörk röst.

"Vi har redan gjort det som måste göras, general Loras", svarade Sareas snabbt. "General Drashin gör resten i detta nu tillsammans med överste Do´shank."

Generalerna såg snabbt på varandra. Dem grymtade ogillande allihop innan dem tillslut nickade.

"Låt gå", morrade Asama. "Men ni håller tyst. Är det uppfattat?"

"Ja, Ca´Draak!" utbrast dem sex drakriddarna och slog sin knutna hand mot bröstet.

Med en sista ogillande blick mot dem vände sig Asama åter mot Liana. Hans min mjuknande en aning, men han såg fortfarande mycket sträng ut.

"Du är Liana Darik från byn Balden i Fakari?" sa Asama.

"Ja, herrn", svarade Liana.

"Och du vill bli en drakriddare?" fortsatte den mörkhårige alven.

"Ja, herrn."

"Intressant", sa dvärgen lågt. "Varför vill du bli en drakriddare?"

"Därför att jag vill bli tillräckligt stark för att möta Asharak själv och hämnas min familjs död."

Generalerna studerade henne i tystnad. Vid väggen stod drakriddarna och såg på först varandra och sedan på henne. Dem verkade stålsätta sig för något.

"Hämnas din familj", sa Asama långsamt. Han såg på dem andra.

"Det var det här vi misstänkte, Asama", sa dvärgen.

"Sant, Niashal", svarade Asama. "Vad tycker ni två? Hamares? Jasara?"

Alven gned sig om sin kala haka.

"Det är ovanligt med utlänningar som söker sig till drakriddarna", sa han. "Hämndlystna utlänningar är ännu mer sällsynta. Eller hur Hamares?"

"Hämnd är aldrig en bra sak", svarade den fjärde generalen. "Kan bli problem nere i Labyrinten när man måste var fokuserad."

"Kan även leda till en viss galenskap", sa Niashal och log skevt.

"Är det här ett förhör på en brottsling?" fräste Diriska plötsligt.

Generalerna blinkade till. Dem verkade ha glömt bort henne, trots att hon stod alldeles bakom Liana.

"En rutinsak bara", sa Asama lugnt. Han vände sig mot Liana igen. "Så du vill bli en drakriddare för att hämnas din familjs död."

"Ja, herrn."

Generalerna såg snabbt på varandra. Alven gned sig om hakan igen. Niashal kliade sig i skägget medan dem två människorna bara satt och tittade på henne. Sedan suckade Asama och lutade sig framåt.

"Jag tror att jag talar för alla generalerna nu", sa Asama. Han inväntade bara en kort nick från dem andra innan han fortsatte. "Liana Darik. Vi säger nej till din önskan om att få bli lärling till drakriddarna."

Liana öppnade munnen för att protestera men kunde inte få fram ett ljud. Dem tänkte inte låta henne få sin hämnd. Diriska lade en tröstande hand på hennes axel.

"Varför?" undrade Liana besviket.

"För det första, så som Hamares sa, är hämnd ingen bra sak", sa Asama. "Hämnd är ingen orsak för dig att söka till drakriddarna. Dessutom skulle vi inte finna någon riddare som skulle vilja ta dig som lärling på grund av ditt hämndbegär."

"Jag skulle", sa Tirasine genast.

"Vi skulle alla ta henne som lärling, Ca'Draak", sa Ranin.

"Jag sa åt er att vara tysta!" röt Asama, reste sig och slog näven i bordet. "En drakriddare tar enligt seden en lärling när dem blivit kaptenslöjtnant eller strax efter det. Ingen av er har någonsin tagit en lärling. Och jag tror att vi alla är glada för det."

"Men Ca'Draak…" började Meeko.

"Ni är fullkomligt galna allihop", sa Niashal bistert. "Även om ni så bad på era bara knän skulle vi inte låta er ta en lärling. Det är ni som ger drakriddarna ett dåligt rykte."

"Men om dem är villiga att ta mig som lärling, herrn", sa Liana. "Då skulle jag ju…"

"Nej!" avbröt Asama henne ilsket. "Vi har gjort det här beslutet nu och det går inte att ändra på. Det är slut diskuterat."

Generalerna reste sig upp och började gå ut ur rummet. Asama stannade alldeles innan dörren och vände sig mot Liana.

"Jag föreslår att ni reser hem till Fakari igen, flicka", sa han. "Och gör det så fort som möjligt."

Han lämnade rummet. Liana stirrade ner i golvet. Generalernas beslut hade gjort henne mycket besviken och sorgsen. Diriska lade armen om hennes axlar och viskade tröstande i hennes öra. Liana hörde dem sex riddarna muttrande lämna rummet. Tirasine stannade intill henne.

"Jag beklagar, Liana Darik", sa hon tyst. "Men generalernas beslut kan inte överklagas. Res hem igen. Vi ska se till att Asharak får betala för vad han har gjort mot dig och din familj. Jag lovar dig detta."

Liana torkade bort tårarna från kinden.

"Tack, Tirasine", sa Diriska vänligt. "Dina ord skänker en viss tröst."

Drakriddaren nickade och lämnade dem sedan ensamma. Efter en liten stund lät sig Liana föras ut ur rummet av Diriska. Dörren till Drashins rum var fortfarande öppen, men varken generalen eller Krashak var kvar där inne. Dem två lämnade riddarhuset. Dem gick tysta till värdshuset 'Drakriddarens gunst' och packade ihop dem få tillhörigheterna som Diriska hade. Utanför värdshuset stod mäster Namser med två hästar.

"Mycket tråkigt att ni ger er av nu inför den stora festen, frun", sa han beklagande. "Drakriddarna kommer att hålla en stor middag för kungen i riddarhuset."

"Vi har en lång väg att resa, mäster Namser", svarade Diriska vänligt. "Det skulle bara vara oss till nytta om vi for iväg så snart vi bara kunde. Har vi tur hinner vi fram till nästa by innan mörkret."

"Det hinner ni mycket troligtvis", svarade värden vänligt. "Majorkapten Nariba var här alldeles nyss och lämnade dem här hästarna åt er. Bra djur och dem kommer att tjäna er väl på er resa."

Han räckte över tyglarna till Diriska och Liana. Han böjde nacken hövligt som avsked och skyndade in i värdshuset igen. Liana klappade sin häst vänligt på mulen. Tirasine och dem andra hade varit så vänliga mot henne ända från första början. Hon hoppade upp i sadeln och såg en sista gång längtansfullt mot riddarhuset innan hon och Diriska gav sig iväg mot den södra porten.

Ett rytande fick henne att se upp mot skyn. Inte högt över hustaken gled en dvärgdrake förbi. Diriska lät höra ett svagt stön och förde sina händer till öronen. Liana misstänkte att det var Samare och vinkade upp mot honom. Draken gjorde några snabba svängar innan den dök ner mot riddarhuset och försvann bakom det.

Dem passerade riddarhuset igen och Liana gjorde allt för att undvika att titta på det. Men så snart som hon ridit runt ett gathörn vred hon sig i sadeln för att se efter det. Även Diriska vände sig om i sadeln och muttrade något på drakarnas språk. Dem två ryttarna nådde snart till den södra porten, som nu stod öppen. Sex vakter stod på vardera sidan om den stora porten och iakttog slött folket som passerade genom den. Det syntes knappt att det bara för några timmar sedan hade varit stängda portar och att en stor strid hade utspelat sig strax norr om staden. Folk rörde sig som vanligt. Det enda som avslöjade att striden hade ägt rum var hur folk pratade upphetsat om den.

Dem två red tysta igenom porten. Vakterna såg undrande på dem, det var dem enda som lämnade staden alla andra kom till staden, men stoppade dem inte.

Liana var djupt försjunken i sin dysterhet över att blivit iväg skickad av drakriddarna. Hon visste att Diriska var lättad, men efter att sett Liana bli ledsen för det, hade hon blivit bekymrad över henne. Dock verkade Diriska också en aning motvillig till att lämna Terabelle. Liana undrade varför.

När dem nådde kullarna där skogen runt staden började stannade Diriska till. Liana märkte det inte först utan red vidare en liten bit innan hon stannade och såg sig frågande om. Diriska satt på sin häst och studerade henne.

"Är det så viktigt för dig?" frågade Diriska henne.

Liana vände sin häst mot henne.

"Vad då, Diriska?" undrade hon.

"Att bli en drakriddare, Liana."

"Ja", svarade Liana. "Som en drakriddare kan jag bli stark nog för att besegra Asharak."

"Hamares hade rätt, Liana, det vet du", sa Diriska utan att röra en min. "Hämnd är inte någon bra orsak. Varför vill du verkligen bli en drakriddare?"

Liana såg tyst ner i marken. Hon funderade över varför hon verkligen ville bli en drakriddare. Att hämnas på Asharak hade låtit så bra i hennes egna öron. Men var det verkligen den riktiga orsaken? Hon funderade på vad Drashin och Tirasine pratat om under deras resa från Fakari till Amdoria. Så kom hon på varför och höjde blicken för att se Diriska i ögonen.

"Den riktiga orsaken är att bli en för kämpe för folken i dem åtta världarna mot ondskan", sa hon stadigt. "Att göra allt för att hindra sådana som Asharak att förslava folken."

Diriska såg fundersamt på henne.

"Dem åtta världarna?" frågade hon sakta. "Vad menar du med det?"

"Drashin och Tirasine berättade om dem åtta världarna på vår resa genom norrut", berättade Liana. "Drashin själv är inte från den här världen. Han är från en värld som kallas den första."

Diriska blinkade till och vände sig halvt tillbaka mot staden. Liana kunde inte låta bli att le. Diriska hade aldrig fått reda på det. Hon visste inte att Drashin var från en annan värld. Hon hörde Diriska viska något, men kunde inte höra vad. Liana såg också ner mot staden. Hon längtade tillbaka till den. Så rynkade hon pannan och reste sig i sadeln. Ett litet dammoln kom från staden mot dem. Det var en liten grupp ryttare som var på väg mot dem. Hon undrade vilka det var.

Snart kunde hon urskilja sex ryttare och hon kunde inte låta bli att le. Det måste vara drakriddarna från Drashins skvadron. Det tog inte lång stund innan ryttarna kom ikapp dem och höll in sina hästar.

"Jag trodde att ni hade hunnit längre", sa Kalar andfått.

"Vad gör ni här?" frågade Diriska barskt.

"Vi tänkte träna Liana", svarade Sareas och flinade.

"Men då bryter ni ju mot generalernas order."

"Jo, men vi brukar bryta mot order lite då och då", flinade Meeko. "Det är nog därför general Drashin valde oss till sin skvadron."

Liana stirrade storögt på dem sex. Skulle dem trotsa drakriddarnas högsta befäl för att lära upp henne?

"Men vi får kanske vara lite försiktiga med det här", sa Norek och gned handen över sin kala skalle. "Asama och dem andra generalerna kanske mest skäller ut oss, men man vet ju aldrig med Drashin. Han kanske håller med Ca'Draak om det här."

"Den gamla borgen", sa Tirasine. "Vi kan ju bege oss dit för att planera upplärningen."

Liana ryckte till när några kvistar brast bakom hennes rygg. Drakriddarna blev genast spända och stirrade in mot skogen. Liana vände sin häst och såg oroligt mot det håll som ljudet kom ifrån. Till slut steg en dvärgdrake fram mellan träden och betraktade dem. Liana kände igen Samare på det långa vita ärret som löpte längs med hans högra kind. Han gav ifrån sig ett knorrande ljud när han vred på sitt stora huvud för att se på dem en efter en. Ännu en kvist bröts itu när Krashak dök upp vid drakens sida. Han ställde sig bredbent och lade dem kraftiga armarna i kors över bröstet.

Liana hörde hur drakriddarna bakom hennes rygg muttrade orolig sinsemellan. Själv hade hon fullt upp med att lugna sin egen häst. Diriska verkade helt oberörd över att klipptrollet och draken dykt upp. Hon verkade spana in mellan träden efter någon mer.

"Överste", sa Tirasine försiktigt. "Vi kan förklara."

"Förklara?" hördes en röst från trädet ovanför deras huvuden.

Innan någon hunnit reagera hoppade någon ner från trädet framför dem och ställde sig med armarna korsade över bröstet.

"Förklara vad, majorkapten?" undrade Drashin.

24

Liana stirrade på honom med stora ögon. Hon hörde ett oroligt sus från drakriddarna bakom sig. Drashin lade huvudet på sned och betraktade dem.

"General!" utbrast Ranin. "Alltså vi... ah..."

"Av det jag har fått höra här", avbröt Drashin honom, "så tänkte ni bryta mot Ca'Draaks direkta order om att hon *inte* skulle få tränas upp till en drakriddare."

Han såg på dem en efter en. Liana såg hur Krashak hade ett litet flin på läpparna. Samare skrockade för sig själv. Drakriddarna började besvärat svamla fram och tillbaka tills Drashin höjde handen för att tysta dem.

"Det brukar vanligtvis vara *jag* som går emot allt som Asama säger", sa han. "Eller det mesta av det i alla fall."

Han såg på dem igen en efter en. Sedan flinade han och såg sig om över axeln på Krashak.

"Visst är det en fin skvadron vi har, Krashak", sa han.

"Självklart, Drashin", sa översten utan att röra en min. "Vi kunde inte önska oss en bättre skvadron."

Drashin skrattade till och vände sig mot dem andra igen.

"Jag hade mina misstankar om att Asama och dem andra skulle neka dig en plats som lärling hos drakriddarna", sa han och såg på Liana. "Och jag hade en känsla av att ni skulle erbjuda er som hennes mästare och att ni sedan skulle försöka lära upp henne utan deras vetskap." Han skakade på huvudet. "Hon skulle aldrig bli en riktig drakriddare om ni gjorde på det viset, förstår ni väl. Så nu ser vi till att återvända till staden. Festen ska snart börja och vi kan ju inte bli sena."

Liana såg på Diriska och såg samma förvåning som hon själv kände sig. Diriska såg spänt på Drashin och det glittrade i hennes blå ögon.

"Vad pratar du om?" frågade Liana.

Drashin skrattade till och gick fram till Samare. Han lade handen på drakens kraftiga framben. Han såg på Liana med huvudet på sned.

"Jag såg till att skriva in ditt namn i rullarna under tiden du hade ditt möte med Asama och dem andra. Din första lektion, Liana Darik", sa han lugnt. "Är att inte ifråga sätta dina mästares beslut och order till dig."

"Menar du..." sa Liana hoppfullt.

"Välkommen till drakriddarna, Liana Darik", sa Drashin. "Du är nu lärling till Dödens skvadron. Du kommer att läras upp av dem mäktigaste drakriddarna genom tiderna."

Liana klappade förtjust händerna och såg leende på Diriska. Hon log stillsamt mot henne, även om Liana visste att hon var lite besviken över att se Liana bli en drakriddare. Diriska höjde blicken för att se mot Drashin, Liana kunde se hur en undrande glimt tändes i hennes blå ögon. Men också ett litet leende. Krashak och Drashin drog sig upp på ryggen på Samare och sedan red dem i samlad grupp tillbaka till staden.

Vakterna vid porten ställde sig genast i givakt när dem red förbi. Folkmassan delade sig för Samare som gick i täten med Drashin och Krashak på ryggen. Väl vid riddarhuset steg alla av sina riddjur och steg in i huset. Samare såg bara helt kort mot dem innan han promenerade vidare in i staden. Liana såg på den stora stenen i entrén. Det kändes nästan som om alla namnen som stod på den välkomnade henne hem igen.

"Tirasine", sa Drashin, "du kan väl visa Liana lärlingarnas baracker och var hon kommer att sova."

"Ja, general."

"Drashin!" röt Asama från trappan. "Vad menas med det här?"

"Vad då?" frågade Drashin lugnt och lade händerna bakom ryggen.

Tirasine vinkade åt Liana att följa med henne.

"Ni går ingenstans, majorkapten", fräste Asama och kom fram till dem. Han stirrade ilsket på Drashin som lugnt mötte hans blick. "Generalerna har sagt nej till den här flickan att bli en lärling. Vi sa åt henne att återvända hem igen!"

"Hon har inget hem att återvända till, Asama", sa Drashin fortfarande lika lugnt. "Narkierna brände ner gården som hon levde på. Dem dödade hennes familj."

"Hon vill enbart vara med för att hämnas på hennes familj", sa Asama sammanbitet. "Vi kan inte ta emot dem som enbart är ute efter att hämnas. Jag har sagt nej till att någon av krigarna från Dödens skvadron skall lära upp henne. Ingen av dem kommer att bli hennes mästare. Se nu till att hon far hem igen."

Drashin såg bara tyst på honom. Sedan vred han på sig för att se på Liana över axeln. Så vände han sig emot Asama igen.

"Är det en *order*, Ca'Draak?" frågade han kallt.

"Det är en order", morrade Asama argt. "Jag beordrar dig, som drakriddarnas ledare och ditt befäl, att skicka hem henne."

Drashin snörpte på munnen och nickade stilla. Liana såg i ögonvrån hur Mira steg in genom riddarhusets dörrar, men största uppmärksamheten hade hon på Drashin. Hon fruktade för vad han nu skulle säga till henne. Mira kom fram till dem.

"Vad händer här?" frågade hon och såg först på Asama och sedan på Drashin.

"Jag har just beordrat Drashin att skicka hem flickan igen", sa Asama barskt.

"Beordrat?" sa Mira tveksamt. "Men…"

"Ja, han gav mig en order", sa Drashin långsamt. "Så jag får väl framföra en order till flickan."

Han vände sig sakta om mot Liana och tittade på henne. Liana kunde höra i sitt huvud hur han sa åt henne att återvända tillbaka till Fakari igen. Han vände blicken mot Tirasine och nickade kort mot henne. Hon bugade hastigt och vände tvärt och vandrade iväg mot en dörr på andra sidan om den stora stenen. Drashin vände åter blicken mot Liana och såg genast mycket sträng ut. Han ställde sig med händerna i sidorna.

"Liana Darik", sa han barskt. "Sa jag inte åt dig att följa med majorkapten Nariba till lärlingarnas baracker?"

"Vad…?" började Liana men Drashin av bröt henne.

"Räta på dig och svara med respekt för din mästare", morrade han. "Gå genast med majorkaptenen."

"Ja, mästare", sa Liana och bugade snabbt mot honom. Hon rätade på sig och skyndade efter Tirasine.

"Vad håller du på med Drashin!" röt Asama.

"Sedan när löd jag några order från dig, Asama?" röt Drashin tillbaka. "Hon är *min* lärling, min och min skvadrons. Så du lägger dig inte i hur vi lär upp henne. Hon stannar, är det uppfattat!"

Liana hörde att Asama svarade något med ilsken röst, men det dränktes av den tunga dörren som Tirasine stängde bakom henne och Diriska. Den kvinnliga drakriddaren gick före genom den korta korridoren och steg ut i dagsljuset igen. Liana stirrade på den stora gården som fanns på husets baksida. Flera ungdomar befann sig i olika små gräsplättar tillsammans med drakriddare som följde varje rörelse dem gjorde. Drakriddare med sina elever, lärlingarna.

"Liana", sa Tirasine över axeln när hon fortsatte över gården. "Kom nu. Du får göra dig i ordning till kvällen i ditt rum."

"Ja, mästare", sa Liana och skyndade ikapp henne.

"Kommer han att få problem nu?" frågade Diriska ängsligt och såg sig över axeln mot riddarhuset.

"Troligen kommer dem båda att gräla över detta ett tag", sa Tirasine
med ett kort skratt. "Det är inte ovanligt att dem grälar länge över en del
saker. Dem skulle till och med kunna gräla under en på gående strid.
Dem är oense om en hel del, men ändå har inte riddarorden drabbats
märkvärt. Dem brukar hålla sina gräl privata, även om dem skulle kunna
stå och skrika mot varandra mitt på stora torget inför hela Terabelle."
Liana sneglade på sin vän. Diriska såg med fundersam min mot rid-
darhuset. Liana undrade vad hon tänkte på. Var hon verkligen orolig över
Drashin?
Tirasine ledde henne och Diriska till ett två våningshus. Dem steg in
genom dörren och befann sig i en korridor med flera dörrar. Tirasine gick
till den tredje dörren och öppnade den. Hon steg åt sidan och visade med
handen att Liana kunde stiga in.
Med ett djupt andetag steg Liana in i det lilla rummet och såg sig om-
kring. Det enda som fanns i rummet var en säng, ett litet bord, en pall och
en garderob. När hon vände sig om såg hon hur Tirasine betraktade
henne.
"Det här kommer att bli ditt egna rum under några år", berättade
drakriddaren. "Om du någonsin blir en drakriddare kommer ett rum att gö-
ras iordning för dig inne i riddarhuset."
"Om hon blir en drakriddare?" frågade Diriska rappt. "Jag trodde att
hon skulle bli en nu när ni har tagit henne till er lärling."
"Inte helt sant, frun", sa Tirasine och log. "Först skall hon genom gå
den hårda träningen. En del fullföljer inte träningen. Antingen av eget be-
slut eller så misslyckas dem med träningen. Dem skickas helt enkelt hem
igen. Ingen som misslyckats med träningen tillåts att komma tillbaka igen.
Har man misslyckats med träningen har man inte det som krävs som
drakriddare."
"Jag skall inte misslyckas, mästare", sa Liana och rätade på sig.
"Självklart inte", sa Tirasine och log mot henne. "Sedan har vi den
sista prövningen. Vandringen ner till Ma'sharos'tian. Alla blivande drakrid-
dare går ner till grottorna som han befinner sig i tillsammans med sin
mästare och två av dem vise. Den tredje väntar alltid nere hos Ma'sha-
ros'tian. På vägen ner utsätts man för ett sista test. Man blir transporterad
till en del av Labyrinten som är helt fristående från resten av den. Två
gånger skall man gå i strid. Överlever man sina två möten med demo-
nerna där och till slut står framför Ma'sharos'tian, så får man svära drake-
den och bli en drakriddare."
"Och när kommer hon att ställas inför den sista prövningen?" undrade
Diriska dröjande.

"När hon är redo för den", svarade majorkaptenen lugnt. "I regel aldrig före personen i fråga fyllt tjugotvå."

"Men det är ju sex år dit!" utbrast Liana.

"Jag sa i regel, Liana", sa Tirasine och plockade fram ett papper ur fickan. Hon tittade på det. "Både jag och Drashin... Eller jag kanske skulle säga Marish... var endast sexton när vi svor eden inför Ma'sharos'tian."

"När ni var sexton?" utbrast Diriska förbluffat.

"Javisst", sa Tirasine och såg upp. "Vi har varit drakriddare i tio år nu. Det kanske inte kommer att ta så lång tid för Liana heller. Det finns kläder i garderoben, Liana. Se om dem passar dig någorlunda. Det kommer att få duga för tillfället."

"För tillfället?" undrade Liana.

"Du måste ha kläder som passar sig för en lärling hos drakriddarna", förklarade Tirasine. "Speciellt ikväll under festen. Glöm inte nu att du är en lärling nu, Liana Darik. Du har tilltalat oss med namn under resan till Amdoria, men nu är det antingen rang eller, mästare som du använder när pratar med drakriddare. Tänk på vilka du tilltalar bara. Asama tilltalar du alltid som Ca'Draak, och enbart när du blir tilltalad. Lärlingar har nästan aldrig någon som helst kontakt med vår ledare. Kom ihåg, nästan aldrig. Ibland kan en lärling bli uppkallad till honom, men enbart då överträdelser har gjorts och då tvingas även lärlingens mästare upp. Det vill vi helst slippa, eller hur?"

"Ja, mästare", sa Liana och sträckte på sig.

"Skulle det kunna leda till problem för Liana?" frågade Diriska oroligt.

"Asama skulle kunna skicka iväg henne för att aldrig få återvända", berättade Tirasine. "Men med tanke på att du är lärling till Dödens skvadron och vi har ett vida rykte om att vara galna, så han kommer kanske inte göra så mycket mer än att skälla på oss andra. Vilket skulle även kunna leda till ett nytt gräl mellan Asama och Drashin. Men försök att hålla dig i skinnet. Ingen vet hur Drashin skulle reagera om du gör något dumt. Så låt bli."

Hon väntade bara tillräckligt länge för att Liana skulle hinna nicka som svar innan hon vände sig mot Diriska.

"Jag misstänker att du vill vara så nära henne som möjligt, frun", sa majorkaptenen. "Det finns en bekväm svit i riddarhuset som kanske skulle falla er i smaken. Drashin talade om för mig på vägen hit att han låtit ställa den i ordning för er."

"Jag hoppas inte att jag ställer till med besvär för er", sa Diriska sakta.

"Drashin har kanske fått en utfrågning om det, men han brukar ignorera sådant. Han gör som han vill."

Diriska tackade vänligt med ett litet leende. Tirasine sa åt Liana att göra sig i ordning för festen innan hon tog med sig Diriska för att visa draken till hennes svit. Liana kunde inte låta bli att le en aning när dem två lämnat henne. Hon undrade hur länge som Diriska skulle kunna dölja att hon inte var mänsklig utan en drake, som Asmaji, Sultan och Lindramas.

Diriska följde med Tirasine tillbaka mot riddarhuset. När dem kom till det stora entréhallen såg hon sig omkring. Varken Drashin eller Asama var syntes till någonstans längre. Hon undrade var han hade tagit vägen.

Tirasine visade vägen uppför trappan. Vid andra våningen vred Diriska på huvudet mot generalernas rum och stannade upp. Drashin, Asama och Mira, helerskan, stod utanför dörren för Drashins rum. Dem två generalerna såg surt på varandra medan Mira pratade med dem två. När hon tystnade började dem två männen genast prata i munnen på varandra och gestikulera vilt. Diriska ryckte till när helerskan lyfte händerna och slog deras huvud mot varandra. Dem två tog sig för sina pannor och stirrade ner på kvinnan.

En harkling från Tirasine fick Diriska att rycka till och skynda sig efter drakriddaren. Vid nästa våning lämnade dem trappan. Diriska såg sig nyfiket, men också försiktigt, omkring. På en dörr dem passerade såg hon Krashaks namn. Dörren var ordentligt stängd, men hon kunde höra honom prata för sig själv där inne. En man kom dem till mötes. Han sken upp när han såg Tirasine.

"Det är inte ofta man ser dig här hos oss, flicka", sa han och flinade. "Springer ärenden åt den käre generalen igen."

Diriska såg misstänksamt på honom. Han var kraftigt byggd, men inte fet, hon gissade på att det mesta var muskler. Han rörde sig med samma smidighet som alla drakriddare. Han var slätrakad och hans ljusa hår räckte honom till strax under öronen. Dem ljusblå ögonen sken av munterhet. Han blinkade flinande mot Diriska.

"Överste Manros", sa Tirasine och böjde lätt på nacken och slog näven mot bröstet. "Generalen bad mig att visa vår nya lärling till barackerna och Diriska, här till hennes rum."

"Åh", sa Manros med ett kort skratt. "Han har äntligen tagit sig en lärling. Er nya sa du?"

"Liana Darik är den första och enda som kommer att ha flera mästare, överste", sa den kvinnliga riddaren. "Hela Dödens skvadron kommer att träna henne."

Översten blinkade till och såg förundrat mot henne.

"Vet inte om jag ska gratulera flickan eller om jag ska be för henne", sa han med ett skratt och vände sig sedan mot Diriska. "Ni måste då vara

Diriska." Han bugade kort mot henne. "Jag är Alram Manros, överste av drakriddarna och leder den svarta legionen. Jag förstår att det blir ni som skall bo i prinsessviten."

"Prinsessviten?" sa Diriska försiktigt.

"General Drashin inspekterade den personligen och hoppas att den kommer att vara er till lag. Jag undrade lite vad för flicka som skulle kunna få den pojken att vilja gå in i dem rummen. Han har aldrig visat något intresse för dem tidigare. Nå ja, Tirasine, jag ska inte uppehålla dig längre. Diriska, vi får väl förhoppningsvis träffas vid festen lite senare. På återseende, flickor."

Diriska såg förundrat efter mannen som nynnandes gick mot trapporna. Väl där verkade han få syn på någon då han gjorde ett glatt ropande och gick skrattande nerför den.

"Flicka?" mumlade hon. "Vad tror han att jag är?"

"Han kallar alla för pojkar eller flickor", sa Tirasine med ett skratt. "Alram Manros är en trevlig person till vardags. Oftast verkar han prata först och tänka sedan. Men till strid är han alltid fokuserad och sättet som han ropar ut order... Han har inte det vackrast ordförrådet skulle jag nog säga. Generalen vekar dock tycka om honom."

Drashin tyckte om den där mannen. Diriska följde frånvarande efter Tirasine till en dörr som knappt skiljde sig från dem andra. Hon blinkade dock till när hon fick se den lilla guld skylten som satt på dörren.

"Liana Kastom", läste hon högt. "Så detta var hennes rum?"

"Hon använde dem knappt", sa Tirasine långsamt och lät handen glida över skylten. "Om man ska tro på historierna. Efter att hon gifte sig med Mantera Lombras satte hon aldrig sin fot i dem här rummen mer. Dem ska ha stått orörda i över tvåtusen år. Bara blivit städade med jämna mellan rum."

Hon öppnade dörren och steg in. Diriska följde efter och stannade alldeles innanför dörren. Hon såg sig beundrande om i rummet. Det var stort, mycket större än de rum som Drashin eller Tirasine hade. Ett fönster vätte mot väster och ett mot öster, så att hon alltid skulle få in solljus. Ett litet skrivbord stod vid det västra fönstret, en bokhylla stod på andra sidan om fönstret. Mitt i rummet stod en stor, vackert snidad soffa med röda prydnads kuddar. Samma varelse som på dem stora baneren som svajade ovanför palatset, fast i vitt, fanns på dem. Soffans stoppning var blå. Mitt emot den på andra sidan av bordet fanns två stolar, lika vackert gjorda, med blå sits. På golvet under bordet, soffan och stolarna låg en stor blå matta med små vita, gröna och röda drakar. Inga gardiner hängde för fönstren, men det störde henne inte. Det gick att ordna senare

"Så vackert det är", andades hon och snurrade sakta runt

"Drashin lät göra iordning det åt dig, som Alram sa", sa Tirasine från dörren. "Han hoppas att ni ska tycka om det."

"Ni får tacka honom från mig, drakriddare Tirasine", sa Diriska och böjde lätt på nacken. "Det är mer än jag kunde begära."

Hon hade varit redo att bo på 'Drakriddarens gunst' så snart Drashin sagt att Liana skulle bli hans lärling. Hon mindes hur hon hade känt sig både glad och ledsen på samma gång. Ledsen över att Liana nu skulle glida ännu längre från henne. Att hon inte skulle vara en del av hennes familj igen. Men också glad över att Drashin valt att ta emot henne. Nu, till hennes förvåning, växte den glädjen inom henne. Han hade tagit emot henne också.

Tirasine bugade lätt mot henne och vände sig mot dörren.

"Ni kommer få er chans att tacka honom på festen", sa drakriddaren med litet leende. "Det finns varmt vatten i sovrummet och jag tror att det går att ordna nya kläder om ni saknar ombyte."

Diriska försäkrade henne att hon klarade sig för tillfället. Och drakriddaren lämnade henne ensam i den stora sviten. Prinsessviten hade dem kallat den. Hon gick fram till soffan och satte sig ner i den. Den var mjuk. Hon såg sig om i rummet och log. Han hade gjort i ordningen den för henne. Hon kunde inte förstå varför det gjorde henne så lycklig.

Att bo här nära Liana kändes bra, men att veta att han fanns bara en våning ner fick henne att ta ett djupt andetag. Det skrämde henne en aning att det fanns så många beväpnade män runt henne. Hon undrade vad dem skulle göra om dem fick reda på vad hon var för något. Skulle dem jaga bort henne? Dem hade ju visat stor respekt mot dem andra tre.

Men han var kort mot dem. Han hade aldrig kallat dem för vise. Bara 'dem tre från Draktand'. Vad skulle han göra om hon berättade vad hon var för något? Hur skulle Drashin reagera? Hon bestämde sig för att inte berätta något för någon. Hon skulle behålla sin hemlighet tills hon kände att hon var redo. Ingen skulle få veta att hon var en drake. Hon måste bara säga åt Liana att aldrig avslöja henne.

Krashak öppnade försiktigt sin dörr och tittade ut. Han såg ryggen på Tirasine när hon försvann uppför trappan mot sina rum. Han stoppade sin pipa i munnen, puffade fram några rökringar och gned med ett tjockt finger över sin breda näsa.

Hans näsa var nästan lika känslig som en drakes och han hade funnit Diriskas doft intressant redan när såg henne första gången i Garatur. Han hade kämpat för att inte visa sin förvåning när han såg henne. Drashins doft hade varit stark från henne, blandad med en massa andra dofter inklusive doften av en drake. En drake som han inte kände till.

228

Han hade känt samma doft första gången han träffade Liana alldeles vid gränsen till Spökriket. Men doften från Drashin var svagare och det var även doften av draken. Samma drake som Diriska hade doftat av. Det hade förbryllat honom.

När han sedan sett Drashin och Diriska komma in i Umala tillsammans hade det blivit mycket svårt att dölja sin förvåning. Hur hade kvinnan kunnat röra sig så snabbt från Garatur och sedan befinna sig söder om dem? Det verkade också som om hon hade sökt efter flickan. Då hade han inte kunnat komma så nära, men även på det avståndet hade doften av Drashin varit oerhört stark hos henne. Det var nästan som om hon försökte dölja allt som var hon med honom.

Sedan hade Drashin sänt i väg henne mot Terabelle, där Liana fanns. Hon hade tvekat innan hon gett sig av, nästan som om hon inte velat lämna honom. Då hade hon gjort något som nästan fått Krashak att tappa hakan. Samtidigt som hon drog mer av Drashins doft till sig hade hon skickat sin egna tillbaka. Nästan som om att hon markerade honom. När Krashak försiktigt hade iakttagit henne verkade hon inte medveten om vad hon gjorde.

Väl tillbaka i Terabelle hade Diriska slutit upp med dem när dem gick tillbaka till riddarhuset. Krashak hade hela tiden haft ett vakande öga mot henne. Hon hade oundvikligen stirrade på Drashin där han gått framför henne med Hiram vid sin sida. Hade Krashak sett oro och avundsjuka i hennes blick?

I Drashins rum hade Krashak placerat sig vid dörren. Inte för långt borta och inte heller för nära. Ett tag hade han bara studerat Diriska, men även Drashin. Ingen av dem såg direkt på varandra om den ene riktade blicken mot den andre. Men så snart någon såg bort stirrade dem nästan öppet på varandra. Det hade fått Krashak att le en aning. Dem visste inte hur dem skulle betrakta varandra.

Sedan hade Krashak börjat vädra försiktigt i luften. En efter hade han sorterat bort dem andras dofter tills endast Diriska fanns kvar. Detta var unikt för klipptrollen, att kunna plocka fram varje enskild varelses personliga dofter. När alla andra var borta började han med stort tålamod sortera bort det som omöjligt kunde vara Diriska. Drashins doft var den svåraste eftersom kvinnan hela tiden drog åt sig mer och mer av den. Slutligen lyckades han och han hade blivit förbluffad över vad han hade funnit.

Det hade varit svårt att inte stirra på henne. Och vid matbordet hade han bestämt satt sig så han inte behövde se direkt på henne. Han trodde inte att han skulle ha klarat av att hålla sitt minspel i schack om han var tvungen att möta hennes klara blå ögon.

Han vände sig mot dörren till prinsessviten. Han puffade nöjt på sin pipa och undrade om dem skulle bli tvungna att döpa om den från och med nu. Han vände sig om och gick tillbaka in till sina rum. Han tänkte inte avslöja något för någon. Diriska skulle få den tid som hon behövde. Hon verkade en aning rädd för drakriddarna och soldater för övrigt, så han skulle ge henne tid att vänja sig.

"När du är redo", sa han lågt och vände sig åter mot hennes rum. "Så skall du veta att du i alla fall har en vän i mig." Han skrattade kort och puffade lite extra i pipan. Han stängde dörren efter sig. "Jag tror nog att även general Drashin kommer att välkomna dig, drake Diriska."

25

Liana ställde sig framför den stora spegeln och rättade till kläderna så att det såg ganska bra ut. Hon grimaserade en aning över resultatet, men Tirasine hade ju sagt att det bara var tillfälligt. Hon skulle ju få andra kläder senare så dem fick duga. När hon tänkte efter så var ju Tirasine den senaste kvinnliga lärlingen bland drakriddarna.

Hennes blick fastnade på hennes ansikte. En stund stirrade hon bara på det. Det var fösta gången på över en månad som hon tittade i en spegel. Hennes ansikte var mycket magrare nu. Hennes kindkotor syntes betydligt tydligare. Och hennes ögon… Själv skulle hon säga att hon hade mognat. Att hennes ögon bar nu en kunskap av något som hon aldrig tidigare skulle kunnat få. Nu förstod hon vad det var som fanns i Tirasines ögon och dem andra drakriddarna i Dödens skvadron. Det var beräknande ögon. Hade hennes korta tid tillsammans med Drashin och hans krigare gett henne dem här ögonen? Varken Asama eller någon annan drakriddare hon stött på hade haft sådana ögon.

En knackning på hennes dörr fick henne att hoppa till.

"Kom in", sa hon.

Dörren öppnades och en ung man stod utanför. Klädd i liknande som Liana. Han hade kort mörkt hår och hans mörka ögon såg osäkert på henne.

"Jag…", började han men tvekade. "Skulle bara vilja välkomna dig till drakriddarna."

Liana lade huvudet på sned och tittade fundersamt på honom.

"Du var på muren", sa hon. "Du höll i baneret med den röda draken på."

Han rodnade och slog ner blicken.

"Det stämmer", sa han. "Jag heter Sarak, lärling till major Gareta."

"Jag är Liana Darik", svarade Liana och grep hans hand. "Lärling till general Drashin och hans krigare."

"Drashin?" utbrast Sarak och gapade. "Men han tar inga lärlingar. Varken han eller hans krigare gör det."

"Men dem gjorde ett undantag för mig."

Han stirrade på henne en lång stund. Sedan ruskade han på sig och tog ett djupt andetag.

"Det förklarar ju varför majorkapten Nariba bad mig att hämta dig till matsalen", sa han.

"Bad hon dig att hämta mig?" undrade Liana. "Varför då?"

"Eller snarare beordrade mig", sa han med ett skevt leende. "Det är
den stora festen. Middagen skall börja alldeles strax."

Liana kastade en sista blick mot spegeln igen innan hon skyndade ut
genom dörren. Dem två gick snabbt över den stora gårdsplanen. Det
hade hunnit mörkna en aning nu och den stora mörka byggnaden framför
dem tornade upp sig mot den mörkblå himmelen. Det lyste från ett få tal
fönster tre, fyra våningar upp men under deras vandring slocknade dem
ett efter ett. Det var så tyst på gården så att festligheterna från övriga sta-
den hördes svagt. Musik och sång lyckades ta sig in över murarna och
huset.

Sarak höll upp dörren för Liana. Hon gav honom ett tacksamt leende
när hon gled in före honom. I den stora hallen som dem kom in i var full i
folk. Drakriddare och deras fruar eller trolovade stod i små grupper och
samtalade med varandra. Hon såg sig om i hallen, försökte se en skymt
av Tirasine eller någon av dem andra. Hon fick syn på Diriska som stod
tillsammans med drottning Jesamie och prinsessan Marin. Hon började
gå ditåt, men Sarak grep tag i hennes arm och stoppade henne.

"Alla lärlingar skall till matsalen", viskade han i hennes öra. "Vi får inte
beblanda oss med gästerna eller drakriddarna. Inte förrän middagen."

Liana lät sig ledas in i matsalen av honom. Alla borden var nu ställda
med tio stolar vid varje. En liten upphöjning fanns längst in i rummet där
ett ensamt bord stod på den. Liana räknade snabbt stolarna. Det fanns
åtta platser vid bordet.

"Generalerna, kungen, drottningen och kronprinsen kommer att sitta
var det bordet", berättade Sarak när Liana frågade. "Vi kommer att sitta
här nere tillsammans med dem andra drakriddarna. Kom nu, vi måste
skynda oss."

"Skynda vad då?" undrade Liana och såg på alla dem unga männen
som skyndade runt i rummet tillsammans med dem unga kvinnorna som
dukade.

"Vi ska hjälpa till med att duka", svarade Sarak med ett skratt och drog
med henne.

Diriska såg hur en ung man drog med sig Liana mot den stora matsa-
len. Troligen en annan av lärlingarna av kläderna att döma. Hon log ömt
efter sin lilla skyddsling. Med en liten suck tänkte hon att hon nog inte
längre kunde se Liana som det längre. Hon såg dystert ner i bägaren
med vin som hon höll i.

"Ni måste känna en viss stolthet över att få se er släkting bli en av lärlingarna hos drakriddarna", sa drottning Jesamie. "Att hon även får general Drashin och dem andra i skvadronen till sina mästare måste var en stor heder."

Diriska såg försiktigt på drottningen och prinsessan framför sig. Jesamie log vänligt mot henne och hennes bruna ögon hade en lite medlidsam glimt i sig. Prinsessan Marin log bara strålande mot henne. Det var en vacker ung kvinna, prinsessan.

"Det är lite blandade känslor", sa Diriska sakta. "Hela vår familj togs ifrån oss i ett enda slag i Fakari. Men det verkar ändå som om Drashin och dem andra har tagit emot oss." *Tagit emot mig*, tänkte hon tyst.

"Det är beklagande att höra detta", sa drottningen och böjde lätt på nacken. "Det smärtar mig att höra om er förlust. Jag beklagar att Drashin och Tirasine inte hann fram i tid. Jag hörde att Ranin och Meeko var i Loma vid tillfället, på väg norrut, men vände igen så snart dem fått nyheten om invasionen mot Fakari. Krashak och dem andra lämnade Garatur så fort dem kunde och gick söderut mot alla order dem hade fått."

"Mot order?" frågade Diriska försiktigt.

"Dem vise hade beordrat om att samtliga drakriddare skulle tillbaka till Terabelle", förklarade Marin lågt och såg sig omkring. "Drashin och Dödens skvadron struntade i ordern och skyndade sig söderut. Budet om vad som hänt i Fakari nåddes kanske en vecka efter att dem gett sig av. Asmaji var rasande över dem, men det gick inte att finna dem åtta. Dem kan hålla sig undan hur länge dem vill och dyka upp där man minst anar det. Ingen kan finna dem när dem väl bestämt sig att gömma sig."

Diriska såg sig om mot Krashak som stod en bit bort och samtalade med några andra överstar. Han var klädd i en enkel mörkblå skjorta och en svart kilt som slutade strax nedanför knäna. Hans kishara, med röd bakgrund och blått tjurhuvud med gula horn, såg underlig ut där den hängde nerför kiltens kant. Dem hade gett sig av mot Fakari och struntat i vad deras överordnade sagt åt dem att göra.

"Jag hörde att överste Alram Manros grälade i två dagar med Asama och de vise", sa Jesamie med en fnysning.

"Varför detta?" undrade Diriska och vände sig åter mot drottningen och prinsessan.

"Han ville också bege sig söderut för att sluta upp med Drashin och dem andra", förklarade drottningen och spanade försiktigt omkring. "Det är allmänt känt att Alram och Drashin kommer bra överens och det har ryktats en längre tid att den svarta legionen kommer att bli en del av Dödens skvadron."

"Asama var på väg att bevilja honom att ge sig av", sa Marin med en sur grimas. "Men dem tre vise stoppade dem. Ingen fick lämna Terabelle förrän dem tre gav sina order. Det var en del drakriddare som knorrade över det, men dem går inte emot deras order. Asama tycker inte om att dem går över hans huvud. Ibland söker han sig ner till Ma'sharos'tian för att kunna gå runt dem tre. Men inte denna gång."

"Dem fick inte komma ner..." sa Diriska sakta och stirrade ner i sitt vin. Handen var stadig och inte en krusning syntes i vinet. Men inombords kokade hon av ilska. Det fanns frivilliga att komma ner och försöka rädda hennes hem, men dem vägrades åka ner. Även om dem hade kommit försent, vilket Drashin, Tirasine och Samare hade gjort, och inte kunnat rädda hennes familj. Hon slöt ögonen och tog ett djupt andetag. Jesamie lade en medlidsam hand på hennes.

"Jag hörde att Alram rapporterade det till Drashin så snart dem var tillbaka i Terabelle", berättade hon. "Asama bekräftade allt för honom. Drashin ska inte varit glad över vad han hört. Jag tror att dem tre vise borde ta det väldigt försiktigt runt honom en längre tid."

Diriska såg frågande på henne. Vad kunde en ensam man göra mot tre drakar? Vad kunde Drashin göra? Marin skrattade när hon såg hennes min.

"Drashin har alltid sina små knep för att ta ner dem tre på jorden", sa hon och pekade mot sin högra hand. "Det finns en flisa från en magisk sten i hans hand. En gång i tiden var den riktigt stor, men i kriget mot Nariff exploderade den i hjaltet på det svärd en satt i. Explosionen delade dem två själarna, Marish och Drashin, från varandra. Samtidigt placerades en flisa från stenen i Drashins hand. Han kan göra saker som ingen annan kan sedan dess. En gång såg jag honom sparka Lindramas ut ur deras stora grotta på Draktand och ner för berget."

Diriska blinkade till och stirrade förbluffat på den unga kvinnan framför sig. Hon fnittrade till igen av Diriskas min och gömde generat ansiktet i sin bägare. Hennes mor såg ogillande på henne. Med en suck vände hon sig åter mot Diriska.

"Han har ingen respekt för dem tre vise", sa hon och kastade en varnande blick mot Marin. "Han tycker inte om att dem lägger sig i drakriddarnas arbete. Dem kommer aldrig i närheten av Dödens skvadron om han inte gett dem tillåtelse. Han har till och med gett dem andra order att genast komma till honom om dem försöker ge ut order till dem andra sju."

Diriska nickade sakta. Hon kunde nästan se framför sig hur Drashin gav sig på dem tre drakarna. Hon kunde se hur han gav sig på henne om hon avslöjade vad hon var. Han skrämde henne ännu mer efter vad Marin och Jesamie hade berättat om honom.

”Drashin är inte rädd för något”, sa Marin stolt. ”Han leder min livvakt. Dödens skvadron är min personliga livvakt när jag skall någonstans.”

”Det finns dock *en* sak som skrämmer honom”, sa Jesamie och gav Diriska ett kort leende.

Hon nickade mot en kvinna som kom ner för trappan tillsammans med Asama. Diriska såg undrande på kvinnan. Mira var klädd i en svart klänning med små drakar i vitt och gult över ärmarna och runt fållen. Runt midjan hade hon ett brett gult bälte. Hennes färger matchade färgerna på Asamas kishara, med hans gula drake och vita blixtrar på svart bakgrund. Över hennes vänstra bröst fanns samma märke som Asamas kishara. Diriska försökte förstå vad drottningen menade att Drashin var rädd för endast en enda sak.

”Jag förstår inte”, sa hon sakta.

”Mira Mashok”, sa drottningen och log mot henne. ”Han hyser stor respekt för henne. Jag skulle nog vilja påstå att han är rädd för henne. Han kastar sig in i strid mot demoner och människor utan fruktan. Han skulle till och med gå i strid mot änglarna om han skulle behöva. Han fruktar inte ens dem vilda drakarna. Han och Samare är goda vänner, ingen av dem fruktar något. Bortsett från en enda liten sak.”

”Båda två är rädda för Mira”, viskade Diriska förundrat och stirrade på kvinnan som stod jämte drakriddarnas ledare och samtalade med kungen.

Mira var inte kort, men hon var huvudet kortare än både Asama och kung Makar. Det långa mörka håret föll fritt nerför hennes rygg. Dem bruna ögonen såg hela tiden stadigt på den som hon talade med. Diriska tyckte inte att hon skiljde sig mycket från andra kvinnor hon mött. Men det var något hos männen runt henne som fick Diriska att fundersamt lägga huvudet på sned.

Asama stod stolt bredvid sin hustru och såg på henne med stor ömhet i ögonen. Makar log vänligt mot helerskan, men hela hans hållning sa att respekten mot henne var större än hennes respekt mot honom som kung. Flera drakriddare runt henne bugade respektfullt mot henne så snart hon vände sig mot dem, svarade hövligt på hennes frågor och talade med stor respekt till henne. Alla bemötte henne som om hon stod strax över dem andra. Till och med högre än Asama.

”När man talar om mannen”, sa Jesamie och spanade mot trappan.

Diriska följde hennes blick och tog ett djupt andetag. Drashin kom ner släntrande för trappan. Den blå skjortan var ordentligt nerstoppad i dem svarta, säckiga byxorna. Han kishara hängde som vanligt på hans högra sida. Han ljus bruna hår hängde ner över det svarta bandet med guldplattan. Precis som alla andra drakriddare var han obeväpnade så när som på den långa dolken. Hans hand vilade mot skaftet. Han lät sina gröna ögon glida över folket som var samlat i den stora salen och verkade inte vara speciellt glad över vad han såg. När han fick syn på Mira såg Diriska hur han ryckte till. Mira såg bara mot honom. När hon inte gjorde något annat slog han ut med händerna och log stort mot henne.

"Mira!" utbrast han högt. "Lika vacker som en sommarmorgon."

"Vad har du nu hittat på?" frågade helerskan rappt och satte händerna i sidan.

Asama skrattade högt när den andre protesterade vilt över hennes anklagning. Det gräl som dem båda hade haft tidigare verkade vara bortglömt. Jesamie lutade sig närmare Diriska med ett leende.

"Han försöker alltid smickra Mira", sa hon lågt. "Tyvärr för honom, brukar det bara göra henne misstänksam mot honom."

Diriska bara såg på honom. Trots att han stod i en liten klunga med Mira, Asama och kungen så var det bara honom hon såg. Han skrattade, var allvarlig, dunkade Asama i ryggen. När hon pratade med honom första gången hade han varit bister och försökt få henne att ta en annan väg än hans. Nu var det en helt annan man som hon såg framför sig.

Drashin, den man som gav sig ner till Fakari och Balden för att försöka rädda hennes familj. Den man som tog Liana ifrån narkierna och förde henne till Amdoria. Han och hans skvadron var dem enda som försökte göra något för att hjälpa hennes familj. Det fanns fler som ville, men inte fick. Diriska kände att hon var skyldig honom så mycket för det han gjort.

Dem tre drakarna från Draktand kom in och släntrade bort mot kungen och dem andra. Diriska kämpade för att inte morra högt när hon såg dem. Dem tre som såg till att hjälp inte kunde komma ner till Fakari. Nu var dem klädda i fina plagg och gick runt med raka ryggar och stora leenden. Vad hade dem att le för? Diriska såg hur Drashin blev mörk i synen när dem dök upp. Han tyckte verkligen inte om dem tre. Diriska kände en oro att hon skulle bli behandlad på samma sätt av honom. Hon trodde inte att hon skulle kunna stå ut med det.

Drashin lämnade sitt sällskap och kom gåendes mot Diriska, drottningen och prinsessan. Diriska höjde genast sin bägare till munnen och försökte se ut som om dem inte pratat om något intressant. Drottningen och prinsessan neg kort mot honom och han bugade till svar.

"Ers majestät", sa han vänligt, "gott att se er igen. Det var allt för länge sedan."

"Drashin", sa Jesamie vänligt, "det är alltid ett nöje att träffa er."

"Prinsessa", sa han och plockade fram en liten ask. "Jag får gratulera dig på din tjugo års dag. Även om den är om några dagar."

Prinsessan tog emot asken och böjde på nacken. När hon såg upp log hon mot honom med ett strålande leende. Diriska såg att det var samma ask som han fått av Kirom i Balden.

"Drashin, inte hade du behövt", sa prinsessan glatt.

"Du tvingade mig att lova en sak igen", sa han kort. "Jag hade tur att det inte var omöjligt att lösa denna gång."

"Du måste sluta vara full när Marin försöker få dig att lova saker du inte vill göra", sa Jesamie med ett skratt och blinkade mot Diriska. "Dessutom löste du ju det 'omöjliga' löftet, med furst Salaams hjälp."

Drashin grymtade bara till svar. Han såg mot Diriska, böjde nacken mot henne, han såg ut att vilja säga något, men vände sig sedan om och lämnade dem tre. Diriska fick inte en chans att tacka honom för dem fina rummen gjort iordning åt henne. Hon kunde inte låta bli att känna sig en aning besviken att inte få prata med honom.

Nu började en del personer att röra sig in mot den stora matsalen. Asama lämnade kungen och kom gåendes till Jesamie och dem andra. Han bugade mot dem tre och visade mot salen. Drottningen tog hans högra arm. Han såg mot Diriska. Hon tvekade en aning innan hon försiktigt tog hans vänstra. Sedan ledde han dem båda mot salen.

Liana stod sig med dem andra lärlingarna och väntade. Då och då lämnade en av dem leden vi dörren och följde med sin mästare. Sarak slöt upp bakom en dvärg med kort rött hår och ett kort skägg. Kisharan han bar hade en trana i gult ståendes i en vit flamma och svart bakgrund.

Diriska kom in tillsammans med drottningen och Asama. Liana bugade på samma sätt som dem andra lärlingarna mot honom. Med båda händerna på knäna. Dem passerade henne utan ett ord till henne. När hon rätade på sig passerade prinsessan henne. Marin gav henne ett snabbt leende och nickade vänskapligt mot henne. Liana log tillbaka.

Snart hade nästan alla gästerna gått in i salen och alla lärlingarna gått med sina mästare. Drakriddare, deras hustrur eller trolovade och lärlingar satt och pratade utan någon tanke på vilken rang man hade. Endast Liana stod kvar vid dörren och väntade. Hon hade inte sett någon av hennes mästare ännu. Hon vred försiktigt på huvudet och såg ut över allt folket i salen.

"Står du här och hänger, Liana",
sa Ranin glättigt.

Liana rätade genast på sig.

"Mästare", sa hon.

Ranin och Meeko flinade mot henne. Ranin klappade henne på axeln innan han gick vidare.

"Vänta på Krashak", sa Meeko innan han följde efter sin vän. "Du ska sitta vid hans bord i kväll."

Liana stod lydigt kvar vid dörren. Snart steg dem in en efter en från skvadronen. Drashin var den ende som inte sa något till henne. Han nickade bara snabbt mot henne när han passerade tillsammans med Mira. Hon var lite osäker på hur hon skulle bemöta honom. Snabbt bestämde hon sig och bugade mot honom på samma sätt som hon gjort mot Asama. Hon hörde ett skrockande från honom när han gick vidare. När hon rätade på sig stod Krashak framför henne. Han var klädd i mörkblå skjorta och en svart kilt och hans kishara löpte ner förbi fållen på hans kilt. Han klappade henne på axeln med en väldig hand. Sedan nickade han in mot salen och hon slog följe med honom.

Under middagen pratade alla med alla vid bordet och ingen verkade lägga mycket väsen över rang inom ordern. Även om alla visade lite mer respekt för Krashak. Efter maten försvann Drashin från matsalen. Liana såg hur Diriska tittade efter honom. Sedan började alla hjälpas åt med att röja undan borden och snart började någon spela musik och dansen var i full gång. Efter någon timma stod Liana tillsammans med Tirasine och Diriska och pustade ut en aning från dansen.

Liana såg ut över dansgolvet. Hennes blick föll på dörren och hon blinkade till. Drashin stod i dörren, klädd i mycket underliga kläder. Över axeln hade han en väska och bandet som alla drakriddare hade runt pannan var borta. När det var borta hängde håret nästan ner till ögonen på honom. Hon undrade varför han var klädd sådär.

"Han skall hem", svarade Tirasine när hon frågade. "Dem är klädda på ett annorlunda sätt där han kommer ifrån. Men han kommer snart tillbaka igen. Asharak finns fortfarande där ute, och Aram Trasher."

Liana såg mot generalen där han stod i dörröppningen. Han hade ett litet leende på läpparna. Hon såg Mira och Asama gå fram till honom. Dem pratade helt kort och snart tog dem avsked och Drashin försvann från dörren. Liana undrade när hon skulle få se honom igen. Hon såg på Diriska som stirrade bort mot dörren där Drashin hade stått. Liana tyckte nästan som om något sorgset gled över drakens ögon där hon tittade efter generalen. Så ruskade hon på sig och vände sig mot Liana. Med ett leende omfamnade Diriska henne.

"Vi klarar oss alltid", viskade draken i hennes öra. "Han kommer att se efter oss nu."

Liana besvarade kramen. Diriskas ord förbryllade henne en aning. Vem skulle se efter dem nu? Drashin? Men snart försvann Drashin och vad Diriska hade sagt från hennes tankar och det enda som betydde något just nu var att hon skulle bli en drakriddare.

<u>26</u>

A ram Trasher vankade av och an i det gamla övergivna slottet. Staden Harash hade varit helt övergiven sedan kriget mot dem Röda. Ingen trodde att någon skulle gömma sig där nu. Det var endast slottet som hade några rum kvar som fortfarande kunde hålla regn och vind borta.

Asharak satt vid ett gammalt bord och läste i en bok. Trasher kunde inte förstå hur han kunde ta det så lugnt. Nederlaget vid Terabelle var ett stort misslyckande för dem. Trasher önskade att han kunde vet hur drakriddarna kunde veta att deras demonarmé befanns sig så nära staden.

"Det var en perfekt plan", muttrade Trasher. "Allt var exakt var det skulle."

"Lugn, Trasher", sa Asharak utan att lyfta blicken från sin bok. "Frågan är hur dem kunde veta att narkierna bara var ett lockbete. Drakriddarna borde ha varit fullt upptagna med striderna mot dem när vi skulle anfalla."

"Vi har en spion bland oss", sa Trasher. "Det måste vara så."

Asharak suckade vid bordet och lade ifrån sig boken. Han reste sig upp och gick bort till fönstret. Han blickade ut genom mörkret. Någonstans långt borta hördes åskan mullra.

"Drakriddarna visste inget när vi var utanför Umala", sa Asharak fundersamt.

"Umala?" sa Trasher frågande och stannade upp. "Var det inte i Umala som våra soldater tog den där flickan tillfånga?"

"Flickan", sa Asharak fundersamt. "Ja, det stämmer."

Han vände sig mot Trasher.

"Där har vi vår lilla spion", sa han med ett kort skratt. "Vi avslöjade allting för flickan."

"Vi skulle inte låtit männen göra vad dem ville med henne", morrade Trasher. "Jag lovar att det låg drakriddare i buskarna när vi lämnade lägret. Hon berättade allt gör dem."

Asharak gick fram till bordet igen. Trasher såg hur han lyfte upp sin bok igen. Den där idiotiska boken. Vad kunde han över huvud taget finna något nöje i den?

"Den kommer att hjälpa mig att finna en värdig motståndare till denne Drashin, Trasher."

Trasher blinkade till. Han var fortfarande inte van vid att Asharak ibland kunde veta vad han tänkte på.

239

”Vad menar du?”

Asharak log stilla och gick ut ur rummet. Trasher följde genast efter. I det andra rummet på ett stort bord fanns en grå, virvlande massa. När Trasher tittade närmare på massan märkte han att den hade formen av en människa.

”Vad är det här?” undrade han och såg nyfiket på bordet.

”Just nu inget”, svarade Asharak och gick runt bordet. ”Men snart skall det bli en stor krigare som skall stå i vår tjänst, Trasher.”

”Men vad kommer det att bli för något?”

”En människa såklart. Med en mäktig själ som kan mäta sig med Drashins.”

”Det finns bara en själ iså fall.”

Trasher vände sig om och fick bort till fönstret. En blixt lyste upp mörkret och han började omedvetet räkna. Mullret kom rullandes mot honom. Det var fortfarande långt borta.

En enda själ. Om det han hade lyckats ta reda på efter det misslyckade anfallet var det sant så fanns Marish inte längre hos drakriddarna och Drashin nu hade hans plats där. Marish, det hade varit han som nästan hade dödat honom för sju år sedan.

”Du vill komma åt själen som hör till Marish, eller hur?”

”Det kommer att störa Drashin så pass mycket att vi kan förgöra drakriddarna.”

”Men det är Marish vi pratar om. Han är inte att lita på. Han kommer att bli ett problem för oss. Jag vet det.”

Asharak skrockade för sig själv. Trasher kunde inte låta bli att rysa vid ljudet. Han undrade verkligen vad den fallne ängeln hade för planer. Hur skulle Marish kunna styras?

”Det enda problemet vi har är att få tag i hans själ, Trasher”, sa ängeln. ”Enligt historierna som jag hört. Besegrade Drashin honom i Dödens dal. Ingen annan än Drashin kan gå in i den dalen och återvända. Det är det vi måste hitta en lösning på. Vi måste kunna ta oss in i dalen och tillbaka igen för att få tag i själen som tillhör Marish.”

Trasher stirrade på honom. Dödens dal var ju bara en legend. Han hade hört den nämnas i samband med Marish en enda gång tidigare. Han hade flera gånger undrat var ingången till dalen fanns någonstans. Och nu skulle han söka efter den här legendariska platsen. Endast för att finna själen till den man han avskydde mest i hela världen. Han började le när han åter tittade på saken som låg på bordet. Han skulle kunna kontrollera honom den här gången, så som det var menat att han skulle. Aram Trasher skulle styra över Marish. Aram Trasher skulle bli den mäktigaste mannen i världen.

Johanna Bergström synade den sista tallriken. Hon gnuggade med disksvampen på en enveten fläck. Hon tittade på den igen och kände sig nöjd. Hon ställde den på torkstället bland den övriga disken. Hon tömde vattnet och medan hon torkade händerna hörde hon ljudet från sonens tv-spel från vardagsrummet. Hon log och såg ut genom köksfönstret.

Gamla fru Pålsson promenerade förbi utanför med sin hund. Den gamla kvinnan vinkade glatt mot Johanna som besvarade vinkningen med ett leende. När hon såg ut genom fönstret kom hon på sig själv att undra hur det var med Markus. Det var flera månader sedan hon träffade eller hörde något från honom. Tänk att det hade gått så lång tid sedan han reste till den andra världen och Amdoria. Hon undrade om han var på väg hem igen eller om han var skadad.

Johanna vände sig mot kylskåpet och öppnade det. Hon plockade fram lite saft och vände sig mot skafferiet. Där plockade hon fram lite kakor och bullar. Hon ställde allt på en bricka tillsammans med några glas och gick sedan in i vardagsrummet.

På golvet en liten bit från tv:n satt hennes son, Samuel, och hans vän, Erik, och spelade. Dem var helt uppslukade av spelet så dem märkte knappt att hon kom in i rummet.

"Lite saft och bullar, pojkar", sa hon vänligt.

"Tack, mamma", sa Samuel frånvarande.

Hon log mot honom och lämnade rummet igen. I köket gick hon bort till kaffebryggaren och satte igång en kanna med kaffe. Hon kastade en snabb blick genom fönstret igen och såg ryggen på en man som pratade med fru Pålsson. Johanna rynkade pannan och undrade vem det kunde vara. Han verkade känna fru Pålsson ganska väl. Efter en liten stund tog dem båda avsked med varandra och mannen vred på sig och Johanna började le.

Hon plockade fram en extra kopp och några extra bullar. Han var alltid sugen på bullar när han brukade komma tillbaka. Det kanske var en sak som fick honom att koppla av från hans olika äventyr där borta.

Dörrklockan ringde och hon gick ut i hallen och öppnade dörren.

"Du var borta länge den här gången", sa hon och kramade om mannen i dörren.

"Det var lite tufft", svarade Markus och flinade. "Men det gick vägen den här gången också. Luktar det kaffe, syster?"

Johanna släppte in honom och gick tillbaka in i köket. Hon hällde upp två koppar och ställde dem vid köksbordet. Markus satte sig mittemot henne och slöt båda sina händer om sin kopp. En stund satt han bara och stirrade frånvarande ner i kaffet.

"Hände det något speciellt den här gången?" frågade Johanna försiktigt. "Inget allvarligt väl?"

Han blinkade till och tittade på henne. En förvirrad glimt syntes i hans gröna ögon. Och var det saknad i hans ögon? Han brukade aldrig sakna någon eller något när han kom tillbaka från andra världen.

"Vi drabbas inte av det", svarade han tillslut. "Det var en armé från ett land som heter Narkia som drog norrut och som dödade och skövlade allt i deras väg. En flicka från ett litet land som heter Fakari förlorade hela sin familj i deras framfart och skulle varit ett av deras offer om inte jag och Tirasine hade lyckats komma dit ner och stört deras planer. Men narkierna var ledda av en man som kallas Asharak. Vad hans planer är vet jag inte ännu, men vi kommer nog att lista ut det snart."

Han tystnade och stirrade bistert ner i kaffet igen. Johanna lutade sig fram mot honom och fixerade sina gröna ögon i hans ögon.

"Det är något annat som bekymrar dig, Markus", sa hon.

"Det är en man vid hans sida", sa han sakta. "En man som jag trodde var död sedan flera år tillbaka."

"Är det någon som jag känner till?" undrade Johanna. "Det måste det vara eftersom du drar ut på det."

"Det är Aram Trasher, Johanna."

Johanna flämtade till och stirrade på honom. Aram Trasher. Mannen som bar skulden till deras föräldrars död. Hon tvingade sig att slappna av och släppte sitt krampaktiga grepp om koppen.

"Vad tänker du göra åt det?" frågade hon sakta.

"Just nu inget", sa han och höjde handen för att tysta ner hennes protester. "Dels för att Asharak är det mest hotfulla just nu och dels för att jag inte har en aning om var dem håller till någonstans. Asharak och Trasher är tillsammans, så mycket vet jag just nu. Jag lyckades inte få tag i någon av dem vid striden framför Terabelles murar. Jag hoppas att jag får tag i dem nästa gång."

Innan Johanna hann säga något mer kom Samuel och Erik in i köket.

"Morbror Mac!" utbrast Samuel. "Du är hemma igen. Har du några spännande historier med dig?"

Markus skrattade till och såg på Johanna. Hon log vänligt mot sin son.

"Markus är säkerligen mycket trött nu, Samuel", sa hon. "Han har ju rest en lång väg."

"Men jag vill höra om drakriddare och drakar", protesterade pojken.

"Nå en historia kan jag nog komma med", skrockade Markus och reste sig upp. "Men då får vi sitta lite bekvämare i en soffa, tror jag. Har suttit för mycket på hårda stolar på sistone."

Samuel sa åt Erik att skynda sig in i vardagsrummet igen. Johanna reste sig och följde med Markus.

"Inga för våldsamma historier nu, Markus", varnade hon.

"Är mina historier våldsamma?" frågade Markus oskyldigt och flinade mot henne.

"Kommer du ihåg vilka historier du berättade för mig när du slutligen talade om att du var en drakriddare och om den andra världen?" frågade hon tyst. "Om dina äventyr och om dig och Marish?"

Flinet försvann och han blev allvarlig.

"Jo, jag kommer ihåg dem", sa han. "Jag ska försöka låta historierna vara lugnare än vad dem verkligen var. Han vet inte att jag är Drashin väl?"

"Nej", svarade Johanna och plockade fram fler bullar. "Men Sami ringde för några dagar sedan. Han sade att han hade information åt dig."

"Till mig?" frågade Markus på väg till vardagsrummet. "Sa han något om vad det var om?"

"Ingenting."

Markus grymtade till och smålog.

"Jag undrar vad han kan ha kommit över den här gången. Sade han var jag kunde hitta honom? Jag misstänker att han ville träffa mig."

"Han sa att han var ute vid kusten just nu, men att han snart skulle komma hem igen. Jag fick ett telefonnummer av honom. Han bad dig ringa så snart du kom tillbaka"

Markus skrockade muntert när dem steg in i stora rummet. Samuel och Erik satt nere på golvet framför soffan och såg förväntansfullt på Markus. Johanna satte sig ner med kaffekoppen i handen och inväntade att Markus skulle börja med sin historia. När hon tänkte efter så var hon också nyfiken på vad Markus hade för historia med sig den här gången. Hon hade träffat några av dem i hans historier. Tirasine, Kalar och dem andra från Dödens skvadron. Hon hade aldrig tyckt att dem verkade speciellt elaka som en del historier pekade ut dem som. Ranin och Meeko verkade mer roliga och väldigt röriga. Men hon tyckte om dem. Hon hoppades att hon skulle kunna få möta några av dem andra. Mira, som räddat Markus liv flera gånger, Asama, som var drakriddarnas ledare.

Men den som hon verkligen skulle vilja träffa, men visste att det inte var möjligt längre, var Ama Sikari. Kvinnan som tog hand om Markus när han var svårt skadad, och tog hand om honom som om han var en son för henne. Markus hade alltid talat mycket varmt om henne.

Markus satte sig tillrätta i soffan och smuttade på sitt kaffe.

"Nå var ska jag börja någonstans", sa Markus och lutade sig tillbaka. "Långt söder om Amdoria ligger ett land som heter Fakari. Därifrån kommer en flicka som heter Liana Darik. Hon är född och uppvuxen på gården som tillhört hennes familj i generationer."

Johanna log mot dem båda pojkarna som satt som statyer på golvet framför Markus. Efter en stund förlorade sig Johanna också i Markus berättelse om Liana Darik och hennes tragiska förlust. Om hennes resa från den lilla byn Balden tillsammans med dem åtta krigarna från Dödens skvadron och hennes vän, Diriskas tröstlösa jakt på att finna henne vid liv.

Johanna och pojkarna satt tysta och lyssnade på varje ord Markus sa. I hennes hand kallnade kaffet.